백석

백성 1

제1부 | 강산에 들렀더라

김동민 대하소설

문이당

작가의 말

『백성』은 백성 그대로의 백성 이야기인 동시에 백성에게 힘의 상징인 흰 매를 바치는 제단이다.

백百 개의 성姓을 가진 그에게 말한다.

이제 꿈에서 자유로울 수 있을까.

2백자 원고지 32,000장 분량의 대하소설을 탈고하던 날, 나의 바람은 꿈을 꾸지 않는 잠이었다.

눈만 감았다 하면 작품 속 수백 명의 인물들이 나를 괴롭혔고, 작품 속 무수한 시간과 공간은 예측 불가한 못된 조화를 부렸으며, 작품 속 사건들은 영원한 미제未濟의 가면假面을 둘러쓰려고 안달 나 하였다.

요즘은 장편소설 한 권 분량이 2백자 원고지 1,000장 이내인 추세이다.

『백성』은 한 권을 2백자 원고지 1,000장 길이로 엮으면 전 32권이 되고, 800장 길이로 엮으면 전 40권이 되는 방대한 대하소설이다.

평균 일 년에 한 권, 이십여 년에 걸쳐 스물한 권을 완성했으니, 첫 권인 제1부 1권과 마지막 권인 제5부 21권은 강산이 두 번을 변하고도 남을 세월이 지나서야 『백성』이라는 이름을 달고 상봉한 셈이다. 그동안 나에게는 한 세대世代에서 다음 세대로 넘어오는 형극荊棘의 간극間

隙이 있었다.

세상을 모두 떠나보낸 것 같던 어느 날, 어두운 강가에 서서 흘러가는 강물을 바라보고 있다가 문득, 대하大河를 떠올렸다. 물은 쉽고 편한 길로 가기 때문에 멈추지 않고 계속 갈 수 있다고 한다. 하지만 나는 멈추지 않고 계속 가기 위해서 어렵고 힘든 길로 들어섰다. 내 삶의 길이와 내가 쓰는 소설의 길이가 비례한다고 믿었던 시기였다.

나는 소설을 쓰려고 작정했을 때, 습작에 앞서 소설이란 무엇인지 화두처럼 끌어안고 고민하였다. 그리하여 소설은 인생의 해석이니, 증류된 인생이니, 인생의 서사시니 하는 말에 심취된 바 있는데, 거의 공통적으로 '인생'이란 말이 들어가 있다는 사실에 엄청난 경외심과 압박감을 느끼지 않을 수 없었다. 내가 평소 생각한 것이 '소설은 실생활의 풍습과 그것이 씌어진 시대의 그림'이라는 소설의 정의였다.

팩트fact에로의 '발전 가능한' 픽션fiction이 내 소설의 중추적인 글감이자 핵核이다. 『백성』은 그것을 관통하고 있는 작품이다. 모든 문제는 백성으로부터 나오지만 모든 답도 백성에게서 나온다. 백성은 도돌이표다.

『백성』 1부 4권이 완성될 즈음 새로 시작한다는 각오로, 2006년부터 우리나라에서 가장 오래된 지방지 〈경남일보〉에 대하소설 『백성』(원

제: 돌아오는 꽃)을 연재하기 시작하였다. 여러 해에 걸쳐 연재하는 동안, 1909년 이 신문 창간 당시 주필이었던 장지연의 「시일야방성대곡」을 듣는 기분으로 집필에 열중했다. 그것이 애오라지 한 길을 갈 수밖에 없게 만든 족쇄가 되고 말았다. 내게 더 이상 '가지 않은 길'은 남아 있을 수 없었다. 독자는 작가에게 산소라는 말이 있듯이, 신문에 연재할 때 독자들이 보여준 관심과 격려가 없었다면 여기까지 대장정의 길을 걸어오지 못했을 것이다.

고등학교에서 국어를 가르치고, 대학교에서 현대소설과 문예창작을 강의하고, 한국의 문인들이 발행하는 문예지에 문학평론을 쓰고, 일간 신문의 신춘문예 등에서 소설 심사를 맡아보고, 기업체에서 기획과 홍보 일도 해봤다.

그 여러 과정을 통해 얻어낸 결론은 한 가지였다.

'글을 쓰는 사람만이 작가다.'

새삼 떠오른다. 심혈을 기울여 쓴 두 권짜리 장편소설을 들고 찾아간 시인이자 문학평론가인 스승은 제자인 내게 권했다. 그렇게 힘든 긴 글을 쓰지 말고 멋진 짧은 단편이나 한 권짜리 장편을 써서 이름난 문학상에 도전해 보는 게 어떻겠느냐는 것이다.

우리나라 최고 권위를 자랑하는 문학상 심사를 하시는 분이 한 말이 실린 신문을 보았다. 누구 같은 필생의 대작大作을 쓰는 작가가 나오기를 바란다는 기사였다.

여기서 나에게 선택권을 준 옛날 기억을 말하지 않을 수 없다. 할머니가 이야깃주머니에서 더 이상 꺼낼 이야기가 없다고 했을 때, 나는 울었다. 한참을 울고 나서 결심했다. 꺼내고 또 꺼내도 이야기가 마르지 않을 이야깃주머니를 내가 만들어야겠다. 열 살도 채 안 된 소년이 '이야기 문학'을 향해 던진 도전장이었다.

내가 아는 작가 한 사람은 나를 대단한 야심가라고 했고, 다른 작가 한 사람은 나를 무모한 작가라고 하였다. 둘 다 나를 위해서 해준 말임을 잘 알았고, 큰물은 소리 내지 않고 흐른다는 의미의 '대하무성大河無聲'이란 네 글자를 가슴에 새긴 채, 산고産苦의 방문 고리를 걸고 고집스럽게 대하소설 『백성』에 매달렸다.

『백성』은 조선 철종 때부터 일제 식민지 시대를 거쳐 해방되기 전까지, 조선인과 일본인, 중국인, 미국인, 호주인, 프랑스인 등 4백여 명이 등장, 경상도를 중심으로 서울과 부산, 일본, 만주, 상하이, 러시아, 미국 등지를 무대로, 조정과 외세의 부당한 억누름에 항거하는 한국인들의 새로운 모럴을 형상화한 휴머니즘 세계를 열어가는 대하소설이다.

증오가 사랑으로 바뀌면 모든 게 일단락된다.

그런데, 사랑이 증오로 바뀌면 그때부터가 시작이다.

『백성』의 인물 창조는 여기서 비롯된다.

'나라의 근본을 이루는 일반 국민을 예스럽게 이르는 말'이라는 '백성'의 사전적 의미는, 백성의 민낯은 정치 · 경제 · 사회 · 문화 · 교육 · 역사 등 총체적 삶의 모습으로 드러나게 된다는 이야기로 귀결된다. 백성의 담론은 대하소설이라는 크고 넓은 그릇이 아니고서는 담아낼 수가 없다.

『백성』의 사건 전개는 여기서 파생된다.

학교에 들어가서 국사 시간에 배운, 우리나라는 다른 나라들의 침략을 받았지만 한 번도 다른 나라를 침략한 적이 없다는 거였다.

우리는 평화를 사랑하는 민족이어서 그랬다는 것보다도, 우리가 힘이 없어서 그랬다는 것이 더 오래 귀에 남았다.

만약 우리에게 힘이 있었다면 우리도 남의 나라를 넘보았을까. 앞으로 우리에게 힘이 생긴다면 우리도 남의 나라를 넘보게 될까.

『백성』의 시간적 · 공간적 배경은 여기서 설정된다.

우리나라 학교 최초의 '여자 학급'은, 서울에서 천 리나 떨어진 남방 작은 고을에서 서민 음식인 콩나물국밥을 파는 여인이 모은 돈으로 만든 것이라는 사실을 아는 이가 몇이나 될까. 모든 분야에서 진정한 노블레스 오블리주를 실천하는 이들이 많이 나오는 우리 사회가 기다려진다.

우리나라 최초의 운동권 노래라고 할 수 있는 언가諺歌 〈이 걸이 저

걸이 갓 걸이〉와 임술년 진주농민항쟁의 발발과 실패에 대한 재조명은 너무나 때늦은 감이 있다. 특정 계층의 이익을 추구하는 민란民亂으로 치부하지 않고 정당한 운동으로 자리매김할 수 있어야 할 것들이 현재 우리 주변에는 너무 많다.

과학이 발달할수록 인간은 더 종교를 많이 찾는 기묘한 현상을 어떻게 설명할 수 있을지 모르겠다. 병인박해라는 천주학 수난사가 낳은 '머리 없는 무덤'인 무두묘에 감춰져 있는 슬프고 경악스러운 비밀과, 그 주요 인물 내지는 직계에 대한 수직적 접근을 시도할 필요가 있다. 난세의 백성들이 접했던 종교의 대립과 조화를 통해, 초인간적이고 초자연적인 힘 앞에 선 인간의 뒷모습을 바라보고자 했다.

조선시대 관아 감영 교방에 소속된 관기들은 한국의 교방문화를 되돌아보게 하는 주역들이다. 오광대패가 펼치는 탈놀음의 역사와 연희 장면을 통해 민초들이 살아가는 모습을 만나고, 그것이 훗날에 어떻게 이어질 것인가를 유추해 보는 일은 가치 있는 작업이다. 오늘날 세계 속 K컬처의 융성은 분명히 그 뿌리가 있으며, 한류 문화의 지속적인 발전을 위한 우리만의 새로운 콘텐츠 발굴과 전파가 요구된다.

일제 강점기 일본 검도와 가라테에 맞서는 조선 전통무예 택견은 식민 민족의 자존심이었다. 부산 주재 일본군 헌병분견대와 조선 청년 유생들이 다니던 낙육고등학교의 투쟁은 혈서의 연판장으로부터 시작된다. 여전히 열강들에 둘러싸여 남북 분단의 어두운 현실 속에서 살아가고 있는 우리에게 암시하는 바가 크다.

일본인들의 횡포와 탄압에 비해 상대적으로 잘 알려지지 않은 호주 선교사들이 조선 땅에 들어와 남겼던 범상치 않은 행적들은, 호불호好不好를 따지기에 앞서 우리에게 참신한 모습으로 다가온다. 돌고 도는 역사의 바퀴 속에서 그것은 진보적이고 생산적인 의미로 반추될 것이다.

같은 한민족끼리의 갈등과 암투를 추적하는 글쓰기는 언제나 아픔과 슬픔으로 점철된 최고의 비극이다. 백성들이 겪는 숱한 애환과 사랑, 열망, 분노, 배신, 죽음 등은 피해갈 수는 없지만, 피해자로만 남아서는 안 된다.

태산은 작은 돌멩이와 풀뿌리로 이루어지고, 대양도 우리 육안으로는 잘 볼 수 없는 플랑크톤이 없으면 존재가 불가능하다. 먼지가 없으면 비와 눈과 노을을 볼 수 없다고 한다. 나라의 본바탕인 백성이 그렇다.

백성은 금과옥조金科玉條다.

『삼국유사』에 나오는 「연오랑 세오녀」 설화에서는 '해와 달의 정령精靈'으로 보았다. 프랑스 루이 14세가 '짐이 곧 국가다'라고 하지 않고 '짐 또한 백성의 한 사람일 뿐이다'라고 했다면, 그에 대한 역사적 평가는 어떻게 달라졌을까.

창제 당시 우리 한글은 '백성을 가르치는 바른 소리'라는 의미에서 훈민정음이라고 하였다. 세종대왕은 말했다. 그가 꿈꾸는 태평성대는 백성이 하려고 하는 일을 원만하게 하는 세상이라고. 백성이 짐을 비판한 내용이 옳다면 그건 나의 잘못이니 처벌해서는 아니 되고, 오해와 그릇된 마음에서 과인을 비판했다 할지라도 애당초 그런 마음을 품지 않게 하지 못한 나의 책임이니 백성을 탓할 수 없다고.

「순자荀子의 왕제王制편」에 이런 말이 나온다. 임금은 배이고 백성은 물이다.

남명 조식 선생은 「민암부民巖賦」에서 '배는 물 때문에 가기도 하지만, 물 때문에 뒤집히기도 한다'고 하여, 백성이 임금을 추대하지만, 나라를 뒤엎을 수도 있다는 것을 경계하고 있다.

그러면서 또 이렇게 적는다. 백성들의 마음이 위험하다, 말하지 마라. 백성들의 마음은 위험하지 않다.

이순신 장군은 『난중일기』에서, 이날 밤 소나기가 흡족하게 내렸다며 이렇게 적어 놓고 있다.

–어찌 하늘이 백성을 살리려는 뜻이 아니겠는가.

김구 선생의 '백범白凡'이라는 호號는, 미천한 백성을 상징하는 백정의

'백白'과 보통 사람이라는 범부의 '범凡'자를 따서 지었다 한다.

송나라 주자朱子의 말은 현재진행형이다. 나라는 백성을 근본으로 삼고, 사직도 백성을 위해 존립한다.

이처럼, 소설로 쓸 만한 가치와 의미가 가멸찬 게, 왜 '백성'이냐는 물음에 대한 대답이 될 것이다. 하여, 떠도는 만백성의 메아리를 한데 모아 '짱!' 하고 한 방 세게 후려치고 싶었고, 그 형상화의 결정체가 이 소설 『백성』이다.

아마도 한국 현대 대하소설 중 가장 긴 대하소설 『백성』(5부작 21권)을 책으로 엮어내기 위해, 해를 거듭해 가면서 애써 주신 문이당출판사 관계자분들께 깊은 감사의 뜻을 전한다.

2023. 가을

지리산 부춘재에서

김 동 민

차례

제1부 | 강산에 들렀더라

서序

흰 매를 바쳤다.

문득, 굉음과 더불어 땅속이 곯아서 겉이 우묵하게 들어가더니 못이 되었다. 그 물빛의 푸르고 검기가, 청대青黛 독 같았다.

못 한가운데 이상한 새 한 마리가 모습을 드러내었다. 흑색의 몸은 5척이며, 눈은 사람의 눈과 흡사한데, 머리가 다섯 살가량 되는 아이의 머리만 하고, 부리의 길이는 1척 5촌, 먹통은 다섯 되(升)들이 그릇 크기로서, 사흘 만에 죽었다.

백성들은, 나라에 원한을 품고 반란을 일으킨 아무개가 패하여 망할 조짐이라고, 입을 모았다.

나라에서는, 해괴제解怪祭를 지냈다.

바다의 물빛이 누르고 물고기가 떼죽음을 당했기에 관원을 보내어 제를 행했고, 지진이 일어나고 사람이 벼락을 맞아 죽으니 향香과 축문祝文을 내려 제를 행하였다.

괴이함을 풀 제사를 지냈는데…….

백百개의 성姓을 가진 그는, 여전히 보고 듣고 말하기를…….

국조國祖 박달임금께서 세우신 나라의 남방南方 여러 고을에, 천둥 치는 소리가 크게 일고, 붉고 흰 연기가 피어올랐다가 한참 만에 사라졌다.

이에 윗사람이 아랫사람에게 자상하게 가르쳐보였다.

'재앙으로 말미암아 생긴 변고가 이러한즉, 필시 그 사태를 불러온 연유가 있을 터, 곧 전쟁이 발발할 징조인지라, 저 일본국 왜구들의 요변스럽게 요랬다조랬다 함은 그 짐작키가 힘들어 우려가 되니, 심경이 대단히 불편하다.'

때는 5월.

경상도 어느 고을에 사는 한 여인이, 황새 새끼와 핏덩이 두 개를 낳았다. 그리하여 사초史草를 쓰는 신하가 적어 놓는다.

– 사람을 낳아야 할 사람이 사람을 낳지 않고 새를 낳으니, 이것은 일찍이 희귀한 일인 바, 도대체 웬 징후인지 모르겠다. 저 진晉나라 여자가 거위를 낳았다는 괴상한 변고는 들은 적이 있는데, 그 나라 조정의 어지러움이 그러했으려니와, 우리나라의 이번 일 또한 어찌 될는지 헤아릴 수 없다.

몇 해 후.

6월에, 호두만 한 큰 우박과 개암만 한 작은 우박이 내려 몇 치나 되게 쌓였다. 나무 열매는 모조리 떨어지고 까마귀와 까치가 맞아 죽었으며, 벼를 비롯한 온갖 곡식들도 다 말라 꼭 불에 탄 것 같았으니, 백성들은 목에서 검은 피가 넘어와도 울부짖기를 그치지 못하였다.

저 '양반 고을'로 이름난 고을에 큰비가 내려 냇물이 흘러넘쳤다. 사방이 탁 트이게 높이 지은 다락집이 물에 잠겼는데, 임금이 쓴 누각의 편액扁額이 급류에 떠내려가 그 행방을 알 길이 묘연하기만 했다.

그해, 세 고을의 땅이 갈라지고, 구름 한 점 보이지 않는 하늘에 천둥이 쳤다. 읍邑에 모양과 빛깔이 자벌레를 닮은 벌레가 나타나 곡식을 먹어치웠다. 여름에 서풍이 불어와 그 차가움이 가을과 다르지 않아 농작물에 피해를 주었다.

해가 바뀌고 또 바뀌고 하여 8월 중순 무렵, 돌풍과 함께 폭우가 쏟아졌다. 향교 성전의 기와가 하나도 남김없이 날아가고, 병기兵器 창고는 기와가 흩어져 내린 바람에 온통 비가 새어 활이며 화살이며 화약이 깡그리 물에 잠기었다.

객사客舍는 일시에 붕괴하여 재목과 기와가 여지없이 깨지거나 흩어지고, 바다를 방비하는 전투 배와 군용의 기구 또한 물살에 형편없이 휩쓸려갔다. 그러함에 여염집의 무너짐이야. 모든 것이 실로 참담하여 백성의 일은 너무나도 절박하다.

백 개의 성을 가진 그는, 몸서리를 치며 계속 전한다.

하늘에 두 개의 해가 떴다고. 무논에 껍질이 검은 벌레가 생겼는데, 머리는 뾰족하고 몸이 작은 게, 싹을 갉아먹어 큰 손상을 보게 했다.

민가에 닭이 병아리를 깠는데, 발이 네 개였다, 몸뚱이는 하나인데. 두 곳의 여울이 묘시 초각初刻부터 묘시 말각末刻까지 그 흐름을 멈추었다. 악귀의 창궐. 별안간 천지가 캄캄해지고 번개가 함부로 치며 비가 퍼붓듯이 하여, 고갯마루 늙은 소나무가 그대로 뽑혀 수십 걸음 밖으로 내동댕이쳐졌다.

지진에 바윗덩이가 무너져 내려 무고한 백성이 깔려 죽었다. 그러자 오랫동안 말랐던 샘에 흙탕물이 마구 솟구치고, 관문官門의 앞길에 땅이 열 장丈 길이로 갈라졌다.

예언의 시간

한양에서 천 리나 떨어져 남방으로 치우쳐 있는 고을.

선비와 기생으로 이름난 고장, 농사꾼과 백정도 더불어 산다. 아이들이 뛰어다니며 놀고 상상 속의 새, 봉황새도 날아오른다.

네 귀에 모두 추녀를 달아 지은 집이다. 거기 팔작지붕 웅장한 누각 난간에 수려한 용모의 젊은 사내가 서 있었다. 외로운 듯하면서도 꽉 찬 느낌을 자아내면서. 저 짚으로, 날을 촘촘히 속으로 넣고 만들어 곡식을 담는 멱서리, 그런 그릇과 견주기에 적당한 것 같은데 왠지 퍼내면 또 금방 채워질 성싶다.

사방이 가팔라 독불장군 같은 성곽 위에 낮게 쌓은 성가퀴 아래로 여느 강들과는 다르게, 서쪽에서 합류해 동남쪽으로 흐르는 남강 가장자리에 백옥 닮은 모래알은 그냥 많다. 그 강의 특이한 방향의 흐름, 그것은 동에서 서로 흘러내리는 보통의 강들에게 무슨 얘기를 들려주고 싶은지도 모른다.

사내 눈길에 잡힌 잔잔한 수면 위에는 흰빛과 잿빛 물새들 날갯짓이 잘 어울리고, 강 건너편 무성한 대밭은 드센 벼슬아치들 서슬인 양 시퍼렇다. 동쪽 하류에 간짓대로 저어 건너는 거룻배를 타고 있는 흰옷 차림의 사람들 모습이 어쩐지 눈을 시리게 하였다. 돛 없는 작은 배와 긴 장대, 그 둘의 조화는 얼핏 불안정하고 어색하게 비치면서도 뭔가 아주 절묘한 풍광을 이뤄내고 있었다.

굵은 붓을 들어 먹물을 듬뿍 찍어 놓은 듯싶은 사내의 짙은 눈썹이 이따금 꿈틀거렸다. 육신의 일부분에서 나타나 보이는 마음의 반응. 깊은 상념에 빠진 품이 무슨 중대사를 코앞에 둔 모양이었다. 얼마 전 하늘에서 떨어져 자그마치 1척이나 땅속으로 들어간 별똥돌(운석)을 찾아낸 이야기도 관심 밖인 그였다.

성곽 벼랑을 핥고 있는 강물에 절반가량 몸을 담그고 있는 바위 위로 이편 언덕배기에서 날아간 붉고 노란 꽃잎들이 하늘하늘 흩날린다. 그 고장 토박이들 눈에는 익숙하면서도 약간은 몽환적인 장면이다. 문득, 그의 단아한 입술 사이로 흘러나오는 소리.

“아, 우짜모 시방쯤…….”

질그릇같이 투박하면서도 정감이 꽃가루처럼 묻어나는 그 고을 특유의 사투리다. 형형한 눈빛이 서녘 창공을 등지고 선 높직한 장대將臺를 향했다. 사시사철 물이 마르지 않아 ‘만물도랑’이라고도 불리는 나불천이 멋들어지게 감돌아 흘러가는 서장대다. 금방이라도 그곳에 올라서서 군사를 지휘하는 장수의 우렁찬 호령이 들려올 법도 한데, 장대 위에 꼭 얹히듯이 걸려 있는 하늘빛은 어린아이 눈만큼이나 해맑다.

그 아래 절집에서는 무슨 행사가 한창인지 아까부터 은은한 목탁 소리가 끊임없이 울려 퍼지고 있었다. 검은 기왓장이 쌓인 마당가에 엷은 보랏빛 수국더미가 소담히 앉은 오래된 사찰에는 호국영령을 모셔놓기도 하였다.

‘부처님, 지발 저의 내자內子가 무탈하거로 해주이소.’

시간이 흐를수록 강단 있게 생긴 사내 얼굴에는 긴장과 초조의 빛이 한층 더 짙어갔다. 당당한 체구가 무섬증을 타는 듯 떨리기조차 한다. 사내 머릿속은 성 밖에 있는 그의 집 생각으로만 가득했다. 자기 일생을 두고서 가장 중요하고 애타는 일 하나가 바로 지금 그곳에서 벌어지고 있는 것이다.

사내가 누각을 굳게 떠받치는 아름드리 붉고 둥근 나무기둥에 바짝 붙어선 두 그림자의 존재를 알아채지 못한 것도 그 때문이었다. 그들은 누각 밑에서 아주 작은 소리로 말을 주고받는 중이었다. 대화라기보다 거의 혼자서 하는 중얼거림과도 흡사했다. 무슨 연유에서인지는 모르지만 둘 다 행여 들킬세라 여간 조심을 하는 모습들이 아니었다. 그 언행들이 적잖게 께름칙하고 불미스러운 분위기를 피웠다.

"우찌 여게서? 그런께네 저 사내가 그 사내!"

"하모(그래), 머라쿠더라? 문무를 모도 갖찼다나 머라나 해쌌는 고 인간인 기라."

"김호한이다, 그말이지예? 김 호 한."

노란 빛깔의 노랑나비 한 마리가 막 누각 아래로 들어오려다가 말고 홀연 바람에 쏠리기라도 하는지 강 쪽에 면해 있는 성가퀴 너머로 휙 날아갔다. 유사시에 성을 지키는 군사들이 몸을 숨기고 적을 감시하거나 공격할 수 있도록 낮게 쌓은 담이다. 흰나비가 뒤를 따르다가 몸 빛깔이 저랑 다른 줄 알았는지 훌쩍 다른 먼 곳을 향했다. 순식간에 자취가 사라지는 그 생명체는 집착과 포기를 잘 가릴 줄 아는 미물이다.

사방이 탁 트이게 높다랗게 지은 그 다락집의 나무 마루 아래 구석진 곳에는 허연 거미줄이 처져 있었다. 왠지 모르게 거기에 잔뜩 몸을 웅크리고 있을 크고 시커먼 거미처럼 사악하고 음침한 기운이 그들 남녀에게서 풍겨 나오고 있었다. 지천에 흐드러진 봄이 유독 그들만 비껴 있는 느낌을 주었다.

"참말로 헌헌장부 아인가베."

어쩐지 불온하고 야릇한 기운이 담긴 여자 음성이 누각 나무 기둥 사이에서 맴돌았다. 아직은 기둥 그림자가 한참 짧은 한낮이었다. 봄 햇살이 제법 짱짱하였다. 저편 서장대 아래쪽에 있는 절집에서는 이제 목탁 소리가 그치고 청아한 종소리가 나기 시작했다.

"흐응! 남자인 내가 봐도 그렇기는 하거마는. 하지만도 그런 기 다 아모 소용이 없거로 해줄 끼다."

남정네의 억지로 끌어 낮춘 듯한, 그러나 위협조의 빈정거리는 목소리가 불거져 나왔다. 심지에 불만 붙이면 금방이라도 '꽝!' 하는 굉음과 더불어 폭발해버릴 것 같은 위태로운 기운이 출렁거렸다. 지켜보면 볼수록 어딘가 아슬아슬하기 그지없는 위험기가 강렬하게 전해지는 사내다. 그의 주변 공기 속에는 수백 개의 시퍼런 비수가 꽂혀 있는 듯싶었다. 그 예리한 날이 노리는 대상은 무엇인지 상상만으로도 섬뜩할 노릇이었다.

"죄인 모가지 베는 허개이 칼로……."

"칼 짚고 뜀뛰기는 우떻소?"

그때, 남강 저쪽에 솟아 있는 망진산 발치의 백정들 거주지인 섭천의 하늘 위로, '카옥, 카오옥' 하는 불길한 울음소리를 내면서 한 무리의 까마귀들이 그 새카만 몸을 무섭게 솟구치고 있었다. 마치 흠집 하나 없는 푸른 하늘에 깊고 검은 생채기를 내버릴 것처럼. 까마귀는 물론이고 수리보다도 더 빨리 날 수 있는 흰 매가 아쉬워지는 순간이었다.

"요새 들어와갖고 재수 하나도 없는 조것들이 우째서 저리키나 날라 댕기는고 모리것다."

"그리쌌지 마소. 내사 방정맞은 까치 고것들보담 몇 배 더 낫다 아이요. 반가븐 손님이 운제 오데서 온다꼬 야단인고?"

남녀는 이제 그다지 흥겹지도 않은 '새타령'이었다. 남자는 호한보다는 다소 연상이지만 아직 한참이나 젊었고, 여자 나이는 그보다도 훨씬 더 밑이어서 언뜻 봐서는 앳된 처녀 모습이었다. 한데도 싱그러운 푸른 기운과는 동떨어진, 병들고 칙칙한 빛깔을 내내 내뿜는 사람들이었다.

그들은 일찍이 호한의 선친 김생강이 생존해 있을 당시에 그 천석꾼 집안의 전답을 부쳐 먹던 임배봉과, 그가 상처하자마자 기다렸다는 듯이 세상 사람들 이목은 전혀 의식하지 않고 곧장 재취로 들여앉힌 운산녀였다. 전처가 남겨 놓고 간 어린 자식 둘은 걸림돌이 될 게 자명했다. 게다가 그들의 새로운 합작合作이 주변 사람들에게 어떤 돌개바람을 일으키게 될지는 누구도 내다보지 못했다.

그들은 강바람 쐬러 나왔다가 우연찮게도 예전의 상전 자식인 김호한을 발견한 셈이었다. 그것은 어쩌면 바둑에서, 처음 바둑돌을 벌여 놓듯, 앞날을 펼쳐나가기 위한 무슨 필연必然과도 맥이 닿아 있었다.

배봉은 덕석처럼 큰 낯판으로 눈과 코, 입 등이 얼굴 한가운데 쫙 모인 중앙집중식이고, 운산녀는 끌로 갈아놓은 듯한 턱이 주걱만큼이나 뾰족하며 눈매가 쭉 찢어진 게 굉장히 암팡지게 생겨먹었다. 사내는 신체의 가로와 세로의 길이가 엇비슷하다고 할 그 정도로 땅땅하고 계집은 오이같이 길쭉하다. 그렇지만 엇되기로는 저울에다 올려놓고 달면 눈금 하나 다르지 않을 짝이 그들이다.

누각 위에서는 때때로 호한의 조바심 섞인 혼잣말이 내려왔고, 강 쪽에서 '웩, 웨액' 하고 목 졸린 듯한 왜가리 울음소리가 간간이 올라왔다. 아무리 목울대가 발달하지 못한 탓에 그렇게 듣기 싫은 소리를 낸다고는 하지만 결코 유쾌한 기분은 못 주었다. 호한의 귀에 그것은 서서히 외세에 억눌리기 시작하는 이 나라 백성들의 고통스럽고 애달픈 신음으로 들렸다.

– 이리 더럽거로 괴로븐 시상, 도로 첨부텀 안 태어나모 더 좋을 끼거마는. 그라모 아모겄도 안 비이고 안 들릴 낀께네.

– 그거는 마, 아인 기라. 우짜든지 씨를 한거석(많이) 뿌리야제. 저것들을 싹쓸이 해갖고 시퍼런 바닷물 속에 꺼꿀로 콱 처박아 넣어뻴라모.

– 모올라. 그런 날이 오기는 올랑가?

– 안 오모, 오거로 맹글어야제. 모가지를 팍 잡아땡기서라도.

– 모가지 똑 떨어져 나간 구신 기경(구경)하거로 생깃다.

사람들은 둘, 셋이 만나도 으레 그 소리요, 혼자 있을 때도 마냥 그 생각이었다. 호한의 눈앞에 근엄하면서도 다정다감한 아버지 얼굴이 생시처럼 어른거렸다. 약간 고집스럽게 생긴 그 입술 사이로 이런 말이 흘러나오고 있었다.

"장개가갖고 사내아이를 언거로 되모 장수將帥를 시키고, 해나(혹시나) 여식애를 가지모, 여식애를 가지모……."

생강은 더 이상 말끝을 잇지 못하였다. 고질병이 돼버린 천식이 또 도지는지 밭은기침만 토해냈다. 이제는 저승으로 떠나가신 아버지 심정을 되짚어보는 호한의 가슴이 홍수가 난 강처럼 함부로 물결쳤다. 대책없이 흙탕물을 삼키는 듯 입안이 껄끄러웠다.

'내 에릴 적에 아부지께서 들리주신 이약이 떠오리거마.'

진 아무개가 미친병에 걸렸는데, 열여덟 살 된 그의 아들이 있어, 사람 고기가 그 병을 고친다는 말을 듣자, 곧바로 제 손가락을 잘라 말려 가루를 만들어 술에 타서 올렸더니, 그의 아비 병이 나았다 한즉, 정문旌門을 세워주고, 관직을 제수하게 해 달라는 예조의 청을 받아들였다더라.

모 아무개는 어머니를 극진히 모시고 살다가, 모친상을 당해 상여가

강을 건너게 됐는데, 물살이 하도 세어 건너가지 못하자 하늘을 우러러 통곡하니, 흐르는 물이 정지해 무사히 강을 건너 장례를 치렀고, 그로 인해 그의 호를 '절강折江'이라 했다고 하더라.

'아부지, 죄송합니더. 이 불효자를 용서해주이소.'

바로 그때 한동안 멈췄던 배봉과 운산녀의 대화가 이번에도 사뭇 조심스럽게 이어졌다. 그것은 차라리 저주와 비난에 가까운 소리 일색이었다.

"이름난 집안 후예로 태어났지만도, 인자는 재물이 저 밑구녕꺼지 홀랑 드러나는 가문의 거들충이 아인가베. 흐흐."

"하로아츰(하루아침)에 또 불길이 확 일어날랑가 우찌 압니꺼?"

"물에 확 쓸리서 안 가삐리고?"

"누가 머라싸도 빽따구 있는 집안인께네."

"빽따구?"

"야."

"개빽따구, 닭빽따구다."

"참 내, 말이라꼬 하는 기 밥맛 떨어지거로 안 하요."

"머보담도 아즉꺼정 후손도 몬 봤고, 또오……."

"아, 가마이 함 있어 보소."

"사람이 오데 가마떼기가, 가마이 있거로."

"후손, 바로 그 이약인데……."

갑자기 운산녀 목소리에 팽팽한 고무줄 같은 긴장감이 실렸다. 공기가 완전 달라졌다. 문득 바람기도 가셨다. 어찌 보면 배봉이란 사내는 가까이 가기도 꺼려질 정도로 험하긴 해도 지극히 단순한 자 같은데 계집은 그게 아니다. 뭐라고 할까, 계속해서 돌아들어간 소라고둥 모양으로 좀체 그 속내를 짚어낼 수 없어 보였다.

"오늘 저 집 윤 씬가 하는 그 여자가 몸 푸는 날이람서예?"

그렇게 캐묻는 운산녀 몸매는 아무리 요모조모 뜯어봐도 아이를 낳아 본 것 같지가 않다. 아직까지도 팽팽한 피부와 가느다란 허리가 그것을 입증하고, 그래서인지 되레 정숙함과는 거리가 먼 여자로 비쳤다.

"몸 푸는?"

"야."

"그야 그렇지만서도……."

"그라모 그렇고, 안 그라모 안 그란 기지, 그렇지만서도는 또 머요?"

"그냥 그렇다 안 쿠나? 빌어묵을!"

잘 따져보면 성낼 것도 아닌 운산녀 그 소리에 그렇게 별스럽게 욕지거리로 대꾸하는 배봉 음성이 파르르 흔들렸다. 두 눈에서는 샛노란 기운이 화살촉같이 뻗쳐 나왔다. 그 순간에는 누구도 말릴 수 없는 다혈질로 보였다. 아무래도 그자의 증오와 분노는 예사가 아닌 듯싶었다.

"햐! 내가 요리키나 입안에 춤이 바짝바짝 다 말라쌌는데, 저 인간 멤이사 올매나 더하까?"

운산녀의 그 혼잣말에 배봉이 또다시 벌컥 화를 냈다.

"인간?"

자칫 누각 위에 있는 사람이 감지할 수 있을 정도였다. 그래도 자제력을 잃어버리지는 않았는지 목청은 높이지 않았다.

"인간은 머 말라비틀어진 기 인간이고?"

"그라모예?"

"개만도 몬한 족속들이제."

그는 누구라도 눈앞에 보이기만 하면 개처럼 사납게 물어뜯을 기세다. 그렇지만 여자는 두려워하기는커녕 오히려 재밌어하는 표정을 지었다.

"아, 개만도 몬한 족속들이람서, 장마당 부러버하기는 와 그리 부러버하는 기요?"

배봉은 도끼날 서린 눈을 꼬부장하게 해서 째려보았다.

"머라꼬?"

"와 내 말이 오데 한군데라도 틀린 기 있소?"

운산녀는 남편의 감사나운 눈초리 따윈 안중에도 없어 보였다.

"눈만 뜨모 그눔의 양반, 양반, 양반."

우연히 어쩌다가 상관하게 된 뜨계집같이 군다.

"내사 한 개도 몬 믿것다. 개도 양반집 개는 살만 묵고 뼈따구는 쳐다도 안 본다꼬 욕만 짜다라 해쌌는 사람은 오데로 갔는고?"

"시끄럽다 고마! 오데 맷돌 없는 기가? 주디를 싹 갈아삘라!"

배봉은 머리 위 누각 나무 마루 쪽을 올려다보며 조롱과 저주를 퍼부었다.

"호한이 저눔, 지발 아들내미 하나 얻거로 해 달라꼬 싹싹 빌고 있것제? 엣따, 엿이나 처무라."

성가퀴에 올라앉아 있던 까치 한 쌍이 서쪽 논개사당祠堂으로 통하는 길에 서 있는 모과나무 가지 위로 옮겨 날았다. 검정빛과 흰빛에 군청색 어우러진 털이 아름답다.

"머스마 자슥을……."

운산녀는 패악이 심하면서도 수다스러운 구석이 엿보였다.

"아들이 아이고 딸이모, 실망이 상구 커것지예?"

"쉿! 주디에 방울을 달았나? 저눔 들으라꼬?"

배봉은 머리 위쪽을 살피고 나서 당장 발길질로 아내를 걷어찰 몸짓을 하였다.

"똑 아들 놓기 바래는 사람맹캐 할 끼가?"

운산녀는 간덩이가 부은 사람 모양으로 웃음기를 날리며 흥이 나 무슨 타령하듯 했다.

"내가 미쳤소, 걸쳤소, 빨랫줄에 널렸소?"

그 말에 배봉은 더욱 어처구니없어 했다.

"머? 무신 줄?"

여자 뺨에 주먹이라도 꽂을 것처럼 하다가 그만 온몸에 소름이 쫙 끼쳤다.

'터진 주디라꼬 그냥 벌로(함부로) 막 내뱉는 거 겉지만도 그기 아인기라.'

배봉은 느닷없이 운산녀가 무서워지기 시작했다. 그녀가 꼭 장난처럼 날린 말속에 깊이 감춰져 있는 쓰라린 과거를 보았다. 그랬다. 운산녀는 잊지 않고 있으면서도 그 처절한 한恨의 멱서리인 빨랫줄을 웃음이란 위장막을 통해 끄집어내 보이고 있는 것이다.

'저리 독한 년은 시상 천지를 다 뒤지봐도 올매 없을 기라.'

그의 머릿속에 두 번 다시는 떠올리고 싶지 않은 지난 일이 되살아났다. 너무나 사는 게 힘이 든 그들은 끝내 자살을 선택했다. 그래 고안해 낸 것이 식구들 모두 빨랫줄로 목을 죄는 것이었다.

남의 집 마당에 있는 빨랫줄을 훔쳐온 그들은 좁은 방에 앉아 아이들부터 처리하기로 했다. 아직 어린 아이들은 아무것도 모른 채 잘도 자고 있었다.

"흐, 이눔들 시상에 나와서 한분 활짝 펴보지도 몬하고 가는 기라."

그래도 친부인 배봉은 그 독한 천성이 잠시 물러나서 눈시울이 벌겋게 되어 그런 말을 하는데 계모인 운산녀는 그게 아니었다.

"도로 아모것도 모리고 죽으이 당신이나 내보담은 백 배 천 배 더 낫소."

그런데 그 어린 나이에도 죽음 앞에서 뭔가 느껴지는 게 있었을까? 큰아이가 홀연 눈을 뜬 것이다. 그러고는 제 딴에도 약간 이상했는지 자기를 들여다보고 있는 부모 얼굴을 멀뚱멀뚱 올려다보는 것이었다. 바보스러워 보일만치 천진난만한 표정이기도 했다.

"헉!"

이번에는 운산녀도 배봉과 크게 다르지 않았다. 그녀도 그만 가슴이 뜨끔해져서 배봉이 손에 쥐고 있는 빨랫줄을 빼앗다시피 하여 얼른 자기 등 뒤로 감추는 것이었다.

원래 그들 아이들은 다른 아이들에 비해 눈이 아주 작은 편이었다. 그런데 그 순간에는 그렇지 않아 보였다. 크게 치뜬 아이의 눈은 그들 두 사람 몸을 몽땅 빨아들이고도 되레 공간이 남을 것으로 여겨졌다.

"흑."

배봉의 입에서 흐느낌이 새 나왔다. 운산녀는 울음을 보이지는 않았지만 얼굴이 딱딱하게 굳어 있었다. 빨랫줄을 쥔 손이 몹시 떨리고 있다는 게 배봉에게도 감지되었다.

"으응."

둘째 아이가 잠꼬대를 하였다. 배봉은 어쩌면 죽은 제 친모와 만나는 꿈을 꾸고 있는지도 모른다는 생각을 하였다. 그게 배봉의 처음이자 마지막 부정父情의 발현이었는지도 알 수 없었다.

결국 첫째 아이로 인해 자살은 미수에 그쳤다. 돌이켜 보면 그들 가족 모두의 목숨을 건져준 게 그 아이였다. 크지도 않은, 아니 너무나 작은 아이의 두 눈이었다. 그날 배봉의 눈에 선 붉은 핏발은 영원히 내다 버릴 수 없는 '붉은 빨랫줄'로 마음속에 걸려 있을 거였다.

'누가 부부 아니라 쿠까이, 조년이나 내나 씰데없는 그 일을 우째서 아즉도 안 잊아삐고 있는고?'

배봉은 괜스레 부아가 확 치밀었다. 그러자 입에서는 마음과 다른 소리가 흘러나왔다.

"미쳤든 걸쳤든 주디는 살아갖고……."

배봉의 구시렁거림에 일부러 나이 든 척하려는 의도가 빤히 드러나 보이는 운산녀였다.

"내 몬 산다, 몬 산다. 지 아내한테 또 주디. 입이라쿠모 오데 덧나나?"

배봉은 또 한 번 깨달았다. 운산녀는 서럽고 아픈 빨랫줄 이야기를 입에 올림으로써 그녀 자신의 마음을 한층 굳게 다지려 하고 있다는 것이다.

"우짜든지 가시나라야 할 낀데."

배봉은 그 빨랫줄 사건을 망각해버린 것처럼 하기로 결심했다. 그의 쥐 눈같이 작은 두 눈에 또다시 샛노란 기운이 번득였다. 살기마저 묻어나는 섬뜩한 빛이었다. 이번에는 운산녀도 진저리를 칠 판이다. 맹수가 으르렁거리는 듯한 목소리가 잔혹함을 자아냈다.

"그래야 만사가 착착 우리 멤 묵은 대로 되는 기라. 흐흐."

음흉한 웃음소리를 흘려가며 그는 가슴에 시퍼런 작두날을 곤두세웠다. 지난날들을 있는 대로 그러모아 그 몸통을 싹둑 자르고 싶어 하는 사람이 거기 있었다.

"내사 생강이 그눔한테 당한 일을 떠올리모, 자알 자다가도 뿌득뿌득 이빨 갈린다."

대체 그들 사이에 무슨 일이 있었던 걸까? 다른 시간과 공간 속에 던져진 죽은 자와 산 자의 애증만큼 부질없는 것도 다시없을 것이다.

"후~우."

운산녀는 과장되게 긴 한숨부터 노파처럼 내쉰 후에 그 소리 잘 나왔다 하는 투였다.

"그 소리가 넘(남) 잠도 몽땅 깨운다쿠는 거 아요, 모리요? 아, 그라고 보이 그 땜새 이빨이 그리키나 부실한갑네?"

튼실하고 둥근 붉은 누각 나무 기둥이 더욱 돋보이는 순간이었다. 의도적으로 의미 없는 말을 하는 그녀는, 이빨 복은 타고났는지 옥수수 알처럼 희고 가지런하게 박혀 있었다.

'깍깍, 깍깍.'

저만큼 제멋대로 뻗어 나간 나뭇가지에 올라앉아 오수라도 즐기는지 조용하던 까치들이 별안간 한꺼번에 미친 양 크게 울어댔다. 근처 어디에 솔개나 삵이라도 나타난 것인지도 모르겠다. 운산녀는 그 소리에 질린 듯 목을 움츠리며, 악령이 깊은 저주를 내리는 것처럼 중얼중얼했다.

"딸을 놓아야, 딸을 놓아야……."

배봉이 볼품없이 생긴 뭉툭한 손가락으로 운산녀 옆구리를 찌르며 낮은 소리로 말하였다.

"자, 후딱 가자. 호한이가 우리 알아보기 전에 말인 기라."

운산녀가 한 손으로 땅바닥에 닿은 치맛자락을 휘어잡았다.

"그리하이시더."

그렇지만 그들이 그 장소를 뜨기 전에 호한이 뒤지지 않으려는 듯 먼저 누각 나무계단을 밟고 내려오기 시작했다. 육중한 덩치 밑에 깔리는 나무계단은 삐거덕거리는 소리를 비명같이 내지른다. 그것은 장차 일어날 일을 미리 내다보고 있는 것일까?

남녀는 몸을 움츠러뜨리며 황급히 기둥 뒤로 밀착시켰다. 호한은 그들이 거기 몰래 숨어 있다는 사실을 훤히 알고 있는 사람처럼 뒤를 한 번 획 돌아보곤, 성곽의 남쪽 출입문인 촉석문 쪽으로 내닫듯 걸어간다. 무예로 다져진 탄탄한 어깨가 호랑이나 매같이 강하고 날렵해 보였다.

호한은 이제 곧 한 핏덩이와 이승에서의 첫 상면을 하게 될 것이다. 여자아이다. 그가 원하던 사내아이가 아닌, 저주를 퍼부으며 복수를 벼르고 있는 임배봉과 운산녀가 바라던 여자아이였다.

세월의 물레는 누가 돌리는 것일까?

그 고을 공동묘지가 있는 선학산을 떠받치는 절벽인 뒤벼리 개똥벌레는 옥봉의 늦 눈에 살아남았는지. 밤비 흩뿌리는 향교에서, 노을이 단풍처럼 떨어지는 순천당 산마루에서, 따스한 햇귀와 차가운 달무리가 술래잡기하던 시간들은 얼마큼이나 흘렀는지.

몇 해 전이나 지금이나 아이들은 변함없이 뛰어다니면서 놀고 있다. 그동안 얼마나 많은 늙은이들이 죽어가고 또 죽어갔는지를 알 수 없듯이, 새로운 사내아이와 여자아이들이 얼마나 태어나고 또 태어났는지는 누구도 모를 것이다.

성 밖에 자리 잡고 있는 대안리 마을, 아장아장 대문간을 나서고 있던 작은 그림자 하나가 가만 멈추었다. 그림자는 이내 동그랗게 변했다. 그림자 주인이 땅바닥에 쪼그려 앉은 것이다. 참 앙증스러운 모습이다. 궁금한 점도 많고 호기심도 넘친다.

'오데 있다가 이리 마이(많이) 나온 기고?'

땅에 딱 붙은 잡풀이 드물게 나 있는 붉은 흙 위에서 기나긴 행렬을 이룬 개미들이 한창 무언가를 물어 나르고 있다. 그 미물들이 온몸 가득히 햇빛을 받아 새까맣게 반짝이며 쉴 새 없이 움직이는 광경은 어린 여자아이 눈길을 금방 잡아끌었다.

"사람으로 태어나갖고 게으름을 피운다모, 그거는 짐승만도 몬한 기라."

무과 출신이지만 웬만한 글방 선비는 낯을 붉히며 물러나 앉게 할 만큼 서책을 수없이 접하는 아버지의 가르침은, 여자아이 가슴에 구슬로 빛나고 생명수로 솟았다. 이른바 '밥상머리 교육'이었다.

'내도 개미나 벌맹캐 열심히 일함서 살아갈 끼다.'

여자아이는 약간 열린 대문 안 저편 마당가 화단에 피어있는 앵두꽃이며 철쭉, 금낭화 근처를 날며 분주히 꿀을 따는 벌들을 돌아보면서 그런 생각까지도 하였다. 잠자리나 사마귀는 날개를 접거나 엎드린 채 한참 가만히 있는 것을 보았어도, 개미나 벌이 그런 모습으로 땅이나 꽃에 앉아 쉬는 것은 여태 보지 못했다.

'아, 상구 심심해갖고 안 되것다.'

무엇이든 해야지 한 시도 두 손 맺고서 그냥 있지를 못하는 성질의 여자아이였다. 그래 자신도 무슨 일이라도 하고 싶어져 손끝이 간지러워짐을 느끼며 저리는 다리를 펴고 막 일어나려 하였다.

그 순간이다. 땅 위에 자기 것보다 얼핏 두 배 이상은 더 커 보이는 어떤 그림자 하나가 물살같이 일렁거린 것은. 여자아이에게 그것은 달밤에 곧잘 하던 '그림자밟기' 놀이와는 사뭇 다른 느낌으로 다가왔다.

"흠."

여자아이는 혹여 놀라게 할까 봐 자기 존재를 알려주려는 것 같은 낮은 그 인기척에 퍼뜩 고개를 치켜들었다. 그 눈빛이 방금 씻어낸 구슬처럼 맑았다. 그래선지 굉장히 영리하고 참해 보인다는 인상부터 주었다. 희고 오뚝한 콧날 끝에서 투명한 햇빛이 미끄럼을 타는 듯싶었다.

'누구?'

여자아이의 숯검정만치 새까만 눈동자 속으로 사람 하나가 들어왔다. 길이가 길고 품과 소매를 넓게 지은 웃옷을 입고 있다. 그 낯선 중은 여자아이의 오밀조밀한 얼굴과 몸뚱이에 비해 상대적으로 좀 커 보이는 손을 묵묵히 내려다보더니 문득 이런 말을 하였다.

"앞으로 자라면 거부巨富가 될 상相이로고!"

몸을 일으킨 여자아이는 눈을 크게 뜨고 물었다.

"그기 무신 말씀입니꺼?"

비록 잔털이 보송보송한 어린애 말소리지만 차돌을 방불케 할 정도로 야무진 물음이었다. 눈에 띄게 예쁜 편은 아니지만 총기가 철철 넘쳐 보여 더 그렇게 느껴지는 건지도 모른다.

"그기, 무신, 말씀입니꺼?"

중은 방금 여자아이가 했던 소리를 그대로 흉내 내면서 투박한 경상도 말씨가 무척이나 재미가 있는지 한참이나 껄껄 웃었다. 그 모습에서는 아무런 꾸밈이 없었다. 그러고 나서 그는 곧은 등에 진 자루 모양의 큰 바랑을 추스르며 상대방 마음에 꼭꼭 새겨주는 어조로 대답했다.

"네가 큰 부자가 되겠다고 했지. 내가 관상을 좀 보느니라. 틀림없이 내 예언대로 될 것이야. 그러니 얘야! 천성을 잘 지켜 훌륭한 인물이 되어라."

"……."

"그리고 돈을 모으면 절대로 인색해서는 아니 될 것이야. 남을 위해 쓸 줄도 아는 그런 사람이 되어야지. 이타적利他的인 사람. 그러면 부처지. 부처는 내 안에 있고, 마귀도 내 속에 있는 법. 흐음."

"……."

"허어, 보면 볼수록 놀랍도다. 신기하도다. 장차 너로 인해 세상이 크게 시끄러울 수도 있겠구나. 여자아이가 저런 상이라니! 하긴 남자아이라도 마찬가지가 아닐까. 그럼 잘 있어라."

여자아이로선, 아니 여자 어른일지라도 좀처럼 알아듣기 힘들 그 말들을 혼자 선문답처럼 내뱉던 중은 시간을 너무 많이 지체했다는 듯 서둘러 떠나가려 하였다. 그러자 야무지게 생긴 여자아이 입에서 다급한 소리가 튀어나왔다.

"스, 스님!"

중은 바싹 말라 '바스락' 하고 마른 나뭇잎 소리가 날 것 같은 몸을 반쯤 돌려세운 채 물었다.

"왜 그러니, 얘야."

여자아이는 꽈리 열매같이 얼굴을 붉히더니 무척 조심스럽게 말했다.

"스님이 뉘신지 알고 싶어서예."

"뭐라?"

중이 호탕한 웃음을 터뜨렸다. 그러고는 아주 감동받았다는 표정을 지었다.

"어린 네가 나보다 낫구나. 역시 예사 아이가 아닌 게야."

"……."

"아암, 그렇지! 한 줄기 무심한 바람을 맞아도 가슴이 흔들릴 수 있고, 옷깃만 스쳐가도 인연이라 했거늘, 우리는 제법 많은 말을 나눴으니 보통 인연은 아닐 테지. 모든 사물은 그것에 의해 생멸한다고 하니까."

중은 우물같이 깊은 여자아이 눈 속을 가만히 들여다보더니 유난히 얇고 붉은 입술을 열었다.

"얘야, 너 '비어사飛魚寺'라는 절을 아느냐?"

그때 두 사람 머리 위를 낮게 날고 있는 것은 생김새가 물고기를 닮은 희귀한 새였다.

"몰라예."

여자아이가 고개를 가로젓자 중은 야윈 손등에 푸른 정맥이 내비치는 손을 들어 먼 곳을 가리키며 천천히 들려주었다.

"저어기 북쪽 산골짝에 있느니라. 봄이 와도 눈이 그냥 그대로 남아 있는 곳이지. 그래도 춥지는 않거든."

봄에 눈이 남아 있어도 춥지는 않은 곳. 여자아이는 세상에 그런 곳도 있을까 생각하고 있는데, 좀 더 친근감이 전해져 오는 중의 목소리가 이어졌다.

"나는 거기 주지인데, 법명은 진무盡無란다."

그 말을 다 알아들을 수는 없었지만 여자아이는 입안으로 가만가만 되뇌었다.

"비어사, 진무……."

진무 스님은 그런 여자아이가 퍽 기특한 모양인지 등이라도 토닥거려 줄 것같이 하더니만 한층 정겨운 얼굴로 말했다.

"이번에는 네가 이름을 말해줄 차례구나."

"예."

여자아이가 또렷한 목소리로 얘기했다.

"비 화. 김비화라고 해예."

진무 스님이 잿빛 장삼에 감싸인 야윈 고개를 서너 번 끄덕끄덕하였다.

"김 비 화."

그런 다음 마음속에 새겨두려는지 물었다.

"숨길 비秘, 혹은 신비로울 비秘, 꽃 화花, 그렇게 쓰는 비화냐?"

여자아이는 스님의 높은 학식에 감탄하기도 하고 부끄럽기도 하다는 듯 머리를 숙였다.

"그런 의미란 말이지?"

어린애가 제 이름에 담긴 뜻을 알고 있다는 그 사실 또한 범상치가 않은 일이었다. 진무 스님 음성이 삭정이 끝에 내려앉은 고추잠자리 날개처럼 가늘게 떨렸다.

"허, 그렇구먼, 그래! 숨어 있는 꽃, 신비로운 꽃이라. 하지만 이 세상 사람들이 그 꽃을 발견할 때쯤이면…….”

“예에?”

여자아이 눈이 화등잔만큼이나 커졌다. 진무 스님은 잠자코 손을 내저었다.

“아니, 아니다. 그냥 해본 소리란다.”

잠시 후였다.

“그건 그렇고, 비화야.”

“예, 스님.”

여자아이 두 눈에 구름 한 점 없는 높푸른 하늘이 내려와 담겨 있었다. 진무 스님은 맨 처음 자신의 머리를 깎아준 묵암선사 말씀이 떠올랐다. 인간의 눈은 우주를 담아낼 수 있으니 우주보다도 크고 넓을 수도 있지만, 그 눈은 항상 작고 좁은 것만 보려고 하니 그게 문제라던가.

“너와 나, 우리는 앞으로 살아가면서 계속 만나야 할 사람들 같구나.”

지금 천지에는 새움이 트고 있는데 마른 나뭇잎 서걱거리는 소리를 내고 있는 진무 스님이었다.

“만나고 싶어서도 만나고, 만나고 싶지 않아도 만나고.”

알 수 없는 노릇이었다. 여느 때 같으면 벌써 너덧 번은 더 넘게 집 앞을 오갔을 소달구지나 마차, 가마가 그날은 단 하나도 지나가지를 않았다.

“아, 나중 말은 아니야. 그럴 리는 없을 테니까.”

그러더니 진무 스님은 그때까지와는 너무도 다른 사람이 돼버린 듯 홀연 몹시 무섭다는 낯빛으로 몸을 떨었다.

“마귀가 또 내 입을 빌려 장난을 치고 있군. 마음에도 없는 소리가 왜 갑자기 튀어나올 수도 있는지, 원.”

아궁이의 재를 긁어내는 데 쓰기 위해 읍내장터에서 사 오는지, 어린 아이를 등에 둘러업은 흰 저고리 검정 치마 아낙이 한쪽 손에 든 고무래 하나를 땅바닥에 질질 끌리게 하면서 걸어가고 있는 게 눈에 띄었다. 어쩌면 그 T자형의 물건은 곡식을 그러모으거나 펴거나, 아니면 밭의 흙을 고르기 위한 것일 수도 있었다.

"내 수도修道의 깊이는 미꾸라지 노는 웅덩이보다도 더 얕은 것을!"

그러면서 가만가만 미소 짓고 있는 진무 스님 얼굴에 쓸쓸하고 고단한 기운이 번져났다. 속되지는 않지만 그래서 더욱 힘들어 보이는 번뇌의 그늘이었다.

"무릇, 사람은 만나고 만나고 또 만나야지. 아, 그러나 우리 중생의 길에는……."

진무 스님은 거기서 갑자기 말끝을 흐려버렸다. 아직도 한참 어린 비화였지만 퀭한 그의 눈에 서리는 무겁고 복잡한 빛을 읽을 수 있었다. 그는 길고 어두운 동굴을 막 빠져나온, 아니 지금부터 그런 동굴로 들어가려는 사람 같아 보였다.

"이제는 정말 가야겠다. 가고 가고 또 가는 게, 어디 물뿐일까?"

비화는 아버지의 밥상머리 가르침에, 물이 아니면 건너지 말고 인정이 아니면 사귀지 말라, 그 말씀을 떠올리고 있었다.

"생각해 보면, 바위도 가고 산도 가고 메아리도 가는 것을."

진무 스님은 보랏빛과 주황빛이 어우러진 서산마루로 기우는 해를 올려다보고 나서 염불 외듯 혼잣말을 계속하였다. 승복과 비슷한 잿빛 기운이 묻어나는 목소리였다.

"바람 따라 구름 따라 그렇게 가야 하는 게 우리네 인생이거늘, 어이, 어이할꼬? 바람과 구름은 벌써 저만큼 가버렸구나!"

"예?"

비화 눈에는 스님이, 볼 수 없는 바람이나 잡을 수 없는 구름으로 비춰들 정도로 머리가 띵했다. 근동에서 재주와 슬기가 뛰어난 신동으로 소문난 비화였지만 도대체 그게 무슨 말인지 알 수 없었다. 진무 스님은 눈대중으로 비화의 키를 가늠해 보았다.

"네가 좀 더 자라면 저절로 알게 될 것이야."

그러다가 또 금방 하는 말이었다.

"차라리 모르는 게 더 좋을 수도 있겠지만 말이다."

그는 언제 모두 가버렸는지 개미 한 마리도 보이지 않는 맨땅바닥과, 큰 대문 안으로 들여다보이는 화단의 꽃나무, 그 두 곳을 번갈아 가며 눈에 담고 있었다.

"땅속에서 맑은 샘물이 솟고, 나뭇가지에서 연녹색 잎이 돋듯이 말이니라."

열심히 귀담아듣고 있는 비화 모습이 흡사 빗물에 씻긴 어린 새싹처럼 청순해 보였다. 씨앗에서 처음 나오는 어린잎이나 줄기를 보는 것은 얼마나 가슴 설레는 일이냐고, 꼭 소녀같이 홍조를 띠는 어머니 윤 씨 모습이 떠오르는 비화였다.

"그게 우주의 이치란다."

그의 말은, 만물을 포용하는 공간인 우주만큼이나 넓고 아득하게 들렸다. 그래서 자칫 꿈결에 듣는 게 아닌가 여겨질 지경이었다.

"어렵지만 어렵지 않고, 어렵지 않지만 어려운……."

비화 귀에는, 아무래도 못된 마귀가 중의 입을 빌려 장난을 치는 것 같은 소리들이 아닐 수 없었다.

"내 말이 어려우냐? 하긴 어려울 테지. 나도 어려우니까."

진무 스님은 사람 마음속을 거울처럼 비춰보는 눈을 가진 것 같았다.

"그러니 너무 성급하게 모든 걸 알려고 하지는 마라."

목탁소리만 나면 모여든다는 목탁귀신이 씐 게 아닐까, 그런 생각까지 품어봄 직할 그였다.

"때로는 바람과 구름이 우리를 쫓아오는 수도 있나니."

이윽고 진무 스님은 그런 수수께끼 같은 말만 흔적처럼 남기고 이내 발걸음을 옮겨놓기 시작하였다. 그러고는 크게 화난 사람처럼 다시는 뒤도 돌아보지 않고 곧장 걸어가는 걸음걸이가 반듯했다. 오직 자기 그림자만을 벗 삼아 훌훌 떠나가는 뒷모습이 비화 눈에 영원히 잊히지 않을 만큼 인상적으로 찍혔다.

'싫지는 않고 좋은데, 쪼꼼 이상한 중 아이가?'

잎사귀 같은 왼쪽 손바닥을 화로 가장자리처럼 뜨끈한 이마에 갖다 대었다.

'후우, 생머리가 다 아풀라쿤다. 옥지이한테나 놀로 가보까. 가모 요분에는 둘이서 머를 하제?'

옥진을 떠올린 비화는 진무 스님을 금세 잊어버렸다. 물고기를 닮은 그 새와 마찬가지로 자취도 남기지 않고 사라진 그였다.

그때 어디선가 털 복슬복슬한 삽사리 짖는 소리가 들렸다. 흰개 눈에는 귀신이 보인다고, 신기함 반 무서움 반이 섞인 목소리로 그렇게 일러주던 어머니 말씀이 생각났다. 하지만 비화 가슴에 더 세차게 파고드는 소리는 따로 있었다.

'심(힘)들어도 절망 안 하고 낙심도 안 하고 바지런히 노력해쌌다 보모, 운젠가는 반다시 이전맹캐 잘살거로 안 되까이.'

갈수록 집안 형편이 어려워지자 아버지 호한과 어머니 윤 씨가 하루에도 몇 번씩 입에 올리는 말이, '절망'과 '낙심' 그리고 '바지런히 노력해쌌다 보모'였다. 절친한 벗의 보증 한 번 잘못 선 게 그리도 큰 죄냐고, 주먹으로 자기 가슴팍을 막 찧어 대는 아버지가 딸자식 눈에는 그저 낯설기만 하였다.

대문大門이 가문家門이다

옥진은 성 밖 동리에 있는 집에서 북동쪽으로 약간 떨어진 연못 대사지大寺池를 향해서 졸래졸래 걸어가는 중이었다. 혼자였다.

어머니 동실 댁이 정성껏 만들어 입힌 색동옷이 썩 잘 어울렸다. 오색 빛깔 헝겊을 층이 지게 차례로 잇대어 만든 색동을 대서 지은 옷이다.

그런 옥진 모습은 색동나비 한 마리가 나풀나풀 땅 위를 낮게 날아가는 걸 연상케 하였다. 천진함과 우아함을 동시에 품고 있는 보기 드문 자태였다.

"어이구, 이뿌기도 해라. 야야, 니 오데 사노?"

"누 집 딸내미고. 우짜모 저리 고운 여식을 낳을꼬!"

"사람이 놓기는 놓은 기 맞나? 우찌 사람 배에서 저런 아가 나왔노."

길에서 만나는 사람마다 옥진에게서 눈을 떼지 못하고 한마디씩 하였다. 하지만 그건 누굴 탓할 일도 아니었다. 하고 싶었든 하고 싶지 않았든 간에 그 원인 제공자는 당연히 옥진 자신이었으니까. 내 입 네 입 할 것 없이 입들은 계속 조잘조잘했다.

"우리 고을에 저런 미인이 있는 줄 안 몰랐디가. 선녀들이 사는 곳도 아인데 말이다."

"날도 다 저물어 가는 이런 시각에, 아름다운 공주님이 시녀도 안 거느리고 홀로 오데로 가시는고?"

"호위군사도 없은께 불안타, 그 말이제?"

"괘안타. 만지모 곤때라도 묻을까 싶어갖고, 아모도 근처에 몬 접근할 끼다."

옥진은 하루에도 수십 번씩 들어오는 소리였지만, 들을 그때마다 얼굴빛은 막 벌어지기 시작하는 연꽃봉오리처럼 홍조를 띠었다. 아무 화장을 하지 않았는데도 향기로운 체취가 풍기는 성싶었다.

옥진은 지금 연꽃을 보러 가는 중이었다. 진흙 속에서 쭉 솟아오른 그 대궁을 볼라치면 작은 가슴이 마구 설레었다. 못물은 흐르지는 않지만 그렇다고 가만히 정지해 있는 것도 아니었다. 뽀글뽀글 소리를 내면서 쉴 새 없이 떠오르는 물방울들을 구경하는 것도 제법 색다른 재미가 있었다.

옥진 부모 강용삼과 동실 댁은 먼 충청도 영동 땅에 사는 지인의 잔칫날에 맞춰 떠나면서, 아무래도 원행遠行에는 무리인지라 데려가지 못하고 혼자 남겨놓을 수밖에 없는 어린 옥진을 돌봐줄 친척 처녀 하나를 당분간 집에 와 함께 있게 하였다.

"미안타, 애심아. 욕 좀 봐라이."

"욕은 무신 욕예? 하나도 욕 아입니더."

"그래도 우리 옥지이가 아즉 에리서……."

"그란께 안 에린 지가 여 왔다 아입니꺼? 괘안심니더. 아모 걱정하지 마시고예, 천천히 댕기오시소."

그래도 부부는 몇 번이고 더 당부했다. 애심이 보이는 큰 자신감이 도리어 마음을 놓지 못하게 하는 것이다. 그러다가 목적지를 생각하고는 서두르는 모습을 보였다.

"그라모 우리, 간다. 갈 길이 너모 멀어갖고."

"야, 얼릉 가시소."

그런데 애심이란 처녀는 몸이 비대하고 다소 둔감한 편으로 잠이 지나치게 많았다. 잠깐 옥진과 놀아주는 도중 두 눈이 가물가물해지는가 싶더니만 이내 막 곯아떨어졌고, 혼자 심심해진 옥진은 그냥 집을 나선 것이다.

'야가 오데로 갔노?'

뒤늦게 잠에서 깨어난 애심은 옥진이 없어진 사실을 알고는 어쩔 줄 몰라 했다. 세상 그 어느 자식이 귀하지 않을까마는, 무남독녀 옥진은 부모에게 금지옥엽이라는 말로도 다 채우지 못할 존재였다. 집 안에 있어도 옆에 딱 붙어서 신경을 써야 할 아이였다.

'옴마야! 내 몬 산다 고마. 우짜꼬? 우짜꼬?'

하지만 황소걸음이 천 리를 간다고 하였다. 새끼두루미같이 연약한 다리지만 도대체 어디를 얼마만큼 갔는지 알 재간이 없었다. 온갖 방정맞은 생각이 들었다.

"옥지이, 우리 옥지이 몬 보싯어예? 상구 이뿐 아예, 이뿐 아."

애심은 엉엉 소리 내어 울면서 눈알이 벌겋게 되어 만나는 사람마다 붙들고 물어가며 온 동리를 샅샅이 뒤졌지만 옥진의 행방은 안개 속같이 감감하기만 할 뿐이었다. 대사지에 갔으리라고는 상상도 하지 못한 처녀는 줄곧 집 근처만 뱅뱅 헤매었다.

"오데로 갔노? 오데로 갔노?"

이윽고 옥진은 대사지에 당도했다. 성 밖으로 둘러서 판 그 해자垓字에는 아름다운 연꽃이 가득 피어 어서 오라고 손짓하였다. 얼마 전 거기 바람 쐬러 왔을 때, 아버지가 할아버지로부터 들었다면서 상세히 들려주던 이야기도 머릿속에 되살아났다.

"시방은 우리 보듯기 이 연못이 이러키나 크지만도 안 있나, 한참 이전에는 성 북문꺼지 미치지 몬했는 기라. 애비가 니 할아부지한테 들은 기억이 다 맞다모……."

어른이 듣기에 더 걸맞은 이야기였다.

"저 광해군 때 말이다, 당시 이곳 병마절도사하고 감사가 서쪽 땅을 더 파갖고, 길이와 너비를 넓힛다 안 쿠는가베."

용삼은 대사지 위쪽에 가로 건너지른, 뗏장을 얹어 나무 사이로 발이 빠지지 않도록 흙으로 단단히 다진 흙다리를, 딸의 손을 꼭 잡고 나란히 걸으면서 말을 이어갔다.

"이 연못이 그리 커진께 사람들이 성내 출입을 잘 몬하거로 돼뼷다 쿠데. 그래갖고 놓은 다리가 이 대사교大寺橋인데 말이다."

아버지 그 말씀을 되살리는 옥진 얼굴에 환한 미소가 피어났다. 아버지가 보고 싶었다. 근동에서 성질이 불칼이라고 알려진 용삼이지만 비화와 마찬가지로 단 하나뿐인 혈육인 옥진에게만은 이루 말할 수 없이 자상하고 든든한 아버지였다.

'아, 좋다. 너모 좋다.'

옥진은 못 가장자리를 돌면서 오직 연꽃 구경에만 정신이 팔렸다. 어둠이 내렸지만 밤에 보는 연꽃은 더욱 신비로웠다. 연못에 등불을 둥둥 띄워놓은 듯했다. 옥진의 마음 또한 붕 떠올랐다. 그 고을에서 해마다 펼쳐지는 남강 유등축제를 지켜보고 있는 기분이었다. 절집에 잘 가는 할머니에게서 심청전 이야기를 들었는데, 지금 옥진 자신이 바로 연꽃 속에서 나왔다는 심청이라는 착각이 일 지경이었다. 옥진 뇌리에 떠오르는 정겨운 얼굴 하나가 있었다. 바로 친자매처럼 지내는 이웃집 비화였다.

'비화 언가(언니)도 같이 왔으모 더 좋을 긴데.'

그런데 어디서 갑자기 나타난 것일까? 못가를 혼자 거닐고 있는 옥진을 나무 뒤에 꼭꼭 숨어 지켜보는 그림자들이 있었다. 얼핏 나무가 지우는 음영 같아 보이는 그것은 하나가 아니라 둘이었다.

이날따라 연못 주위는 인적이 드물고 새소리 하나 들리지 않고 고즈넉했다. 밝은 한낮에는 사람뿐만 아니라 소와 말이나, 개, 고양이 등의 동물들도 간간이 지나다니는 다리지만, 지금은 단지 다리 저 혼자만이 뎅그러니 어두운 수면 위에 가로놓여 있을 뿐이다.

어스름 달빛 아래 유령같이 드러난 그림자. 놀랍게도 그들은 아직까지 사내 꼬투리 티가 제대로 나지도 않은 임배봉의 점박이 자식들 억호와 만호 형제였다. 그들이 하필이면 그날 그곳에 나타나게 된 데에는, 지난 정월 대보름날 밤에 대한 기억이 몹시 음흉한 뱀처럼 똬리를 틀고 있었기 때문이었다.

대사교는 정월 대보름날 밤이면 그야말로 사람 산 사람 바다였다. 성 안에 사는 사람이나 성 밖에 사는 사람이나 남자거나 여자거나 늙었거나 젊었거나 가릴 것 없이 대사교로 몰려나왔다. 아마도 몸을 움직일 수 있는 사람이라면 전부가 그럴 것이다. 바로 '다리밟기'를 하기 위해서다.

언제부터인가 이 고을에는 만일 그날 답교놀이를 하지 않으면 다릿병과 액운을 피할 수 없다는 속설이 파다했다. 그뿐만이 아니다. 바람둥이 서방을 둔 아낙들의 염원과 집착은 가히 눈물겹고 소름 끼칠 정도였다.

"하 답답한 요 내 가슴, 문짝겉이 확 열어 비이고 싶거마는. 하매 시커멓커로 싹 다 타갖고 숯검대이가 돼 있을 끼다."

"내는 다리밟기 해갖고 우리 서방 바람기만 잡을 수 있다쿠모, 일년 열두 달 그냥 잠도 안 자고 밥도 안 묵고, 두 발목때이가 문디이 발매이로 모돌띠리 썩어 문질러질 때꺼정 막 밟것다."

"발목때이만? 내사 손목때이도 그라것다."

"후우. 전생에 최고로 큰 웬수가 이승에서 부부로 만낸다쿠디이 그 이약이 영판 맞다. 이 웬수, 웬수야이. 지발하고 저 시상에서는 코빼기도 안 비치거로 해 달라꼬 빌고 또 빌고 시푸다."

비슷한 처지에 놓여 있는 여인네들은 그런 말로 쌓인 분노와 한을 삭히거나 남편 바람이 가라앉기를 소원하면서 아침이 올 때까지 대사교를 밟고 밟고 또 밟았다. 그러다가 너무 다리가 아프다거나 잠이 온다거나 지루해지거나 하면, 어떤 아낙이 이런 소리를 끄집어내어 웃음을 자아내거나 눈살을 찌푸리게 하곤 했다.

"요 다리가 내 신랑 다리 겉으모 콱콱콱 밟아 빙신으로 맹글어갖고, 다시는 기집질 몬 하거로 해삐릴 낀데."

그러면 다른 아낙이 말리는 듯 은근슬쩍 한술 더 뜬다.

"암만 부아가 짜다라 난다 쿠더라도 그래서는 안 되제. 지 남핀 기운 몬 쓰모 누가 젤 섧것노?"

호기심 많은 토끼 모양 솔깃하니 귀 세운 채 듣고 있던 또 다른 아낙이 후렴을 친다.

"하기사! 이런 이약을 하모 낼로 보고 잡년이라 쿨지 몰라도, 넘의 서방 넘기보는 몬된 년들이사 이눔 저눔 아모 잡눔한테나 붙어묵으이, 고런 화냥년들이 부러버서 내 몬 산다 고마!"

"무신 소리고? 에나 부러블 거도 없는갑다야. 고런 년들이 다 부럽거로."

부러움 가득히 실린 목소리였다. 여인네들의 소복 빛깔과도 같은 울분과 서러움과 고통을, 그따위 지저분하고 막돼먹은 말들로 달래고 이겨내곤 하는 대사교. 그것은 그저 어디서나 볼 수 있는 흔한 다리가 아니라 오래전부터 민간신앙의 대상으로 자리 잡아 오고 있다.

그런데 송아지 못된 것은 엉덩이에 뿔이 난다고, 애당초 탈선을 밥 먹듯이 하는 불량아인 점박이 형제가 눈길을 돌린 것은, 남편의 오입질을 견뎌내지 못하는 아낙들이 아니었다. 그렇다면 누구였던가? 다름 아닌 그 지역 기생들이었다. 특히 애기 기생이었다. 그곳은 여염집 여자들만 아니고 기생들도 다리밟기에 나섰는데, 단풍든 산처럼 울긋불긋 곱디곱게 치장한 자태로 나타난 그녀들은 다릿병과 액운을 떨치기 위한 목적만 있는 게 아니었다. 자신을 데리고 갈 '임'을 기다리는 심정으로 오기도 하였다. 그에 대해서도 말들이 많았다.

"저 한양서 낯판 희멀건 한량들이 한무데기 내리와갖고, 흐응, 내사 더 말도 하기 싫다 고마. 옆푼때이 기생 끼차고 베라벨 짓거리 다 하것제?"

"눈꼴이 시서 그 꼬라지를 우찌 보노?"

"식초가 시야제, 눈이 시갖고 우짤라꼬?"

"어허, 참. 시라쿠는 식초는 안 시고 마개부텀 신다쿠디이."

"아, 싸우지 마라, 방법이 없는 거도 아이다. 우리도 한양 올라가갖고 거게 있는 기생들 데꼬 신나거로 함 놀아보자."

"걸베이 깡통 찰 소리 찰랑찰랑 늘어놓고 안 있나."

"니 겉은 거하고 함께 놀아줄 눈 먼 기생이 오데 있는 줄 아는가베?"

"와 없어? 와 없어? 돈만 있어 봐라, 돈만!"

"아아, 갤국 끝에는 돈……."

"돌아삐것다! 돈, 돈, 도온!"

새삼스러운 이야기도 아니지만, 인간은 나보다도 더 잘났다고 생각되는 사람, 나보다도 더 누린다고 생각되는 사람, 그런 부류 사람들을 떠올리면 곧잘 공격적으로 돌변하고 체통마저 잃는다. 여인들 사이에 사내들을 표적으로 삼은 공격적인 소리가 이어졌다.

"우리 고을 사는 사내들한테 안 있나, 사내라쿠는 그 이름자, 길거리 지내가는 개한테나 던지주라 글캐라. 빙신들맹커로 내 울 안에 든 거 싹 다 뺏기삐고."

"우짜것노. 들어봤디제? 사람새끼 나모 한양 보내고, 말새끼 나모 제주도 보내라꼬 그리 안 쿠던가베? 그기 그냥 생긴 소리는 아일 끼라. 오데 상대가 되것나."

"상대가 안 되모 대상이라도 되어야제, 어차피 꺼꿀로 가는 시상인데."

그랬다. 어쨌든 북에는 평양기생 남에는 진주기생, 그런 소리가 내려오고 있거니와, 예로부터 명기名妓로 소문난 이곳 기생들과 어떻게 인연의 끈을 맺어볼 요량으로, 천 리나 떨어진 한양 땅에서 희멀겋게 생긴 고관대작 자제들이 앞다퉈 출현했다.

그러나 지방 사내들이라고 해서 색을 멀리할 리는 없다. 참새가 방앗간을 그냥 지나가냐였다. 그들 가운데는 근본이 좋지 못한 졸부도 많은데 임배봉 아들들이 바로 그 대표적인 종내기들이다.

지난 대보름날 다리밟기할 때 본 기생들의 고운 자태가 눈에 삼삼하여 아무것도 하지 못하는 억호와 만호였다. 그래서 속된 말로 아직 대가리 쇠똥도 다 안 마른 주제에, 피는 속이지 못하는 법이라고, 그쪽에 집착하는 아버지 기질을 고스란히 물려받은 그들 형제였다. 혹시나 정월 대보름날 아닌 다른 날에도 거기 나타나는 기생이 없을까 기대하며 그곳을 종종 찾곤 하였다. 지능은 또래들 평균을 밑도는데 기운은 무척 셌다. 극히 비정상적인 발달이었다.

그런 기생들이 전혀 없는 것은 아니다. 물론 이번에는 다리밟기가 목적이 아니라 연꽃 구경하러 나오는 경우가 많았지만. 그리고 이날 그들은 새로운 현장을 접하게 된 것이다. 편부偏父가 자식들을 제대로 건사

하는 게 쉽겠냐마는, 그래도 만약 아버지가 재취를 들이지만 않았더라도 상황은 지금과는 많이 달라져 있을 것이다. 그리고 친모가 살아 있다면 자식들의 그런 탈선을 보고 그대로 방치할 리가 없을 것이다.

하지만 계모 값을 톡톡히 하는 운산녀는 구박투성이 전처소생들을 발가락에 난 무좀보다 더 성가셔했으며, 배봉은 오로지 돈과 신분 상승에만 눈이 어두워 자식 따윈 안중에도 없었다. 고아 아닌 고아로 전락한 점박이 형제는 그 누구의 보살핌도 받지 못한 채 악의 구렁텅이로 빠져들었다. 그런 최악의 환경 속에서 성장한 탓에 행실이 안 좋기로는 사람들이 혀를 차대는 문제아 형제였고, 그 고을 '선비정신'을 자랑하는 지역민들에게는 눈엣가시였다.

그런데 연꽃의 아름다움에 홀린 옥진은 자신을 향해 소리 없이 다가오고 있는 형제들을 조금도 눈치채지 못했다. 그때 대사지는 단순히 인간이 쌓은 성곽 주위에 둘러 판 못이 아니라 미지의 세계로 통하는 못이었다. 음영이 하나 또 하나, 그렇게 두 개가 드리워진 것은 아주 잠깐 사이였다. 바람이 소리를 내었던가, 물결이 소리를 내었던가? 그때 세상 시간과 공간을 이끄는 건 사람이 아닌 그 무엇이었다.

어머니가 한 뜸 한 뜸 사랑과 정성의 바느질로 만들어 입혀준 색동저고리와 색동치마가 검은 바람에 휩싸였다. 옥진은 반사적으로 눈을 감았다가 떴다. 그러고는 보았다! 눈 밑의 점들.

부모님이 가신 영동 땅은 얼마나 먼 곳일까? 그곳에도 사람이 사는 집이 있고, 거기 길에서는 아이들이 뛰어다니며 놀고 있겠지. 구름이 뜬 하늘 아래 나무에는 새가 날아들고 해를 보고 웃으며 꽃은 필 거야. 그런데 이 순간 아무래도 익숙해질 수 없는 저 얼굴들.

옥진은 무의식적으로 얼른 다시 눈을 질끈 감고 말았다. 어떤 보이지 않는 손이 그대로 가려버린 것도 같았다. 그 손은 부모님의 손인가? 어쩌면 비화의 손인지도 모른다. 그래, 지금 이 같은 상황에서는 그보다 더 나은 게 없으리라. 하지만 그 얼굴들, 특히 점들은 옥진의 감은 눈을 어지럽힌다.

이따금 어둡침침한 숲에서 일어나는 작은 바람이 푸르죽죽한 달빛을 함부로 찢어발기며 흐느낀다. 한 맺힌 여자 귀신이 내는 통곡 소리일까?

공간은 어디론가 굴러가 버렸고, 시간은 한순간에 멈춰버렸다. 세상에는 아무것도 없었다. 아니, 있다.

"진아! 옥진아이! 아아, 이, 이 일을 우짜노? 우짜모 좋노?"

얼마나 지났는지 알 수가 없다. 울음 섞인 소리와 함께 어떤 손이 몸을 마구 흔들어댄다. 옥진은 눈을 떴다. 맨 먼저 눈에 들어온 게 초롱초롱한 별들이다. 소나기처럼 쏴 쏟아져 내릴 것만 같은 별 무더기였다.

곧이어 참기 어려운 한기가 확 끼쳤다. 옥진은 턱을 덜덜 떨었다. 이빨이 딱딱 부딪쳤다. 이슬 내린 풀밭에 얼마나 그러고 있었는지 알 수 없다. 온몸이 겨울 강가 돌멩이같이 딱딱하고 차다. 얼음 나라에 와 있는 걸까?

"하이고, 옥진아이. 누, 눈을 떴구마! 주, 죽지는 안 했네? 내, 내가 누고, 엉?"

무언가 대사지 가운데 떠서 물결에 따라 이리저리 흔들리는 것이 흐릿하게 비쳤다. 낮에 누군가 버리고 간 쓰레기인지 둥치에서 꺾여 나간 나뭇가지인지 모르겠다. 어쩌면 못의 혼령이 잠깐 밖으로 나타나 보이는 걸까?

"낼로 알아보것나, 몬 알아보것나?"

애심은 미친 여자가 대성통곡하듯 했다. 그래도 옥진은 조각 난 얼음장에 꽉 박혀 있는 통나무처럼 아무런 반응도 보일 줄 모른다.

"대, 대체 이기 우찌 된 일이고, 으잉?"

망연자실 옥진 얼굴을 들여다보던 애심은 옥진의 상체를 들어 올려 제 가슴 쪽으로 와락 안으면서 울부짖는 소리로 외쳤다.

"살아 있제?"

애심의 치마폭도 풀 이슬에 젖어 축축했다. 이슬처럼 허무하게 사라지는 것은 사형장이나 전쟁터에서만 일어나는 일이 아닐 것이다.

"니 안 죽고 살아 있는 기 맞제?"

그러나 옥진은 그게 아닌 듯 완전히 넋이 나간 아이다. 여전히 나무토막으로 변해 있다. 아니다. 그야말로 싸라기눈 떨어지는 만큼이나 조금씩 정신이 돌아오기 무섭게 또다시 아귀같이 덤벼드는 것이 낯설기만 한 몸의 감각이다.

"으으…… 으으으……."

하지만 이제 겨우 신음소리는 나온다.

"오, 옥진아이! 니 와 이라고 있노, 으응?"

"으, 으."

그 많은 대사지의 연꽃들이 깡그리 뚝뚝 떨어져 내리는 소리가 들려오는 듯하다.

"마, 말 좀 해봐라, 말 좀!"

약간 둔한 애심으로선 지금까지 그곳에서 어떤 사건이 벌어지고 있었는지 도시 알 수가 없었다. 아니, 명석한 사람일지라도 상상치 못할 것이다. 대사지도 눈을 감아버렸을지 알 수 없다.

옥진은 애심의 품 안에 축 늘어진 채로 초점 잃은 눈으로 그저 허공만 바라보았다. 불교에서는 모양과 빛이 없는 상태를 허공이라고 하지만, 사람의 마음만큼 허공이라고 할 만한 것도 없을지 모른다. 텅 빈 공중, 허공에 사라지다. 사라지는 것은 무엇인가?

"가자, 가야제."

애심이 힘겹게 옥진의 몸을 일으키며 지친 목소리로 말했다.

"집으로, 너거 집으로……."

문득, 비화네 뒤안 우물처럼 깊고 어두운 하늘가에 별똥별 하나가 푸른 선을 그으면서 떨어진다.

비화가 좋아하는 한 가지 일이 있었다.

집 밖에 나와 서서 행인들이며 우마차며 가마 등을 구경하는 것이었는데, 그것은 미지의 세계를 미리 접하는 거라고나 할까, 어린아이에게 온갖 상상과 꿈을 심어주는 신기함이 있었다.

이날도 대문 앞에 나와 있는데 문득 등 뒤에서 이런 말이 들려왔다.

"야야! 이거 봐라. 시방 니 아부지하고 어머이 안에 있는 것가?"

그러자 도저히 어린 여자아이 동작이라고는 믿어지지 않을 만큼 잽싸게 뒤돌아보는 비화 두 눈이 홀연 매섭게 빛나더니 싸늘한 목소리로 말했다.

"머할라꼬예?"

대문大門이 가문家門이라고, 가문이 높아도 가난하여 집채나 대문이 작으면 위엄이 없다는 말도 있지만, 비화네 대문짝에 가로 대고 못을 박은 네모진 대문띠는, 그 아무나 집을 드나들게 할 수 없다는 엄중한 경고로 받아들여지도록 아주 크고 튼실해 보였다.

"하이고! 저, 저 시퍼런 눈깔 좀 봐라 캐도! 시상에, 딱 콩깍지만 한 가시나가 눈이 와 저렇노, 눈이?"

그렇게 무슨 푸념 지껄이듯 하는 여자는 그새 세모눈이 예전보다 더 샐쭉해진 운산녀다. 쪽 빠진 하관은 대패나 줄칼 등으로 갈아놓은 성싶다.

'까~악, 까~악.'

비화네 담장 안쪽에 서 있는 오래된 아름드리 오동나무 꼭대기에서 까마귀가 불길한 울음을 토해냈다. 어찌 들으면 누군가를 겨냥해 내는 매서운 저주 같다. 아버지 말씀으로는 늙은 제 어버이를 잘 모시는 효조孝鳥라는데, 왜 사람들은 그 착한 새를 자꾸 재수 없는 새라고 하는지 알 수 없다. 감나무에 달린 감을 다 따지 않고 한두 개 남겨둘 때도 '까치밥'이라고 하지 '까마귀밥'이라고 하는 걸 듣지 못했다.

"임자! 눈만 딱 붙은 기집아 데불고 노닥댈 틈새 없는 기라."

임배봉은 어쩐지 크게 질린 기색을 하고 있는 운산녀를 빚쟁이처럼 독촉했다.

"퍼뜩 김호한이나 만내보자쿤께?"

한때의 상전 이름을 거침없이 멋대로 입에 올리는 배봉은 낯바대기가 한층 동리 공터만큼이나 넓어지고, 톡 불거진 배는 꼭 오늘내일하는 산모보다도 위태위태해 보였다. 그렇지만 꿈에 보일까 봐 신경 쓰일 만큼 더러운 인상과 곰과 맞먹을 정도의 덩치는 위압감을 줄 만도 하였다.

"머 땜새 또 왔심니꺼? 또 왔는데예?"

담벼락하고 말하는 셈이라는 투였다.

"우리 집에 아자씨하고 아주머이가 묵고 입을 꺼 한 개도 없어예!"

비화는 어린애답지 않게 큰 두 손으로 그들 앞을 가로막으면서 계속하여 고래고래 소리 질렀다. 그 언동이 막돼먹은 아이를 닮았다.

"시방 집에 어른들 아모도 안 계심니더. 알것지예? 그런께 고마 돌아들 가이소."

오동나무가 주인집 딸의 그런 모습을 가상하다는 듯 내려다보고 있었다.

"아이고, 진짜로야?"

여전히 운산녀는 기가 막힌다는 표정을 풀지 못하면서도 어딘지 약간 겁을 먹은 것 같아 보였다. 그녀는 남편 몸 뒤쪽에 숨어 앙탈부리듯 생뚱스러운 말을 하였다.

"내는 똑 쥐만 한 이 가시나가 무서버 죽것소."

배봉이 어이없어 하며 끌끌 혀를 찼다.

"허어, 참 내. 간이 생기다 만 것가, 머꼬?"

오래된 성곽이 있는 쪽에서 바람이 불어왔다.

"또, 또 그 소리!"

바람이 들어가 치마폭이 풍선 모양으로 부풀어 오른 운산녀는, 자꾸 치미는 화를 삭이지 못하겠는 기색이었다.

"맞소 고마. 생기다가 만 기 아이고, 내사 애당초 옴마 뱃속에서 '응애' 하고 맨 첨 나올 적부텀 간이 없었소, 간이."

그 이면에는 배봉에 대한 불만이 강하게 깔려 있다는 것을 은근슬쩍 그렇게 드러내는 것이다.

'조것이 또 꼴에 계모 값 한다꼬, 잘몬 박아논 못맹캐 전처소생들한테 삐딱하거로 굴고 싶은 모냥이제?'

배봉은 열불이 쫙 돋쳤다. 하지만 앞뒤 짚어보자니 그런 것이 아니라 아무래도 억호와 만호 이것들이 또 애를 먹인 게 확실했다.

도둑놈하고 당장 바꿔 때려죽일 요놈의 자식새끼들. 심보가 그러니까 지들 부모에게는 없던 점이 둘 다 얼굴에 박혔지. 그건 그렇고, 철딱서니 없는 고것들이 언제쯤이나 돼야 운산녀를 저희 어미로 대접하려나.

'내 성깔대로라모……. 젠장, 집구석에서 쫓아내삐릴 수도 없고 돌아삐것다.'

배봉이 그런 난감한 생각을 굴리고 있는데 운산녀는 자꾸 엇나가는 소리만 해댄다. 금방 제 입으로 태어날 때부터 없었다던 간이, 이번에는 또 짐승 간으로 둔갑한다.

“토까이 간매이로 꺼내갖고 따끈한 바구에 내다 말리는데, 고마 커다란 범이 와서 싹 물고 가뻣소. 우짤라요?”

사람들은 무관 출신인 호한더러 범 같은 장수라고 하였다. 지금 운산녀는 결코 장난을 치고 있지는 않다. 은근히 호한의 존재를 일깨워주고 있는 것이다. 그런 자각이 배봉을 더욱 삐딱하고 신경질 나게 했다. 이 임배봉이가 김호한이보다 못한 게 뭐가 있어서? 그놈이 운산녀 간을 물고 가면, 나는 그놈 아내 윤 씨 간을 물고 오면 되지.

“저어게 섭천 쇠가 웃다가 이빨 다 빠질 팔도 쌍나팔 불고 있네?”

배봉은 남강 건너 망진산 아래 백정들 거주지인 섭천 쪽을 턱으로 가리키며 빈정거렸다. 그러자 운산녀는 눈에 쌍심지를 켜면서 씨근거렸다.

“함 두고 보소. 내중에 내가 진짜 간 큰 짓 해볼 낀께네. 그때 가갖고 무담시(괜히) 낼로 원망이나 하지 마소.”

배봉은 아니 할 말로, 운산녀 간을 싹 빼버리고 싶었다. 배봉 스스로도 그렇지만 운산녀 또한 김호한의 집 근처에만 오면 언제나 지금처럼 없던 허장성세도 막 부리고픈 심정인 듯했다. 그것은 일종의 ‘피해 보상 심리’ 같은 것인지도 몰랐다. 그렇다. 돌려받아야 할 것들이 너무 많다. 배봉은 속으로는 심사를 다잡으면서 겉으로는 심상한 척, 투박하게 생긴 손으로 개에게 먹을 것을 던져주는 시늉을 하였다.

“아나(옜다), 엿 묵어라.”

그런데 비록 그렇게 골탕 먹이는 방자한 말을 던졌지만 운산녀 그 소리가 이상하게 배봉 귀에 거슬렸다. 홧김에 불쑥 내뱉은 말이라는 생각은 들면서도 어쩐지 마음 한 귀퉁이에 탁 걸렸다. 훗날 그런 짓을 저지르고야 말리라는 기분 나쁜 예감이 여름철 산에 피는, ‘도둑놈의갈고리’

의 잔가시같이 찔러대는 것이다.

'질로 괭이새끼맹커로 옹야옹야 해준께네, 요망한 에펀네가 뒤질라꼬 약 쓰나?'

배봉은 몽개몽개 피어오르는 방정맞은 감정을 내팽개쳐버리기 위할 양으로 목청을 있는 대로 돋우었다.

"조 쪼꼬만 가시나가 무서버 죽것다꼬 함시롱, 간 큰 짓은 무신 간 큰 짓? 말도 안 되는 소리하고 자빠졌다."

굵은 철사 토막이나 막대기로 굴렁쇠를 돌리면서 달려가던 아이들이 지각없는 어른들을 핼끔핼끔 곁눈질하였다. 굴러먹을 대로 다 굴러먹은 사람들이란 말은 바로 굴렁쇠에서 나온 말이 아닐까 싶기도 하다. 하지만 시간은 굴렁쇠와는 정반대로 더디게 가고 있다.

"머요? 아까 전에 한 분(번) 자빠졌는데 또 자빠져요? 내사 더는 몬 참……."

운산녀가 또다시 무어라고 대거리를 할 참인데 비화가 참새 주둥이 같은 입으로 고함을 질렀다. 그 소리가 어른 오른뺨 왼뺨 돌아가며 칠판국이다.

"싸울라쿠모 다린 데 가서 싸우지, 와 시끄러버서 몬 살거로 넘의 집 대문간 앞에 와서 이리쌌십니꺼, 예?"

도둑고양이일까? 털이 얼룩덜룩한 고양이가 저쪽 골목에서 느릿느릿 기어 나오고 있었다. 사람들이 싸우는 광경을 가까이에서 구경하고 싶은 건지도 모르겠다.

"요, 요 아즉 사람도 안 된 기 되바라지기는!"

운산녀는 제 서방한테 퉁바리맞은 앙갚음을 대신할 대상을 찾았다는 품새로, 지지리도 못생긴 손가락을 들어 비화 정수리를 콕콕 찔러댔다.

"헤, 암만캐도 요년이 간 큰 짓을 할 년 아인가베?"

그러다가 비화 얼굴 위로 전처소생 점박이 형제 상판들이 떠오르자 독기 서린 소리를 와르르 쏟아냈다. 그건 양철판 위에 자갈 들이붓는 소리와 흡사했다.

"내가 낼 당장 삼수갑산 가는 한이 있다 쿠더라도, 불지옥에 고마 탁 떨어져도 좋은께네, 요 쥐새끼만 한 가시나를 그냥 콱!"

그러나 그렇게 을러대도 왼눈 하나 깜짝하지 않는 비화다. 우리 집안, 우리 부모 원수다. 그런 악감을 품는 비화를 사납게 째려보더니 배봉은 배포 좋게 '흥' 코웃음 쳤다.

"니까짓 기 암만 그리해봤자지 머. 인자 너거 이집도 올매 안 가갖고 우리 손에 따악 넘어올 끼다."

그 말을 들은 운산녀도 금방 기분이 좋아져서 두 팔 높이 치켜들고 막 만세 삼창이라도 부를 태세를 취했다. 둘 다 나이를 어디로 챙겨 먹었는지 모르겠다. 하지만 딴 곳에서는 완전히 다른 인간들로 바뀔 위인들이었다. 그래서 위험하고 버거운 자들이었다. 호한과 윤 씨처럼 똑바로 한 길만 보며 살아온 이들로서는 변화난측한 날씨와도 같은 인간들과 싸움에서 늘 불리할 수밖에 없는 것이다.

지난번에 진무 스님이 걸어간 방향으로부터 꾸짖듯이 또 한차례 바람이 불어왔다. 운산녀는 목을 뒤로 삐딱하게 눕힌 자세로 커다란 집채를 올려다보는 배봉에게 말했다.

"보소, 우리한테 딱 맞는 집인 기라요."

새끼라도 뱄는지 배가 불룩한 도둑고양이는, 다른 곳으로 갈 생각도 하지 않고 담장 밑에 잔뜩 웅크린 채, 인간들 하는 꼴이 실로 같잖다고 줄곧 지켜보는 모양새다. 비화는 바락바락 악을 써대기 시작했다.

"텍도 없는 소리 벌로 하지 마이소!"

정원수들이 이게 무슨 소동인가 하고 고개를 기우뚱 담장 바깥을 넘겨다보는 모습이고, 징그러울 정도로 몸집이 큰 시꺼먼 까마귀가 놀라 푸드덕 날아갔다. 별안간 저 허공에서 흙바람이 일었다.

"우짜다가 우리 논하고 우리 밭하고는 그짝으로 넘어갔지만도, 이집은 꿈도 꾸지 마이소!"

또박또박 내쏟는 말마다 그 나이가 잘 믿어지지 않는 비화였다. 그렇지만 머릿속에는 항상 집안을 억누르는 무겁고 침침한 공기가 떠올라 큰소리는 마구 쳐대도 자신이 없었다. 아무도 입을 열지 않아 언제나 '나간 집' 같았다.

윤 씨는 가문을 이어갈 아들을 낳지 못한 죄의식에 사로잡혀 언제나 안방에만 머물렀고, 호한은 한층 기세가 꺾인 나머지 술기운에만 기댔다. 게다가 못된 도깨비가 농간이라도 부리는지 집안 재물이 뭉텅뭉텅 빠져나갔다. 그리고 그 많은 남의 전답을 마치 밤벌레가 밤 속을 파먹듯이 야금야금 먹어 들어가는 배봉과 운산녀였다. 원래 비화네 것이었던 땅을 냉큼 그들 소유로 올린 게 얼마큼인지 모른다.

"자고로 딸은 출가외인이라 글 캤것다. 오데 시집을 가삐리모 고마이고, 대들보 없는 이런 집구석, 기동뿌리 통째로 흔들리는 거는 시간문제 아인가베."

배봉은 뒷짐 떠억 지고 서서 험한 소리만 골라가며 해댔다.

"이노무 집구석에 아들 없는 거는, 하늘이 우리를 보살피신 덕분인기라."

도둑고양이가 '야옹야옹' 소리를 내었다. 운산녀는 눈동자가 한쪽 구석으로 몰리도록 비화를 째려보았다.

"내는 도로 요집에 빙신 겉은 아들이 있으모 더 좋것소."

그렇게 이기죽거리는지 소망을 비는 건지 분간 안 갈 소리를 늘어놓았다.

"저 가시나는 엔간한 머스마 열도 더 잡아낼 고런 백야시 아인가베. 무시라(무서워라), 무시라."

그들의 악담과 조롱을 들으며 비화는 깜냥에도 소원했다.

'조것들 돌아갈 때꺼정 아부지 어머이가 안 돌아오시야 될 낀데. 저 나뿐 것들 보시모 화빼이 안 나시겄나.'

오동나무의 보라색 꽃잎을 흔들고 지나가는 바람이 내는 소리는 거문고 소리와는 너무나 거리가 멀게 느껴졌다. 바람이 불어야 배가 간다지만, 그 집의 배는 점점 돛도 닻도 노도 없어지고 있었다.

그 시각, 호한과 윤 씨는 지리산 쪽에서 집으로 돌아오고 있었다.

민족의 명산名山인 지리산에 대한 호한의 감회는 매우 깊었다. 지리산이라는 그 이름 하나만으로도 세상의 모든 산을 덮을 수 있으리라 보았다.

대천왕사大天王祠가 있고, 가뭄이 지면 산 위에서 제사를 베풀고 섶을 태우면 비가 내린다는 산. 남강의 근원은 둘이어서, 하나는 지리산 북쪽에서 나오고 하나는 지리산 남쪽에서 나온다. 두치진津의 근원 또한 둘이며, 하나는 지리산 서남쪽에서 나오고 하나는 전라도 구례에서 나오는 것이다.

마침 그 지역에 일이 있어 갔다가 만난 먼 친척뻘 되는 유춘계는, 호한 집안의 몰락에 대해 어떤 경로를 통해 소문을 들었는지 몰라도 자기가 더 안타까운 빛을 보이며 민망스러워했다.

"이런 말씀드리기 쪼매 머하지만도, 무신 안 좋은 마魔가 끼이갖고 가정 행핀이 그리 돼삐릿십니꺼?"

전형적인 농촌 마을이었다. 그런데 어쩐지 가축들이 내는 소리가 다른 곳과는 좀 다르게 다가왔다. 어떻게 들으면 울부짖는 것 같기도 하고, 또 달리 들으면 함성을 내지르는 것 같기도 하고.

"그, 그기……."

그들 부부는 똑같이 붉어진 서로의 얼굴만 바라보았다. 유춘계는 하늘과 맞닿은 산 능선 위에 외롭게 서 있는 굽은 소나무 쪽으로 눈길을 돌렸다.

"하기사 살다 보모, 누라도 그럴 때가 안 있것심니꺼마는……."

호한은 말이 없고 윤 씨가 낮은 소리로 말했다.

"예."

부친이 일찍 세상을 뜬 바람에 홀어머니를 모시고 살아가는 몰락한 양반 가문의 장손인 유춘계도 그다지 넉넉한 살림은 아니었다. 언제나 당당한 모습을 잃지 않는 그이기에 아무런 부족함이 없어 보이는 사람이었다.

그렇지만 그때까지도 호한 부부는 그가 온 세상을 뿌리째 뒤흔들어 놓을 그런 엄청난 일을 하리라는 것은 조금도 내다보지를 못했다. 어쩌면 춘계 자신조차도 마찬가지였을지 모른다. 그것은 하늘도 경악할 거사擧事였다.

"그분이 약간 이상해 비이지는 않던가예?"

모든 면에 섬세한 윤 씨가 그렇게 묻기는 했다. 하지만 평소 대범한 성품인 호한은 그런 건 별로 깨닫지 못한 탓에 이런 소리만 하였다.

"머신가 안정돼 비지는 않았는데, 시방 나라가 하도 어수선한께 조선 사람치고 안 그런 사람이 오데 있것소?"

그러나 윤 씨는 길가 커다란 회색 바위를 어렵사리 휘감아 가까스로 줄기를 지탱해 내고 있는 덩굴손을 보며 말했다.

"그래도예."

"요새 들어 부인 신갱이 너모 날카로버진 거 겉소."

호한은 작지 않은 산붕괴가 일어났는지 바윗돌과 흙더미가 어지럽게 내려앉아 있는 곳을 무연히 바라보면서 말했다.

"아이라예. 암만캐도 상구 이험한 거 겉은 느낌이 드는 기라예."

"이험?"

호한은 '위험'을 입에 올리는 부인에게서 아찔한 감정까지 맛보며 반문했다. 평상시 나쁜 이야기는 될 수 있는 대로 절제하는 윤 씨지만 자기 직감에 대못을 박는 목소리였다.

"예."

"글씨(글쎄)."

"지발하고 그 느낌이 틀릿으모 좋것어예."

"음."

그러는 사이에 동네로 들어섰다. 호한의 눈길이 공터 쪽으로 쏠렸다. 그곳에는 아이들이 납작한 돌을 가지고 비석치기를 하고 있다. 낡은 짚신을 곧 벗겨질 듯이 아슬아슬하게 꿰차고 머리카락이 까치집 모양으로 제멋대로인 사내아이가, 사타구니 사이에다 돌을 한 개 끼워 넣고 세 번을 개구리처럼 팔짝팔짝 뛰어가서 땅에 세워 놓은 상대방 돌을 잘도 맞혀 넘어뜨렸다.

밀가루나 쌀겨가 묻어 있는 것처럼 콧잔등 부위만 새하얀 검정강아지 한 마리가 쪼르르 달려갔다. 그러고는 꼬리를 달랑거리며 넘어져 있는 돌에 코를 갖다 대고 '킁킁' 냄새를 맡고 있다가, 그만 아이들 발길질에 채여 '깽깽' 하고 청승맞게도 운다.

"옛날이 그립거마는."

윤 씨는 남편을 보려다 말고 얼른 고개를 외로 틀어버렸다. 그런 소리를 할 때의 지아비 모습을 본다는 것은 차라리 봉사가 되는 것만도 못했다.

"내한테도 저런 시절이 없지는 안 했는데 오데로 가삣노."

호한이 탈기하듯 또 혼잣말로 중얼거렸다. 오직 꿈만 있고 만사 걱정 없던 그런 날들이 있었다. 앞을 가로막는 것이 무엇이든, 비석치기를 잘 하는 아이처럼 모두 넘어뜨렸던 시절이었다.

"김호한이라쿠는 내도, 조선이라쿠는 나라도, 이리 돼삐릴 줄은 안 몰랐나."

윤 씨는 차마 더 듣지 못하고 울먹였다.

"여보."

호한은 체머리 흔들듯 했다.

"생각 안 하고 싶어도 생각해야 하고, 안 듣고 싶어도 들어야 하는 기, 그기 사람, 사람 아이것소."

어느 집에선가 때를 잊은 성싶은 닭 울음소리가 들려오고, 갈색 참새 여남은 마리가 시끄러운 소리를 내면서 동네 공동우물 터 옆에 자라고 있는 오래된 키 큰 자두나무 가지로 날아들고 있었다. 봄이면 잎이 나기도 전에 흰 꽃부터 피고, 여름날에는 붉은빛 열매가 익어가는 그 나무는 유달리 벌레가 많이도 꾀곤 했다. 그래서인지 잎사귀에 송송 구멍이 뚫린 나무 전체가 벌레집 같다는 기분이 들기도 했다.

"저 나모를 베삐리모 우떻것소?"

자두나무를 노려보는 눈빛으로 호한이 뜬금없이 해오는 말에 윤 씨는 깜짝 놀랐다.

"동네 사람들 모도의 나몬데예."

호한의 표정이 웃는 건지 우는 건지 모호했다. 낯익은 동네 아낙 서너 명이 물을 긷기 위해 동이를 갖고 우물 쪽으로 오고 있는 게 보였다.

"당신 말씀은 모든 기……."

윤 씨는 그 대상을 저주하거나 비탄에 잠기는 목소리였다. 그들은 놀이에 방해물이 되는 개를 쫓아버리고 또다시 비석치기에만 열중하는 아이들을 보았다. 세계의 열강들이 이 나라를 넘볼 조짐이 엿보이는 위태로운 이런 시국인데, 아직 아무것도 모르는 저 아이들 앞날은 어떻게 될 것인지. 어른들이란 사람들이 그저 두 손 딱 맺고서 나는 몰라라 앉아만 있을 텐가.

그러나 호한은 예상하지 못했다. 나라보다도 자신에게 먼저 다가올 엄청난 불행을. 겨우 남아 있는 마지막 것들까지 송두리째 앗아가 버릴 정녕 무서운 일이 응달 속 독버섯처럼 자라나고 있다는 사실이었다.

명목名木을 찾아서

유춘계는 구송대九松臺에 혼자 앉아 서주천西洲川이 흐르는 소리를 들으며 근처에 서 있는 구송九松을 묵묵히 바라보았다.

가지가 아홉 개로 쫙 갈라져 있어 그렇게 불리는 그 오래된 아름드리 소나무의 수형은 무척이나 웅장하고 아름다웠다. 검붉은 비늘 모양의 껍질은 켜켜이 쌓인 시간의 무게를 들려주고 있었다.

'여게 모이갖고 시조를 읊조리고 글짓기도 하던 그 많은 사람들은 다 오데로 갔으꼬?'

그렇게 속으로 중얼거리는 춘계의 마음은 텅 빈 상태였다. 특히 그곳에서 풍류와 호연지기를 기르던 젊은이들의 모습이 아직도 그의 눈에 삼삼했다. 누군가 우리나라의 명목名木을 꼽아보라면 빠뜨리지 않고 입에 올릴 그 구송과 서주천은 여전히 조화를 잘 이루었다.

'거사擧事를 꿈꾼 후부텀 와 내는 이름난 나모들을 이리 찾아댕기는 기까? 나모들을 통해 머를 얻어볼 끼라고.'

진주와 함양 사이에 있는 목현리에는 진양 정 씨 후손들이 많이 모여 사는 곳이다. 어쩌면 그들 문중門中은 예절과 도덕을 닦을 수 있는 장소를 마련하기 위한 일념에서 여기 이 멋진 장소에 구송대를 지었으리라.

'씨~잉.'

바람이 가지 사이를 뚫고 지나가는 소리가 이상하리만치 춘계의 심경을 크게 들쑤셔 놓고 있었다. 언제 갑자기 부러져버릴지 모르는 아홉 개의 가지들. 한 개만 더 뻗어도 열 개를 채울 수 있는데 그러지 않은 것은 탐욕을 경계하기 위함인가?

'우짜모 앞으로 내가 할라쿠는 그 일은 저 바람보담도 더 흔적을 몬 남길는지도 모린다. 저 가지들보담도 더 빨리 망가질 수도 있는 나의 운명. 하지만도 저 서주천 물빛 겉은 시퍼런 생채기만 얻을지라도 반다시 내는 그 일을, 그 일을…….'

서주천에 거꾸로 비친 구송 그림자는 조금도 흔들림이 없어 보였다. 서주천 한가운데 몸을 담그고 있는 둥근 회색 바위도 요동이 없었다. 나무나 바위조차 저러한데 하물며 만물 중에 최고로 치는 사람으로 태어난 내가 어찌 한번 마음먹은 일을 끝까지 실천하지 못할쏘냐?

'저 물을 봐라. 우짜든지 바다로 갈라꼬 저리 전신을 쉴 새 없이 뒤척임시로 흐르고 또 흐르고 안 있나 말이다.'

그 생각이 춘계 머릿속에 어떤 기억 하나를 불러냈다.

'아, 바다!'

그렇다, 모든 물이 닿고자 하는 마지막 소망의 장소이자 편안히 몸을 눕힐 수 있는 영원한 안식처인 바다.

'바다도 멤에 들었고, 바다 우에 떠 있는 그 섬 또한 우찌 그리도 좋던고!'

남해 창선도昌善島.

산골에서 태어나 산골에서 살아온 춘계는 바다와는 거리가 먼 사람이었다. 그런 그가 맨 처음 찾았던 그 섬의 바닷마을, 그리고 또 하나의 나무.

보리밭과 바다가 푸르름을 다투며 드넓게 펼쳐져 있는 마을은 춘계 눈에 더없이 인상적으로 비춰들었다. 그리고 바다와 보리밭을 배경으로 하여 한껏 멋들어진 자태로 우뚝 서 있는 왕후박나무.

'오백 년은 된 나모 겉다.'

몇 사람이 둘러서서 두 팔을 벌려 안아도 남을 그 어마어마한 밑동이며 하늘을 찌를 기백의 높은 키는, 가히 보는 이의 마음을 사로잡기에 모자람이 없었다.

'아, 참 잘 와봤다.'

춘계에게 더 행운이라고 할 수 있는 것은, 처음 경험하는 그 먼 뱃길에 심한 뱃멀미를 당하면서 찾아간 날이 마침 섣달그믐날이었고, 그곳에서는 나무에 풍어제豊魚祭를 올리는 그 부락의 동제洞祭가 행해지고 있었다.

농촌 출신인 그가 어촌의 풍어제를 볼 기회는 드물었고, 그래서 그것은 한층 그의 눈을 잡아끌었다. 그리고 또 가슴에 와 닿은 것은 그 나무에 얽힌 이야기였다.

'저 옛날 그 마을에 살았던 어떤 어부가 굉장히 커다란 물고기 한 마리를 잡았는데, 그것의 뱃속에서 씨앗 하나가 나왔고, 무척 신기하게 여긴 사람들이 그 이상한 씨앗을 땅에 심었더니, 그것은 아주 쑥쑥 자라 지금 그들 눈앞에 보이는 그 왕후박나무가 되었는지라…….'

춘계는 그 왕후박나무가 그에게 하는 말을 들었다.

'농부들뿐만 아니라 어부들의 생활도 살펴보기 위해 이런 원행遠行을 해주어 고맙소. 이제 잘 알게 되었으니 그대가 하고자 하는 그 일에 더욱 박차를 가해 주길 바라오.'

춘계는 나무에게 말해주었다.

'농민들과 마찬가지로 어민들도 나라로부터 부당한 일을 겪고 있다는 것을 깨달았으니 이 사람의 결심은 한층 굳어졌소이다.'

춘계는 눈앞에서 행해지고 있는 그 남해안 별신굿을 조금도 놓치지 않고 기억 속에 담아두기 위해 열심히 보고 들었다.

"해안 지역의 여러 풍어제 가온데서도 안 있소, 이 벨신굿은 남해안 하고 동해안 일부 지역에서만 전승되는 사제무司祭巫 주관의 마을 제의祭儀 아인가베."

그 부락 최고 연장자라고 하는 박 노인은 타지에서 온 춘계에게 크나큰 호감을 보이면서 여러 가지 이야기를 친절하게 들려주었다. 그에 의하면, 그 굿은 거제도와 욕지도, 한산도, 사량도 등지에서 가까스로 그 명맥을 이어가고 있다는 것이다.

"그란데 너모 안타까븐 기 말이오."

남부지방은 무당을 천시하는 경향이 짙은 탓에 세습무인 사제무 계승이 제대로 되지 않고 있다는 말을 할 때, 흰빛과 검은빛이 반반으로 섞여 있는 노인의 턱수염이 부르르 떨리고 있었다. 아무튼 '당골'이라는 명칭도 가진 그 굿은 춘계의 마음속에 영원히 살아 숨 쉬게 될 터였다.

그런데 풍어제가 끝난 후 그 행사를 주관한 사람에게서 춘계는 그곳뿐만 아니라 다른 지방의 유사한 제의에 관해서도 듣게 되었다. 그 굿의 기능보유자로 인정을 받고 있는 주유동이라고 하는 사람은 그런 방면에 대단한 식견을 갖춘 이였다.

"당신도 더 알았으모 하는 거 겉고, 또 이왕지사 말이 나왔은께, 내가 쪼매 알고 있는 서해안 대동굿에 관해 이약을 해보것소. 뱃서낭을 맞아들임서 무당과 마을 사람들이 춤도 추고 재담도 하는 당산맞이, 또오, 제물로 쓸라쿠는 돼지를 잡음시로 사냥하는 모습을 연출하는 사냥굿, 무당이 제석신한테 복을 비는 제석굿, 어, 그라고, 신들이 고기잡이를 연출하는 영산할아범, 머 그런 기 있거마."

처음에는 서해안 굿에 대해서만 들려줄 것처럼 하던 그는 스스로 흥이 솟았는지 동해안 별신굿 이야기도 끄집어냈다. 문굿이라고 있는데, 이것은 골매기서낭을 굿판에 모시고 무당과 마을 사람들이 군무群舞와 함께 맞아들이는 굿이다. 그리고 무당이 놋대야를 입에 물고 장군신의 영검을 보이는 놋노오굿도 있고, 성주가 집을 짓고 복을 내리는 걸 연출하는 성주굿, 또, 여러 무당이 춤을 추고 합창하는 꽃노래, 뱃노래, 등노래 등이 연희적 특성이 강하고…….

"내가 너모 말이 길어진 것가?"

"아, 아입니더. 너모 재밌고 또 아조 유익한 이약 겉십니더."

주유동이란 사람은 무엇인가를 알아내려는 눈빛으로 춘계의 얼굴을 유심히 바라보았다.

"어, 그런가?"

"예, 예, 그렇십니더."

춘계는 행여 상대가 그의 내면을 읽어낼까 봐 퍽 신경이 쓰였다. 농촌 생활에 대해서는 어느 정도 알지만 어촌 생활에 대해서는 모르는 게 많아 그렇게 나선 길이었다. 그리고 바닷마을을 찾아 이곳저곳 다니다가 거기 섬에까지 당도하게 될 줄은 그 자신도 미처 예상하지 못했던 일이었다.

"에, 그라모 마즈막으로 하나만 더 하것소."

그는 위도 띠뱃놀이를 입에 올리기 시작했다. 그리고 그는 미리 좀 얘기할 게 있다면서, 현재 그 놀이의 기능보유자인 남녀와 개인적으로 잘 안다는 말도 자랑스레 덧붙였다. 그 나이에 비해 목청이 카랑카랑한 그는 자부심도 대단해 보였다.

"창唱으로 동복이, 무녀巫女로 조예금, 그 두 사람이 인정을 받고 안 있는가베.”

해마다 음력 정월 초사흗날이 되면, 마을 바닷가 높은 절벽인 당젯골 정상에서 용왕제로 이어지는 공동제의로서, 고기잡이로 생업을 삼아온 먼 조상 때부터 있어온 풍어기원제가 그것이라고 하였다. 그게 살아가기 위한 처절한 제의라는 말을 끝으로 남겼다.

‘아, 농사꾼이나 뱃사람들이나 모도 그러키 에렵거로 살아가고 있는 이 나라 백성들인데, 나라에서는 우째서 그런 몬된 짓을 저지르고 있단 말이가?’

춘계는 또다시 바다와 보리밭을 배경으로 서 있는 그 왕후박나무를 올려다보았다.

‘저리 크고 높은 나모들을 찾아댕김서 내가 꿈꾸는 그 거사가 알찬 열매를 맺을 날을 기다리온 기 하매 올매나 됐는고 모리것다.’

이윽고 그곳을 떠나면서 춘계가 다시 한번 뒤돌아본 그 왕후박나무 밑에는, 저 임진왜란 당시 노량해전에서 왜군을 물리친 후 점심을 먹으며 휴식을 취하고 있는 이순신 장군과 조선 수군水軍들의 모습이 어른거렸다.

‘어, 저거 옥지이 아이가? 맞제, 옥지이? 그란데 진이가…….’

비화는 옥진을 처음 보는 순간 약간 이상하다는 생각부터 들었다. 평상시 옥진의 모습이 아니다. 더욱이 비화를 보고도 전혀 반가워하는 빛이 없었다.

‘낼로 몬 본 기가?’

보통 땐 저 멀리서 비화 그림자만 눈에 비쳐도 그냥 엎어질 듯 꼬꾸라질 듯 달려오면서 ‘언가야!’ 하는 소리를 숨넘어갈 모양새로 하는 옥진이다. 한데 얼핏 봐도 그 예쁜 눈이 어른들 말마따나 천 리나 쑤욱 들어가고 생기라곤 도시 없다. 저리 눈이 떼꾼한 아이는 아니었다.

'해나 왕눈이를 만낸 것가?'

비화 눈앞에 동네 울보 재팔이 모습이 얼핏 떠올랐다 사라졌다. 왕눈이 그놈이 또? 내 그 자식 그냥 두지 않을 테다. 내가 있는데 어디서 감히 우리 옥진이를?

그러다가 비화는 고개를 가로저었다. 옥진이 왕눈에게 그렇게 호락호락 당하고 있지만은 않았을 거라는 생각이 들었다. 여하튼 옥진은 비화에게 눈길 한번 제대로 주지도 않고 얼굴을 찡그린 채, 흡사 몸집 큰 사람이 다리를 아주 부자연스럽게 움직이며 뒤뚝뒤뚝 걷는 것처럼 어기죽어기죽 걸음을 떼놓는 것이다.

"옥진아!"

일방적인 대화가 시작되었다. 그것도 전에 없던 일이다.

"니 요새 와 밖에 잘 안 나오노?"

"……."

"문디이 가시나야, 입 봉창한 기가?"

"……."

가로수 길 위에 여남은이나 되는 비둘기들이 앉아서 조는지 꿈쩍도 하지 않고 있었다. 그놈들은 항상 무언가를 부지런히 쪼아대는 모습만 보였지 가만히 있는 경우는 드물었다.

"인자 내하고는 입 섞어 말도 안 할랑갑네?"

평소에 '입 섞어 말을 한다'는 그 소리가 다소 어설프고 이상하게 들린다는 느낌이 있었다. 지금 비화는 자신이 그 소리를 그대로 하고 있었다. 사람은 뭐 하면서 닮아간다더니 그 말이 맞았다.

"더러버 죽것다."

남강 쪽에서 생겨난 바람이 성을 지나 대사지 쪽으로 불었다. 계절에 따라 그 부는 방향이 다르게 전해지는 바람이었다. 이제 조금 더 있으면 바람은 대사지에서 남강으로 불 것이라는 사실을 그 동네 사람들은 다 알고 있었다.

"내가 죽는다 캐도 괘안타 이거제?"

오뉴월 하루 볕이 무섭다고, 불과 두 살 차이지만 비화는 훨씬 더 어른스러웠다. 남들이 믿기 어려울 만큼 웅숭깊은 아이였다. 무엇보다 어른들이 쓰는 말을 곧잘 쓰는데도 전혀 어색하지 않았다.

비화의 그 말에도 옥진은 여전히 잠자코 새끼 학처럼 희고 긴 목만 내젓는데, 누군가가 손가락 끝만 살짝 갖다 대도 그대로 맥없이 픽 쓰러질 것만 같았다.

아무도 몰랐지만 '그날' 이후로 옥진은 눈만 감았다 하면 쇠약해빠진 늙은이처럼 지독한 악몽에 시달려오고 있었다. 처음에는 콩알보다도 작은 점이 보이더니 차차 커져 집채만 한 바윗덩이가 되어 덤벼들었다. 그리고 곧이어 자기 몸속에서 피가 콸콸 쏟아져 나와 대사지 연못을 온통 채우는가 싶더니, 어느 순간 자신이 그 검붉은 핏물에 빠져 한없이 허우적거리는 꿈이었다.

"걸어가는 기 와 그리 얄궂노?"

사려 깊은 어른마냥 눈을 가느스름하게 뜨고 옥진의 다리를 유심히 바라보면서 말했다.

"해나 다리 다친 거는 아이가?"

하나를 꼬집어 물어오는 비화 말에 옥진은 그제야 화들짝 놀라는 얼굴로 말더듬이같이 어눌하게 대답했다.

"아, 아 이 다."

비화는 다그치는 목소리였다.

"아이라?"

"하, 하모."

이번에는 목을 빼어 옥진 얼굴을 들여다보았다.

"에나가(정말이냐)?"

"내, 내는 안 아푸다, 언가."

그러면서 옥진은 한길 가에 접한 자기 집 아래채 추녀 밑에 털썩 주저앉았다. 아니, 그건 앉는다기보다 무너져 내린다는 말이 더 적합했다.

비화는 고개를 뒤로 젖혀 추녀를 올려다보았다. 처마의 네 귀의 기둥 위에 끝이 위로 들린 크고 긴 그 서까래가 금방 폭삭 내려앉을 것처럼 위태로워 보였다. 그건 일찍이 접해 보지 못했던 감정이었다.

"내도 좀 앉으까."

비화는 이번에도 어른스러운 말투를 내면서 언제나 그러하듯 옥진 옆에 붙어 앉는데 또 수상했다. 싫은 사람이 곁에 오기라도 하는지 멈칫하며 저만큼 떨어져 앉는 것이다.

'에나 요상 안 하나. 각중애(갑자기) 와 저랄꼬?'

비화 눈에는 옥진이 세상 모진 풍파를 모두 겪은 노파로 비쳤다. 나이가 무색하리만치 심지 깊은 비화는 궁금증을 넘어서서 더할 수 없는 걱정에 사로잡혔다.

'아모래도 이거는 그냥 있을 일이 아인갑다. 가마이 놔놓으모 안 되것다.'

그리하여 깜냥에도 상세히 묻고 싶은 마음이 굴뚝같았지만 옥진의 표정이 하도 어둡고 굳어 있어 입이 제대로 떨어지지 않았다. 나중에는, 이 아이가 정말 옥진이 맞나? 하는 엉뚱한 기분마저 들었다. 동네 사람들이 친자매 같다고 하는 옥진인데.

비화는 자신도 모르게 또 추녀에 눈길이 갔다가 바로 옆에 붙은 자기 집으로 옮겨졌다. 언제부턴가 늘 굳게 닫혀 있기 일쑤인 대문이 가슴을 아리게 하였다.

'왕눈이가 지한테 대고 그란다꼬 이랄 아아(아이)는 절대 아인 기라. 오데 왕눈이가 한두 분 그랬디가? 우쨌든 배꿨뻿다, 배꿨뻿어.'

비화가 제대로 보았다. 옥진은 예전의 옥진이 아니었다. 억호와 만호의 짓거리가 몰아온 후유증은 너무나 크고 깊었다. 그렇게 성격이 밝고 쾌활했던 옥진은 그 일이 있은 후 말이며 웃음까지 깡그리 잃어버렸다. 세상으로부터 미아가 되어 버려졌다. 하루아침에 수십 년도 더 넘게 살아버렸다. 그래서 시든 푸성귀보다도 생기가 사라진 상태였다.

옥진은 그 사건이 벌어진 얼마 후에 집으로 돌아온 부모에게 그날 일을 터럭만큼도 얘기하지 않았다. 비록 어리긴 했지만 그것은 자기 스스로 돌아봐도 참 알 수 없는 노릇이 아닐 수 없었다. 처음에는 아버지에게 낱낱이 고해 바쳐 그것들을 죽을 정도로 혼내주고 동네에서 곧바로 쫓아내야 한다고 작정했다.

'그래도 싸다, 싸.'

그런데 아니었다. 막상 자신이 당했던 일을 털어놓으려고 하면 어쩐 영문인지 그만 입부터 딱 들러붙어 버리는 것이다. 이상하게 부모가 알면 안 된다는 생각부터 들었다. 실로 기이하고 야릇한 현상이었다. 심지어 잔망스럽게도 제가 지은 죄같이 여겨지기도 했다.

'낼로 더 멀쿠모(꾸중하면) 우짜노?'

그런 가운데 하루 가고 이틀 가고 사흘이 지나갔다. 그러나 그렇게 시간이 흘러가도 그 일이 잊히기는커녕 도리어 더 또렷하게 되살아났다. 아무리 아직까지는 자기감정 조절이 잘되지 않을 어린 나이라고는 하지만 너무 심했다. 모든 게 뒤죽박죽이었다.

옥진이 가장 두렵고 무서운 건, 그날 이후로 동네에서 다시 그들과 한두 번도 아니고 세 번이나 마주쳤다는 사실이었다. 더군다나 그것들이 자기에게 해 보이는 그 행태들이라니? 점박이 놈들은 아마도 습관인지 똑같이 손등으로 눈 밑에 박혀 있는 크고 검은 점을 쓱쓱 문지르며 키득거렸다.

"중눔들이 이약하는 인연이 머 아모것도 아이더마."

"가시나야, 반갑다이."

만호는 제 깐에는 무슨 대단한 인생 진리라도 깨친 것마냥 굴었다.

"우리 아부지가 와 그리 젊은 여자하고 같이 사는가 인자 알것소."

그 순간, 그러잖아도 험하게 생겨먹은 억호 얼굴이 함부로 구겨버린 종이뭉치만큼이나 팍 일그러졌다. 목소리도 자못 시비조였다.

"칫! 새파란 그 운산녀 보고 옴마라 불러라꼬?"

낯 들고 바라보지도 못해야 마땅할 옥진을 고개 빳빳이 치켜들고 무섭게 노려보기까지 했다.

"아부지모 다가(전부야)? 옴마 좋아하네. 눈깔 빠지것다."

억호는 아무것도 없는 허공을 겨냥해 '쇡쇡' 소리가 나도록 연방 발길질을 해댔다. 구름 한 점 보이지 않는 하늘에 흙먼지를 일으킬 기세였다.

"니 함 두고 봐라. 내가 그냥 가마이 있는가 말이다."

그들에게서 위험한 기운을 감지한 걸까? 길가 가로수들이 온몸을 움츠리는 것 같았고 지나가던 개가 힐끔힐끔 이쪽을 바라보았다. 바람도 저쪽 골목에서 빠져나와 어디론가 황급히 달아나는 것처럼 보였다.

"에잇!"

만호도 형을 따라 무언가를 걷어차는 시늉을 하였다.

"히히히. 그거 신나것다. 운제 그랄 끼요?"

억호는 여전히 잔뜩 겁먹은 얼굴을 한 채 그 자리에 못 박힌 듯 서 있는 옥진에게 눈을 떼지 않고 말했다.

"운제?"

"야."

만호에게로 시선을 돌려 쏘아보았다.

"니 내 성질 우떻는고 모리나?"

만호는 약간 질린 낯빛이 되었다.

"안께네 안 물었소. 겁나거로 급해……."

억호는 동생 앞에서 나이 열 살은 더 먹은 사람 모양으로 행세했다.

"인자부텀은 더 묻지 마라. 오늘이라도 땡이다."

그 말이 끝나기도 전에 만호가 이랬다.

"우리 성 최고요, 최고!"

상놈 출신인 임배봉은 자식들이 아주 어릴 적부터 아우가 형에게 반드시 말을 높이도록 교육시켰다. 그래야만 다른 사람들 눈에 양반 집안 자제들처럼 보일 것이라고 맹신했다. 배봉의 야망은 첫째가 돈이고, 둘째가 양반이었다. 돈을 그러모으고 양반 반열에 오르기 위해서 목숨을 걸었다.

그러나 왕대밭에 왕대 나고 쑥대밭에 쑥대 난다고, 아들들은 그게 아니었다. 더군다나 그가 처녀인 운산녀를 재취로 들인 다음부터 아직은 어린 전처소생 점박이 형제의 탈선은 마른 등걸에 불길 옮겨붙듯 하였다. 바로 문제가정 아이들의 전형이었다.

"야들아이! 누가 머라 캐도 너거들 옴마 아이가, 옴마."

"요 망할 노무 쌔끼들! 앞으로 내가 보는 데서 지 옴마한테 한 분만 더 그라모 죽는 줄 알아라 고마."

배봉이 한껏 타이르기도 하고 매섭게 을러대기도 했지만 운산녀와 자식들 사이에는 더욱 증오와 미움, 갈등만 썩은 낙엽 더미같이 수북이 쌓여갔고, 새끼들은 자랄수록 세상의 못된 짓거리는 골라가며 해서 배봉

속을 있는 대로 확 뒤집어 놓았다. 세상에 뜻대로 되지 않는 게 자식 농사라던가. 그래도 친모가 살아 있다면 좀 나았을 것이다.

'고것들만 생각하모 내가 사는 으미(의미)가 없다, 으미가 없어.'

그런 패륜아가 없었다. 아직 몇 살 먹지도 않은 것들이 남자를 보면 무작정 시비를 걸고 여자를 보면 몹쓸 행동을 하였다. 나날이 늘어가는 것은 싸움질하는 솜씨였고, 비정상적인 모습으로 자리를 잡아갔다. 무슨 짓을 더 저지를지 누구도 모를 위험천만한 사내아이들이었다. 못 속이는 게 피라지만, 그런 피는 물보다 못했다. 그들이 지금까지 무사히 넘어가고 있는 것은, 졸부 배봉이 모든 것을 돈으로 착착 해결해 주고 있기 때문이었다. 금전의 위대성을 새삼 느끼도록 하였다. 돈만 있으면 귀신도 부릴 수 있고, 돈만 있으면 개도 멍첨지였다. 결국 돈이란 놈이 자식들을 더한층 망쳐놓는 꼴이었다. 그들에게 돈은 천사 얼굴을 한 악마였다.

옥진은 멀리서 점 박힌 얼굴만 봐도 그냥 온몸이 바짝 얼어붙고 숨조차 제대로 쉴 수가 없었다. 그날 대사지에서의 무섭고 어두운 기억은 영영 떨쳐버릴 수 없는 그림자가 되어 옥진의 뒤를 따라다닐 것이었다.

"아, 옥진아이."

비화는 뒤늦게 발견했다. 옥진이 소리 없이 울고 있는 것을. 좁은 어깨의 작은 들썩임도 없었기에 그저 고개만 처박고 있는 줄 알았다. 그런데 놀라 자세히 들여다보았더니 그새 얼굴이 눈물범벅이다. 대롱으로 만들어 물을 쏘아 보내는 저 물딱총에 맞은 얼굴이다.

"와? 와 그라노?"

"흑."

"언가 좀 봐라."

비화는 손을 내밀어 꼭 안아주려 하였다. 둘 다 다른 형제가 없었기에 남다른 정을 나누는 사이였다. 그렇지만 옥진은 비화의 그 손을 한사코 뿌리쳤다. 이제 옥진에게 비화 손은 친자매 그것같이 따스했던 손이 아니었다. 서로의 피가 통하는 통로가 아니었다.

그날, 네 개의 손들. 그 넓고 깊은 대사지도 뒤엎어버릴 성싶던 손, 손.

옥진은 이 세상 손들이 모조리 싫어졌다. 심지어 제 손조차 보고 싶지가 않았다. 한데도 몸 중에서 어쩔 수 없이 가장 눈에 많이 들어올 수밖에 없는 부위가 그 손이었다. 다른 사람들은 곧이곧대로 받아들일지 모르지만, 그럴 때면 옥진은 자기 손가락을 부러뜨리고 자기 손톱을 빼버리고 싶다는 악마적인 충동에 시달렸다. 그 나이에 너무나 걸맞지 않은 감정의 결이었다. 상식 따윈 이미 통하지 않는 단계까지 가버렸다.

"니, 에나?"

"……."

"우찌 내한테?"

"……."

여러 차례 실랑이가 벌어졌고 마침내 옥진은 큰소리를 내어 울음보를 터뜨리고 말았다. 더 당혹스럽고 난감해진 사람은 비화였다. 심지어 옥진이 무서웠다. 급기야 추녀가 폭삭 내려앉는 것 같은 전율을 느끼며 사뭇 떨리는 목소리로 불렀다.

"옥 진 아."

그러나 그렇게 한 번 울음을 보인 옥진은 마치 이승에서 울지 못하고 죽은 귀신의 넋이 들러붙은 것처럼 끝없이 울기 시작했다. 하도 당황하여 어쩔 줄 몰라 하던 비화도 그만 덩달아 울고 말았다. 역시 둘 다 아직도 아이는 아이였다. 감정을 추스르는 데는 한계가 있는 어린 나이였다. 눈물은 눈물을 자아내고 슬픔은 슬픔을 몰아왔다.

비화는 자신도 울면서 옥진만큼 서럽게 우는 아이를 여태 보지 못했다는 생각이 들었다. 근동에서 최고 울보로 소문난 왕눈 재팔이도 저렇진 않았다. 도대체 무슨 일이 있었는가? 아니, 앞으로 어떤 일이 일어나려고 저러는지.

'해나 저라다가?'

비록 또래들에 비해 세견은 많이 들었지만 여전히 어리기는 마찬가지인 비화는, 한순간 그만 아주 섬뜩한 기분에 휩싸였다. 누가 등에 찬물을 끼얹는 성싶었다. 옥진이 울다가 죽어버릴 것 같았다. 죽어서도 울면서 온 천지를 헤매고 다닐 것 같았다. 그래, 울음부터 멈추게 해야 했다.

그런데 어른들은 모두 어디로 갔을까? 아니, 사람들이 모두 어디로 갔을까? 모두, 모두. 우리 집도 옥진이 집도, 또 그 옆집들도 전부 빈집 같다. 그리고 저 길에는 왜 또 저렇게 아무도 보이지 않는가? 옥진이, 나, 이렇게 우리 둘만 덩그러니 내버려 두고 몽땅 사라져버린 것인가?

'아, 싫어 죽것다.'

비록 아직은 어렸지만 요즘처럼 울음이 마음에 언짢은 적도 없었다. 비화는 혼자 몰래 지켜보아야만 했다. 사랑방에 앉아 목을 뺀 채 꺼이꺼이 울고 있는 아버지, 부엌에 서서 행주치마 끝을 들어 쉼 없이 눈두덩을 찍어내는 어머니……. 그 애처로운 모습들이 비화 가슴에 대못이 되어 쾅쾅 박혔다. 그것은 영원히 빼낼 수 없는 못이 되어 벌겋게 녹슬어 갈지도 모른다.

"니 자꾸 이리싸모 안 되는 기라. 으응?"

드디어 비화는 옥진의 작은 몸을 꼭 껴안는 데 성공하였다. 울기에 지쳐버린 옥진은 더 이상 비화의 손을 막지 못했다. 아니다. 한 번 비화 가슴에 안기자마자 몸부림치듯 마구 비화 품속을 파고들었다. 꼭 아직 눈을 뜨지 못한 갓 태어난 강아지가 그저 낑낑거리며 어미젖에 머리를 처박는 형상이었다.

"옥진아!"

"언가야!"

둘의 입에서 서로를 부르는 소리가 흘러나왔다. 한 몸이 된 둘은 화석이라도 돼버린 양 움직일 줄 몰랐다. 둘은 그 자세 그대로 얼굴을 들어 먼 하늘을 올려다보았다. 허공 저 높은 곳에서 둘을 보호해주기라도 하듯 빙빙 맴을 돌고 있는 건 솔개였다. 그것도 보통 크기가 아니다.

그런데 비화가 한층 놀라고 이해하지 못할 일이 벌어진 것은 그 솔개 때문이다. 그 밝은 눈으로 땅 위 어딘가에 있는 먹잇감을 발견한 것일까? 큰 원을 그려가며 천천히 공중을 선회하던 솔개가 갑자기 아래쪽을 향해 일직선으로 몸을 내리꽂기 시작한 것은 순식간의 일이었다. 게다가 공교롭게도 공격하는 장소가 지금 둘이 있는 바로 그 근처인 듯했다. 놈이 가까이 다가오자 암갈색 몸빛과 심지어 가슴에 있는 흑색 무늬까지도 보였다. 넓은 하늘이 송두리째 가려질 판이었다.

"악!"

일순, 옥진 입에서 단말마를 연상시키는 비명이 터져 나왔다.

"헉!"

비화 또한 솔개 때문에 놀라지 않은 것은 아니지만, 그래도 그렇게까지 혼겁을 할 일은 아니었다. 비화는 두 손으로 옥진의 가녀린 어깨를 잡아 흔들며 절규하듯 안타깝게 물었다.

"또 와 그라노, 응?"

"으."

신음소리밖에 내지 못하는 옥진이었다. 솔개 그림자는 흡사 얼룩진 먹물 같은 느낌을 주고 있었다.

"증신, 증신 채리라."

자기가 더 정신을 차리려고 애쓰며 그렇게 타이르던 비화는 창백한 옥진 얼굴에 깊이 서린 공포의 빛을 보았다. 확실하다. 잘못 보고 있는 게 아니다.

"진아."

비화는 전신에 소름이 쫙 끼쳤다. 크게 열린 눈 속에서 멎어버린 눈동자. 꼭 귀신을 본 사람 같다. 아니, 옥진이 귀신이다. 사람이 저런 얼굴을 할 순 없다.

달도 별도 없는 한밤중에 뒤벼리 저쪽 선학산 공동묘지 근처를 지나다가 귀신을 본 사람 이야기가 떠올랐다. 그 괴담은 유서 깊은 이 고을을 염병처럼 휩쓸어 아이들을, 아니 어른들마저도 온통 경악과 공포의 도가니로 몰아넣었다.

"갔다, 갔다."

비화는 무슨 주술 외듯 하였다.

"옥진아, 인자 가삣다. 함 봐라, 안 비인다 아이가?"

솔개는 시야에서 사라졌다. 뉘 집 마당가에서 어미 따라다니며 놀던 노란 병아리나 우리 속 돼지 새끼를 낚아채 올라갔는지도 모른다. 그 큰 몸집으로 보아선 장닭이나 염소를 덮쳤을 가능성도 있다. 크고 날카로운 발톱으로 어린아이를 채갔다는 말도 있고, 어른 눈알을 파먹었다는 소리도 들렸다.

그러나 옥진은 그 솔개를 통해 보고 말았다. 솔개가 날고 있는 하늘과도 유사한 대사지 못가에서 맞닥뜨렸던 악동들을. 솔개 발톱을 방불케 하던 네 개의 손을. 솔개 가슴에서 얼핏 본 검은 무늬가 그들 눈 아래 박힌 점과도 같았다.

"언 가……."

그로부터 얼마나 시간이 흘렀을까? 비화 가슴에 한참 동안 파묻었던 얼굴을 가만히 들면서 옥진이 들릴락 말락 작은 소리로 비화를 불렀다. 그것은 깊어가는 가을날 연못에 떨어져 내리는 나뭇잎이 내는 소리만큼이나 서글프고 미약한 소리였다.

"와?"

언가라는 그 한마디를 힘겹게 입 밖으로 내고는 다시 침묵하는 옥진. 그 순간에는 바람도 소리를 죽이는 느낌이었다.

"진아! 할 이약 있으모 해봐라."

비화 스스로 듣기에도 지나치게 어른스러운 말투였다. 그런 자신이 몹시 싫어질 때도 있는 비화였다. 어떤 측면에서 보면, 힘들어하는 부모 밑에서 생활하는 아이들의 공통된 모습일 수도 있다. 세상을 너무 일찍 알아버려 앞으로 살아가는데 발목을 잡을 뿐 좋을 것도 없는 일일 수도 있다.

"비화는 한 해에 나이를 두 살 세 살씩 묵는 기제?"

"인자 서방님 얻어도 되것다. 호호."

"남방, 동방, 북방, 다 있어도, 서방이 젤 아인가베."

"연지 찍고 곤지 찍어 꽃가마 태워주까?"

나이에 비해 무척이나 올된 비화에게 명절 때 모여든 친척들이 곧잘 하는 소리다. 심지어 이런 말까지 하여 비화를 더욱 부끄럽게 만들었다.

"우리 아랫동리에 에나 잘생긴 총각 하나 있는데 안 있나, 그 총각 사주四柱 한분 보내라 캐?"

비화는 그것을 딱 한 번 외가 쪽 어른들 어깨너머로 본 적이 있었다. 그것은 그녀와는 나이 차이가 많이 나는 이종사촌 누군가의 혼담이 한참 오가고 있을 때의 일이었다.

"아따, 다섯 분만 접으모 되제 머한다꼬 일곱 분이나 접어갖고, 팰치 보는 데 심들거로 하노?"

"내는 간지簡紙는 마이 접을수록 더 좋다꼬 본다. 그만치 귀해서 넘들이 벌로 보모 안 된께네."

사성四星 하나 놓고서 벌써부터 혼례식 분위기였다. 하여튼 그 간지 가운데에 신랑의 생년월일시生年月日時를 적어 봉투에 넣고 〈근봉謹封〉이라 써서 띠를 붙여 놓았다. 그 봉투는 봉하지 않았는데 앞면에 쓰인 글씨는 '사주四柱'라고 하였다.

그런데 한자를 전혀 모르는 어린 비화의 눈길을 잡아끈 것은, 그 봉투 속에 끼워져 있는 쪼개진 수숫대였다. 그것은 양쪽 끝을 청실과 홍실로 감고서 끝매듭은 두 고를 내고 맞죄어 매는, 이른바 동심결同心結로 맺었다.

"요 담 순서는 누고?"

누군가가 물었다.

"그기사 당연히 우리 비화제 또 누 끼고? 안 그렇나?"

누군가의 그 대답에 이런 말이 겹쳤다.

"하모, 맞다, 맞다. 비화다. 호호호."

누군가가 핀잔을 준다.

"그리 방정맞거로 웃는 니보담도 비화가 상구 더 어른시럽다 고마."

핀잔 받은 사람이 되받아친다.

"아이고, 우리 어른!"

점잖게 한마디.

"어른도 그냥 어른이까, 상어른인 기라."

그리하여 비화는 아이보다 어른 취급을 받을 때가 많았다. 그런 비화에게 꼭꼭 붙어 다니는 옥진도 비화의 영향을 받았는지 역시 또래들과 견주면 훨씬 성숙한 편이다. 그런데 좀 더 명확하게 말하자면, 비화가 정신적으로 앞서가지만, 옥진은 신체적인 발육이 굉장히 빠른 쪽이다.

어쩌면 그날 대사지에서 점박이 형제가 옥진에게 접근한 것도 그들 눈에 옥진이 어린아이라기보다 제법 성숙한 여자로 비쳤기 때문인지도 모른다. 그럴 공산이 크다.

'아, 우리 진이 눈.'

비화는 그 경황 중에도 옥진의 눈물 어룽진 두 눈이 참 예쁘다고 생각했다. 그런데 어찌 된 노릇인지 그게 또 비화를 슬프게 했다. 스스로 깨닫지는 못했지만 예쁜 게 슬플 수도 있다는 것은, 아직 장성치 못한 비화에게는 하나의 큰 충격이자 대단한 비극일 수도 있었다. 그러고 보면, 세상은 온갖 형상이 대칭적으로 나타나는 저 만화경萬華鏡이라고 할 수 있는 것이다.

'그란데 진이가?'

비화는 옥진의 눈에서 예쁘다는 것과는 또 다른 무언가를 보았다. 옥진은 깜냥에도 내심 뭔가를 크게 결심한 빛이었다. 이웃에 살면서 친자매처럼 지내온 터라 비화는 옥진의 눈빛만 봐도 금세 그 마음을 읽었다. 옥진 역시 비화만큼은 아니어도 그럴 것이다.

"언가 니한테는 싹 다 말할 끼다."

역시 옥진의 입술 사이로 비화가 예상했던 소리가 새 나왔다. 비화가 지켜보기에도 그때 옥진은 누구에게든 무슨 이야기라도 하지 않으면 도저히 배겨낼 수 없는 매우 불안정한 상태의 아이로 비쳤다. 자기 힘으로는 도저히 감당할 수 없는 크고 무거운 물체 밑에 깔린 사람 같다고 해야 할 것이다.

"모돌띠리 이약해 봐라."

비화는, 이 언니가 네 걱정 모두 해결해 줄 테니 아무 염려 말고 모두 얘기하라는 투로 재촉했다. 그러나 그렇게 다독이는 순간까지도 비화는 까마득히 몰랐다. 옥진 입에서 그 인간들 이야기가 나올 줄은 몰랐다.

"머라꼬?"

비화 목소리가 하도 크고 눈빛이 너무나 매서웠는지 옥진이 비화 눈치를 살펴 가며 좁은 어깨를 있는 대로 옹크렸다. 작아지고 작아져서 나중에는 형체도 없이 그냥 사라져버릴 것처럼. 비화는 함부로 다그치듯 물었다.

"아, 눈 밑에 점이?"

옥진은 고개를 끄덕였다.

"응."

"점!"

어느 틈엔가 불끈 거머쥔 주먹을 한 비화였다.

"그, 그라모 배봉이 자슥새끼들 아이가?"

옥진은 배봉과 그의 자식들에 관해서는 아는 게 없기에 그냥 눈 밑에 커다란 점이 있는 자들이라고만 했다. 그나마 옥진이 그런 경황 속에서도 그들을 기억해 낼 수 있는 건 바로 그 점 때문이었다. 만일 그것마저 없었다면 필시 옥진은 자기를 해한 자들을 영원히 알 수가 없었을 것이다. 어쩌면 오히려 그게 더 나았을 것인지도 몰랐다.

원래 배봉의 두 아들은 닮은 구석이라곤 없었다. 그런 까닭에 배봉이 서로 다른 두 배를 통해 얻은 새끼들이라는 쑥덕거림도 있었다. 배봉이 난봉꾼이란 사실은 개도 알고 소도 안다는 소리마저 나도는 판국이었으니 그런 의심은 더 커질 수밖에 없었다.

그렇지만, 묘하게도 둘 다 눈 아래에 눈물 먹고 자란다는 보기 싫은 점이 박혔다. 억호는 오른쪽, 만호는 왼쪽에. 그래서 점박이 형제라고 불리기도 한다. 그 고을 사람들이 그들을 들먹일 땐 으레 그 점부터 들고 나오기 일쑤였다. 그 크고도 검은 점은 저주와 비난의 과녁물이었다. 그 점이 있음으로 해서 그들은 세상눈을 속이는 데 적잖은 방해를 받을 것이다.

그러나 그 집이 어떤 집인가? 비화는 말귀를 알아듣기 시작할 무렵부터 귀에 대못이 쾅쾅 박히게 들어왔던 철천지원수 집안이 아닌가? 비화로선 상세한 내막을 알 수 없지만, 조상 대대로 지켜온 땅을 그자들에게 다 빼앗겼단다. 어른들은 내 피를 뽑히고 내 살을 잘린 것처럼 아파하고 억울해하였다. 누가 비화더러 지옥의 끝을 본 사람들을 데리고 오라면 그럴 수 있었다.

이러니 비화는 그 집 사람들과 연관된 일이라면 한참 자다가도 불침 맞은 아이같이 벌떡 일어날 정도였다. 옥진에게서 그 이야기를 듣는 찰나, 자신도 모르게 '배봉'이란 그 이름이 튀어나온 것이다.

"그런께 안 있나, 언가야."

"괘안타. 괘안타. 더 이약해라."

"그기……."

옥진은 때로는 덜덜덜 떨면서 또 때로는 한참이나 말끝을 잇지 못하면서 그날 벌어졌던 일을 들려주었다. 너무나도 무섭고 끔찍한 경험인지라 옥진은 제대로 전달하지 못했지만 남달리 영리한 비화는 그 전말을 모조리 알아들었다. 비화는 풍진 세상 살 만큼 살아온 어른처럼 말했다.

"우찌 그런 일이?"

비화 눈에 연꽃이 가득 핀 대사지와 그 주변의 어두운 나무숲이 보이고, 저 철천지원수 자식들인 억호와 만호가 옥진을 해하고 있는 광경이 나타났다. 비화 마음에 그건 하나의 지옥 그림이었다.

평소 동리에서 아무도 건들지 못할 천하 개망나니로 소문이 자자한 그들 형제였다. '에헴!' 큰기침하고 '탁탁' 담뱃대깨나 두드리는 기갈 센 노인들도 괜히 그 어린 것들한테 봉변당할까 봐 나서지 못했다. 그들이 못된 짓거리하는 모습을 봐도 못 본 척 얼른 지나쳤다. 하늘 밑구멍을 찌를 듯한 그 세도는 마치 합법적인 권력 같았다. 그것은 배봉이 하루가 멀다 하고 긁어모으는 재력과 결코 무관하지 않았다. 돈이 있으면 권세는 물론 모든 것이 저절로 따라붙는 게 세상 이치였다.

"언가야."

"와?"

한참 울어 목은 쉬었지만 그래도 조금은 안정된 목소리로 옥진이 입을 열었다.

"인자 좀 낫다."

"그, 그래."

그곳에서 들으니 옥진네 아래채뿐만 아니라 위채도 폐가처럼 너무 조용했다. 그 정적을 깨고 옥진이 또 말했다.

"언가 니한테 싹 다 말하고 난께."

비화는 고개를 몇 번이나 끄덕였다.

"하, 하모. 잘했다."

그런데 어인 영문일까? 비화 입에서는 자신도 모르게 이런 소리가 흘러나왔다. 그건 꼭 다른 영혼이 무슨 인연의 경로를 통해 비화 몸속에 들어와 있는 것 같았다.

"아즉 아모한테도 이런 이약 안 했다 캤제?"

"으응, 안 했다."

어디에들 있다가 이제야 비로소 나타난 것일까? 옥진네 집 앞을 오가는 행인들의 흰옷이 햇빛을 받아 눈부셨다. 둘이서 콩깍지같이 붙어 앉아 얘기하는 그동안 가마가 두 채, 소달구지와 마차가 각각 하나씩 지나쳐 갔다.

"언가 니 말고는."

옥진은 온몸으로 대답하는 것 같아 보였다. 비화도 온몸으로 말하는 듯했다. 마음보다도 몸이 먼저 반응하는 것에는 또 무엇이 있을까?

“잘했다. 잘했다.”

곧이어 한다는 소리가 좀 그랬다.

“니 아부지 어머이한테도 말하지 마라.”

옥진은 잠시 멍한 표정을 지었다. 옆 동네에 살면서 간혹 그곳으로 왔다가 조무래기들 놀림감이 되곤 하는 이십 대 후반의 그 떠꺼머리총각 얼간이를 떠올리게 하였다. 한데, 그게 대체 무슨 뜻인가? 부모에게도 말하지 말라니.

“무담시 걱정 안 하시겄나.”

그러고 나서 비화가 한숨을 폭 내쉬는데 정말이지 스스로 돌아봐도 갈수록 늙은이 닮은 언동이 아닐 수 없었다. 그렇긴 하지만 지금 그 같은 상황에서는 도리어 그게 대단히 큰 효과를 드러낼 수 있을 성싶었다. 얼핏 나이 든 어른 말 같아서 옥진이 더 잘 들을 수 있을 것 같았다.

“그라이 말이다.”

비화는 눈을 돌려 주변에 다른 사람이 없다는 것을 확인한 후 입을 열었다.

“이거는 니캉 내캉 둘이서만 알고 있자쿠는 이약인 기라. 니캉 내캉 그리 딱 둘이서만 안 있나.”

이번에도 입이 붙은 듯 묵묵부답하는 옥진이었다.

“우리만…….”

그때 비화는 영원한 비밀을 떠올리고 있었다. 누구도 열 수 없는 곳간 속 같은 곳.

“알것제?”

한 번 더 말했다.

"답을 해봐라, 얼릉."

"그러께."

잠시 말이 없던 옥진이 의외로 순순히 응했다.

"우리 둘이만……."

문득 염탐꾼처럼 바람이 한차례 휙 불고 갔다. 바람은 곳간의 비밀에 대해 들었을까?

"니하고 내하고 죽을 때꺼지다. 알것제?"

비화는 재차 다짐을 받았다.

"알것다."

이번에도 옥진은 자신 있게 대답했다. 비화는 그런 옥진을 향해 입을 꾹 다물어 보이고 나서 이제 문제는 다 풀렸다는 표정이 되었다.

"그라모 된 기다."

그러나 솔직히 비화 자신도 알 수 없었다. 왜 옥진이더러 부모에게까지 비밀로 하라고 당부했는지. 무슨 일이든지 어른들을 속이면 절대로 안 된다는 가정교육을 받아왔는데 옥진에게 그렇게 하라고 시키다니. 이러면 안 되는데. 하지만 취소할 순 없었다. 어쩐지 반드시 그래야만 할 것 같아서였다.

"여자는 우짜든지 지 한 몸을 잘 간수해야 한다 아인가베. 여자가 몸을 아모 데나 벌로 굴리모 시집도 몬 가는 기라."

호한이 산보 길이나 밥상머리 같은 데서 비화에게 곧잘 일러주던 소리였다. 그러면 옆에 있던 윤 씨는 딸을 보며 씩 웃곤 하였다.

"자고로 여자하고 그럭(그릇)하고는, 바깥으로 내돌리모 안 된다 글캤다."

그게 여자가 정조를 잘 지켜야 한다는 의미라는 것은 너더댓 살 먹은 아이라도 다 알 노릇인데, 언제부터인가 그런 가르침을 받을 때면 비화는 손가락으로 제 저고리 앞섶을 살며시 여미는 버릇이 생겨버렸다. 또 그런 날이면 말하는 것은 물론이고 발을 한 걸음 옮기거나 팔을 한 번 내저을 때도 여간 조심스러워지는 게 아니었다.

아마 아버지의 그 엄격하고 귀한 '밥상머리 교육'이 되살아나서 비화는 옥진에게 그랬을 것이다. 비화는 옥진이 너무나 가여워 또다시 왈칵 울음이 솟으려는 바람에 고개를 뒤로 젖혔다. 마음이 무척이나 짠한 게 아직은 세상 물정에 한참 어두운 나이임에도 불구하고 세상이 싫어지기까지 했다. 내 일과 다를 바 없는 옥진이 일인 것이다.

저만큼 한길을 따라가며 줄지어 죽 심어진 가로수 잎사귀에 햇빛만 무심하게 반짝였다. 높다랗게 자란 플라타너스 밑을 축 늘어진 뱃가죽에 젖이 돌출한 누렁이 한 마리가 아주 느릿느릿 갔다. 문득, 이런 소리가 둘의 귀를 쨍 울렸다.

"참말로 저 개 겉은 시상에 우리가 살고 있다 아인가베."

"개 겉은 기 아니구만이라. 바로 개지라우, 개."

"쇠털, 말털도 몬 되는 개털인 기라, 개털."

"왜 애꿎은 개를 놓고 그래요?"

가끔씩 동네를 지나가는 사내들이 막 나무 그늘 아래로 들어서고 있다. 댓개비로 성기게 엮은 패랭이를 썼다. 똑같은 갓이지만 역졸들이나 상주들이 착용하고 있는 것과는 또 다른 인상을 풍겨주고 있었다. 보자기와 지게에 가지가지 물건들을 잔뜩 싸고 짊어진 보부상들이었다. 당시 별로 볼거리 없는 아이들에게는 사당패만큼은 아니어도 그들은 신기한 눈요깃감이었다.

"개털보담도 씰데없는 기 사람털 아인가?"

"워매, 하여간에 말 몬 해서 죽은 구신은 없을개비여."

"동물 귀신은 어떻게 생겼는지 알면 좀 이야기해 줘요."

서로 말씨들이 달랐다. 보부상들은 제각기 출생지가 다르면서도 때로는 함께 어울려 다니기도 하는 모양이었다. 그들은 제법 값이 나가는 잡화라든지 집에서 만든 일용품을 팔기도 했다.

이윽고 그들은 봇짐과 등짐을 땅에 내려놓고 그 위에 엉덩이를 걸친 채, 입이 찢어지게 하품을 하거나 길이가 짧은 곰방대를 빼물었다.

무척 지친 듯 보부상들은 비화와 옥진에게는 제대로 눈길 한 번 주지 않았다. 하긴 산길 따라 물길 따라 이곳저곳 다니지 않는 곳이 없는 신분들인지라, 보고 들은 게 넘쳐나는 그들 눈이나 귀에 어지간한 것은 들어오지 않을 것이다.

그런데 지금 그네들 입에서 나오는 말들이 길바닥에 굴러다니는 사금파리 조각이나 깨진 유리병처럼 여간 위험하고 예사롭지가 않았다.

"대체 외척外戚들이란 기 와 그리 마구재비로 설치쌌는 기고? 오데로 가뻿노. 아까 그 누렁이도 더럽다꼬 그런 진구렁창에서는 안 싸울 끼다."

"증말 누렁이 그눔, 그기 새끼만 안 뱄다모, 오데 가차운 개울창에 끌고 가갖고 솥에다가 딱 안칠 낀데 아깝다."

"마른하늘에 날벼락 내리칠 소리 아예 하지들 마소이잉. 우리가 비록 풍양 조 씨, 안동 김 씨 같은 세도는 못 부려도, 사람답게는 살아야 안 되것소잉?"

"각중애 풍양 조 씨, 안동 김 씨는 와 나오노? 머 사람 기 죽일 일이 있는가베."

"하모, 하모. 타성바지 이약은 안 듣고 싶은 기라."

"그래도 들어는 봐야지, 남의 말에 그렇게 말하면 안 되지요."

"후우. 안 되는 기 되는 거보담 더 많은 요눔의 시상, 누가 그냥 팍 안 엎어삐나?"

비화는 그네들 쪽으로 귀를 기울였다. 본디 보부상들은 그렇게 많이 배우지는 못했지만, 조선팔도 구석구석 안 다니는 데가 없어, 아는 것은 웬만한 선비 학자 뺨친다던 아버지 말이 생각났다. 사람은 머리뿐만 아니라 발로도 배운다는 말도 하였다. 발로도 배운다는 그 소리가 비화 가슴에 와 닿았었다.

담배 연기 한 모금에 한결 힘을 얻은 모양인지 보부상들 목소리는 점점 생기가 감돌면서 커져갔다. 어쩌면 갈수록 흥분하고 과격해지고 있다는 증거인지도 몰랐다.

"누가 나하고 눈 뺄 내기 해보랑께? 인자 이 나라 온 구석지에서 민란民亂이 안 끊길 끼니께."

"그래요. 현재도 그렇지만 앞날이 더 큰일이에요."

"제엔장. 그놈의 삼정三政인가 머신가 하는 그기, 도독놈하고 바까갖고 때리쥑일 괴물 아이것소잉?"

"하모, 하모. 삼정, 삼정이 문젠 기라요."

한동안 자기들 딴에는 시국을 걱정하고 관아를 원망하던 그들 가운데서, 두 눈이 대단히 부리부리하고 덩치 큰 털북숭이 사내가 그제야 발견했는지 일행들을 향해 입을 열었다.

"저 여자아들 좀 보소잉. 참 이쁘고 귀엽소잉."

그러자 무릎까지 걷어 올린 바지 밑으로 드러난 다리가 꼭 황새다리같이 길고 새카만 사내가 그 말을 받았다.

"어, 에나 그렇거마는. 큰 아아는 진짜 똑 소리나거로 생깃고, 또 작은 아아는 본께네 선녀가 따로 없다 아이요."

그 소리에 비화와 옥진은 똑같이 자기 어머니들이 서로 나누던 이야기를 떠올렸다.

"옥지이만치 이쁜 신부는 없으이, 옥지이는 시집가모 에나 사랑받음서 살 깁니더."

윤 씨 말을 동실 댁이 받았다.

"얼골 이쁜 아내보담도 머리 좋은 영리한 아내가 더 싫증이 안 난다 캤으이, 비화가 더 한거석 사랑받을 기라예."

그러고 나서 두 사람 모두 활짝 웃으며 말했다.

"우리가 딸 하나는 잘 낳다 아입니꺼?"

그 기억이 나서 비화와 옥진이 슬며시 웃고 있을 때, 부황을 앓는지 얼굴이 붓고 누렇게 뜬 사내가 황새다리에게 퉁을 주었다.

"또 저 말티고개 쪽에 있는 그 주막집 빨간 댕기 주모가 그립는가베?"

여자 이야기가 나오자 저마다 눈들을 빛냈다. 기운이 솟는 모양이었다.

"아, 그 술어미?"

"내가 보기에는 엷은 보라색 댕기가 더 잘 어울릴 것 같았는데 아닌가?"

"안에 입은 옷은 그런 색인가 모리제."

"안에 옷? 참말로 그 머시냐? 보기보담 엉큼하요잉?"

역마살 들린 사람같이 쏘다니다 보면 언제나 그립고 아쉬운 게 여자 치마폭이었다. 굳이 여자와 살을 섞고 뼈를 부딪치고 싶다는 욕망보다도, 그저 고향 언덕배기에 드러눕듯 여인네 무릎 위에 뒤통수를 내려놓고 지쳐빠진 육신을 쉬고 싶은 게 떠돌이 인생들의 소박한 꿈이라고나 할까? 그렇지만 그 꿈마저도 그들에게는 이루지 못할 한갓 환상에 불과할지도 모른다.

"이것 보소."

나뭇잎 사이로 내리비치는 햇빛에 드러난 얼굴색이 무척 나빠 보이는 사내가, 황새다리 사내를 향해 악의 없는 웃음을 띠어 보이며 다시 입을 열었다.

"볼 적마당 선녀, 선녀 해쌌기는! 진짜 선녀는 보지도 몬한 사람이?"

황새다리가 주먹으로 장딴지 부위를 탕탕 쳐가면서 집어삼킬 듯이 노려보자, 낯빛 누런 사내는 얼굴만큼이나 누런 이빨을 드러낸 채 이기죽거렸다.

"빨간 댕기 술어미는 치다보지도 안 하는데, 맹물 고마 들이마시라 쿤께네?"

그러자 이번에는 털북숭이와 황새다리가 서로 눈빛을 주고받더니 누런 얼굴을 겨냥해 한꺼번에 쏘아붙였다.

"애당초 술은 입에도 못 대는 거기가 여자는 우찌 알꼬잉? 하기사 술자리 가본께, 남들 술 묵는데 혼자 술도 안 묵고 가만히 있는 인간이 여자는 더 밝히더라마는."

"저 여자아아들이 쪼끔 더 자라모 시상 사나이들 애간장깨나 안 태우것나, 시방 우리가 그 이약이제."

그 소리에 비화는 그만 아이들이 장난삼아 거울에 반사시킨 빛을 쐰 것같이 눈이 부셔 서둘러 고개를 숙이는데, 옥진은 아무 소리도 듣지 못한 사람처럼 표정이 없다. 그 백치 같은 옥진의 얼굴을 보니 또 퍼뜩 떠오르는 게 억호와 만호다.

"그 점벡이 눔들을 보모, 무조건 도망부텀 쳐라. 알것제?"

비화는 단단히 타일렀다. 옥진도 제 가슴팍에 꼭꼭 새겨 넣듯 말했다.

"응, 그라께."

"그라고 무신 일이 있으모 안 있나."

비화는 보부상들이 앉아 쉬고 있는 곳을 살피는 눈으로 바라보았다.

"사람들이 알거로 막 고함질러야 하고. 알것제?"

옥진은 평상시 그 고집은 어디로 갔는지 양순한 소마냥 고분고분했다.

"알것다, 언가야."

비화는 손바닥으로 자기 가슴을 소리 나게 탁 쳤다.

"나뿐 눔들이 옥지이 니한테 핸 거만치 이 언가가 싹 다 갚아줄 끼다."

옥진이 놀란 듯 비화를 바라보았다. 비화 눈에 시퍼런 비수가 섰다. 언제나 온유한 빛을 보이는 비화지만 아주 가끔씩 지금 같은 얼굴이 되는 걸 옥진은 경험했다.

"고것들은 우리 집에도 웬수다, 웬수. 내는 우찌 복수할 낀고, 앞뒤 개산이 착착 다 돼 안 있나."

앞뒤 계산이 착착 다 되어 있다는 그 소리는, 옥진 어머니 동실 댁이 단골로 부려 쓰는 말이었다. 옥진이 자못 신기하다는 표정을 지으며 이렇게 얘기했다.

"언가 니가 똑 울 옴마 겉다."

"니나 내나 나이 더 묵으모, 우리 옴마들매이로 돼가것제."

비화 그 말에 옥진이 고개를 갸웃했다.

"그런 생각한께 기분이 쪼매 이상해진다, 언가야."

"와? 안 좋나?"

"똑 안 좋은 거는 아인데……."

"그라모?"

"그냥 그런 기라."

허공 어딘가를 향하는 옥진의 두 눈에 초점이 없었다. 어찌 보면 모로 뜬 것 같은 눈이 사팔뜨기 비슷했다.

"니는 그기 싫을랑가 몰라도, 내사 후딱 어른이 되모 좋것다."

그렇게 소원 비는 투로 얘기하는 비화 눈앞에 진무 스님 얼굴이 나타났다 사라졌다. 비화 자신더러 장차 자라면 큰 부자가 될 상相이라고 하던 스님. 어딘가 '바스락' 하고 바싹 마른 나뭇잎 소리가 날 것 같은 몸매였다.

'시방도 잘 계시것제.'

비어사라고 했지. 고을 북쪽 산골짝에 있어 봄이 와도 눈이 그냥 남아 있는 곳. 그래도 춥지는 않다는 그 비어사라는 절집에 꼭 한번 가보고 싶다. 거기 가서 소원을 빌면 모두 이루어질 것만 같다.

'거 갈 적에는 옥지이도 데꼬 가모 더 안 좋으까이.'

그때 보부상이라고는 믿어지지 않을 만큼 무척 귀티가 나고 피부가 하얘서 백면서생 같은 인상을 풍기는 사내가, 왠지 주위를 정탐하는 것처럼 해가면서 한껏 낮춘 목소리로 하는 말이 들렸다. 지금까지는 다른 보부상들 이야기를 듣고만 있던 사람이었다.

"어디 요새 와서 갑자기 세상이 이상해진 겁니까? 아닙니다. 오래전에 강화도령이라 불리던 철종이 왕위를 이을 그때부터지요."

비화나 옥진으로서는 좀체 알아들을 수 없는 내용 일색이었다. 아무리 새겨보려고 해도 대단히 생소했다. 아직도 세상은 그들과 너무나 동떨어져 있었다.

"세도정치가 국왕의 존재를 무시한다는 증거 아닙니까?"

그 소리에는 비화 가슴이 쿵, 했다. 세도.

"배봉이 저놈, 갈수록 그 세도가 하늘을 막 찌리고 안 있나? 참말로 그놈의 돈이 도대체 머신지 미치삐겄다."

아버지 호한의 오랜 지기인 조언직 아저씨의 그 말이 떠올라서였다.

"더러븐 기 돈이고, 무서븐 기 돈 아인가베? 친구야, 돈 갖고 안 될 끼 없는 시상이 오고 있는 기라."

그는 약간 다혈질인 데다가 꼿꼿한 체구에 어울리게 성질도 무척이나 올곧았다. 그의 입에서는 세도라는 말이 연거푸 나왔다.

"이대로 가다가는 배봉이 저눔 세도 땜에 남아날 끼 하나도 없것다."

술기운에 젖은 사람 목소리였다.

"올매나 든든하고 긴지, 세도가 빨랫줄 아인가베?"

그날 호한은 내내 말이 없었다. 비화는 속으로 되뇌었다.

'돈 갖고 안 될 끼 없는 시상…….'

보부상들이 일어나기 싫어하는 기색이면서도 자리에서 하나같이 고단해 보이는 몸들을 일으키고 있었다. 사람들은 모두 돈을 따라서 움직이고 있는지도 모르겠다. 돈 따라 움직이는 사람.

비화 눈에, 바람에 쏠리는 가로수들도 보부상들 뒤를 따라가려는 것처럼 비쳤다. 그것은 가볍지 않은 어지럼증이었다.

가짜서류

그로부터 여러 날이 흐른 후였다.

비화는 옥진이 점박이 형제에게 몹쓸 짓을 당했다는 대사지 부근을 막 지나가고 있었다. 낮인지라 연못을 가로질러 놓인 대사교를 건너는 사람들이 눈에 많이도 띄었다. 개와 소와 말도 꽤 보였다. 비화는 너무나 안타깝고 억울했다.

'사람들이 이리키나 짜다라 댕기는 덴데. 옥지이 고 문디이 가시나, 해필이모 와 밤중에 지 혼자 여게 나와갖고 그 꼴을 당한 기고?'

연꽃은 거의 다 졌다. 시든 연꽃같이 창백한 옥진의 얼굴이 비화 뇌리에서 내내 사라지질 않았다. 그 저주스러운 만행이 벌어졌던 나무숲 쪽을 억지로 외면했다가 어느 한순간 아주 무섭게 노려보았다. 거기 어딘가에서 금방이라도 억호와 만호가 그 꼴도 보기 싫은 모습을 드러낼 것만 같았다. 비화는 누군가 손아귀에 쥐고 뽑아내듯 머리털이 뭉텅뭉텅 빠져나가는 느낌이었다. 얼굴에 불이 붙는 성싶었다. 속으로 말해 보았다. 봄날 아지랑이 아물거리는 외딴 야산에서 우는 뻐꾹새 울음 닮은 소리였다.

'우찌 살꼬? 우리 옥지이가 우찌 살꼬?'

옥진이더러 제 부모님께 그 일에 대해서 말하지 말라고 한 게 잘한 짓일까? 혹시 내가 잘못한 게 아닐까? 그런 의문과 갈등이 걷잡을 수 없을 정도로 자꾸만 덮쳤다.

'아자씨다, 아자씨!'

비화가 유춘계 아저씨를 만난 것은 대사교를 막 건넌 직후였다. 자주 찾아뵙진 못해도 비화를 누구보다 많이 아끼고 위해 주는 친척이다. 아직 사람을 많이 접해 보지 못한 어린 비화가 느끼기에도 그는 양반과 상민의 분위기를 동시에 풍기는 어른이었다.

그는 혼자가 아니었다. 동행이 여럿 있었다. 그런데 왜일까? 춘계는 비화를 처음 보는 순간 적잖게 당황해하는 눈치였다. 비화는 깜냥에도 고개를 크게 갸우뚱했다. 그는 아주 사내답고 여간 대범한 사람이 아니라고 아버지가 말했었다. 그런 분이 저러실 때는 혹시 무슨 사연이라도 있는 게 아닐지.

그때 비화가 듣기에 춘계는 필요 이상으로 큰 소리로 말했다. 늘 차분한 어조로 사람들의 마음을 잡아끄는 그로 알고 있었다. 그뿐만이 아니었다. 그에게 걸맞지 않은 농담까지 섞어서였다.

"우리 비화 아이가! 인자 상구 처녀가 다 됐네? 총각들이 쫄쫄 따라댕기제?"

"안녕하……."

그는 비화가 인사말을 끝내기도 전에 일행들을 돌아보며 서둘러 말했다.

"김호한 장군의 여식이지요."

그러자 모두 비화를 바라보며 알은체했다.

"아, 그분의?"

"총기 있는 눈이 아부지를 닮았거마예."

"키도 훌쩍 큰 기, 통도 남자맹캐 커 비이거마는!"

"내중에 여장부가 될 꺼 겉십니더."

"부모 피가 오데로 가것십니꺼."

"김 장군은 나라를 위하는 충심이 대단하다꼬 들었지예."

김 장군. 언제부터인가 사람들은 모두가 호한을 '김 장군'이라고 불렀다. 그리고 그것은 호한에게 썩 잘 어울리는 호칭이기도 했다. 비화가 아는 바로는 아버지가 관아 무관직에 몸을 담고 계신다는 게 전부였다.

그렇지만 비화가 보기에 그들은 관아 사람들이 아니고 땅을 파는 농사꾼들 같았다. 우선 복장부터가 그렇고 피부도 검게 그을린 편이었다. 그렇게 높은 자리는 아니지만 그래도 관리직에 있는 춘계 아저씨가 그런 평민층과 어울려 다닐 줄은 몰랐다. 어린 마음에도 알 수 없다는 기분이 계속 들었다.

"운제 한분 놀로 간다꼬 아부지께 말씀드리라이."

춘계에게서 어쩐지 비화와 빨리 헤어지고 싶어 하는 눈치가 역력하였다. 그것도 여느 때와는 사뭇 다른 그의 모습이 아닐 수 없었다.

"예, 아자씨. 집에 가모 그리 말……."

비화 말이 미처 끝나기도 전에 춘계는 몸을 돌려세웠다. 그러자 일행들도 이내 그를 뒤따랐다. 그러자 순간적인 착각이지만 춘계는 여러 개의 그림자를 가지고 있는 사람으로 비쳤다. 그 일사불란함이 보는 사람 마음을 오히려 어지럽게 몰아갈 지경이었다.

비화는 혼자 우두커니 서서 그들을 멀거니 바라보았다. 분명히 그들은 보이지 않는 그 무언가에 쫓기고 있다는 인상을 주었다. 틀림없었다. 지금 비화가 가고 있는 쪽과는 반대 방향으로 대사교 위를 바삐 걸어가고 있는 그 뒷모습들이 왠지 모르게 크게 흔들려 보였다. 비장해 보이기까지 했다. 대사지 못물에 거꾸로 비친 그들의 음영마저 불안하게 일렁거리고 있었다.

연蓮의 열매인 연밥은 잘 보이지 않고 커다란 연잎 위에 아주 조그만 청개구리 한 마리가 올라앉아 미동도 하지 않고 있었다. 지금 뛰노는 비화의 심정과는 정반대였다.

'에나 이상하제. 아자씨가 와 낼로 봤을 때 그런 얼골을 했을꼬? 그거는 아자씨 얼골이 아인데, 아인데.'

우리 비화가 사람 마음을 명경 알같이 꿰뚫어 보는 눈을 가진 것 같다고, 종종 아버지와 어머니가 주고받는 소리를 들었다. 비화는 또, 남들이 자기더러 무슨 신이 지핀 게 아닐까 하는 말을 할 때면, 그렇게 되는 의미는 잘 모르면서도 완전히 몸에 밴 습관처럼 꼭 떠올리는 얼굴이 있었다. 비어사 주지 진무 스님.

'장차 너로 인해 세상이 크게 시끄러울 수도 있겠구나.'

비화가 곰곰이 되짚어 봐도 가장 이해할 수 없는 말이었다. 여자인 내가 어떻게 세상을 시끄럽게 할 수 있다는 것인가, 여자인 내가.

여자는 제아무리 똑똑하고 잘나도 벼슬을 살지 못한다. 간혹 동네 서당 근처를 지나갈 때 밖으로 새 나오는 도령들 글 읽는 소리는 어쩌면 그리도 마음을 잡아끌면서도 슬프게 하던가? 공연히 눈물이 핑 감돌아 한참이나 그 자리에 서 있곤 하였다. 비화가 여자로 태어나서 무엇보다도 안타깝고 서러운 게 제대로 글공부를 할 수 없다는 거였다. 가슴에 못이 박힌다는 어른들 말이 실감이 났다.

어디 그뿐인가? 어려서는 아버지를 따르고, 혼례를 치르고 나서부터는 지아비를 따르고, 늙으면 아들을 따르는 게, 여자가 걸어야 할 바른 길이라고 늘 들어왔다. 정녕 그러할까? 앞에서 가지 않고 뒤에서 따르고 또 따르는 게……. 사람의 길이라고 하면 그만이지 왜 남자의 길, 여자의 길, 그렇게 갈래 지울 필요가 있는가 말이다.

그런데 비화의 착각일까? 춘계 일행이 가고 있는 곳으로부터 불어오는 바람 끝에서 얼핏 '임배봉'이란 소리를 들은 것은. 그리고 그 소리는 메아리가 되어 끝도 없이 비화 귓전을 맴돌다가 나무숲에 부딪히고는 대사지 못 속으로 곤두박질쳤다.

임배봉이 거처하는 사랑채다.

그곳은 으리으리하고 사치스럽기 그지없었다. 벽이고 천장이고 바닥이고 가릴 것도 없이 깡그리 돈으로 도배한 듯싶었다. 그 많은 가구들도 하나같이 금빛으로 눈부셨다. 극치를 달리는 화려함이라고나 해야 할는지. 그래서 되레 천박하다는 느낌을 자아내었다.

손으로 한 뜸 한 뜸 공을 들여 자수 놓은 화려한 열두 폭 병풍은 용상 뒤에 세워둔 저 일월오악병풍을 방불케 했다. 더할 나위 없이 정교한 산봉우리와 바다, 해와 달은 감히 왕실의 권위를 넘보는 병풍이 아닐 수 없었다.

배봉은 부드러운 비단옷으로 전신을 휘감은 채 고급스러운 보료에 떡하니 자리 잡았다. 그는 '에헴' 하고 힘이 잔뜩 들어간 헛기침을 하면서, 이제 막 들어와 마주 앉은 사내를 똑바로 응시했다. 그러고는 한껏 거드름 피우는 목소리로 말했다.

"그래, 그동안 잘 지내신 기요, 소긍복 나리?"

그 말이 떨어지기 무섭게 마치 굼벵이 꿈틀거리듯 사내가 몸을 있는 대로 굽실거려가며 아부하는 모습을 지었다.

"예, 예. 나리 덕분에 이몸이사 장 잘묵고 잘삽니더."

약간 약골로 보이는 사내는 한눈에도 농사꾼이나 장사치 같아 보이지는 않았다. 어딘가 글깨나 읊었음 직한 선비 분위기를 풍겼다. 그에 비하면 살찐 몸뚱어리에 굉장히 값비싼 의복을 걸치긴 했지만 배봉은 너무나 볼품없어 보였다. 그러고 보면 '옷이 날개'라는 말도 사람을 골라가며 써야 할 성싶었다.

그런데 무슨 영문인지는 알 수 없지만 사내는 배봉 앞에서 도무지 몸 둘 바를 몰라 하는 기색이 역력하였다. 나이는 배봉보다도 두어 살, 아니면 너덧 살 남짓 아래로 보이지만, 대하는 태도는 흡사 할배의 할배 모시듯 하였다. 아무래도 두 사람 사이에는 세상이 잘 모르는 예사롭지 않은 관계가 존재하는 모양이었다.

"신수가 상구 훠언해지셨구마."

앉는 자리에 항상 깔아 두는, 속을 두껍게 넣고 만든 보료보다도, 몇 배나 더 속다짐이 겹겹인 엉큼한 사람이 계속 입을 놀렸다.

"길 가다 만내모 몰라보것소."

주인이 시비 걸어오듯 하는데도 내방객은 선뜻 무어라고 대꾸를 못 했다. 배봉 입귀가 아주 보기 흉하게 말려 올라갔다.

"돈냥이나 붙으신 모냥인가베?"

마음이 허황되게 부풀어 세상이 돈짝만 하게 보이는 품새였다.

"돈에 눈이 있나, 다리가 있나."

배봉은 누런 금박 입힌 긴 담뱃대를 신경질적으로 확 집어들더니만 공연히 유리재떨이를 '툭툭' 소리 나게 건드려가면서 마냥 이기죽거리는 식이었다.

"돈만 있으모 개도 멍첨지."

그렇지만 소긍복은 꼭 큰절 올리는 자세로 야윈 두 손바닥은 방바닥을 짚고 머리는 깊게 조아렸다. 어찌 보면 차가운 빗발을 고스란히 맞고 있는 집 없는 달팽이 같았다.

"예, 예. 나리께서도 그간 옥체 만안하시옵고……."

배봉이 뒤에 한 말은 아예 그만두고 앞에 했던 말에 대한 응답이었다. 그러고 보니 그는 '국으로 가만히 있는' 것만이 아니라 깔끄러운 것을 피해 가는 법을 어느 정도까지는 잘 터득하고 있는 사람으로 볼만했다.

그런데 긍복이 말을 모두 끝내기도 전이었다. 배봉이 손에 든 장죽을 칼같이 내리치며 그의 말을 무 자르듯 싹둑 잘랐다.

"아, 아. 옥체라이? 내겉이 천해빠진 상것한테 그 무신?"

그러나 긍복은 한층 황감해하는 표정을 풀지 않았다. 그러고는 손가락을 세 개 꼽았다가 여섯 개 꼽았다가 하였다.

"인자 올매 안 지내모, 삼정승 육판서 안 부러븐 신분이 되실 분 아입니꺼?"

"그마안!"

남의 말끝을 가로채는 배봉 목소리가 홀연 찬 서리 담은 기운을 내뿜었다. 그러자 거기 사랑방 안이 당장 한겨울로 바뀌는 분위기였다.

"올매 안 지내모? 허어, 대관절 그 올매가 올매요?"

"예, 예에?"

격자창이 덜커덩거리는 것 같았다. 창살을 바둑판처럼 가로세로 줄이 지도록 만든 창밖에 누군가가 숨어 있는 게 아닌가 싶지만, 외부인의 침입은 불가한 대갓집이란 걸 긍복은 잘 알고 있었다.

"인자 사람 말귀도 몬 알아묵나?"

"마, 말귀."

"에잉! 말귀고 소귀고!"

사또 떠난 뒤에 나팔 분다는 격이었다.

"올매나 내가 더 기다리야 되겄나, 그 말인 기라!"

"죄, 죄송합니더. 시, 시방 백방으로 아, 알아보고 있……."

배봉은 장죽으로 재떨이를 쾅쾅 두드려 긍복 말을 막았다.

"내 한분 물어보것소."

"예, 예. 하문下問하시이소."

긍복의 앙상한 엉덩이 밑에는 그 흔한 방석 하나 깔려 있지 않았다. 원래부터 없었는지 어디로 빠져 달아나버렸는지 알 수 없었다.

"하문이고 상문이고 중문이고!"

배봉의 그 문타령에 방문과 창문도 걸려들까 봐 움츠리는 것처럼 보였다.

"지, 지발!"

긍복은 영락없이 동헌 마당에 꿇어앉아 있는 저 대역죄인 형용이었다. 하긴 원님 처소도 그곳보다는 못할 것 같았다. 적어도 지금 긍복이 느끼기에는, 원님은 배봉 발밑에도 못 따라올 듯했다.

"또, 또 그 소리?"

배봉은 야문 음식을 '오도독' 깨무는 소리를 냈다.

"시방꺼지 이 배봉이한테서 얻어간 돈이 올매나 되는고 알고는 있는 기요?"

"예? 예. 그, 그야 모리모 안 되지예."

긍복의 사마귀만큼이나 좁은 이마에 식은땀이 송골송골 맺히기 시작했다. 하지만 그는 땀을 닦아낼 엄두조차 내지 못하고 있었다. 수족이 꽁꽁 결박당한 사람이 거기 있었다.

"돈! 돈! 도온!"

배봉 목소리에는 심한 짜증과 호된 질책의 기운이 한꺼번에 묻어났다.

"이거야말로 하로가 여삼추라."

장식대 위에 놓인 고가의 도자기들이 와르르 바닥으로 굴러떨어질 듯하고, 최고급 원목 가구들도 팍 찌그러져 내려앉을 것 같아 보였다.

"이라다가 이 임배봉이가 지 맹(명)대로 몬 살아, 몬 살아. 마, 천수를 누리지 몬한다꼬. 알아묵것소, 으잉?"

배봉이 함부로 인상을 찡그리니 눈, 코, 입이 더욱 낯판 한가운데로 몰렸다. 그러잖아도 중앙집중식인 상판대기인데, 화가 날 때나 욕심을 부리는 순간의 그런 얼굴은 더 보기에 혐오스러웠다. 배봉은 유난히 흰자위 도드라진 눈으로 허공 어딘가를 무섭게 노려보면서 계속 씨부렁거렸다.

"호한이 그눔이, 아, 그눔뿐만 아이제. 그눔 에핀네는 그렇다 치고, 눈깔만 달랑 붙은 고, 고 비화라쿠는 기집애도……."

한쪽 다리를 뻗더니 냄새나는 발을 치켜들어 긍복의 코앞에 들이밀었다.

"우리 알기를 지 발까락 새 낀 때만도 몬한 거로 아는 기라, 때만도."

그런데 이건 또 무슨 까닭일까? 호한의 이름이 나오자마자 긍복 안색이 당장 백짓장으로 돌변해버렸다. 온몸도 학질환자같이 덜덜 떨리기 시작했다. 짜부라진 눈으로 그 몰골을 지켜보던 배봉은 천장 한 번 보고 방바닥 한 번 보고 나서 말했다.

"진짜 몬 보것거마는! 눈꼴이 시서 말이제."

배봉은 불쾌하리만큼 보기도 싫고 비위에 거슬려서 아니꼽기도 하다는 빛을 노골적으로 드러냈다.

"함 봐라꼬."

어느새 말투도 상전이 하인 대하는 식으로 바뀌었다.

"대체 사내대장부가 돼갖고 와 그리 배짱이 없는 기가?"

이번에는 상대 얼굴에 대고 손가락질이라도 할 태세였다.

"배룩이 간만도 몬한 저런 간뎅이로 그런 일은 우찌 했으꼬?"

긍복은 물에 빠진 사람이 손을 함부로 휘젓듯 손을 허공에 대고 마구 내저었다.

"저, 저. 그, 그기 그, 그렇심니더."

비단 벽지를 바른 벽면에 붙은 액자 속 한자들이 마치 지렁이 기어가는 형상으로 보이는 긍복이었다. 배봉은 매몰차게 고개를 옆으로 꺾었다.

"기적인 기라, 기적!"

"하, 한 분만 봐주시이소."

긍복은 완전히 숨넘어갈 사람이었다. 배봉은 깨우쳐주듯 아니면 협박하듯 했다.

"그 일이 탄로나기마 탄로나모……."

끝까지 듣지도 못하는 긍복이었다.

"사, 살리만……."

배봉은 손이라도 싹싹 비벼댈 모양새로 나오는 긍복을 한참이나 째려보더니만 가래침 뱉듯이 내뱉었다.

"그짝 목심이 열 개라도 모지랄 끼라."

"아, 압니더. 여, 열 개."

이제 갓 숫자 세기를 배우는 어린애처럼 하는 긍복에게 쐐기를 박았다.

"내 말뜻 알아묵것소? 허어, 하나부텀 열꺼정 다 씹어묵거로 이약해줘야 하이, 이거야 원."

열불이 돋쳐 더는 앉아 있지 못하겠는 눈빛의 배봉이었다.

"요, 용서만 비, 빕니더."

"이녁!"

처음에는 '나리'더니 이제는 아예 '이녁'이다. 그렇지만 상대방을 잔뜩 홀대하여 부르는 이녁이란 소리도 감지덕지 받아들여야 하는 게 현재 긍복의 처지다.

"설마 그놈의 서당 문턱이 뺀질뺀질 닳거로 댕김시로 공자 왈, 맹자 왈, 공부했다쿠는 이녁이, 무신 소린고 모릴 리는 없을 끼고."

그곳 사랑방 문턱이 그렇게 높아 보일 수 없는 긍복이었다.

"지, 지발예."

그러나 배봉은 완전 사색이 되어 달라붙는 긍복을 겨냥한 팽팽한 활시위를 결코 늦추지 않는다. 아니다. 도리어 바투 당긴다.

"만에 하나, 김호한이가 그 일을 알거로 되모, 이 배봉이보담도 이녁 모가지부텀 삭정이 분질듯기 확 분질러뻴라 쿨 낀데?"

"나, 나리."

긍복 눈에 병풍이 앞쪽으로 와락 넘어져 그의 몸을 덮칠 것만 같았다. 조상 제사 모실 때 제상 저쪽에 둘러칠 병풍 하나 살 수 없을 만큼 극빈했던 긍복이었다.

"그 범 겉은 손에 한분 걸리모, 이녁 뼈가지도 몬 추릴 끼라."

배봉은 두 손을 동물 발톱 형상으로 만들어 긍복 얼굴을 할퀴듯 해 보였다. 그건 그의 아내 운산녀가 곧잘 지어 보이는 동작이기도 했다.

"시, 시키는 대, 대로 머, 머시든지 하, 할 낀께 지, 지발하고 이, 인자 그, 그런 말씀은 고, 고만 거, 거두시소."

긍복은 말을 제대로 잇지 못하였다. 그의 잣대로 재볼 때 배봉은 나라님보다 무섭고 강한 힘을 가진 자였다. 세상 모든 것은 상대적이라지만 긍복 마음에 비추어 배봉은 신보다도 전지전능하고 불가사의 그 자체였다.

긍복은 알고 있었다. 그다지 오래지도 않은 지난날, 김호한의 선친 생강이 살아 있을 당시, 배봉은 그 집안 전답을 부쳐 먹으며 근근이 목숨을 부지해 가던 천하디 천한 상놈이란 사실을. 그런데 언제부터인가 배봉은 엄청난 재력의 소유자로 변신해 있다. 일어날 수 없는 일이 생겨난 것이다.

도대체 수중에 땡전 한 푼 없던 배봉이 무슨 손오공 같은 재주를 부려서 오늘날과 같은 거부巨富가 되었는지 짚어보면 볼수록 참으로 신기하고 경악할 노릇이 아닐 수 없었다. 그렇다. 여기에는 분명히 무언가가 있다. 세상 사람들이 모를 엄청난 비밀이 꼭 감춰져 있다. 그렇다면 과연 그것은 무엇이란 말인가? 배봉은 사람이 아니라 변화무상한 구름 같은 무궁무진한 조화를 부릴 줄 아는 귀신인가?

그런 강한 두려움 뒤섞인 의문에 사로잡힌 긍복인지라 배봉 얼굴조차도 제대로 쳐다보지 못했다. 오금을 펴지 못할 정도로 잔뜩 주눅 든 상대방을 흘낏 훔쳐보는 배봉 입가에 야릇한 웃음기가 감돈다. 그건 상대방으로선 마주 앉아 있을 수도 없을 만큼 너무나도 기분 나쁜 낯빛이 아닐 수 없었다. 그래도 긍복으로서는 도리가 없는 일이다.

"이녁이 호한이를 감쪽같이 기시서(속여서) 받아낸 그 보정서류는……."

"아아아."

배봉은 긍복의 마지막 숨통까지도 철저히 끊어놓을 속셈인 듯했다. 올무에 걸린 짐승이 버둥거리면서 고통스러워하는 것을 아주 천천히 즐기는 모습이었다. 배봉에게는 자다가 일어나 생각해도 춤을 더덩실 출 것이 바로 그 '보증서류'다.

"마, 그 서류는, 쇠도치 갖고도 뿌시뿔 수 없는 그런 상자에다 안 있소."

쇠도끼 날 못지않게 번득이는 배봉의 눈빛은 공포 그 자체였다.

"으으."

긍복은 금방이라도 미쳐버릴 사람으로 보였다. 이젠 그만할 법도 하건만 그게 아니었다.

"가마이 있거라, 자물통 열 개는 더 넘거로 쎄기 채워갖고, 또 우쨌제?"

배봉은 그 말을 하면서도 엄청난 희열에 몸이 절로 떨리는 모양이었다.

"구신도 모릴 최고로 깊은 장소에 꼭꼭 숨기놨는 기라."

"흐."

지금 긍복에게 귀신은 배봉이었다. 쇠도끼를 가지고 그의 골통을 부숴대는 악귀였다.

"호한이 지 손목때기로 써준 자필이 뚜렷한 서류 아인가베."

가늘게 눈을 뜨고 그 서류를 떠올려보는 배봉의 눈빛은 또 변하여, 아편주사를 몸에 꽂고 있는 아편쟁이만큼이나 몽롱해 보였다.

"그러이 내 손 안에 저거 하나만 딱 있으모, 호한이 그놈이 지아모리 날고 기는 재조를 타고났다 캐도 이빨 싹 다 빠진 늙은 호래이다, 그 말이제."

긍복은 무작정 듣고만 있다간 무슨 불똥이 튈지를 이미 깨친 사람이다. 그 불똥을 미리 피하지 않으면 온몸에 화상을 입을 것이다.

"그, 그렇지예. 이빨 빠지삔 늙은 호래입니더."

"흠."

종놈이 상전 그림자를 따르듯 긍복이 자기 말을 그대로 따라 하자 배봉은 비로소 기분이 좀 좋아지는 모양이었다. 별안간 그의 본모습과는 전혀 어울리지 않게 사근사근 굴기 시작했다.

"이 배봉이가 시키갖고, 이녁이 호한이 지눔 보정(보증)을 받아냈을 끼라고는, 지깟 눔이 열 분 죽었다 깨나도 모릴 끼라. 안 그런가베, 이녁?"

"와 안 그렇것심니꺼?"

궁복은 파리가 앞발 비비듯 했다.

"배, 백 분 지당하신 마, 말씀입니더. 지 벗들 가온데서 호한이가 그 중 잘났다 캐도 배봉 나리한테는……."

'저눔 저거?'

배봉은 새삼 깨달았다. 궁복이 처음 만났을 때와 비교하면 눈썹이 많이 빠져버렸다. 그래서 혹시 저 자가 문둥탈을 둘러쓰고 있는 게 아닌가 싶기도 했다. 그가 하는 말이 이렇게 들리기도 하였다. 조상들이 죄가 많아 나는 불치의 병에 걸렸다.

홀연 배봉은 입이 찢어져라 웃어 제쳤다. 호한은 눈썹과 머리칼이 죄다 빠졌으리라. 그런 호한의 얼굴을 상상만 해도 날아갈 기분이다.

"호한이 그눔, 맨 첨부텀 이 배봉이 개락(계략)에 속아 넘어가서 지 집구석 폭삭 망하기 시작했다쿠는 거 알모, 분통 다 터지갖고 그 자리서 핏덩이 한 동이 토하고 죽어 넘어질 끼다. 으하하핫!"

배춧잎 마냥 새파랗게 질려 있던 궁복도, 배봉이 배꼽 빠져 달아나라 웃는 모습을 한참 동안 멀거니 바라보고 있더니 덩달아 간사한 웃음을 터뜨렸다.

"헤헤, 헤헤헤."

순간, 배봉이 뚝 웃음을 그쳤다. 탐욕스러운 두 눈이 노랗게 살기를 발했다. 그와 동시에 거기 사랑방 공기 속으로 수십, 수백 개의 칼이 날아와 콱 박히는 것과 유사한 섬뜩함이 서리기 시작했다.

"이녁!"

배봉은 일갈하듯 궁복을 불렀다.

"헉!"

궁복이 소스라치며 황급하게 제 손으로 제 입을 틀어막았다. 그렇지만 배봉의 손에는 어느 틈엔가 재떨이가 들려 있었다. 그리고 궁복이 미처 어떻게 해보기도 전에 배봉은 궁복을 향해 그것을 냅다 집어 던졌다.

"어이쿠!"

궁복 입에서 곧 죽는 비명소리가 터져 나왔다. 재떨이는 아슬아슬하게 궁복 무릎 바로 앞에 떨어졌다. 자칫했으면 무릎 뼈가 그대로 나가버렸을지도 모른다.

궁복 얼굴에서 핏기가 싹 가셨다. 배봉이 노한 목소리로 고함쳤다.

"꾸정물을 확 처발라삐고 싶은 고 주디이에, 운제 오데서 시퍼런 칼이 휘잉 날라들 줄 모리나?"

"예에?"

궁복은 무슨 뜻인지 몰라 눈을 크게 떴다. 그러자 그는 더욱 바보스러워 보였다.

"쯧쯧."

배봉은 한층 한심한지 혀를 차가며 빈정거렸다.

"호한이하고는 에릴 적에 둘이 바지 벗고 같이 자란 사인께네 이녁이 내보담도 상구 더 잘 알것지만도, 호한이 그눔, 절대 호락호락한 자가 아이제."

궁복이 문갑 위에 놓인 목각 거북처럼 목을 최대한 움츠렸다. 그러고는 약한 턱을 덜덜 떨었다.

"그, 그거는 마, 맞지만도……."

사랑채 마당에 서 있는 회화나무에서 무슨 새인지 모르지만 새 한 마리가 '삘리, 삘리릭' 하는 희귀한 소리를 내고 있었다.

"맞기는, 개가 몽디이를 맞아?"

궁복을 개, 그것도 몽둥이를 맞는 개로 만들고 나서, 배봉은 투박한 두 손으로 담뱃대를 사정없이 부러뜨리는 시늉을 하며 감사납게 으르렁거렸다.

"그놈, 두 분 다시는 몬 일어나거로, 철저히 다리몽디이를 분질러놔야 하는 기다."

"여, 여부가 이, 있것십니꺼?"

궁복 눈에 담뱃대가 '툭' 하고 두 동강 날 것만 같았다. 아니, 그의 몸뚱어리가 짤막하게 잘라지는 듯했다.

"그런께 문제는……."

배봉이 무슨 말을 해도 변화가 없었다.

"무, 문제는?"

이번에도 영락없이 처음 말을 배우기 위해 남의 말을 따라 하는 어린아이 같은 궁복이다. 배봉 두 눈에 아까보다도 더 세찬 불똥이 '탁탁' 튀었다. 사람 옷에 옮겨붙으면 고스란히 불이 일어날 판이었다.

"이 배봉이가 하로라도 더 퍼뜩 양반 신분이 돼야 한다, 이건 기라."

제 딴에는 그럴싸하게 앉는다고 했지만 양반 앉음새와는 거리가 먼 배봉이었다.

"그, 그렇지예. 그래서 지가 요분 참에 안 있십니꺼."

그러면서 궁복이 나름 주섬주섬 말을 주워섬기고 있는데 배봉은 자리에서 쌩 바람소리를 일으키며 일어섰다. 궁복은 내시가 임금 모시듯 허리를 있는 대로 꺾은 채 배봉을 따라 저 봉곡리 타작마당을 방불케 하는 넓은 뜰로 나왔다.

산을 본떠 만든 석가산石假山이 실로 굉장하고 온갖 화초며 진귀한 괴석, 석등이 위압감을 주었다. 갈기 세운 암수 돌사자는 금방이라도 낯선 방문객을 향해 포효할 듯하였다. 고관대작 저택 정원처럼 꾸며놓은 그 광경을 둘러보고 궁복은 배봉이 얼마나 양반에 연연해하는가를 다시 한번 몸서리치게 깨달았다. 배봉은 돈과 신분에 포원이 진 인간이었다.

그때 향기로운 꽃가루 날리듯 여인의 체취가 확 풍겨왔다. 궁복은 자신도 모르게 들창코를 벌름거렸다. 콧구멍이 약간 위로 드러나 있어 그런지 남달리 후각에 민감한 그였다. 심지어 술도 직접 목으로 넘기는 것보다도 그 냄새를 더 즐길 정도였다. 긍복의 눈빛이 야릇해졌다.

'아, 운산녀가!'

기세 좋게 몸종을 거느린 운산녀가 운치가 흘러넘치는 매화나무 아래로 사뿐사뿐 한껏 우아한 걸음걸이로 걸어오고 있었다. 얼핏 보면 뇌쇄적이었지만 그 자태가 하도 가식적이어서 도리어 천박하다는 느낌을 주었다.

처음 보면 화초를 배경으로 하여 그려놓은 한 폭의 미인도 같긴 하였다. 그렇지만 사실 운산녀 얼굴 본판은 미인이라는 말과는 거리가 멀어도 한참이나 멀다. 말 그대로 돼지 발목에 진주 목걸이였다. 운산녀는 긍복을 향해 무척 은근한 음성으로 접근하였다.

"소긍복 나리 아이십니꺼? 에나 오랜만에 뵙네예."

긍복은 아무 말 없이 고개만 약간 깊숙하게 숙여 보였다. 자고로 양반이란 아녀자 앞에서 함부로 입을 열면 체통에 금이 간다고 믿어오는 그였다. 특히 배봉이 보고 있는 앞이다. 긍복은 오싹 몸을 떨었다.

'딱 째리보고 있는 저놈 저 눈깔 좀 봐라. 저게 오데 사람 눈깔이가?'

그런데 배봉의 변신처럼 운산녀 역시 예전의 운산녀가 아니었다. 그녀는 귀부인같이 고상하고 봄바람 묻힌 듯한 화사한 미소를 담은 얼굴로 긍복에게 살짝 눈웃음쳤다.

"몸이 불으신께 훨씬 장부답네예. 호홋."

배봉 눈꼬리가 더더욱 사납게 치올랐다. 그 모습을 가만 곁눈질해가며 운산녀는 갈수록 여염집 여자가 지켜야 할 도리를 넘기 시작했다. 옆에 서 있는 어린 몸종이 민망스러워 눈 둘 곳을 몰라 했다.

"상다리 뿌러지거로 해서 한분 뫼실 낀께, 심심하실 때 운제라도 찾아주시소오."

궁복 가슴팍이 방앗공이 쿵쿵 찧듯 했다. 그 말 뒤에 감춰져 있는 의미를 모른다면 그는 이미 사람이 아니다. 세상에 없이 크게 한번 모시겠다는 그런 이야기다. 그러자 꽤나 선비연하면서도 이상한 그림부터 눈앞에 그려지는 궁복이었다.

'하매 기대된다 아인가베. 그라고 보이, 내는 모리고 있었지만도 운산녀가 이 궁복이한테 멤이 있었는갑다.'

어느 순간부터인가 궁복 눈은 더 이상 배봉 눈치를 보려 들지 않았다. 그저 여자를 향해 나아갈 뿐이다. 지나칠 정도로 얇고 투명한 옷이어서 가슴골이 무방비로 아무 대책 없이 고스란히 내비쳤다. 몸치장하는 데 쓰는 세상 장신구는 총동원한 듯 주렁주렁 매달았다. 다소 암팡진 생김새이긴 해도 남정네를 거리낌 없이 대하는 운산녀가 궁복처럼 소심한 사내에겐 궁합이 더 맞을지 모른다.

배봉은 금세 폭발할 성싶은 상판이다. 그렇지만 자기감정을 그대로 드러내 버리면 그건 결국 스스로를 한층 더 비참하게 만드는 꼬락서니가 될 따름이다. 그는 엉뚱스럽게도 운산녀와 궁복에게 '되로 받고 말로 돌려줄' 반감과 악의를 품었다. 없던 돈과 세도가 생기면 부부 사이가 멀어지는 법인가 보았다.

'이눔아, 니가 아까 전 방에서 이 궁복이를 그리키나 개돼지 취급하듯기 했던 바로 그 천벌이다. 아나?'

하늘은 날벼락 떨어지기 딱 좋은 청천이었다.

'니눔이 낼로 사람대우 안 해 주모, 앞으로 우떤 일이 벌어질랑고 모릴 끼다. 흐흐.'

궁복은 배봉을 슬쩍슬쩍 훔쳐보면서 내심 쾌재를 불러댔다. 가슴속에 꽉꽉 쌓여 있던 것들이 장맛비에 깡그리 휩쓸려 떠내려가는 쓰레기더미같이 사라져갔다.

이제는 날짜가 제법 많이 흘러간 지난 일이지만, 맨 처음 긍복은 천인공노할 배봉의 그 제의를 받자 즉시 자리를 박차고 일어났었다. 지금은 비록 몰락해버린 양반이긴 하지만 제 딴은 뼈대 있는 가문 출신이란 썩은 자부심만은 못 버렸다.

"당장 그 말 거두소."

그러나 긍복이 불같이 화를 낼수록 배봉은 더더욱 능글능글하게 나왔다. 흥분하는 쪽이 진다는 사실을 알고 있는 사람과 모르고 있는 사람과의 차이였다.

"그라고 내도 사람이라서 요런 소리꺼지는 안 할라캤는데 안 할 수가 없거마."

배봉 입에서는 갈수록 긍복의 비위를 팍팍 긁어놓는 소리가 제멋대로 쏟아져 나왔다.

"김호한은 저리 배실 살고 있는데 말이지예."

긍복은 인간 벼슬은 닭이나 꿩의 이마 위에 붙은 저 볏보다도 못하다는 말을 떠올렸다.

"와 잘살고 있는 넘의 친구를 걸고넘어질라쿠는 긴고 모리것거마는. 그리키나 할 일이 없으모 개한테 밥이나 주든가."

긍복은 어디까지나 친구 의리를 소중히 여기는 사람처럼 말했다. 하지만 배봉은 소름 끼칠 만큼 처음부터 끝까지 똑같은 표정과 똑같은 어조를 유지하였다. 참으로 끈덕지고 야심에 찬 구석이 있었다.

"긍복 나리는 오데로 가나, 방금 말씀하신 개, 그 개밥에 도토리 신세아인가베?"

천한 상것이 감히 양반 앞에서 문자 쓴다 싶어 한층 가증스러운 긍복이었다.

"개밥에 도토리든 도토리에 개밥이든, 내 일은 내가 알아서 할 낀께 네……."

그런데 뒤로 갈수록 말에 힘도 빠지고 흐지부지 흐려지는 거였다.

"내가 사람을 부리서 뒷구녕으로 쪼매 조사해봤더이 말입니더."

배봉은 마음이 아파 코가 찡하다는 듯 연방 훌쩍이며 사뭇 동정조로 나왔다.

"긍복 나리 사시는 기, 에나 눈물 콧물 다 나더마는."

못생겨도 그렇게 못생길 수 없는 뭉툭한 손가락으로 콧구멍 밖에 삐어져 나와 있는 코털을 곧 잡아 빼듯이 만지작거렸다.

"상대가 선심을 갖고 먼첨 말할 때 몬 이기는 척하고 따라오는 기 장땡이지예."

사람은 맨손가락으로 큰 바위도 뚫는다고 하였다. 어르다가 달래다가 은근슬쩍 꽁무니를 빼기도 하는 배봉에게 긍복은 서서히 빈틈을 내보이기 시작하였다.

"그라모 내 보고 머슬 우짜라는 기요?"

그러자 배봉은 상대방을 혼란시키는 소리를 지껄였다.

"아, 그짝에서 머슬 우짜라는 긴고 모리것으모, 이짝에서 머슬 우짜라는 거를 우찌 알 끼라요?"

역시 긍복은 배봉의 의도대로 무엇에 크게 마취되어 정신이 흐리멍덩해지는 사람 같았다. 눈의 초점도 잃었다.

"허, 에린 아아들 말장난하는 거도 아이고, 무신 수리지끼(수수께끼)도 아일 끼고, 시방 그 말도 머리가 핑핑 도요."

배봉은 팽이치기에 서툰 아이 대하듯 했다.

"핑비가 돌아야제 머리가 돌모 우짭니꺼? 쪼꼼만 머를 아는 사람 겉으모 머 벨로 에려븐 이약도 아이지예."

누구 귀에도 무시당한 기분이 들게 하는 그 말에 공복은 벌컥 화를 냈다.

"머요?"

공복 입에서 튀어나온 침방울을 물끄러미 내려다보는 배봉 얼굴에 가소롭다는 듯 보일락 말락 엷은 웃음기가 번져났다.

"난주 아쉬버갖고 다시 사정할라모 그것도 마, 할 짓이 아이다, 그 말인 기라요. 낯짝이 부시서……."

열 번을 찍어 안 넘어간다면 그건 나무가 아니다. 그날 이후로도 배봉은 더한층 찰거머리같이 공복에게 달라붙었고, 급기야 공복의 호한에 대한 형식적인 우정과 양반이란 마지막 자존심마저도 무너져 내리기 시작하였다.

"공복 나리는 이 임배봉이가 하시라는 대로만 하시모 되는 깁니더."

"하시라는 대로, 아, 아니, 하라시는 대로만……."

어느 틈엔지 모르게 공복은 배봉 면전에서 제 스스로를 낮추는 사람으로 바뀌었다. 배봉 입에서는 호한을 해칠 사악한 음모가 마치 거미 꽁무니에서 거미줄 뽑아내듯 술술 잘도 흘러나왔다.

"그렇지예, 그렇지예. 바로, 바로 그겁니더, 그거. 자알 아시거마예."

"잘 모리것는데……."

"에이, 꼭 모리것다모 모리시도 됩니더."

"그래도 알 꺼는 알아야 하는 벱이지예."

머리카락이 곤두설 만큼 무섭고 끔찍한 말들이 이어졌다.

"모든 거는 하나에서 열꺼지 내가 모돌띠리 알아서 할 낀께네예, 나리는 우선 당장 돈이 급하다꼬 해갖고, 보정서에 김호한의 이름 석 자만 받아내모 다 되는 깁니더. 그라모 만사 끝납니더."

보증의 증거가 되는 문서 이야기가 한참이나 오갔다.

"보정서? 김호한의 이름 석 자?"

그때쯤 궁복은 자기 스스로는 아무런 생각도 행동도 할 수 없는 백치로 전락해버렸다. 그는 오로지 주인 말을 귀담아듣고 시키는 대로 따르는 충견으로 변했다.

"하모요. 김호한의 이름 석 자가 씌인 보정서."

"그, 그런께 그, 그거만 있으모 된다꼬예."

궁복은 논에서 두 팔 벌리고 선 허수아비였다.

"두말 하모 입 아푸고, 세 말 하모 조상 무덤 확 파삐지예."

배봉 말에 중독돼버린 궁복은 농까지 하였다.

"그라모 네 말 하모……."

"예? 하하하."

배봉은 웃음과 함께 손뼉까지 쳤다.

"네 말 한분 해보이소. 우찌되는고 말입니더."

"하라모 하지 몬할 이 궁복이가 아이지예. 네 말이 아이라 다섯 말, 여섯 말, 일곱 말이라도……."

"어이쿠! 위대하신 양반!"

정말 두 눈 뜨고 못 볼 가관이었다. 어쨌든 그 대화를 마지막으로 무덤과도 같은 침묵이 두 사람 사이에 가로놓였다.

"만만셉니더, 만만세!"

그런 외침과 함께 배봉은 누워 있던 송장이 관 뚜껑을 열고 밖으로 나오며 기지개를 켜듯이 두 팔을 높이 쳐들면서 말했다.

"그거만 이 배봉이 손에 딱 쥐여주모, 그때부텀 궁복 나리는 새로븐 시상을 살아가거로 되는 깁니더."

궁복은 환상에 젖은 몽롱한 눈빛이었다.

"새로븐 시상, 새로븐 시상."

배봉이 농담인지 진담인지 애매한 어조로 물었다.

"새로븐 시상이 되모 머가 젤 먼첨 새로버지는 줄 아십니꺼?"

"모리것는데예."

고개를 갸우뚱하는 긍복이었다. 배봉은 스스로 답해 보였다.

"여자, 여자지예. 새로븐 여자."

"여, 여자! 에이, 무신?"

말은 그러면서도 입가에 번지는 웃음기를 감추지 못하는 긍복은, 보물섬으로 갈 수 있는 비밀지도 암호를 풀 듯했다.

"보정서류에 이름 석 자만……."

"예. 김 호 한 석 자."

그렇게 한 번 더 각인시켜준 배봉은 마작꾼이나 야바위꾼처럼 굴었다.

"진짜로 그리되는가 함 시험해 보신다쿠는 셈치고예."

"지기미! 함 해보자요!"

마침내 긍복 입에서는 천해도 한참 천한 상것들 입에서나 나올 법한 소리가 나왔다.

"밥이 되든지 죽이 되든지 똥이 되든지 간에. 똥도 안 되모 그때는 고마 남강 모래밭에 코 처박고 콱 죽어삐모 될 끼고."

배봉이 자신만만한 얼굴로 간사함의 표본인 양 말했다.

"밥도 되고 죽도 되고, 또 똥? 에잉, 그거는 아이고요, 우쨌든 안 될 끼 없을 낍니더. 우헤헤헤."

"그 이약 들으이 용기가 막 치솟십니더."

긍복의 눈이 쥐 눈같이 반짝거렸다.

"그라모 다 된 깁니더. 만사 '땡!' 입니더."

배봉은 속이 메슥거릴 추파까지 던졌다.

"진즉 그리 하실 일이제."

궁복이 호한을 만난 것은 그로부터 오래지 않아서였다. 호한은 몇 마디 들어보지도 않고 곧바로 수락했다. 그뿐만 아니라 도리어 위로까지 해주었다.

"이 친구, 고마 미안해하라꼬."

"미, 미안해서 말이제."

궁복은 호한과 눈이 마주치는 것을 피하면서 그 말만 되풀이했다.

"또 미안? 자꾸 그런께 듣는 내가 더 미안타 아인가베?"

"미 안……."

그러자 호한이 물었다.

"자네, 가假라고 모리나?"

궁복은 눈을 멀뚱거렸다.

"가, 무신 가?"

"불교 용어로 허虛하다쿠는, 그 가 말인 기라."

궁복이 고개를 끄덕였다.

"아, 만유萬有는 저마다 실체實體가 없다."

"하모, 그렇제."

궁복은 호한의 눈치를 보았다.

"그란데 각중애 그거는 와?"

호한이 이내 입을 열었다.

"그런 뜻도 있지만도, 또, 우주 사이에 있는 온갖 물건은 서로 다린 것에 으지해갖고 존재하기 땜새 가라고도 안 하는가베."

궁복의 고개가 절로 수그러졌다. 본질적으로 너와 나는 서로 의지해 가면서 살아가게 되어 있는 것이니 너무 그렇게 부담을 갖지 말라는 웅숭깊은 말이 아닐 수 없었다. 그런 벗을 속일 수밖에 없는 그였다.

"자네 이집을 함 봐라꼬."

호한의 말에 공복은 영문도 모르면서 고개를 들고 그 안을 둘러보았다. 잠시 후 호한의 이런 말이 그의 귀에 들렸다.

"집은 나모나 흙 겉은 것으로 이루어지듯기, 모든 것은 그 실체가 없는 기라."

공복은 목구멍 안으로 기어들어가는 소리였다.

"돈도……."

"인자 됐제, 친구야? 하하."

남달리 의리와 정의감 넘치는 호한은 아무런 의심 없이 친구 공복이 내미는 서류에 선뜻 자필 서명을 해주었다. 호한이 대충 훑어보니 그 자신 외에도 연대 보증인이 몇 명 더 있었다.

그것은 배봉이 사전에 아주 철저히 꾸며 놓은 가짜서류였다. 호한은 더 말할 것도 없고 공복조차 그것에 관해 제대로 알지 못했다. 예로부터 속이려 드는 자에게는 이길 수 없는 법이라 하였다.

공복이 급전急錢을 끌어다 쓰고, 그것을 상환 기한 안에 갚지 못하는 바람에 이자가 새끼를 치고, 그 새끼가 새끼를 쳐서 원금을 훨씬 넘어서게 되고, 끝내 채무 금액은 눈덩이처럼 불어나게 되어 있다. 그리고 그 모든 상환 책임은 채무자인 공복이 갚아줄 능력이 없으므로 서류상 제1보증인으로 적혀 있는 김호한의 몫으로 고스란히 넘어갈 수밖에 없었다.

"자, 요분에 우리가 냉긴 이익금 중에서 딱 절반으로 나눈 돈인 기요."

배봉은 누가 보더라도 아주 떳떳한 태도를 보였다.

"애당초 약속한 대로 딱 오십 대 오십으로 가른 거이니 그리 알고예."

공복은 입으로는 사양하는 체했다.

"그리 가르모 안 되는 거 아입니꺼?"

배봉은 굉장히 통 큰 동업자 행세를 하였다.

"요담에도 또 똑겉이 갈라묵기요. 이거는 모돌띠리 김호한이 주머이에서 나온 기지마는. 하하하."

배봉은 긍복 호주머니에 돈 꾸러미를 쿡 찔러 넣어주면서 대단히 호기롭게 웃곤 하였다. 하지만 사실은 절반이 아니라 사분지 일밖에 안 되었다.

'이기 우째서 갈라묵기고?'

긍복도 그것을 알아채지 못한 바는 아니었다. 그렇지만 자칫 배봉의 비위를 거스를 경우, 관아의 높은 사람들과도 연줄이 닿아 있는 배봉에게 무슨 봉변을 당할지 몰라 그냥 모르는 척 넘어갔다. 나중에 가서 어떻게 해보더라도 현 상황에서는 그게 상수上手인 것이다.

"배봉 나리가 더 한거석 가지시야 되는데예."

그러나 말은 그런 식으로 하면서도 떫은 감을 씹은 듯한 표정을 완전히 숨길 수는 없었다. 그리고 그것을 제대로 알아차리지 못하지도 않을 배봉이었다. 그는 내심 쾌재를 부르며 이기죽거리면서도 경계의 끈을 늦추지 않았다.

'흐흐. 내가 긍복이 니놈을 우찌 믿것노?'

배봉은 자기 앞에서 차마 돈 꾸러미를 꺼내보지는 못하고, 짐짓 안 그런 척하면서 연방 호주머니를 만지는 긍복을 노려보았다.

'홀랑 벗고 봄서 자란 죽마고우를 사기 쳐묵는 놈 아이가.'

제 눈에 든 대들보는 안 보이고 남의 눈에 있는 티끌은 보이는 법이라고, 자기가 하는 짓은 생각하지 않고 긍복 때문에 속이 울컥거리기도 하는 배봉이었다.

'한 분 배신한 자는 또 배신하거로 돼 있는 벱.'

마음의 도끼자루를 힘껏 거머쥐었다.

'하지만도 니놈이 그리하기 전에, 이 배봉이 먼첨 선수 칠 끼다. 흐흐흐.'

궁복은 넓적한 배봉 낯바대기에서 백성들 피를 빨아먹는 탐관오리와 그의 주구들을 보았다. 그와 동시에 '왱' 하는 소리와 함께 배봉 어깨 너머로 날아가는 모기 한 마리가 눈에 띄었다.

그 순간, 궁복 머리에 양반을 풍자하는 해학적인 사설시조가 떠올랐고, 배봉은 어느새 모기로 변해 있었다. 낯짝이 크고 퉁퉁한 모기. 궁복은 마음속으로 배봉에게 욕설을 퍼부으며 그 시조 구절을 생각나는 대로 읊었다.

책은 슬퍼라

"비화야, 니도 이리 와서 우리캉 공기놀이 안 할래?"

양지 바른 담벼락 밑에 옹기종기 모여 공기놀이를 하고 있던 여자아이들 가운데 하나가 비화를 발견하고 큰소리로 말했다.

"쌔이 와라. 에나 재밌다 고마."

아버지가 관아의 말단 자리에 있는 종순이다.

"고마 놔 도삐라. 저 가시나는 이 놀이 안 한다."

동네 굿을 도맡아 하는 무당 어머니를 둔 희자가 시큰둥하니 말했다. 그러자 나머지 아이들도 마치 둥지 안에 들어앉아 어미가 물어다 주는 벌레를 받아먹으려고 주둥이를 내미는 제비 새끼들처럼 입을 뾰족 내밀며 한마디씩 했다.

"하모, 비화는 이 놀이 안 할라쿤다."

"와 그라는데?"

"내도 모린다. 그냥 옛날부텀 안 할라쿠데?"

"그라모 지 쉽지 머."

그러면서 그들은 비화 혼자 내버려 두고 공기놀이를 계속하였다. 그

걸 본 비화도 속으로 입을 삐죽거렸다.

'너거들이나 천년만년 해라. 내는 대추알만 한 돌삐이 다섯 개 갖고 노는 그런 시시한 놀이는 안 한다. 오천 개나 오만 개쯤 되모 몰라도.'

그러나 비화가 무슨 생각들을 굴리고 있는지 전혀 알 리가 없는 여자아이들은 공기놀이에 다 정신이 나갔다. 하나 집기, 둘 집기, 셋 집기, 모두 집기, 꺾기…….

그 놀이에서 비화가 그나마 조금 흥미를 느끼는 것은 마지막 동작이다. 희자가 그중 잘했다. 희자는 공깃돌 다섯 개를 공중으로 휙 던져서 앙증맞은 손등으로 받더니 다시 공중으로 던진 다음 이번에는 손바닥으로 잘도 받는다. 청승맞을 정도로 뛰어나다. 다른 아이들 입에서 질시와 감탄하는 소리가 터져 나왔다.

"에이, 돌삐이에 풀을 붙이놨나?"

"저거 옴마가 부리는 구신이 도와주는 것가?"

비화 머릿속에 희자 어머니가 동네 어떤 집에서 하던 안택安宅이 떠올랐다. 판수나 무당이 집안에 탈이 없도록 터주(지신地神)를 위로하는 굿이라고 하였다. 이상하게 가정이 편하지 않고 우환이 많이 생기는 집이라 했다.

그날이 언제였던가는 또렷하게 기억나지는 않지만, '손' 없는 날이 좋다고 하여 그런 날에 했을 터이니, 정월 보름 아니면 초사흘, 초아흐레, 초열흘, 그중에 하루였을 것이다. 어머니 윤 씨가 그리 말했던 것 같기도 하다.

하여튼 오후에 시작하여 밤이 늦어서야 다 끝났었다. 안택이 끝나고 대문 밖에서 소지 종이를 올리던 일도 생각났다. 구경하던 동리 어른들 말에 의하면 축원을 적었다고 하는 그 종이가, 시뻘겋게 활활 불타면서 불새같이 바람을 타고 컴컴한 공중으로 날리던 광경이 아직도 눈앞에

선명하게 남아 있다. 왠지 무섬증을 느끼게 하면서도 매우 환상적인 그 날의 굿판이었다.

비화는 굿도 잘하고 공기놀이도 잘하는 그들 모녀에게 갑자기 질투심이 확 일었다. 남들에게는 잘 그러지를 않는데, 옥진이 점박이 형제에게 그런 일을 당했다는 소리를 들은 후부터 문득문득 생겨나는 감정이었다. 생각 따로 마음 따로 노는 게 우리 인간인가 싶었다. 비화는 마음속으로 중얼거렸다.

'흥, 그까짓 거. 내가 안 해서 그렇제, 내가 할라쿠모 그 정도사 다 할 수 있다 아이가. 아이다. 더 잘할 수 있다 고마.'

그러던 비화 낯빛이 어느 순간 갑자기 바뀌었다. 비화 눈길은 희자 손안에 든 두 개의 검은색 돌에 가 멎었다. 다섯 개의 돌멩이 가운데 세 개는 흰데 나머지는 검었다. 비화 입에서 자신도 모르게 이런 소리가 흘러나왔다.

"배봉이 새끼들."

비화는 그 검은 돌을 통해 점박이 형제 얼굴에 박혀 있는 점을 떠올린 것이다. 억호 하면 억 개, 만호 하면 만 개, 그 수만큼의 점들이 여름날 밤의 날벌레들처럼 비화 눈을 막 어지럽혔다. 정신은 더 혼란스러웠다.

실제로 그 공깃돌은 색깔뿐만 아니라 크기도 그들 얼굴 점과 비슷했다. 비화는 당장 그 검은 돌들을 빼앗아 발로 콱콱 밟아버리고 싶었다. 아니, 그 정도로는 성에 차지를 않고 망치로 쾅쾅 으깨어서 가루로 만들어버리고 싶었다. 지난날과는 너무나 다르게 변해버린 옥진의 모습이 떠올라 미쳐버릴 것만 같았다.

'으.'

그런데 그 나쁜 기억이 현실로 불러낸 것일까? 차마 두 눈 뜨고 지켜볼 수 없을 정도로 사내가 여자를 심하게 구타하는 광경이 눈앞에 벌어진 것이다.

“어이쿠! 어이쿠! 여, 여보! 내, 내가 죽을죄를 지잇소오!”

난데없는 비명이 고요하기만 하던 동네 공기를 가차 없이 갈랐다. 집의 지붕이 크게 들썩거릴 지경이었다.

“지, 지발 요, 용서해주이소.”

담벼락에 올라앉아 공기놀이하는 아이들을 내려다보고 있던 까치가 별안간 푸드덕 날아올랐다. 깃털 하나가 땅 위에 떨어졌다.

“에구. 에구. 옴마, 나 죽네!”

비화와 공기놀이하던 아이들은 소스라치게 놀라 일제히 소리 나는 곳으로 고개를 돌렸다. 금방 숨넘어갈 것 같은 여자 목소리가 들리는 그곳에는 마흔 살 안팎의 남녀가 보였다. 몹시 꾀죄죄한 행색과 피골이 상접한 몰골은 얼른 봐도 틀림없이 가난에 찌들대로 찌든 농사꾼이다.

그런데 무슨 엄청난 죄를 저질렀는지는 모르겠지만 사내는 여자를 향해 거친 주먹질과 발길질을 멈추지 않는다. 저대로 놔두었다간 여자는 얼마 안 가서 맞아 죽을 것이다. 길바닥에 널려 있는 돌멩이가 몸을 사리는 듯하고, 흙먼지 묻은 잡초도 숨을 죽이는 것 같았다.

그 근방을 지나다가 멈춰선 행인들이 하나둘씩 늘어나서 저마다 경악하는 얼굴로 그 사태를 지켜보기 시작하였다. 하지만 노한 사내 기세가 하도 드세어 누구 하나 감히 나설 엄두를 못 내었다. 완전 인간백정이다.

‘아, 우짜노? 시상에, 남자가 약한 여자를 저리 때릴 수 있는 기가?’

비화는 속절없이 매를 맞는 여자가 너무나도 불쌍해 볼 수가 없었다. 심장이 팔딱팔딱 뛰었고, 머릿속이 찌르르 했다. 두 발만 동동 굴렀다. 인파 속에서도 초조하고 안타까운 소리들만 연이어 흘러나왔다.

“하이고! 우찌 사람을 저리 복날 개 잡듯기 두드려 팰 수가 있노?”

"누가 좀 안 말리나? 저리 놔두모 목심꺼정 잃고 말 끼다."

"여자가 무신 죄를 지었는고는 몰라도, 저거는 에나 너모한다 아이가."

"여보, 여보, 하는 거 본께네, 부부 사인 기라. 허, 부부 쌈 해쌌는데 넘이 끼이들 수도 없고……."

"이거 미치것다, 미치것어!"

그런 극한 와중에서였다. 숱한 구경꾼들 뒤편에 서서 그 난장판 쪽을 지켜보고 있는 중 하나가 있었다. 그런데 참으로 알 수 없는 노릇이었다. 그 중은 때리고 맞는 부부가 아니라, 그들을 보면서 어쩔 줄 몰라 하는 비화에게만 시선을 보내고 있는 것이다.

정녕 그 정체를 알아낼 길이 없는 너무 이상한 중이었다. 더더욱 기묘한 일은, 그 중의 입에서 이런 소리가 조그맣게 흘러나오고 있었다.

"잘된 일이야, 아암. 저 아이에게 저런 광경을 볼 수 있게 한 건, 대자대비하신 부처님의 깊으신 뜻이 틀림없도다."

도대체 그 무슨 해괴한 짓거리인가? 모든 사람에게 자비를 실천해야 할 중이 아닌가? 그런 그가 여자를 구타하는 사내를 엄히 꾸짖고 뜯어말릴 생각은 하지 않고 되레 그따위 소리라니.

그런데 단지 그뿐만이 아니었다. 그 중은 비화가 당장이라도 울음을 터뜨릴 것같이 하며 힘들어할수록 고개를 끄덕끄덕하며 얼굴에는 흡족한 미소마저 띠는 거였다. 설마 악귀가 사람 형상을 하고 나타난 것은 아닐 텐데.

아마 정신이 한참 빠져나간 중이 아니면 가짜 중이 확실했다. 만약 그가 땡중이 아니라 진짜 중이라면 벌써 앞으로 나서서 그 사태를 무마시켜야 마땅했다. 하지만 그는 여전히 수수방관만 하고 있다. 아니다. 비화만 쭉 지켜보았다. 이제 비화는 자신이 맞고 있는 그 여자 같았다. 중의 입술 사이로 또다시 남들은 들을 수 없는 혼잣말이 낮게 새 나왔다.

“저 여자아이 이름이 비화라고 했지. 그래, 김비화. 내 진정 저 아이와 남다른 인연을 맺어야 하겠거늘, 제발 저 아이가 천성을 잘 지켜 세상 사람들에게 한 떨기 꽃으로 그 모습을 드러낼 수 있기를…….”

그런 후 그는 부처님께 기도드리기 시작했다. ‘나무아미타불 관세음보살’. 놀랍게도 그 중은 비어사 주지 진무 스님이었다. 지금도 그의 바싹 야윈 몸에서는 ‘바스락’ 하고 마른 나뭇잎 소리가 날 듯했다. 얼핏 눈가에 잔주름은 조금 있지만 형형한 눈빛만은 변함이 없었다. 게다가 지난번보다 정정해진 모습이어서 더 안정감이 보이기도 했다.

그런데? 진무 스님이 그런 중이었던가? 살인사건이라도 일어날 정도로 그 극심한 구타 현장에 서 있으면서도 그대로 두고만 볼 중이었던가? 출가한 신분이기에 속세 일에서는 완전히 손을 떼려고 작심해버린 중이었던가?

아니다. 그는 그런 중이 아니었다. 그는 저 대승大乘 쪽이었다. 수행에 따르는 개인의 해탈에 주력하는 소승小乘 불교와는 거리가 멀었다. 항상 이타利他 구제의 입장에서 널리 인간 전체의 평등과 성불成佛을 이상으로 삼았고, 또한 그것이야말로 불타의 가르침의 참다운 대도大道임을 주장하는 교리를 좇았다.

그런 진무 스님이 대체 무엇 때문에 그렇게 알 수 없는 모습을 보이는 것일까? 참으로 불가사의한 일이 아닐 수 없었다.

그러고 있는 사이에 여자는 맞아서 지치고 사내는 때리느라 지쳐버렸다. 남녀는 그대로 맨땅바닥에 퍼질고 앉아 험한 산을 넘어온 사람들처럼 ‘헉헉’ 가쁜 숨만 몰아쉬었다. 여자는 머리칼이 함부로 헝클어지고 저고리 앞섶이 완전히 풀어 헤쳐졌다. 그리고 입가에는 계속해서 붉은 피가 흘러내리고 눈두덩은 시퍼렇게 부어올랐다.

그런데 또 비화 눈길을 강렬하게 잡아끈 것이 그들 가까이 나뒹굴고 있는 서책이었다. 그것은 분명 책자였다.

그것을 확인시켜준 건 사내였다. 사내는 약간 본정신이 돌아오자 그들 주위에 새카맣게 둘러선 사람들 보기가 민망해선지, 아니면 자기 행동을 합리화시킬 속셈에선지, 그곳에 있는 구경꾼들을 향해 말하였다.

"이보시오들, 모도 내 이약 좀 들어보소. 시상에, 저리키나 싸가지 없는 에핀네가 또 오데 있다쿠는 기요? 시방 우리 집에는 몇날 며칠 밥도 굶고 뱅(병)도 들어 있는 자슥새끼들이 우글거리요."

거기서 숨을 돌려 주변을 둘러보며 말했다.

"온 천지를 다 돌아봐도 논도 없고 밭도 없는 우리 행핀인데, 올마 전부텀은 고마 내가 일자리꺼정 잃어삐서, 그냥 살아갈 앞길이 캄캄 안 하요. 한치 앞도 안 비이는 기라요, 한치 앞도요."

눈알이 썩은 동태같이 벌건 사내는 목이 타는지 말하는 도중에 몇 번이나 혓바닥으로 갈라 터진 입술을 핥았다. 혓바닥에도 허연 태가 끼어 있었다.

"아이고! 아이고!"

여자는 그저 목을 길게 빼고서 통곡만 한다. 형편없이 초라한 입성하며 야윈 몸이지만 의외로 목덜미는 새하얗다. 마치 앙상한 삭정이에 내려앉은 흰 눈을 대하는 듯도 싶다. 그게 비화 눈에는 더 비현실적이고 안타깝고 서럽게 느껴졌다.

"저 미친 에핀네가 말요."

사내는 길바닥에 폐지처럼 제멋대로 팽개쳐진 서책들을 거칠고 검은 손으로 가리키면서 말을 이어갔다.

"한 달 내내 베틀을 짜갖고 지은 옷을 말요, 장터에 가서 팔고 온다쿠디이, 아, 옷 판 그 돈으로 양식 사올 생각은 안 하고, 무신 짓을 했는지 압니꺼?"

그러다가 기운이 소진한 탓인지 사내가 잠시 하던 말을 멈추고 있는데, 여자가 꼭 네 발 가진 짐승같이 엉금엉금 기어가 사내 바짓가랑이를 붙들고 울면서 애원했다.

"이, 이년이 잘몬했다 안 쿠요."

흰빛과 검정빛이 반반인 개 한 마리가 사람들 사이를 뛰어다니며 공연히 '깽깽' 하는 소리를 내었다. 그러다가 책에 코를 대고 냄새를 맡다가 어떤 젊은이가 내지르는 발길에 채여 나가떨어지기도 했다. 여자 목소리도 개 울음소리를 닮았다.

"그라이 낼로 쥑이든 살리든 일단 집에 먼첨 들가자 안 쿠요? 내사 남사시러버서 몬 살것소."

수레를 끌고 막 그 근처를 지나가던 갈색 말이, 동지 팥죽 끓일 때의 새알 같은 배설물을 한꺼번에 우르르 갈겨놓고 바퀴소리도 요란하게 가버렸다.

"그란께 여보! 지발 집으로 갑시다이, 쌔이요."

여자는 그토록 호되게 당하고 나서도 자기 남편이라고 집으로 함께 가잔다. 그러나 사내는 다리를 버둥거려 여자 손을 떨치려고 하면서 큰소리다.

"흥, 이년아! 남사시런 줄은 아는 년이, 그래, 그런 짓을 한다 말가?"

그 말끝에 사내는 한층 화가 솟구치는지 다시 사람들을 향해 부걱부걱 게거품 뿜듯 입을 열었다.

"이보시오들, 내 이약 좀 더 들어보소. 저년이 옷 판 그 돈 갖고요, 지 남핀 자슥 멕일 양식거리는 안 사고, 시상에, 저게 장터 주변 책 빌리는 데 가갖고, 아, 언문소설만 이리 짜다라 빌리온 기라요."

그러자 물결치듯 하는 인파들 사이에서 이런 소리들이 나왔다.

"아, 그 땜에?"

"양식은 안 사고 언문소설만?"

사람들은 비로소 전후 사정을 알았다는 표정으로 저마다 고개를 끄덕거렸다. 그러고는 지금까지 사내를 향했던 비난의 화살을 이번에는 여자에게로 보내기 시작하였다.

"알고 본께네 저 여자가 크거로 잘몬했거마는. 아, 그 돈 있으모 자슥들 무울 것도 사고, 약도 사야 당연한 일이제."

"하모, 와 안 그런 기가? 칫, 여자가 돼갖고 언문소설이 머꼬? 여자가 글 읽어서는 머에 쓸라꼬. 우쨌든 행색은 저래도 언문 읽을 줄은 아는가베?"

"우리는 그런 거 하나도 잘 모림시로 남핀만 나쁜 사람맨치로 안 봤나? 내도 우리 에핀네가 이런 짓 하모 저리하것다."

그러한 웅성거림은 그들 뒤쪽에 서 있는 진무 스님 귓전에도 들렸다. 그 소리를 듣는 진무 스님 얼굴이 너무나 어두워졌다. 그랬다. 누구도 알지 못했지만 그는 그때 참으로 고통스러운 순간을 견디고 있었다. 사내의 폭력으로부터 여자를 구원하지 못하고 방관만 하고 있어야 하는 그 현실이 그에게는 지옥이었다.

그러나 보다 크고 높은 것을 위해서는 어쩔 도리 없는 일이었다. 그것은 부처님께서도 이해해주실 것이다. 지금은 비록 '숨어 있는 꽃'이지만, 그 꽃이 세상에 모습을 드러낼 수 있는 날을 기약해야 하는 것이다.

그때쯤 여자는 장작개비처럼 마른 사내 다리에 거의 필사적으로 매달리며 더한층 애절한 목소리로 하소연하고 있었다.

"지가 미치삔 년입니더. 첨에는 우리 자슥들 멕일 양식도 사고 약도 사고 할라꼬 장터에 갔는데, 저 책들을 본께 고마 증신이 홰까닥 해삐린 기라예."

바람이 불 때마다 땅 위에 여기저기 흩어져 있는 책들이 펄럭거리고 있었다.

"허, 알기는 아는가베? 지가 돌아삔 년이라쿠는 거는."

사내는 두 번 다시는 아내를 보지 않을 사람 같았다. 그렇지만 여자는 또다시 태어나도 남편을 찾을 사람 같았다.

"올매나 책이 보고 싶었던지 몰라갖고, 고마 지도 모리거로 그 돈 다 주고 책을 빌리삔 기라예. 여보, 내가 죽을죄를 지잇어예. 흑흑."

비화는 왈칵 뜨거운 눈물이 치솟았다. 당장 눈앞이 뿌옇게 흐려졌다. 얼마나 책을 읽고 싶었기에 그랬을까? 비화 자신도 그러했다. 여자로 태어나 많이 배울 수 없다는 장벽에 부닥쳤을 때 얼마나 낙담하고 실망했던가? 참으로 힘들었다.

여자도 마음대로 글공부를 할 수 있는 세상을 보고 싶었다. 마지막 끈을 쥐듯 사내 바지 끝을 꼭 잡고 울부짖는 그 여자에게서 자신의 모습을 발견한 것 같아 비화는 가슴이 콱 메었다. 책을 백 권 읽은 것보다 더 많은 것을 한꺼번에 배운 느낌이었다.

그러나 비화가 아무리 들어봐도 여자를 동정하는 소리는 한 번도 나오지를 않았다. 그저 여자가 글을 읽으면 뭐할 거냐는 빈정거림과 나무람만 계속 이어졌다. 비화는 사람들을 향해 속으로 외쳤다.

'여자는 글을 읽으모 와 안 되는 깁니꺼?'

비화는 더 이상 그 장면을 보고 있을 수 없었다. 서둘러 그곳을 벗어나기 시작했다. 먼 훗날, 그날의 일이 자신의 일생을 두고서 가장 중요한 선택 중의 하나를 있게 한 경험이 되리란 건 전혀 알지 못했다.

아니, 먼 훗날이 아니라 지금 바로 그 순간의 일도 알지 못했다. 맞았다. 비화는 진무 스님이 계속해서 자신을 몰래 지켜보고 있다는 사실을 까마득히 몰랐다. 더구나 비화 자신에게 거는 기대와 소망이 이루어질 수 있도록, 여자가 그렇게 맞고 있게 내버려 두었다는 것을 상상이라도 할 수 있었을까?

비화는 그곳을 떠났고, 등 뒤쪽에서는 여전히 사내의 욕설과 여자의 흐느낌 그리고 무정한 사람들의 속닥거리는 소리들이 도깨비바늘처럼 달라붙었다. 반백이 개가 이제는 누구를 겨냥한 것인지는 몰라도 '컹컹!' 짖어대고 있었다. 아마 목이 쉴 때까지 그 짓을 멈추지 않을 성싶었다. 그리고 그 소리가 아직은 어린 비화 마음을 더욱더 쓰리고 참담하게 했다.

'아, 비화가 가는구나!'

진무 스님은 달아나듯 가고 있는 비화의 뒷모습을 무연히 바라보았다. 제발 비화가 그 슬프고 아픈 광경을 통해 무언가를 크게 깨우칠 수 있기를 간곡하게 빌었다. 그러다가 스스로에게 이렇게 물었다.

'나는 정녕 저 아이가 무엇을 깨치길 이토록 소원하고 있는 것인가? 저 아이에게 지나친 기대감을 품고 있는 것은 아닌지?'

마침내 비화 모습이 보이지 않게 되었을 때, 비로소 진무 스님은 아직도 흩어질 줄 모르는 구경꾼들을 밀치고 그들 부부 쪽으로 급히 다가가기 시작했다.

이제 곧 그 현장은 사라지게 될 것이다. 비화의 머리와 눈에 커다랗게 각인되어 있을 서책의 애달픈 사연만 영원한 전설처럼 남긴 채로였다.

세상은 과연 모순투성이였고 이기적이었으며 다채로웠다.

임배봉의 대저택에서는 또 다른 책이 크나큰 화제였다. 이번에는 '다수의 책'이 아니라 '소수의 책'이었다. '밝은 책'이 아니라 '어두운 책'이었다.

"이것 봐라! 시방부텀 내가 부릴 때꺼지는 우떤 누라도 이 방에 들오모 안 되는 기라."

배봉은 남녀 종들에게 사랑채 출입을 하지 못하도록 단단히 단속해두었다. 운산녀가 출타 중이란 것은 당연히 확인해 둔 상태였다.

"히야! 우찌 이리?"

까마귀 꽁지같이 짧게 턱수염을 기른 사내는 연방 감탄하면서 크고 호화로운 사랑방을 둘러보느라 정신이 없어 보였다.

"눈 돌아가것소. 도다리 눈 아요? 그러이 인자 고마 봐라꼬."

그러던 배봉이 그에게 다그치듯 물었다.

"보소! 대체 우떤 누가 머를 우찌하는 그림책인데, 그리키 당장 난리가 일어날 거매이로 해쌌는 기요? 오데 오랑캐 뒤통수라도 봤는가베."

그래도 꽁지수염 사내는 계속 이곳저곳으로 눈알을 쉴 틈 없이 굴리기만 하였다.

"아, 예. 방 기정 쪼꼼만 더 하고예."

그러는 품이 아무래도 꿍꿍이속이 내비쳤다.

"이거 궁금해서 미치것거마는. 사람 환장하는 꼴 볼라쿠는 기요, 머요?"

"……."

"에나 그런 그림책을 갖고는 있는 기요?"

아니나 다를까, 배봉은 아까부터 막 안달이 나서 난리였다. 사내 입언저리에 보일락 말락 회심의 미소가 감돌았다. 평생을 두고서 단 한 번 만날까 말까 한 횡재였다. 이 정도로 으리으리한 대저택 주인이라면 부르는 게 값일 것이다.

"참, 나으리도."

꽁지 수염 사내는 가느다랗게 눈까지 흘겼다.

"여자들은 성미 급한 사내를 안 좋아한다쿠는 거쯤은 진즉에 터득하시고도 남을 어른이 이라시모 안 되지예."

"퍼뜩 그 그림책 안 비이줄라요?"

배봉이 마지막 경고조로 나가도 막무가내였다.

"따지고 보모, 두 발 달린 짐승은 거게가 거게지예."

"두 발이고 네 발이고! 자꾸 그랄라모 이집에서 고마 나가소, 나가!"

배봉은 두 팔을 치켜들고는 논에 날아든 새 쫓듯 했다. 하지만 꽁지수염 사내는 강가에 굴러다니는 차돌만큼이나 빤질빤질 닳아먹었다.

"급하기 서둘모 급하기 끝나는 거, 그기 시상 이치 아인가베요."

"허어, 사람을 우찌 보고?"

배봉은 주먹으로 제 가슴팍을 탁탁 치며 자신 있게 대꾸했다.

"내는 배미를 백 마리 넘거로 고아묵은 사람인 기라. 그런 소리 해쌀라모 마, 딴 데 가서 알아보소. 내하고는 볼일 없은께."

사내 시선이 떡하니 양반 앉음새를 하고 있는 배봉의 아랫도리를 재빨리 훑고 다시 덕석 같은 얼굴 쪽으로 올라갔다. 그러고는 관상술에 능한 사람처럼 굴었다.

"낄낄. 내 나리를 첨 보는 순간, 하매 처억 알아챘지예."

"머를 처억 알아채?"

배봉 눈이 꼬부라졌다. 사내 눈은 의뭉스러웠다.

"태어날 때부텀 신체 조건이 그렇다쿠는 기지예."

그러면서 그는 서러운 심정으로 밀양 지방 어디에선가 들었던 이런 노래를 떠올렸다. 남 날 적에 나도 나고 나 날 적에 남도 났건마는, 누구는 팔자 좋아 부귀영화로 살고…….

"쌍나발 부는 소리만 해쌌고, 그림책은 안 팔라쿠는 기요?"

인내심을 넘긴 배봉이 벌컥 화를 냈다. 사내는 드디어 내가 바라는 만큼 열이 올랐구나, 하는 표정을 지으며 이번에는 저잣거리에서 약장수가 약 팔 듯이 했다.

"알았심니더, 알았심니더. 물건을 비이드리겄심니더."

그제야 사내는 가늘고 창백한 손가락을 놀려서 현란한 빛깔의 보자기에 겹겹이 싼 것을 감질날 정도로 천천히 풀어가기 시작하였다.

"자아, 나옵니더, 나옵니더. 머가 나오느냐?"

배봉 눈알이 사내 손놀림을 따라 바쁘게 움직였다. 꽁지 수염 사내가 아니라 그 자신의 눈이 돌아갈 것 같았다. 하긴 눈뿐만 아니라 코와 입이 다 돌아간다고 해도 그가 원하는 걸 포기할 자가 아니었다.

"자알 보시이소. 과연, 과연 머가 나오는고 말입니더."

단단한 포장이 하나씩 풀릴 때마다 배봉의 입속에서 꿀꺽 마른침 삼키는 소리가 났다. 연신 입술을 핥는 그의 혀가 꽁지 수염 사내 눈에는 날름거리는 뱀 혓바닥 같았다. 뱀을 백 마리 넘게 고아 먹었다더니 그만 뱀 인간이 돼버린 게 아닌가 싶다. 산전수전 공중전을 겪은 사내도 징그러움을 느꼈다. 누구든지 그 집착에 한 번 걸려들면 도무지 성해 날 것이 없을 듯했다.

"아즉도 다 몬 풀었소?"

그 방의 모든 사물도 그 보자기에 눈을 주고 있는 것 같았다.

"도대체 몇 갭(겹)으로 싸논 기요, 으잉?"

배봉이 또다시 성화다. 하지만 앙상한 겨울 나뭇가지처럼 메마른 사내 손가락은 더한층 더디게 움직였다. 그러면서 사내는 마치 황토라도 발라놓은 듯 누런 이빨을 드러내고 씩 웃으며 물었다.

"나리는 사람이고 물건이고 좋아하모 이리 안 하지예?"

시종일관 저질로 일관하는 게 아무래도 직업은 속일 수 없는 모양이었다. 그자의 입에서 또 무슨 말이 나올지 걱정이 될 지경이었다. 하지만 배봉도 결코 뒤지지 않았다.

"우찌 그리하요? 멤이 급해 죽것는데."

사내는 된장, 간장, 고추장, 섞어가며 잘도 양념을 쳤다.

"헤헤. 그거는 맞심니더. 솔직하시서 좋네예."

배봉은 돼지처럼 살찐 목을 맷돌 돌리듯 크게 한 바퀴 돌렸다.

"내사 솔직 빼모 시체……."

이윽고 양파 껍질 벗기듯 한 그곳에 드러나는 것은 그림책이다.

"이, 이기 그런 그림들을 모다 논 책이 맞는 기요?"

배봉이 다그치는 물음에 사내는 이중적인 인간의 표본인 양 한쪽 눈은 뜨고 한쪽 눈은 감은 채였다.

"히히히."

사람이 아니라 무슨 요물이 내는 성싶은 기괴한 웃음소리를 흘렸다.

"오데 이리 조 보소."

배봉은 금방이라도 사내 왼손에 들려 있는 책을 확 낚아챌 기세였다. 사내는 여자같이 가느다란 오른손가락으로 꽁지 수염을 비비 꼬며 지금부터 시작이라는 투였다.

"이런 그림을 춘화, 혹은 춘의도라고 하는뎁쇼."

"춘화, 춘의도."

훈장 앞의 학동이 따로 없었다. 과연 책의 범주는 어디까지일까? 아주 짧은 순간 사내의 머릿속을 스치는 의문이었다.

"에, 글자 그대로를 풀이해볼 거 겉으모, 봄 그림, 또는 봄의 뜻을 그린 그림, 바로 그런 으미가 되는 깁니더. 자, 보까예?"

그러면서 사내는 무슨 귀한 보물 상자 열듯 첫 장을 펼쳤다. 그 순간, 배봉이 '흐읍' 하고 숨넘어가는 소리를 내더니 그대로 몸이 돌처럼 굳어버렸다.

"우떻심니꺼, 나리. 보통 꺼하고는 다리지예?"

사내는 기고만장해 보이기까지 했다. 좁은 어깨를 으쓱하고 목뼈 삐걱거리는 소리가 날 정도로 고개를 휘익 꺾었다. 그러고는 힐난 섞인 어조로 말했다.

"인정 안 하실라 쿠네예?"

배봉은 벙어리가 돼버린 모습이었다. 사내는 그런 배봉을 훔쳐보며 가슴이 마구 벌름거렸다. 오늘은 크게 한몫 잡는 날이 틀림없다. 간밤 꿈에 어디론가 막 달려가다가 집채만 한 돼지와 '꽝!' 부딪히더니만. 히히히. 하기야 이런 춘화는 흔하지를 않다. 크크크. 아암, 귀하고말고. 특히 선비연하는 자들에게는 쥐약이지.

배봉은 벌게진 낯에 뜨거운 신음소리를 떨궜다. 그것을 유심히 살펴본 사내는 어느 순간 갑자기 그림책을 사정없이 덮어버릴 것같이 했다.

"너모 상구 뚫버지거로 보지 마시소. 책 종이에 고마 뺑 빵구녕 나겄심니더, 나으리. 그리 되모 책임지실랍니꺼? 낄낄."

사내는 춘화를 들여다보면서 전기수傳奇叟가 고대소설 낭독하듯 했다.

"아, 여게는 한여름 계곡의 개울가다. 코밑수염 시커먼 중년 사내와, 에 또, 보기만 해도 시원하거로 반회장저고리만 걸치고 있는 가체머리 여인은……."

저고리의 끝동과 깃과 고름만을 자줏빛과 남빛 헝겊으로 대어 꾸민 반회장으로 된 옷을 입은 여자는 나이가 좀 들어 보였지만, 그게 그림의 가치를 훼손하는 약점일 수는 없을 성싶었다. 하긴 애당초 그런 잣대를 갖다 댈 의미가 없는 것이었다.

"허! 허!"

배봉은 잇따라 그 소리만 발했다. 그에게 큰돈이 붙기 시작하면서부터 가장 먼저 일어난 변화의 한복판에는 여자가 있었다. 그 당시 웬만한 양반이라면 첩 하나씩은 떡 거느리고 있다는 사실이 천한 신분인 그에게는 제일 눈꼴사나운 일이었다. 올 여자 하나도 없어 평생 홀아비로 늙어가는 사내가 이 세상에는 얼마나 넘치는가 말이다.

"이만하모 죽은 고목에서도 꽃을 피울 만하지 않십니꺼?"

사내 과장 위에다 배봉은 과장을 덮어씌웠다.

"아이라(아니야). 하매 죽어삔 꽃도 도로 살아나것거마는."

사내가 짐짓 크게 감탄하는 빛을 보였다.

"오우, 참말로 상상력도 뛰어나시다! 나리, 이거 보시고 여자하고 상관되는 시詩 한 수 지이보시지예?"

언제부터인가 배봉은 여자를 가까이 둠으로써 상놈에서 양반으로 거듭날 수 있으리라는 몹시 그릇되고 허황된 망상의 포로가 돼가고 있었다. 그 과정에 필요한 것 중의 하나가 정신적 소양보다도 몸의 단련이라고 보았다. 사악하고 무식한 자들의 나락은 그 끝이 어딘지 차마 입에 담지 못할 노릇이었다.

"개울물은 졸졸. 음음."

"눈이 가물가물 안 합니꺼. 키키키."

춘화 파는 사내는 조금이라도 더 비싼 값으로 넘기기 위할 양 배봉의 구미를 돋우기에 여념이 없었다.

사내는 내심 곱씹는다. 나라야 어찌 되든, 남의 가정이야 파탄이 나든 말든, 그저 내 호주머니에 돈만 많이많이 들어오면 무슨 대수겠는가. 아무도 나를 욕하거나 경멸하지 말라. 그 누구든 없는 설움 한번 겪어보라지.

그의 눈길이 또다시 그 넓은 사랑방을 가득 채우고 있는 온갖 가구를 훑기 시작하였다. 훔칠 수만 있다면 그것들을 모조리 가져가서 자신의 텅 빈 방을 장식하고 싶다는 강렬한 충동에 부대꼈다.

'책장, 문갑, 서안書案, 탁자, 머릿장, 경상經床, 고비考備……. 후우, 온 시상 사랑방가구라쿠는 사랑방가구는 모돌띠리 갖다놨는갑다.'

그 생각을 굴리던 사내 시선이 문득 서안에서 멈추었다. 그가 지금까지 들어가 본 양반집 사랑방이 수십, 아니 수백은 더 될 텐데, 그렇게 많은 책을 올려놓은 책상은 처음이었다. 대개 책 한두 권 정도를 펴놓을 정도였다.

그런데 유독 여기 이 사랑방만은 어쩐 셈인지 책상다리가 부러질 정도로 엄청난 서책이 쌓여 있는 것이다. 단 한 권도 보지 않고 그냥 방문객에게 보이기 위한, 다시 말해 자기가 그 많은 서책을 보고 있음을 과시해 보이기 위한 장식용으로 쌓아 놓았다는 증거가 아니고 무엇이겠는가?

'엉터리 양반이 여게 또 하나 더 있었거마는. 물에 빠지도 개헤엄은 안 하고, 또 머라꼬? 얼어 죽어도 짚불은 안 쬔다? 쯧쯧.'

사내는 속으로 크게 혀를 차고 나서 말했다.

"인자 다음 그림 보이시더. 갈수록 재미있을 낀께네예."

그러면서 다음 장을 천천히 넘기는데, 그림 전체에 가득 흐르고 있는 노란 색조는 그 자체가 야릇한 분위기를 폴폴 풍겼다. '경국지색'이란 말은 미인에게만 해당되는 것이 아니라 그런 춘화도 포함될 듯했다. 하지만 배봉은 내다보지 못했다. 장차 그 그림책이 제 자식들을 '기울어지게' 하는 독소가 되리란 것은 정녕 몰랐다.

"하! 보름달도 휘황찬란하거마!"

"장소는 연못가인데 거 버드나모에는 새 잎사구가 막 돋아나고예. 팍 쥑이주는 분위기 아인가베요?"

아닌 게 아니라, 사내 설명을 들어가면서 춘화를 감상하니 한결 맛이 더 났다. 세상이 갈수록 타락의 구덩이에 빠져들고 그에 따라 남녀관계도 덩달아 엄청 문란해지니, 이제 어지간한 것으로는 무슨 만족감을 얻기 힘든 시대가 돼버렸다. 그리고 그런 나쁜 풍조는 세월이 가면 갈수록 사라지는 것이 아니라 더더욱 심화될 터였다.

"헤, 돗자리꺼정 떠억 깔아놓고 있거마."

배봉은 기분이 나쁜지 상판을 있는 대로 찌푸렸다. 그렇지만 뭔가를 노리는 듯한 그의 눈은 어둠 속 살쾡이처럼 번뜩였다. 배봉은 점점 질투보다 감탄이 되는 모양이었다.

"춘화는 봄 그림이다, 그런 뜻이라 캤소?"

사내는 어깨춤 추듯 엉덩이와 상체를 들썩거렸다.

"예, 봄 그림. 산들산들 봄바람, 팔락팔락 치맛바람. 히히히."

그러나 배봉이 그 춘화로 말미암아 자식들이 받을 악영향을 미처 내다보지 못한 것처럼 춘화 파는 사내도 전혀 예상하지 못했다. 그 그림책을 통해 맺은 그 집의 여러 사람들과 그 자신이 장차 어떤 관계로 얽히게 될 것인가를.

"이 그림 본께네 봄은 봄이거마는. 아아, 인생의 봄날이라."

어쨌든 배봉은 신명난다는 목소리였고, 사내는 꽁지 수염을 쓱 한 번 쓰다듬고 나서 무슨 사설 읊조리듯 하였다.

"인자부텀 우리 나리가 살아가시는 날들은 따뜻한 봄밖에 없을 낍니더. 뜨거븐 여름하고 청승맞은 가을하고 추븐 겨울은, 모도 저 남강물 건너가삐고예. 그 강에 놀잇배 띄우고 노시지예? 킬킬킬."

사내는 이것저것 참 잘도 주워섬겼다. 그의 입담에는 현혹되지 않을 사람이 없을 터였다. 배봉이 크게 달아오른 얼굴로 이기죽거렸다.

"맞거마는. 책장을 넘긴께 봄바람이 살랑살랑 분다 아인가베."

배봉 머릿속에 뜨겁고 청승맞고 춥기만 하던 지난 시절들이 고개를 크게 치켜들었다. 그 고통과 절망의 세월 중심에는 언제나 김생강이 있다. 뿌드득, 이빨 갈리는 소리가 그의 입에서 났다. 아무래도 이빨 한두 개는 나갔지 싶다.

'그때 안 죽고 여직꺼지 살아남은 기 기적인 기라.'

어쩌면 그다지도 배가 고프던가? 동냥자루를 차도 유분수지. 밥숟갈을 놓고 돌아서면 또 금방 허기가 졌다. 어쩌면 그리도 손발이 시리던가? 겨를 태운 겻불이라도 쬐고 나면 좀 나을 법이건만 얼음장이 따로 없었다.

배봉은 쥐어박고 싶으리만치 서러웠던 그날들에 대한 보상을 받아내기라도 하려는 듯이, 두 눈을 치뜨고 그림책을 노려보기 시작했다. 복수의 화신. 종이는 구멍이 뚫릴 정도가 아니라 그의 뜨거운 눈빛에 아예 활활 타버릴 것 같았다.

'양반이라꼬 너것들만? 앞으로 함 두고 봐라꼬. 인자는 내도 그리 안 산다.'

배봉은 돼지가 구정물 통에 대가리 처박듯이 춘화에 고개를 처박았다. 그리고 손등으로 입가에 새 나온 침을 쓱쓱 닦으며 물었다.

"대체 이리 쥑이주는 그림을 누가 그린 기요?"

그런데 사내 입에서 나온 답변이 배봉을 더욱 놀라게 하였다.

"단원 아인가베예."

"다, 단원?"

"김홍도 말입니더."

"머요? 김홍도?"

"예."

사내는 건성으로 대답하면서 거기 목조 벽걸이의 옆면에 칸막이하여 문서나 편지를 꽂을 수 있도록 한 고비를 쳐다보았다. 아마 오동나무로 짠 것 같은데, 무슨 장식인가를 하여 멋진 예술작품처럼 한껏 멋을 살린 듯했다. 아까 사랑채의 마루 벽에서도 그것과 똑같은 고비를 본 것 같았다.

고비. 그것은 우리나라에만 있는 독특한 실내용 물건으로 평좌식 생활공간에 적합하게 발달되어 왔다고 알고 있는 사내였다. 그리고 그동안 그가 보아온 고비는 대개가 종이로 주머니나 상자 모양을 만든 것이거나, 종이 띠를 멜빵 모양이나 X자형으로 만들어 벽에 직접 붙여 쓰는 것들이었다. 그 하나만 봐도 그 사랑방 주인의 허장성세를 충분히 가늠케 하는 것이었다.

"아, 그 유맹한 김홍도가 이, 이런 춘화를 그릿다는 기요?"

배봉은 처음으로 춘화에서 눈을 떼고 사내 얼굴을 바라보았다. 사내는 제 딴에는 유식한 척하며 꽁지 수염을 점잖게 매만지기 시작하였다.

"시상 사람들은 김홍도라쿠모, 서당 그림이나 대장간 풍갱 그라고 씨름하는 장면 겉은 거나 그린 줄 알지, 이리 남녀가 색깔 있거로 노는 춘화는 안 그린 줄 알지예."

색깔 있게 논다는 그 표현이 기차다고 여기며 배봉은 굵고 짧은 목을 갸우뚱했다.

"내가 관아 상구 높은 사람들하고 함께한 그 자리에서 들었던 이약인데, 김홍도는 정조 임금한테 큰 은총을 입은 당대 최고로 치는 화가였다안 쿠요. 그런 화가가 이러키 야한 그림을 그릿다쿠는 거는……."

그러자 지금까지 사근사근하게 굴던 사내가 홀연 필요 이상으로 목청을 높였다.

"와 사람 말을 몬 믿심니꺼? 애시당초 안 믿을라쿠시네예?"

배봉은 그만 한방 얻어맞은 표정이었다.

"아, 그거는 아이거마."

진품 운운하면 삼척동자도 웃을 터, 모조품이라 할지라도 어디 가서 이런 기똥찬 춘화를 구할 수가 있으리요. 배봉이 내심 무슨 노랫가락 뽑듯 흥얼대는 내용이었다.

"사람 크기 잘몬 봤십니더. 소인이 그런 사람 아입니더."

"아, 아요. 미, 믿……."

"모가지에 시퍼런 칼이 들와도 넘을 기시는 인간은 절대 아입니더."

사내는 배봉이 혹여 그림값을 깎으려고 일부러 자꾸만 생트집을 잡는 게 아닌가 싶은 의구심이 들었다. 그래서 더 효과적인 것을 보여야겠다 싶어 그다음 장으로 넘겼다.

"김홍도가 그린 다린 그림 봄시로 이약해보입시더."

배봉이 이번에는 믿을 수 없다는 것이 아니라 믿고 있다는 것을 넌지시 알려주었다.

"이, 이거도 그 기, 김홍도 그림이란 말이요?"

사내는, 시커먼 네 속 다 안다는 듯 그 물음은 일축해버렸다.

"말씀은 고만하시고 그림이나 잘 보시소."

음식과 기악妓樂을 갖추어 놓지 않은 사랑방에서 춘화가 그려진 책 하나로 사랑놀이에 빠진 배봉의 이마는 갈수록 그림책을 들이받았다. 무엇을 잘 들이받는 황소를 떠올리게 하였다. 그의 무섭도록 질긴 집착은 모든 것에서 나타나기 일쑤였다. 그런데 문득 오줌이 마려워지면서 그는 춘화고 뭐고 다 갈가리 찢어버리고 싶은 충동에 사로잡혔다. 그것은 그 자신의 통제력에서 철저히 벗어난, 신마저도 예측하지 못할 이상 증세였다.

요강 단지 한 개 살 돈이 없어 그 추운 한겨울 밤에도 가마니때기로 대충 사방을 막은 통시(변소)를 이용하지 않으면 안 되었던 실로 부끄럽고 쓰라린 기억. 배봉은 앞에 있는 사내의 멱살을 틀어쥐고 막 소리치고 싶었다. 나는 이미 지옥을 한 번 다녀온 사람이니 다시 갈 일이 없을 거라고. 정말이지 용변을 본다는 게 죽기보다도 더 싫었었다. 오줌 줄기가 그대로 노란 고드름이 될 듯하던 혹한의 시절이었다.

'내는 그리 살았는데, 아니 죽어지냈는데…….'

언제부터인가 배봉에게는 굉장히 위험하기 이를 데 없는 기묘한 심리가 생겨나 있었다. 그것은 돈이 붙고 세도가 붙을수록 돈 없고 세도 없던 지난날들이 악몽같이 되살아나고, 또 그럴수록 김생강과 그의 식솔들을 표적 삼은 원한과 복수의 불씨가 크게 지펴진다는 사실이었다.

따지고 보면, 그가 없게 살았던 원인이 김생강 가문 때문은 결코 아니었지만, 당시 핍박받던 천민들이 무조건 양반들을 질시하고 증오하며 공격의 대상으로 삼았듯이, 그 죽일 놈의 가난의 배경에는 반드시 천석꾼 양반이었던 김생강 집안이 짙게 깔려 있는 것이었다. 그리하여 생강이 세상을 뜨고 난 후에도 그 후손들을 겨냥한 칼끝을 한층 더 날카롭게 갈았다. 심지어는 비화라는 아직도 어린 그 집안 무남독녀마저 그냥 곱게 못 두어 안달 나 하는 지경까지 다다른 게 작금의 일이었다.

"환재이가 우리한테 천국을 기경시키주고 있는 깁니더."

화공을 낮추어 '환쟁이'라고 부르면서 둘은 그저 히히거렸다.

"환재이가 사람 환장하거로 안 맨드는가베?"

본디 절에서 불경을 읽을 때 쓰이던 경상이 그들과 춘화를 물끄러미 바라보고 있는 듯했다. 양귀가 두루마리 모양으로 올라가 있고 호족형虎足刑 다리가 바깥쪽으로 휘어진 형태의 그 책상은 얼핏 웅크린 호랑이를 연상케 하였다.

"머, 이 그림? 그, 그렇거마는. 하하, 하하핫!"

사내 부추김에 너무나 호탕한 웃음을 터뜨리다가 배봉은 그만 옷에 오줌을 찔끔 저렸다. 그러자 반사작용처럼 언젠가 보았던 광경 하나가 떠올랐다. 안색이 아주 나빠 보이는 웬 늙은이가 길에서 지나가는 어린 아이들을 붙들고 서서 먹을 것을 주면서 작은 양철통에 오줌을 누게 하고 있었다.

'에린 아아들 오줌이 무신 뱅에 좋다쿠는 이약은 들었는데…….'

정확히 무슨 병에 좋은지는 잘 기억이 나지 않았지만, 그도 들은 바가 있었기에, 그 늙은이가 들고 있는 둥근 통에 담긴 노란 오줌을 보고 있노라니 갑자기 배뇨를 하고 싶다는 마음이 일었다. 물론 그것과 지금 그 그림은 전혀 성질이 다른 것이지만 배봉이 그걸 이해하는 데는 도움이 되었다.

"우쨌든 간에 말이오."

사내들 둘만 모이면 그 자리는 항상 '그 얘기'라고 하는 그 얘기를 하면서 배봉은 줄곧 헤벌어진 입을 좀처럼 다물 줄 몰랐다. 이 세상에서 돈을 쓸 곳은 이런 데 하나뿐이라며, 그는 마침내 춘화 값 따위에 대해선 개털같이 여기기 시작했다.

"황금 보기를 돌같이 해라. 돈 보기를 똥같이 해라."

배봉이 양반 앉음새라고 취하고 있는 자세가 사내 보기에는 통싯간에 쪼그리고 앉아서 끙끙대는 모습과 진배없었다.

"한 가지 조건은, 그거하고 무관하모 안 되고."

"돌이든 똥이든 그거하고. 우헤헤헤."

어릴 적부터 세상 모진 풍파 속으로 내던져진 채 살아와 이미 배봉 심리를 속속들이 간파한 사내는, 연방 더없이 간사한 웃음을 흘리면서 조만간 제 수중에 들어올 거금을 상상만 해도 눈이 휙 뒤집힐 것 같았다. 사내의 웃음소리는 거기 장식장을 메운 도자기 겉면에 부딪혀 매끄럽게도 울려 나왔다.

'시방 니 그 웃음, 무신 웃음인고 내 싹 다 안다.'

배봉은 그런 사내의 지금 심정을 이해하고도 남았다. 그것은 겪어보지 못한 사람은 백번 죽었다가 깨어나도 모를 일이었다. 사흘 굶은 개가 고기 뼈다귀 하나 물고서 어쩔 줄 몰라 하듯, 돈에 코를 처박고 그 냄새에 질식해서 죽어도 상관없었다.

"이리 귀한 그림은 나라님도 벨수 없십니더."

그 방면에는 보증수표라는 듯 자기 이름까지 들먹였다.

"반능출이가 아이모 누가 오데 가갖고 감히 구해옵니꺼? 텍도 없지예."

배봉은 조금만 더 갈면 아예 없어져버릴 것 같은 운산녀의 턱이 눈앞에 얼핏 떠올랐다.

"텍쪼가리 없는 인간도 있는가베?"

그렇지만 굳이 사내 그 말이 아니더라도 배봉이 보기에도 충분히 그럴 만했다. 지금까지 보아온 춘화는 지금 이것에 비하면 그야말로 운산녀가 곧잘 입에 올리는 저 단골말처럼 '아아들 반주깨비(아이들 소꿉장난)'였다.

'에이, 에핀네 고년!'

운산녀 생각이 되살아나자 배봉은 잠깐 마음이 불편해졌다. 만약 그가 이런 춘화를 산 줄 알면 어떻게 나올지 상상만으로도 머리가 어지러웠다.

'가마이 있거라.'

문득, 배봉 머릿속에 언젠가 집으로 온 소공복에게 추한 언행을 보이던 운산녀 모습이 기습처럼 꽂혔다. 두 사람에게서 느껴지던 불길한 그림자. 지난번 김호한의 집 앞에서 그 여편네가 지껄여대던 것처럼 꼭 무슨 간 큰 짓을 저지르고야 말 것만 같은 께름칙한 예감이 들었다.

"에라이!"

배봉은 만사 잊어버리기 위해 미친 듯이 더욱 춘화에 빠져들었다.

"어?"

놀란 반능출이 주춤, 뒤로 물러앉았다. 악귀도 휘휘 혀를 내두를 만큼 섬뜩한 배봉의 그 집요하고 악착같은 집착 앞에서는 닳아먹을 대로 닳아먹은 그도 그만 간담이 서늘해지지 않을 수 없었다.

땅따먹기 하는 아이들

얼마쯤 혼자 걸어갔는지 몰랐다.

비화 눈에, 이번에는 줄넘기와 고무줄놀이를 하고 있는 아이들 모습이 띄었다. 비화는 그것에도 별반 관심을 주지 않고 또래 아이들 곁을 그대로 지나쳐 계속 걸어갔다.

그런데 성 밖의 집 근처까지 왔을 때였다. 홀연 비화 두 눈이 반짝 빛났다. 여자아이와 남자아이들이 함께 어울려 땅바닥에 쪼그려 앉아 있었다.

'아, 땅따묵기 아이가!'

그것은 땅빼앗기, 땅재먹기, 땅따먹기라고 불리는 그런 놀이인데, 비화가 가장 좋아하는, 어쩌면 유일하게 마음이 끌리는 놀이다.

"내도 좀 끼아조라."

비화의 그 말에 모두 고개를 들어 올려 비화를 쳐다보았다. 햇볕에 그을고 덕지덕지 때 낀 목들이 까마귀같이 새까맣다. 정말이지 까마귀가 보면 '할배, 할배' 하겠다. 베틀로 짠 베를 팔아 언문책을 빌렸다고 남편에게 죽을 만치 두들겨 맞던 그 여자의 하얀 목덜미가 비화 머릿속에 서러운 추억마냥 떠올랐다. 그리도 읽고 싶은 언문 소설 때문에 남편에게 두들겨 맞은 여자.

"쪼꼼만 기다리라이, 우리 다 끝나간께."

"알것다."

막딸이, 아름이, 맹쫄이, 슬진이 들이다. 그런데 맹쫄을 바라보는 비화 눈빛이 영 곱지 못하였다. 촌수로 따지면, 맹쫄은 운산녀 조카뻘 되는 애였다.

맹쫄 부모 민치목과 몽녀는 운산녀가 배봉의 후취로 들어선 그즈음이 고장에 그 모습을 드러냈다. 어떻게 보면 운산녀를 따라서 그곳에 정착한 셈이었다. 운산녀가 무슨 속셈을 가지고 불러들였는지는 알 수가 없다.

운산녀만큼 맹쫄네도 비밀에 싸인 집안이다. 간혹 들리는 소문에 의하면, 온 세상을 철새처럼 떠돌다가 그 고을 텃새로 변신했다고 한다. 그렇다고 무슨 뚜렷한 증거가 있는 것은 아니었고. 아무튼 수상쩍은 구석이 한둘이 아니었다. 그렇긴 해도 운산녀보다는 사람들 관심을 끌지 못하였다.

운산녀. 그녀는 이른바 벽 속의 여자, 비밀의 여자였다. 세상은 남자들에 의해 돌아가지만 비밀은 오히려 여자들이 더 많이 가지고 있다.

운산녀 친정집이 어떤 신분의 가문인지, 운산녀는 여기 오기 전까지 어디서 무엇을 하며 살았는지, 등등에 관해 근동에서는 아는 이가 없었다. 그렇지만 그에 못지않게 궁금한 것은, 운산녀가 어떻게 그토록 빨리 그곳 말이며 풍속 등을 익혔을까 하는 거였다. 그런 각도에서 보자면 운산녀는 그 고을이 안태본安胎本인 여자 같았지만 아무래도 그것은 잘못 짚은 소리였다.

그뿐만 아니라, 어떻게 처녀의 몸으로 전처소생이 둘이나 딸린 상처

한 홀아비에게 갈 생각을 했는지, 어떤 측면에서는 배봉보다도 신분 상승에 대한 욕망과 물욕이 앞서게 하는 무슨 사연이 있는지, 여하튼 운산녀는 여러 가지로 알 수 없는 여자였다. 알 수 없다는 것은 호기심을 자아내기도 하지만 두려움과도 맥이 통하는 것이었다.

그 운산녀에 대한 의문은 오히려 맹쫄 아버지 치목에 관한 불투명한 이야기를 통해 풀 수 있는 실마리가 잡힐 것처럼 보였다. 베갯밑공사라고, 운산녀가 잠자리에서 배봉에게 자신이 바라는 바를 속삭여 청하는 일은 있을지언정, 배봉이 운산녀에게서 무엇인가를 캐내기는 쉽지 않을 터여서, 배봉 또한 상세한 것은 잘 모르고 있었다. 어쩌면 그것은 운산녀에 대한 배봉의 애정이 점차 식어가고 있다는 증거일 수도 있었다.

비화가 이 세상에 태어난 그 이듬해 중인中人 계급 출신이 모반을 일으킨 일이 있었다. 물론 뜻을 달성하지 못하고 말았는데, 치목이 바로 그 모반 사건을 이끈 주모자의 먼 친척이라는 것이다. 치목 자신은 직접 그 일에 가담한 것 같지 않았지만, 양반과 상인常人과의 중간 계급인 중인의 존재가 부각된 것은 사실이었다.

그렇다면 운산녀 몸속에는 중인의 피가 흐르고 있다는 얘기가 되겠고, 그 사건 이후로 고향에 살지 못하고 산 설고 물 선 이 고을에 흘러들어왔다는 소리가 된다.

한편, 이런 말들은 호한의 오랜 지기인 조언직의 입에서 맨 먼저 흘러나온 것인데, 언직 또한 예사롭지 않은 가족사를 지닌 사람이다. 그 모반 사건이 진압된 몇 해 후에 세력이 약화된 풍양 조 씨 집안 출신인 것이다.

"모돌띠리 탈탈 다 털어놓고 이약해보자모, 순원왕후의 수렴청정이 끝나고 철종 전하의 친정親政이 시작됐지만서도……."

"그거는 왕실이나 여염집이나 사람이 나이가 들모 다 정한 이치라꼬 보거마는. 우리가 살아보이 안 알것던가."

"외척인 자네 풍양 조 씨 세도는 저 공중을 훨훨 날라댕기는 새도 탁 떨어뜨릴 만큼 안 대단했디가."

"새가 기운이 다해서 떨어졌것제. 내사 그리 생각하는 기 더 멤이 팬하거마."

호한과 언직의 대화는 한번 시작되었다 하면 도무지 끝을 몰랐다. 호한과 긍복의 대화는 서너 마디에서 마감돼버리는 것과는 아주 대조적이었다고 할 수 있었다.

"권불십년, 권세는 십 년을 몬 간다쿠디이, 안동 김 씨 그짝에서 다시 세력을 딱 잡았지 않은가베."

"증말 세월이라쿠는 거는 날개를 달았는 기라. 그거는 우리 딸내미 비화가 아즉꺼정 지 에미 뱃속에 들앉기도 전의 이약인데 하매……."

비화는 자신이 없었을 때의 세상일을 듣는 것이 퍽 신기해 귀가 솔깃했다. 특히 지난번 옥진의 집 추녀 밑에서 옥진과 함께 보부상들에게서 얼핏 들었던 것과 비슷한 내용들이 나와 어쩐지 긴장감에 싸이기도 했다.

"그거는 마 그렇고, 강화도령, 아, 그런께네 철종 전하께서, 선왕이신 헌종 뒤를 이어 보위寶位에 오르실 줄은 에나 안 몰랐디가."

언직 말에 호한이 쉿, 하고는 잔뜩 목소리를 낮췄다. 비화는 더럭 겁이 났다.

"이 사람, 입조심 좀 몬 하것나. 우리 고을에는 귀먹은 새하고 귀먹은 쥐들만 사는 줄로 아나?"

"아, 알것네. 내가 또 무담시 신갱이 날카로버져갖고 안 이라나."

언직도 애써 목청을 죽이며, 그러나 여전히 흥분된 어조로 말했다.

"자네도 잘 함 생각해 봐라꼬. 역모에 연루돼갖고 사사賜死된 회평군의 동상을 임금으로 책봉했다쿠는 거는 말이제."

"자네는 시방 똑 넘의 이약하듯기 하네?"

호한은 꾸짖듯 깨쳐주듯 말을 이었다.

"우쨌든 간에 언직이 자네 집안과도……."

그러다가 대화속의 시간은 좀 더 훌쩍 건너뛴다.

"그라다가 대왕대비의 근친 김문근의 따님이 왕비로 채택돼갖고 안 있나."

"안동 김 씨 세도정치는 범한테 날개 돋친 셈이 됐제."

호한의 사랑방 가득 사람을 짓누르는 두려운 기운이 감돌기도 하였다. 그만큼 지금 세상은 불안정하고 혼미하다는 증거였다.

"허, 살다 보모 무신 일이 더 있을랑고 모리것거마는."

"목심이 붙어 있다쿠는 기 무섭다, 무서버."

언직이 버릇처럼 한쪽 눈을 연신 깜빡이며 말했다.

"호한이 자네, 어차피 김 씨 피를 물려받을라모, 안동 김 씨 피나 받지."

그러자 호한은 몰라서 묻는 것 같지는 않은 얼굴로 물었다.

"그거는 또 뭔 소리가?"

언직 또한 답변이라기보다도 혼잣말처럼 했다.

"그라모 원님 덕에 나팔 불고, 친구 따라 강남 간다꼬, 너모 가련한 이 조언직이도 자네 덕에 불고 가고."

호한이 범같이 튼실한 고개를 내저으며 정색을 했다.

"그런 말 두 분 다시는 하지 마라꼬. 내사 안동 김 씨보담도 우리 김해 김가가 더 좋다 아이가."

언직은 여전히 수수께끼라는 표정을 풀지 못했다.

"저 바다 멀리 인도국의 허황옥이 우리 김해꺼정 와갖고 수로왕하고 혼인을…….”

그때 비화는 왠지 모르게 가슴이 뭉클해져 속으로 중얼거렸다.

‘김해, 김해가 오데 있으꼬? 인도국은 또 우떤 나라꼬?’

동그라미 안에 뭉게구름 비슷한 선들이 꽉 찼다. 땅따먹기가 다 끝났다. 막딸이가 땅을 제일 많이 먹었다. 그게 실제 땅이라면 위로 줄줄이 있는 언니들한테 골고루 나누어줘도 될 정도였다.

“인자 비화 니가 해라. 내는 고마 집에 들갈란다.”

제가 차지한 땅이 가장 적은 아름이가 몸을 일으키면서 기죽은 듯 말했다. 그러다 다리가 저려오는지 한참이나 허리를 굽히고 앙증맞은 주먹으로 장딴지를 ‘탁탁’ 치고 나서야 일어섰다.

“에잇! 에잇!”

막딸이를 뺀 나머지 다른 아이들도 일어나더니 발바닥으로 땅에 어지럽게 그려져 있는 선들을 서둘러 지우기 시작했다. 마치 그 경계를 무너뜨림으로써 막딸이 소유의 땅을 어서 없애버리려는 것처럼 보였다. 어른들뿐만 아니라 아이들도 땅에 대한 애착이 그만큼 크고 강하다는 증거일 것이다.

“내 간다아.”

“잘 가라아.”

아름이는 가고 비화가 끼어들었다. 그때 그야말로 땅이 깜짝 놀라 벌떡 일어날 일이 벌어졌다.

“똥그라미는 내가 그리께.”

운산녀를 닮았는지 욕심이 목구멍까지 가득 차 있는 맹쫄이 약간 길쭉한 돌멩이로 원을 커다랗게 그렸다. 그렇지만 그의 그림 솜씨가 너무나도 형편없는 탓인지 그 원은 공이나 굴렁쇠처럼 둥글지 못하고 타원형에 더 가까웠다. 어떻게 보면 꼭 쥐가 뜯어먹은 빵조각 같기도 했다.

어쨌거나 새로 만들어진 그 원을 내려다보면서 비화는 입술을 꽉 깨물었다. 초롱초롱한 눈에는 파르스름하기까지 한 빛이 차가운 얼음장처럼 박혀 있었다. 비화가 느끼기에, 그게 꼭 배봉에게 빼앗긴 자기네 땅 같았다. 그런가 하면, 점박이 형제 억호와 만호 눈 아래 박힌 점처럼도 비쳤다.

"요분 판에는 내가 젤 마이 묵을 끼다."

"아이다, 내다."

맹쫄과 슬진은 단단히 벼르고들 있는 눈치다. 땅을 많이 땄던 막딸이가 대단히 자신감 넘치는 소리로 외쳤다.

"쌔이 시작하자쿤께?"

떠들썩한 가운데 아무 소리도 하지 않고 있는 사람은 비화뿐이다. 하지만 누구든 조금만 눈여겨보면 비화 얼굴이 그중 의욕에 가득 차 있다는 것을 알 수 있었다. 있는 땅을 따먹는 게 아니라 없는 땅까지 만들려는 아이 같았다.

큰 원 가에 일정한 간격을 두고 둥그렇게 둘러앉은 네 개의 작은 그림자는, 우선 왼손 엄지와 장지로 반원을 그려 자기 집부터 마련하였다. 이제부터 그곳을 기점으로 하여 땅을 넓혀가게 되는 것이다.

긴장감마저 짙게 감돈다. 국경선을 사이에 두고 서로 영토를 많이 차지하려고 벌어지는 전쟁터가 따로 없다. 아이들 세계라고 해서 풀어진 치마끈이나 대님같이 헐렁하게만 볼 건 아니다.

"자, 인자부텀 진짜 시작이다아!"

또 막딸이가 소리쳤다. 그 애는 길쭉한 얼굴이 말대가리를 떠올리게 하는 외모에 걸맞게, 넓은 들판에 풀어놓은 야생마처럼 제멋대로였고 성격도 여느 사내애들보다 더 괄괄했다. 옥진이를 성가시게 좇아다니는 울보 왕눈이와는 아주 대조적이라고 볼만했다.

가위! 바위! 보!

흙 묻은 꼬막손들이 펴졌다 쥐여졌다 가위가 되었다가를 되풀이하였다. 얼핏 보기에는 작은 꽃봉오리들이 피어났다 오므려졌다 하는 것도 같았다. 그런 꽃을 가꿀 꽃밭이라면 손바닥만 한 땅뙈기로도 만족해야 할 것이다.

그런데 얼마 지나지 않아서였다. 비화를 뺀 나머지 아이들 입에서 하나같이 큰 실망과 탄식의 소리가 새 나왔다. 봄날의 꽃봉오리가 가을날의 낙엽이 되어 흩날리는 양상과도 흡사했다.

"어유, 어유. 또 비화가!"

"비화 니 에나 이랄 끼가?"

"해나 니, 우리보담 손 늦기 내는 거는 아이제?"

"하모, 하모. 우리 손을 보고 꺼내는 기 맞다."

"그거는 아인 거 겉다. 그란데 와?"

"에이, 더러버라."

아이들 사이에서는 갈수록 의심하고 불평하는 소리가 늘어났다. 그도 그럴 수밖에 없는 게, 어찌 된 심판인지 비화 혼자서 따먹고 있는 땅이, 나머지 세 아이 땅 전부 합친 것보다 더 넓은 것이다.

"에나 구신 곡할 일 아이가? 우찌 이리 될 수 있노?"

"내가 아조 쪼꼬만 할 때부텀 해갖고 이 놀이 몇 년을 했지만도, 아즉꺼지 이런 일은 안 없었나."

아직도 조그만 아이가 그런 소리를 하니 그것도 우스웠다. 여하튼 너나없이 도무지 믿을 수가 없다고 고개를 처박고 땅바닥만 들여다보면서, 어두운 밤길을 가다가 쇠똥이나 말똥이라도 밟은 듯 구시렁거렸다.

"아이다. 이거는 사기다. 사기 아이모 이런 일이 안 일난다."

그 '사기'라는 말은 맹쭐 입에서 나왔다. 그리고 비화 입에서는 다른 아이들이 알아듣지 못할 정도로 낮은 소리가 흘러나왔다. 비록 높지는 않아도 매우 강한 억양이 들어 있는 말이었다.

"우리 땅을 꼭 도로 찾고 말 끼다. 아이다. 그거보담도 백 배 천 배 더 넓은 땅을 내는 가질 끼다. 진무 스님이 내는 큰 부자가 될 사람이라 하싯다. 꼭 그리 되야제. 그래갖고 웬수한테 딱 복수할 끼다."

그러고는 마지막으로 나온 말이었다.

"내는 땅 부자가 될란다."

귀도 밝았다. 슬진이 어느 틈에 비화가 그렇게 혼자서 중얼거리는 그 소리를 들었는지 이렇게 말하였다.

"비화 니는 하매 땅 부자다."

손가락으로 비화 땅을 가리켰다.

"니 땅 함 봐라."

그러나 비화는 자기가 따놓은 땅을 내려다보는 대신 그 땅 앞에서 벌떡 일어섰다. 속이 메슥거릴 정도로 막 어지러웠다. 어린 마음을 그늘처럼 덮쳐오는 것은 또 그즈음의 집안 사정이었다.

옛말에, 좋은 일은 저 혼자서 오고, 궂은일은 무리 지어 온다 하던가? 꼭 못된 도깨비 농간처럼 가산이 뭉텅뭉텅 빠져나가던 호한 집안에 지금까지보다 훨씬 큰 불행이 닥치고 말았다. 아직도 세상 물정이 한참 어두운 비화 깜냥에도 그 분위기를 알아차렸을 때는 이미 모든 게 끝장 나 있었다.

"아, 당신께 무신 죄가 있다꼬?"

윤 씨 몸은 감당키 어려운 충격에 사시나무 떨듯 하였다.

"시방 이 판국에 누 잘잘못을 캐고 따질 때가 아이요."

어지간한 일에는 왼쪽 눈썹 하나 까딱하지 않는 호한이지만, 그 순간에는 깊은 산중에서 호랑이를 만난 소처럼 어쩔 줄 몰라 하는 모습이 역력했다.

"대, 대체 그 부하가 머, 머슬 잘몬했기에?"

동리 아이들이 돌 장난을 치고 있는 걸까? 마당에 돌멩이 떨어지는 것 같은 소리가 났다. 장독간 쪽이 아니어서 그나마 다행이었다.

"나라님도 우찌할 수 없는 큰 죄를 지은 기요."

비화는 영리해 보이는 까만 눈망울을 굴리며 부모 얼굴을 번갈아 쳐다보았다. 아무것도 알 수 없었지만 뭔가 좋지 못한 큰일이 우리 집에 들이닥쳤다는 것은 느낄 수 있었다. 그러자 또 금방 눈앞으로 달려드는 게 배봉과 운산녀, 점박이 형제 얼굴들이었다. 이제 그것들에게 더 시달리지 않을까 하는 걱정이 앞섰다.

어른들 입에서는 '황'이라는 말이 시종 끊이지를 않았다. 그리하여 비화는 아, 황이란 성을 가진 아버지 부하가 무슨 큰 잘못을 저질렀구나! 하는 짐작을 했다. 연신 캐묻는 윤 씨에게 호한이 마지못해 들려주는 내막은 대강 이러하였다.

황 아무개는 호한의 직속부하다. 호한은 평소 머리 회전이 무척 빠르고 또 추진력도 뛰어난 그를 오른팔로 삼고 무슨 일이든 그와 상의했다. 때로 물질에 대한 욕심이 다소 과하고 출세욕이 지나치다는 사실을 알고는 있었지만, 나라의 녹을 먹는 자리에 있는 사람이 설마 본분에 어긋나는 그런 엄청난 비리를 저지를까 했었다. 결국 황은 믿었던 도끼였다.

"황은 인자 한팽생 옥살이를 면키 심들 끼요. 뇌옥에 있다가 죽어서야 나올랑가? 죄질이 근분(워낙) 나빠놔서 말이오."

호한의 깊은 한숨소리에 와르르 서까래가 내려앉는 듯했다. 그의 눈빛은 먼지에 뒤덮인 것처럼 흐릿해 보였다.

"그 인간이사 백 분 벌을 받아 싸지만도 우리는 아이지예."

"그 무신 악담 겉은 소리를?"

비화의 눈을 통해 봐와도, 아직 단 한 번도 지아비를 향해 싫은 낯빛을 짓거나 그 뜻을 거스르는 소리를 하지 않던 윤 씨였다. 그렇지만 지금은 달랐다.

"와 당신께서 모든 책임을 지고 관직에서 쫓기나야 한다는 깁니꺼?"

비화 가슴이 덜컥 내려앉을 소리였다.

"사람이 무조건 뒤로 물러선다쿠는 거는 잘몬된 처사라꼬 봅니더."

"임자."

호한 이마에 불끈 핏줄이 섰다. 아니, 칼날을 살짝 갖다 대기만 해도 당장 피가 솟구칠 것같이 불안해 보였다. 그럼에도 윤 씨는 막돼먹은 여자처럼 굴었다.

"시상에 그런 벱이 오데 있는 깁니꺼?"

호한은 억지로 마음을 다스리는 빛이었다.

"인간들이 사는 시상인께, 이런 벱 저런 벱이 다 있는 벱이오."

옆에서 어린 딸이 보고 듣고 있다는 사실도 아랑곳하지 않는 어머니가 비화에게는 다른 사람으로 비쳤다.

"그래도, 그래도 이거는 아입니더, 아이라예!"

숱 많고 짙은 눈썹이 꿈틀하는 호한이었다. 하지만 누에 눈썹같이 예쁜 윤 씨 눈썹도 찡그러져 있었다.

"높은 사람들 앞에 나가시갖고, 이거는 콩이다, 또 저거는 폴(팥)이다, 하고 확실하거로 밝히서 말씀을 하시야 됩니더."

호한의 말소리가 약간 높아졌다.

"다 소용없는 일이라꼬 내 수차 말했거늘, 대체 우째서 이라는 기요?"

"소용이 있는지 없는지는……."

그러면서 윤 씨는 여전히 보고 배운 데 하나 없는 하층민 아낙처럼 굴었다. 비화는 그런 어머니가 너무나 낯설다 못해 나중에는 무섭기까지 했다. 본정신을 완전히 다 놓아버린 모습이었다.

비화는 어머니 얼굴에서 문득 임배봉네 여종 언네를 보았다. 배봉의 아이를 뱄다는 더러운 풍문이 나도는 언네였다. 언네 뱃속에 든 생명은 억호의 씨라는 엉뚱한 소리도 들렸다. 그건 아닐 테지만, 어느 쪽이든 간에, 질투심에 불타는 운산녀가 언네 아랫도리를 인두로 지지고 칼로 싹 도려냈다는 끔찍한 괴담이 유령처럼 떠돌았다.

"옴마야! 아모리 종년이라도 우찌 그리?"

"니는 운산녀 눈도 몬 봤나? 그보담 더 심한 짓도 안 가리고 할 여자다."

"하기사 지 서방을 뺏깃다꼬 생각하모 우찌 안 그라것나."

"아, 서방 아이라 더한 거를 뺏깃다 캐도 그렇제. 사람이 돼갖고 그라모 안 되제."

"사람이 아인께네 그라제, 사람인 거 겉으모 그라것나."

대가리 피도 마르지 않은 점박이 형제가 이웃 이 씨 부인을 노렸고, 표 씨 처녀가 우물에 몸을 던진 것도 그들 때문이란 소문도 파다하였다. 광견병에 걸린 개가 그들 형제에게는 겁을 집어먹고 낑낑거리며 꼬리를 사리는 것을 지켜보았다는 풍문도 잇따랐다.

그런 속에서도 배봉은 하루가 다르게 크게 불어난 재물을 앞세워 관아 높은 사람들과의 유대를 착착 다져갔다. 이제는 단지 재산뿐만 아니라 권세로도 배봉은 호한을 따라잡고 있었다.

위험한 움은 트고

아침저녁으로 싸늘한 기운이 슬금슬금 옷깃을 파고든다.

풀들은 새득새득 말라가고, 마지막 안간힘을 다해 앙상한 가지 끝에 붙어 있으려는 단풍은 붉기도 하고 노랗기도 하다.

붉은빛은 기운을 마구 써대느라 그렇고, 노란빛은 얼마 안 가 낙엽이 될 운명 앞에서 공포에 질려버린 탓에 그런 것도 같다. 매몰찬 건 나무둥치다. 이파리가 떨어져 나가든 삭정이가 부러지든 그저 무심하게 섰다.

해가 기우는 반대 방향의 언덕바지에 선 사내들 그림자가 하나같이 길게 늘어져 있다. 땅에서는 냉기가 솟고 하늘은 매정하리만치 퍼렇다. 시절이 몹시 수상하니 모든 게 추워 보인다.

'후~우.'

유춘계의 깊은 한숨 소리가 때마침 북쪽으로부터 불어오는 찬 바람을 타고 허공으로 산산이 흩어져갔다. 허무와 슬픔으로 뒤엉킨 한숨이었다. 그뿐만이 아니었다. 그가 하는 말은 더한층 듣는 사람의 폐부를 깊숙이 찔렀다.

"이리 멀리서 보모, 저게도 그냥 평화롭기만 한 민가매이로 안 비이요."

저 멀리로 그의 눈길이 가 머무는 곳에는 무엇이 있었던가?

"저리 둥그렇게 지은 원옥 모냥인께, 그런 느낌을 주는 기 아이것심니꺼."

유춘계의 말을 곧바로 받는 사내는 방석보다. 그는 피맺힌 목소리로 말했다.

"우짜다가 우리가 이런 이약을……."

'휘~잉.'

또 한차례 바람이 지나갔다. 영원히 열리지 않을 것 같은 침묵이 한동안 흐른 후에 방석보가 다시 말했다.

"시상을 원망해야 할랑가, 그기 아이모 사람을 원망해야 할랑가. 하기사 갤국 그기 그거지만도."

그러다가 너무나 괴로운지 머리를 내저었다.

"아입니더. 도로 내 자신을 원망하는 기 더 맞는 소리 겉지예."

그는 비록 허름한 농투성이 차림새지만 사람을 압도하는 형형한 눈빛은 많은 것을 담고 있는 듯한 인물이다. 그가 살아왔을 지난 시간들이 궁금했다.

"죄인들을 감시하고 관리하는 옥리들이 거주하는 초가집들도 겉으로는 에나 한가로븐 풍갱이거마예."

장대한 기골과 구릿빛 탄탄한 피부로 보아 기운깨나 씀 직한 천필구가 계속해서 입을 열었다.

"우리 겉은 농투성이들 집도 한때는……."

그러자 아까부터 잠자코 듣고만 있던, 약간 나이 들고 수척해 보이는 서준하가 처음으로 끼어들었다.

"그래도 시방 저 옥사 안에는, 죄의 가볍고 무거븐 정도에 따라, 칼을 쓰거나 족쇄, 수갑 등의 형구를 손발에 차거나 목에 쓴 죄인들이, 상구 큰 고통과 한 맺힌 피눈물을 흘리고 있을 끼라."

아까부터 그들이 서 있는 그곳 언덕은 비록 낮고 경사가 완만하지만 풀포기도 뿌리를 내리지 못하고 그냥 벌건 황토투성이였다. 그래도 드물게 개미집이 있었고 개미들이 그 굴을 드나드는 게 보였다.

"운제 저게 갇혀 있는 죄인들이 말입니더."

춘계가 깊은 시름과 한탄에 잠긴 얼굴로 얘기했다.

"장날 장터나 성문 앞 남강 백사장 겉은 곳에 임시로 설치된 처행장에서 고마 이슬로 사라질랑고 모리지 않것소."

그러자 귀담아듣고 있는 사람들 얼굴이 너나없이 돌덩이처럼 딱딱하게 굳어졌다. 춘계는 더욱 목소리를 낮추었다.

"이거는 넘의 일이 아이요. 우짜모 우리들도 저곳에서……."

그러다가 스스로 놀란 듯 퍼뜩 말꼬리를 끊어버렸다.

"음."

필구의 두꺼운 입술 사이로 신음같이 무겁고 어두운 소리가 흘러나왔다. 춘계의 그 말은 모두의 가슴팍에 시퍼런 작두처럼 자리 잡았다.

"넘의 일이 아이고……."

"우리들도."

불지 않으면 자신의 존재도 없을 바람이 잠시 그 흐름을 멈추었다.

"죽는 거는 안 무섭지만도, 그래도 그렇심니더."

"사는 기 더 무서버서예."

하나같이 긴장된 낯빛을 감추지 못하였다. 크나큰 불안과 초조의 그림자가 무서운 악령의 옷자락처럼 드리워진 얼굴들이었다.

'푸~우.'

준하가 언제 빼물었는지 허공을 향해 담배 연기를 길게 내뿜었다. 그 흐린 기운처럼 그들의 앞날도 흐릿하기만 했다.

"해가 지고 있소."

누군가가 말했다.

"해는 마즈막 순간에도 저리 고운 빛깔을 내뿜고 있건마는……."

준하의 혼잣말 비슷한 그 소리에 모두가 고개를 돌려 서녘 하늘가를 바라보았다. 낙조가 최후의 향연을 열고 있다. 오고 있는 밤 그리고 아침은 그다음에 온다. 아침이 오기까지 얼마나 힘들고 긴 밤을 견뎌야 하는가? 어쩌면 영원히 오지 않을 수도 있는 새날.

'구구, 구구구.'

그 고을 주산主山인 비봉산에서 날아온 것일까? 저만큼 찬 기운 도는 땅바닥 위에서 뭐가 그리도 바쁜지 종종걸음을 치다가 이제 막 허공을 향해 날갯짓을 시작하는 비둘기 한 쌍이 합창으로 울고 있었다. 그 황혼에서 덧없음을 느끼고 있는 것일까?

무엇이든 마지막은 슬프다. 그렇다면 처음은 무엇이든 기쁜 것인가? 반드시 그런 것만도 아닐 터인데, 떨어지는 해가 내뿜는 빛은 너무나도 고운 색조이기에 더욱 그렇다.

'흐.'

춘계는 그 노을빛이 핏빛처럼 느껴져 부르르 몸서리가 쳐졌다. 언제 피를 불러올지 모르는 위험한 모의를 이들과 더불어 은밀하게 꾸미고 있었다. 더군다나 크고 중요한 계획은 모두가 자신의 머리에서 나오고 있는 것이다.

'아모 능력도 없는 내가 이 무신 짓을?'

그들은 조금 전 서쪽에 있는 '열원교'를 건너왔다. 임진년 이후 흡사 미친개같이 날뛰던 왜구들을 미친개 몽둥이로 때려잡듯 그렇게 쫓아버린 후, 그곳 우병사 최염이 증축한 저 형옥에는 지금도 얼마나 많은 원혼들이 저승으로 가지 못한 채 떠돌고 있을 것인가?

'슬프고 무서븐 일인 기라. 그 혼백들을 받아들일 저승문은 운제 열릴 것인고?'

그러나 춘계에게 더더욱 마음 아프고 두려운 것은, 지금 이곳에 함께 있는 일행들 머리가 저 공개 처형장에서 보았던, 끔찍하고 참혹한 능지처참 형이나 효수형을 당한 죄인들의 머리로 변해 보이고 있다는 사실이었다.

그건 절대로 있을 수 없고, 또 그래서도 안 될 일이었다. 하지만 그렇게 보지 않으려고 애쓰면 애쓸수록 한층 더 그렇게 비치니 미쳐버릴 노릇이었다. 내 마음인데도 나와는 상관없이 제 마음대로 놀았다.

'우리 거사가 실패로 돌아가는 날, 시방 여게 있는 우리 자신들은 더 이약할 것도 없고, 잘몬하모 식솔들도 모돌띠리 목심을 보전키 에려블 기라.'

그런 한없이 불길한 생각을 억지로 떨쳐가며 춘계는 또다시 형옥 쪽으로 시선을 돌렸다. 각 목、군、현에는 지방 수령이 관장하는 지방 감옥이 있는데 저기 보이는 저 형옥도 그중 하나였다.

"와 감옥을 그런 구조로 맨들었는지 압니꺼?"

문득 춘계 귀에 김호한의 음성이 들려오는 듯했다. 둘은 거의 동년배인 데다, 훤칠하고 시원시원한 성품이 춘계 자신과 닮아, 원근 친척들 가운데에서 유독 마음이 크게 끌리는 호한이다. 호한도 그런 심정인지 아주 가끔씩 만나도 둘 사이에는 벽이 없다.

그날 춘계는 잘 모르겠다며 이유를 물었다. 그는 비록 관아에 몸담고 있지만 자기 동료 관리들보다는 오히려 평민이라든지 하층민 등의 무지렁이들과 사귀기를 좋아하였다. 왜 그런지 알 수 없어도 그게 더 마음

편했다.

'와 그러까? 내도 잘 모리것다 아이가.'

그네들이 훨씬 더 인간적인 모습으로 다가와서일까? 그게 아니면, 춘계 스스로는 미처 깨닫고 있지 못해도 평소 앞에서 다른 사람들을 이끌길 좋아하는 지도자의 기질이 강한 작용을 하는 것인지도 모르겠다. 아마도 남들은 그렇게 판단할 것이다.

그렇지만 춘계 스스로 돌이켜봐도, 자신이 이렇게 그들 속에 깊숙이 발을 들여놓을 줄은 몰랐다. 그 깊이나 너비를 알 수 없는 늪처럼 위험한 자리였다. 춘계는 자꾸 약해지려는 마음을 추스를 양으로 고개를 힘껏 내저었다. 그러자 잡념이 가시면서 호한 특유의 그 굵직한 목소리가 다시 들려왔다.

"뇌옥을 모나지 않고 둥글거로 맨들모, 담 베름빡(벽)이 꺾이는 구석구석마다 옥리가 서 있을 필요가 없고, 출입구 쪽만 지키모 되기 때문 아이것심니꺼."

"아, 그런 뜻이 있었네예."

춘계는 그야말로 문무를 겸비한 호한을 새로운 눈으로 보았다. 그런데 그런 호한과 윤 씨 부부가 도움을 요청하기 위해 자신을 찾아오리라곤 상상도 하지 못했다. 근처에 볼일이 있어 왔다가 잠깐 얼굴이나 한번 보려고 들렀다고 했다.

'그거는 아일 끼라. 그라모?'

도대체 무엇이 크게 잘못되고 있기에 그 천석꾼 집안이 태풍에 서까래 무너지듯 저렇게 내려앉고 있는지 참으로 안타깝고 모를 노릇이었다. 유난히 초롱초롱한 비화 눈이 아주 선연하게 떠오르면서 뜬금없이 이런 생각이 들었다.

'아들은 아이지만도 그 딸내미를 잘 키우모…….'

그때 귓전에 부딪는 준하 말이 과거를 맴돌던 춘계를 현재로 돌려놓았다.

"인자 저어기 '사직단社稷壇'으로 가보까예?"

"아, 그리들 하입시더."

춘계는 얼른 앞장서서 걷기 시작했다. 네 사내는 저마다의 깊은 상념에 젖은 채 해가 그 모습을 거두는 서쪽으로 묵묵히 걸음을 떼놓았다. 지축이 '쿵쿵' 울렸다. 그것은 어쩐지 장차 그들이 목숨을 걸려는 그 거사擧事의 신호음 같았다.

'히히히힝'

늙수레한 마부가 끄는 수레 하나가 막 그들 앞을 지나가고 있었다. 주인만큼이나 노쇠한 갈색 말이 내지르는 울음소리가 너무나 고단하고 애달프게 들렸다.

지금 그들이 가려고 하는 사직단은 거기서 좀 떨어진 대룡사와 소룡사의 두 절 중간쯤에 자리했다. 춘계는 일행이 먼저 이곳 형옥을 보고 다시 사직단으로 가는 일이 아주 깊은 의미가 있다는 데 생각이 미치자 마음이 한정 없이 어지러웠다.

'생각하모 증말 무섭고 두렵거마는. 후세 사람들은 우리가 앞으로 할 그 일에 대해 과연 우떤 팽가를 내릴 것인가?'

그랬다. 그들이 반역자로 낙인찍힐 것인지 불의에 항거한 의인義人으로 추앙을 받을 것인지 지금으로서는 그 누구도 모른다. 오직 세월만이 판관이 될 수 있으리라. 그래, 조금도 꿀림이 없이 당당하게 평가받을 것이다, 당당하게.

길가 플라타너스 가로수에서 낙엽이 속절없이 떨어지고 있었다. 그것도 한때는 푸르고 싱싱한 잎으로 숨을 쉬고 있었으리라. 자연의 순환, 그것은 만남과 이별이라는 두 개의 바퀴를 달고 굴러가는 것이겠지.

'내가 이전에 이들과 우찌 만냈고, 또 앞으로는 우찌 헤어질 낀고?'

하늘은 마치 아이들이 아무렇게나 갈겨놓은 항칠(낙서)처럼 여러 모양과 빛깔의 구름이 뒤엉켜 있었다.

'이기 모도 운맹이라 보기에는 너모 책임 없고 서글픈 일 아이것나.'

이런저런 복잡한 사념에 잠긴 채 걷는 춘계의 발은 연신 허방을 짚었다. 그 바람에 그의 몸이 기우뚱한 적이 한두 번이 아니었다. 하지만 그보다도 몇 곱절 더 흔들리는 게 그의 마음이었다. 순풍順風이 아닌 역풍逆風에 돛을 달려 하고 있다.

'헉! 공기가?'

춘계는 문득 소스라치며 급히 주위를 살펴보기 시작하였다. 그것은 얼마 전부터 생겨버린 버릇이었다. 어떤 보이지 않는 눈의 감시를 받고 있다는 강박감이었다.

어디선가 몸을 감추고 그의 일거수일투족을 지켜보고 있는 눈. 그럼에도 불구하고 멈출 수 없는 그의 계획. 그리고 그 끝에서 그와 동지들을 기다리고 있는 것은…….

'아, 내가 또 이라모 안 되는데.'

춘계는 의식적으로 온몸의 신경을 꺼버리려고 애썼다. 그 어떤 무서운 결과가 시커먼 아가리를 벌리고 있다 하더라도 두 눈 질끈 감고 두 귀 꽉 막고 계속해서 앞으로 나아가야만 하는 것이다.

'씨~잉.'

또 한바탕 바람이 일더니 길에서 나뒹구는 낙엽들을 쓸어 모아 어디론가 몰아가고 있었다. 어서 가라는 듯 춘계와 동지들의 등짝을 밀기도 하였다.

사직단은 지방 수령이 왕을 대신하여 자신이 다스리고 있는 지역의 농사가 풍요를 이루기를 빌면서 국가적인 제사를 올리는 신성한 곳이다.

춘계는 자신이 가는 곳이면 설혹 그곳이 지옥 골짜기라도 따라오겠다는 듯 비장한 얼굴로 뒤따르는 일행을 간간이 돌아보며 마음에 큰 쇳덩이를 매단 듯했다. 모두가 딸린 식솔들이 있다는 사실이 또다시 춘계를 안타깝고 우울하게 만들었다.

그들은 하나같이 우직하고 정의감에 불타지만 배우지 못한 사람들이다. 그만큼 단순하다. 안다는 건 곧 힘이다. 그런 면에서 저들은 힘이 없다. 하지만 힘은 가지지 못한 대신 그 무엇인가를 지니고 있을 것이다. 그리고 지금 이 시점에서 더 절실하고 긴요한 것은 바로 그 '무엇'일 것이다.

그때 춘계 오른편으로 약간 뒤처져서 따라오던 필구가, 동굴 속에서 울리는 것 같은 그 특유의 우렁우렁한 목소리로 춘계를 불렀다.

"나리!"

춘계는 괜히 가슴이 '쿵!' 하여 긴장된 얼굴로 그를 돌아보았다. 그러고는 억지로 웃음을 띠어 보이며 물었다.

"와 그라시우?"

필구는 부끄러움을 느끼는지 낯빛을 붉히며 물었다.

"시방 우리가 가고 있는 사직단 말입니더. 와 사직단이라꼬 부리지예?"

우리도 잘 모른다며 고개를 끄덕이고 있는 동지들을 돌아보고 나서 말을 이었다.

"나라에서 한 해 농사 잘되거로 해 달라꼬 제사 뫼시는 덴 줄은 아는데예."

"아, 그거?"

춘계는 전신에 맥이 탁 풀림을 느꼈다. 이렇게도 아는 게 없는 이들과, 산이 무너지고 강이 거꾸로 흐를 그런 엄청난 거사를 모의하고 있다고 생각하니 막막하기만 했다. 모든 게 이제 곧 세상을 덮을 어둠처럼 전해졌다. 혹시 내가 길을 잘못 선택한 게 아닐까. 주제 파악도 하지 못한 채 객기를 부리는 건 아닐는지.

그러나 춘계는 스스로를 크게 꾸짖어가며 이내 마음을 다잡았다. 못 배운 만큼 이들은 순진하고, 또 약삭빠른 술책 따윈 결코 부리지 않는다. 지금 그들에게 꼭 필요한 동지는 잔머리나 살살 잘 굴리는 그런 간악한 무리가 아니었다. 어지러운 세상을 바로잡으려는 기개와 정의감 넘치는 선량한 이들인 것이다.

'하늘이시여. 저희는 오데로 가서 빛을 찾아야 하것십니꺼?'

춘계 눈에 지는 해가 다시 떠오르는 것처럼 비쳤다. 서산에서 뜨는 해. 그렇다. 그들이 도모하는 일은 마치 해가 서쪽에서 떠서 동쪽으로 지게 하는 것과 다름없다. 아니, 그 정도가 아니다. 실패하게 되면 그들 세상에서 해는 영영 사라지게 되리라. 어디 해만 그러랴. 달도 별도 그 어떤 것도 마찬가지인 것이다.

"들어들보실랍니꺼?"

춘계는 곰 같은 체구가 무색할 정도로 그저 착해빠지기만 한 눈을 빛내는 필구는 물론, 나머지 사람들도 알아듣게 큰소리로 들려주었다.

"사직단의 '사'는 토지 신을 말하고, '직'은 곡물 신을 말하는 깁니더. 그라고 '단'은 제사 올리는 곳이다, 그런 뜻이고예."

"아, 그런!"

"그라고 또……."

종묘사직, 그런 말이 있듯이, 사직은 '나라' 혹은 '조정'을 일컫는 말이기도 하다는 것을 덧붙이려다가 춘계는 그만두었다. 그 대신 손을 들어 동편과 서편을 번갈아 가리켜가며 말을 이었다.

"토지 신에게 제사 드리는 사단은 동쪽에 있고예, 또 곡물 신에게 제사 드리는 직단은 서쪽에 있심니더."

바람신에게 제사 드리는 단壇은 어느 쪽일까, 얼핏 그런 생각이 들게 하는 순간이었다.

"아, 그런 뜻이 있었네예."

춘계는 하나 알았다고 흡족해하는 이들에게 직접 눈으로 그 사직단을 보게 할 수 없다는 게 다소 안타깝고 아쉬웠다. 하지만 멀리서 그곳을 바라보는 사실만으로도 이들은 깨닫는 게 많을 것이다. 좀 전 보고 온 저 형옥과 마찬가지였다.

'아, 저 낯빛들을 보라!'

춘계는 뇌옥 쪽을 보고 있던 그들 얼굴에서 읽을 수 있었다. 저곳에 들어갈 각오를 하고 이번 거사에 동참하리라는 비장한 결심을 굳게 다지고 있다는 것을. 또한 그들을 그렇게 하도록 이끈 가난과 분노의 그림자까지를. 춘계는 동지애를 넘어 존경심까지 우러나오는 심정이었다.

'말로 온 동네 다 겪는다꼬, 실천은 안 하고 그냥 말만 갖고 해결할라 쿠는 선비들보담 상구 더 안 낫나.'

이윽고 관아의 서쪽 높은 곳에 있는 사직단 가까이 당도했다. 모두 그 근처를 지나다니며 사직단 주위를 둘러싼 토담을 보기는 하였지만, 지금 이 순간에는 난생처음 대하는 것 같은 설렘과 두려움이 앞섰다. 사실은 모든 것이 그러했다. 이제부터 그들은 지금까지 살아왔던 것과는 전혀 다른 행보를 걸어가야 할 것이기 때문이다.

"자, 요쯤에서……."

춘계가 말했고 그들은 모두 길모퉁이에 멈춰 섰다. 행인들이 제법 많이 있었지만 그들을 눈여겨보는 이는 없었다. 하나같이 흔히 볼 수 있는 평범한 차림새들이었던 것이다.

"이참에 잘 알아두모 손해 볼 거는 없것지예."

춘계는 고개를 들어 언덕 저 위쪽에 자리하고 있는 사직단을 올려다보며 계속해서 입을 열었다.

"농군들한테는 저게만치 중요한 데도 벨로 없을 낍니더."

그 말을 들은 모두는 저마다 가슴에 꼭꼭 새기는 빛이었다.

"우리한테……."

끈끈한 동지애가 묻어나는 표정들이었다.

"농사가 풍작인가 흉작인가에 따라 농군들 목심이 왔다갔다 한께네예."

거기까지 말하면서 춘계는 왠지 가슴이 막혀 크게 숨을 들이켰다.

"따라서 오늘 우리가 여꺼지 와갖고 저게를 보고 있다쿠는 거는, 절대 가볍거로 볼 일이 아입니더."

그런데 거기까지 열심히 들려주던 춘계가 어느 한순간 갑자기 입을 다물더니 길 저편을 뚫어져라 바라보았다. 모두들 무슨 일인가 하고 그쪽으로 고개를 돌렸다. 하나같이 핏기가 싹 가신 얼굴들이다. 그렇지만 춘계를 빼고는 누구도 모를 사람들이다.

"각중애 와 그라십니꺼, 나리?"

준하가 긴장한 얼굴로 물었다. 요즘은 바람에 나뭇잎 날리는 소리에도 간담이 덜컥 내려앉곤 하는 그들이었다. 개가 큰소리로 짖을 때면 자신도 모르게 달아날 태세부터 취하곤 하였다.

"아, 아모것도 아이요."

대답은 그렇게 대수롭지 않은 듯이 하면서도 춘계 눈빛이 야릇하게 번득이고 있었다. 춘계 스스로도 이해할 수 없을 정도로 기분이 나빴다. 어떤 위기감마저 느껴졌다.

춘계에게 안면이 있는 그들은, 성밖 호한의 동네에 살고 있는 임배봉 그리고 호한의 죽마고우로 알고 있는 소공복이었다. 그중 배봉은 호한의 선친 김생강이 아직 생존해 있을 당시에, 그 집안 전답을 부쳐 먹던 소작인이었다는 사실도 떠올랐다.

'저 둘이 무신 일로 저리 같이 가고 있는 것가? 머신가 상구 심각한 이약을 하고 있는 거 겉은데?'

춘계는 왠지 모르게 꺼림칙한 면이 엿보여 지켜볼수록 느낌이 너무나 좋지 못했다. 그날 호한과 윤 씨 부부가 자기를 방문한 그 자리에서 잠깐 저 임배봉에 관한 이야기를 들었던 춘계였다.

"아, 그냥 쪼매……."

당시 호한은 자존심 때문인지 상세한 내막은 들려주길 꺼려하는 눈치였다.

"예에."

춘계도 그런 호한의 심정을 십분 헤아려서 궁금증을 누르고 더 이상 묻지를 않았었다. 단지 호한의 배봉에 대한 반감과 원한이 참으로 크고 깊구나 하는 짐작은 하였다.

그런데 호한의 절친한 벗 긍복이 그런 배봉과 어울린다? 물론 길을 닦아놓으면 소도 가고 개도 간다고, 그럴 수도 있다. 하지만 웬일일까? 춘계는 이상하게 그자들 모습이 목에 걸린 가시처럼 마음에 걸려 내려가지를 못하였다.

'허, 암만캐도 시방 내 신갱이 너모 지나치거로 민감해진 모냥 아이가. 씰데없는 망상을 짜다라 해쌌고.'

대저 사내가 일단 큰 뜻을 품으면 자질구레한 것들은 모조리 잊어야만 한다. 눈 감고 귀 막고 오로지 내 갈 길을 가야만 하리라. 그렇게 해도 쉽지는 않을 것이다.

'인자부텀 내가 우리 동지들하고 심을 합치갖고 같이 해야 할 일들을 헤아리보모, 몸띠이가 열 개라도 도로 모지랄 판에 말인 기라.'

그러던 춘계는 다음 순간 가슴 한쪽 구석에서 '뚝' 하고 마른 나뭇가지 부러지는 소리를 들었다. 자기들을 지켜보고 있는 눈을 알아챈 듯 갑자기 배봉과 긍복이 이편을 향해 홱 고개를 돌렸던 것이다.

'해나 저자들이 내 얼굴을 알아보는 거는 아이까?'

그 경황 중에도 그런 우려와 의문이 확 솟았다. 그런데 다행히도 그들은 춘계 자신을 잘 모르는 것 같았다. 건장한 사내들이 함께 모여 있는 것을 보고 무슨 일인가 하고 약간 의아해하는 표정일 뿐이었다.

그게 아니라면, 그들도 뭔가 경계하고 조심하지 않으면 안 될 사정이 있는지도 모른다. 그렇다면 그게 무엇일까? 알 수는 없지만 어쨌거나 썩 기분 좋은 일은 아니었다. 그들의 비밀은 그들의 몫이라 할지라도 그것의 파급 범위가 다른 이들에게도 어떤 영향을 끼칠 수도 있다면 문제는 또 다른 것이다.

"그러이 아까 전에 내가 이약한 거매이로, 저곳이야말로 우리 농사꾼들한테는……."

춘계는 일부러 목소리를 좀 더 높이 돋우어 다시 사직단 이야기를 끄집어내었다. 그자들 눈에 여기 이쪽 사람들이 사직단을 구경하려고 인근 시골서 온 사람들처럼 보이게 하기 위함이었다.

"우짜든지 농사가 잘 돼서 처녀 총각들 시집, 장개도 보내고요."

춘계 의도가 제대로 맞아떨어졌다. 배봉과 긍복은 곧 고개를 돌렸고, 멀리서 봐도 뭔가 진지해 보이는 이야기를 나누며 자기들 갈 길로 가기 시작했다. 두 사람의 덩치가 많이 차이 나는 바람에 얼핏 어른과 아이가 나란히 걸어가고 있는 것 같은 착각을 주었다.

그들은 조금 전에 국월관에서 나온 참이었다. 그곳 기녀 요춘, 난희와 한바탕 놀아난 흥취가 아직까지도 남아 있었다. 그들은 그동안 여러 차례 그곳을 찾아 주색을 즐겼고 이제 긍복도 거기 단골손님 대접을 받고 있었다. 긍복은 평민이나 천민으로 추락했던 양반 신분을 다시 건진 것 같은 감격과 희열을 맛보았다. 새롭게 태어난 기분이었다.

그러나 아직도 그들에게 이루지 못한 과제로 남은 게 바로 그 신분 상승, 다시 말해서 배봉이 하루라도 빨리 양반이 되는 일이었다. 그들은 지금도 걸어가면서 그것에 대한 이야기를 나누느라 온통 정신이 팔려 있었다.

한편, 그들이 어느 곳에 있다가 나와 어디로 그렇게 함께 가고 있는지, 또 무슨 말들을 나누고 있는지 춘계로서는 당연히 알지 못했다. 어쨌든 그는 점점 사라져 가는 그들의 뒷모습을 곁눈질로 지켜보며 입을 열었다.

"여서는 잘 안 비이지만도, 저 흙담 안 뜰 한가온데에는, 방금 막 말씀드린 사와 직, 그 두 개 단을 나란히 꾸미놨지예."

그러다가 문득 떠올라 덧붙였다.

"아, 그라고 위패 뫼신 사직당도 있지요."

석보가 물 위에 반사되는 햇빛같이 반짝이는 눈빛으로 물었다.

"머한다꼬 흙 갖고 저리 담을 쌓아논 기지예?"

춘계는 때마침 배봉과 긍복이 가고 있는 반대 방향으로 달려가고 있는 누렁이를 보면서 설명해주었다.

"그거는 사람이나 짐승 겉은 것들이 몬 들어오거로 그리한 깁니더."

그 말을 들어서 그런지 모두의 눈에는 그 흙담이 쇠 울타리처럼 견고해 보였다. 그러나 엄밀히 보자면 그게 농민을 위한 시설임에도 불구하고, 오히려 농민은 아예 출입조차 할 수 없게 막아버리는 사악한 조치 같아 그들 심경을 착잡하게 만들었다.

"저게 정문 쪽을 한분 보이소."

춘계는 손을 들어 1단 높이의 장대석 기단 위에 세워진 정문을 가리키며 깨우쳐주었다.

"그만치 사직단은 신성한 곳이라쿠는 거를 표시한 기지예."

그때 다른 사람들보다 머리통 하나는 더 높은 키의 필구가 분을 이기지 못하는 목소리로 이렇게 내뱉었다.

"신성하기마 하모 머합니꺼?"

그 말에 사직단이 놀라 이쪽을 내려다보는 것 같았다.

"딱 빛깔 좋은 개살구지예, 빛깔 좋은 개살구."

"하모, 하모."

춘계만 잠자코 듣고 있고, 준하와 석보는 목을 끄덕여댔다.

"그리 제사 지내갖고 풍년이 된다 쿠더라도 말짱 도루묵 아입니꺼?"

사직단은 민가보다 더 높은 곳에 지어져 있어 하늘에 좀 더 가까워 보였지만 또 그만큼 땅과는 거리가 멀어 보였다.

"관아에서 쌀 한 톨 안 냉기놓고 모돌띠리 빼앗아가삐는데예."

이번에는 사직단이 슬그머니 고개를 돌리는 것 같았다. 그러고 보니 작은 새 한 마리가 몇 번 날갯짓만 해도 거기보다는 더 높은 곳에 다다를 수 있을 터였다.

"우리 겉은 농사꾼들이 백날 천날 쎄가 빠지거로 농사라꼬 지이봤자, 몬돼묵은 관리들만 좋은 일 시키는 기 아입니꺼."

그 소리에 사직단 흙담이 와르르 무너지는 성싶었다. 필구는 두 주먹을 꽉 쥐었다.

"내 운젠가는 관리라쿠는 것들을 모도 손봐줄 깁니더."

필구 낯빛은 노을보다도 붉었다. 석보도 필구 말을 듣다가 치밀어 오르는 분노를 삭이지 못하겠는 기색이었다.

"이왕 여꺼지 온 거, 저 안에 한분 들가보모 우떨까예?"

그는 당장 그리로 달려 들어갈 태세였다.

"대체 제사 뫼신다쿠는 데가 우찌 돼 있어갖고 그라는지 알아야 되것심니더."

제사 덕에 이밥이라, 그 일을 빙자하여 부당한 이익을 얻으려는 자들을 겨냥해 성토라도 하듯 말했다.

"세금을 그리도 혹독하거로 싹 거둬들이고, 무리하거로 재물을 약탈해가는고 알고 싶은 기라요."

그 말에 춘계는 씁쓸한 웃음을 지었다.

"저게는 입직관원이 있어갖고, 아모나 벌로 출입을 몬 하거로 돼 있심니더. 그기 무신 말인고 하모 이렇심니더."

사직단에는 근무하고 숙직하는 관원이 있다는 것을 일러준 뒤 춘계는 얘기했다.

"앞으로는 우리 농군들이 저 사직단에 멤대로 들어가고 나갈 수 있는 그런 시상이 와야 하것지예."

그러고 나서 그만 돌아가자고 할 참이었는데 그러지 못하였다.

"함 묻고 싶심니더."

바로 그때 말수 드문 준하가 그런 말을 하였다. 특히 필구가 당장 사직단에 무슨 앙갚음이라도 하려는 기세여서 자꾸 불안한 마음이 되는 춘계였다. 게다가 어지간해선 흥분하지 않는 준하의 말투도 매우 거칠게 나오는 바람에 춘계는 또 긴장감에 온몸이 팽팽해졌다.

"눌로 위한 사직단이고 제삽니꺼?"

춘계는 자신도 모르게 얼른 주위를 살폈다. 평상시 말을 아끼는 준하의 입에서 나온 말이기에 그 여파는 한층 컸다. 홀연 공기 속에 위험한 칼날이 번득이는 분위기였다. 대룡사 스님인지 소룡사 스님인지 모르겠지만 어떤 스님이 그들 곁을 지나갔다. 속세와 인연을 끊은 신분이라 그런지 눈길도 주지 않았다.

"봄하고 가을, 이리 두 차례나 제사하는 거로 알고 있십니더."

그렇게 얘기하는 석보 안색도 더없이 붉었다. 오래 억눌려 있던 것이 터지면 그 파편은 대상을 가리지 아니하고 날아가 박힌다. 그 생각 끝에 춘계는 부르르 몸서리를 쳤다. 준하는 머리를 절레절레 흔들었다.

"집에서 새는 쪽박이 들에 가도 샌다꼬, 배실 사는 나쁜 것들이 농투성이들 이약 듣고 멤 돌릴 리는 없을 끼고예."

춘계는 자꾸만 과격해지려는 모두를 진정시키기 위한 말을 하였다.

"시방 이 나라 녹을 묵고 있는 관리라쿠는 작자들이, 저것들 손톱 밑에 가시 드는 줄은 알아도 염통 밑에 쥐 스는 줄은 몰라서, 눈앞에 비이는 작은 이익만 취할라쿠다가 고마 엄청시리 큰 손해를 입을 줄은 모리는 깁니더."

장대석 기단 위에 있는 사직단 정문이 점점 어둠의 빛에 싸여가고 있었다. 흙담 위에는 그 흔한 참새 한 마리 올라앉아 있지 않았다.

"가시 드는 줄도 모리는 손톱하고, 쥐 스는 줄도 모리는 염통은, 그냥 콱 뽑아삐고 탁 짤라내삐리야지예."

필구가 주먹을 불끈 거머쥐면서 한 소리였다. 솥뚜껑 같은 그의 주먹은 커다란 바위라도 부숴버릴 것처럼 아슬아슬하고 강해 보였다.

"맞십니더."

석보가 주변을 휘 둘러보며 낮은 소리로 말했다.

"그 땜새 우리가 들고일날라쿠는 거 아입니꺼?"

일순, 준하가 눈이 둥그레지며 급히 오른손가락을 자기 입술에 갖다 댔다.

"쉬잇! 이 사람, 석보! 자네 시방 섶을 지고 불에 뛰들어갈라쿠는 것가?"

사직이 폐허가 된다는 것은 나라가 망한다는 뜻이란 말을 떠올리며 춘계는 그만 울고 싶어졌다.

"우짜든지 조심 우에 조심이란 거를 와 모리나?"

석보가 더 말을 못 하고 잔뜩 민망한 표정을 짓자 필구가 석보 역성을 들었다.

"우리가 이날 이때꺼정 거시(지렁이)보담도 몬하거로 살아온 기 아입니꺼?"

그러자 준하는 그냥 참고 있지 못하겠다는 기색이었다.

"우리가 거시?"

공기가 엉뚱한 방향으로 흘러가려고 했다.

"아, 고만하……."

춘계가 입을 열려는 준하더러 아무 소리 하지 말라고 얼른 눈짓을 하였다.

"와 내 말이 틀릿십니꺼?"

필구는 주먹을 들어 제 가슴팍을 쾅쾅 쥐어박았다. 갈수록 분위기가 이상해졌다. 아니, 거북해졌다는 말이 더 맞을 것이다.

"밟히도 꿈틀 몬 하고, 숨도 크거로 몬 쉬고, 그냥 무조건 두꺼비나 거북이매이로 납작 엎디리갖고 지냈지예. 빙신들맹캐 말입니더."

누군가 낮은 목소리로 말했다.

"그 빙신 소리, 고만 몬 두것나?"

필구는 부리부리한 눈으로 집어삼킬 것처럼 사직단을 노려보았다.

"그런께 인자부터라도 겁묵지 말고 당당하거로 저항해야지예."

준하는 춘계가 만류하는 바람에 무어라고 더 이상 대거리는 하지 못하고 낯을 있는 대로 찡그리며 혼잣말하듯 했다.

"두부 묵다가 고마 이빨 빠진다 캤는 기라."

"알것소, 알았다 안 쿠요?"

석보가 그 말뜻을 알아듣고 필구보다 앞서 말했다.

"성님 말씀 싹 다 알아들었은께, 인자 퉁은 고마 주소. 내가 말귀도 몬 알아묵는 두세 살짜리 에린 아아도 아인께."

춘계 듣기에는 세 사람 말이 모두 옳았다. 그래 누구 역성도 들지 못한 채 우두커니 서 있는데 배봉과 궁복이 사라진 길 쪽에서 우우 달려오는 아이들이 눈에 띄었다. 사내애와 계집애가 섞여 있는데, 기다란 작대기 끝에 빨갛고 파랗게 물들인 베 조각을 걸어, 그걸 공중 높이 쳐들고 막 달린다. 그 깃발 끝에 몸부림치듯 나부끼는 바람이 보인다.

'아아, 팽덩의 깃발!'

문득, 춘계 뇌리에 떠오르는 일이 있었다. 그래, 휘날리는 평등의 깃발이다. 지금 거기 함께 있는 이들과 더불어 새로운 세상을 이루어내기 위한 꿈을 꾸기 시작한 후부터, 망령처럼 춘계 마음속에 되살아나는 아주 오래전의 그 사건. 고려 신종 때 이 고을에서 일어난 노예의 난이었다.

지금 시대와 당시 시대 상황은 섬뜩할 만큼 너무 비슷했다. 세금은 바윗덩이보다도 더 무겁고 토지 제도는 문란하기가 이를 데 없으며 사람 생가죽마저 벗겨갈 정도로 극심한 수탈이 있었다.

'아, 이 땅의 백성들을 우짜모 좋노.'

춘계는 손금 들여다보듯 알고 있다. 6백여 년 전 바로 이곳에서 일어난 공사 노비들의 반란을. 아니, 반란이 아닌 반란을.

"그때 당시 우리 이 지역에는 공사 노비들이 집단으로 모이갖고 살아가는 향鄕, 소所, 부곡部曲이 마이 있었던 기라."

춘계를 가르친 글방 훈장 강기문은 이상하게 노비나 백정 같은 하층민들 이야기를 많이 들려주었다. 그런 스승을 수상쩍다는 눈으로 바라보는 다른 제자도 없지는 않았다.

"그중에서 특히 부곡이라쿠는 데서는 안 있나."

춘계는 바로 어제인 양 생생하게 기억한다. 억눌려 사는 천민들 이야기를 할 때면 몹시 심하게 흔들리던 스승의 길고 검은 턱수염을. 그리고 스승에게서 풍기던 그 위험천만한 기운까지를.

"그 반란은, 직접 생산을 맡았던 민중이 갱재적으로 정당한 제몫을 받기 위한 그러한 것이었더라."

스승 말씀은 춘계 가슴 복판에 화인火印과도 같이 강하고 깊게 찍혀 세월이 지나가도 지워질 줄 몰랐다. 아니, 갈수록 그것은 더한층 활활 타오르는 불길과도 같이 그의 몸과 마음을 뜨겁게 불태웠다.

경제적으로 정당한 제몫을 받기 위한 민중의 반란.

"사회적으로 억눌리고 짓밟히온 노비들의 신분 해방 운동이기도 했더라."

춘계는 가슴이 막혀 숨조차 제대로 쉴 수가 없었다. 그리고 더욱 무서운 말씀은 이런 것이었다.

"그라고 그기 불씨가 돼갖고 앞으로도 올매나 더 그런 일이 벌어질랑고 모리제. 그러이 내 이약 단디(단단히) 멤에 새기야 될 터, 내는 꿈속에서도 너거들을 이리 모다놓고 이 소리를 하고 있었더라."

'스승님, 몬난 이 제자를 실컷 꾸짖어 주시이소.'

그러한 스승의 가르침을 되살리던 춘계는 열띤 이야기를 주고받는 동지들을 보다가 홀연 전신에 오소소 소름이 돋쳤다.

'아, 저 얼골들!'

서준하, 방석보, 천필구, 바로 신종 때 반란을 일으킨 그 노비들 얼굴이었다. 6백여 년 전 시대의 광풍에 낙화같이 속절없이 떨어져 죽어간 원혼들의 환생…….

우리 아버지들은

웅장한 누각 아래로 영원의 시간을 흐르고 있는 강가 모래사장은 그 넓기가 이루 말할 수 없다. 햇빛을 받아 반짝이는 모래알은 흡사 한낮에 뜬 은하수 같은데, 모든 사람 눈을 한정 없이 부시게 하였다.

그 드넓은 모래밭을 가득 메운 인파는 크고 둥글게 담을 친 나무울타리를 에워싸고 잠시도 쉴 틈 없이 이런저런 소리를 질러댄다. 짙푸른 강물은 그 함성에 질려버린 양 그만 멈춰 섰다가 다시 걸음을 재촉하는 듯하다. 남강 건너편 망진산 아래 섭천 쪽의 청청한 대숲에서도 놀란 새떼가 푸드덕푸드덕 하늘로 날아오른다.

그렇다. 지금 이곳에는 기운차게 꿈틀거리는 생명력이 살아 있다. 천년 세월을 이어온 민족의 대잔치. 가쁜 숨결과 치열한 투쟁, 그리고 승리의 기쁨과 패배의 아쉬움이 한데 뒤엉켜 숨 쉰다. 인간과 짐승이 하나가 되어 세상 온갖 근심 걱정들을 물살에 띄워 보내는 그 장엄한 의식.

눈을 잘 뜨지 못하게 하는 자욱한 모래 먼지는 땅을 누르고 하늘을 뒤덮는다. 그 속에 주인의 응원과 격려에 힘입어 억척스럽게 버티는 짐승들의 억센 다리 근육은 땅을 파고 빳빳한 꼬리는 하늘을 찢는다.

"비화야, 저거 좀 봐라!"

"예, 아부지."

"옥진아, 에나 대단하제?"

"예, 아부지."

호한과 용삼이 딸들에게 하는 말소리가 군중의 소음을 뚫고서 높이 솟구친다. 그동안 의기소침해 있던 호한은 오랜만에 예전의 그 기백을 되찾은 성싶고, 용삼 또한 호한과 장단을 맞추기라도 하듯 목소리에 기운이 흘러넘친다.

비화는 아버지가 무척이나 자랑스럽고 옥진 얼굴도 티 없이 해맑다. 아직은 한참 어린 그들에게 아버지라는 존재는 그 어떤 방파제보다도 튼튼하고 믿음직스럽다.

'와~아!'

'우우!'

그들뿐만이 아니다. 거기 운집한 이들은 모두가 하나같이 힘이 넘치고 감격에 차 있다. 나약하고 어설픈 감상 따윈 물결에 씻겨 사라진 지 오래다.

소싸움.

멀고 가까운 지방에서 내로라하는 투우들이 출전하는 그 고을 소싸움은 전국적으로 이름나 있다. 지금 헉헉거리며 치열한 싸움을 벌이고 있는 것은 갑종들이다. 둘 다 예사 소가 아니다. 뿔이 싸우기 좋도록 구부러진 놈이 '비룡'이고, 몸통이 얼룩덜룩한 칡소는 '바우'라는 놈이다.

참으로 막상막하, 난형난제다. 벌써 두 시간 넘게 흘렀지만 일진일퇴, 여전히 승부가 날 조짐이 보이지 않고 있다. 낮은 체중인 을종이나 병종에 비해 최고 높은 체급인 갑종들 경기가 오래가는 경우가 많았다.

그것은 투우들도 마찬가지지만 우주(牛主, 싸움소 주인)들 또한 여간 승부욕이 강한 사람들이 아니기에 그러한지도 모른다. 이제 관전하는 이들이 기운이 빠져 모래사장에 픽 주저앉을 판이다. 그럼에도 긴장감은 한층 더해가고 중천의 해도 땀을 뻘뻘 흘리는 듯하다.

딸들 어깨 위에 손을 얹고 나란히 선 호한과 용삼은 언제나처럼 대단히 의기투합한 모습들이다. 살아가면서 감내하여야 할 모든 일들을 그 순간만은 깡그리 잊은 것 같은 아버지들이 나누는 대화가, 비화와 옥진에겐 마냥 정겹고 믿음직스럽기만 하다.

"우리 지역에 최초로 이런 소싸움이 생긴 기, 신라가 백제한테서 이곳 땅을 빼앗은 승전 기념 잔치부터라는 말이 맞을까예?"

용삼 말에 호한도 관심을 나타내었다.

"글씨예. 고려 말엽에 맨 첨으로 생깃다쿠는 소리도 있고, 임진년에 왜눔들이 여게 성을 함락시킬라꼬 막 발악할 적에 농사짓는 소를 쥑이서 식량으로 삼았는데, 전쟁이 끝나고 나서 너모나도 억울하거로 죽어간 소들의 슬픈 영혼을 달래줄라꼬 맨들었다쿠는 그런 이약도 들었심니더."

"증말 아모리 말 몬 하는 짐승이라 캐도 소가 무신 죄가 있십니꺼."

옥진 어깨 위에 얹었던 손을 들어 허공을 칠 것같이 하는 용삼이었다.

"그 왜눔들 생각만 하모, 시방도 치가 떨리……."

그런데 거기까지 이야기하던 호한이 홀연 입을 다물었다. 무슨 일인가 하고 아버지 눈길 가는 곳을 좇던 비화는 그만 가슴이 덜컥 내려앉았다. 속에서 무슨 비명처럼 이런 말이 터져 나왔다.

'아, 맹쫄이 아부지다!'

그들이 있는 데서 그다지 멀지 않은 곳에 서서 소싸움 구경에 정신이 팔려 있는 사내는 분명히 맹쫄 아버지 민치목이다. 배봉의 재취인 운산녀와 먼 친척뻘 되는 사람이었다.

비화는 똑똑히 느꼈다. 감싸듯 제 어깨에 얹힌 아버지 두 손이 크게 떨리고 있으며 숨소리마저 커지고 있었다. 그런 일은 흔치 않았다.

비화는 아버지가 얼마나 배봉 집안에 좋지 못한 감정을 품고 있는지 또 한 번 절실하게 깨달았다. 그러고 나서 다시 바라본 치목이 그렇게 싫어질 수가 없었다. 저 맹쫄이에게도 좋은 감정은 품고 있지 않았다.

한편, 비화 부녀와는 달리 용삼과 치목 그리고 모든 구경꾼들은 이제까지 밀리던 바우가 비룡을 제압하는 것을 보느라 오로지 그쪽에만 눈길을 주고 있었다.

"배봉이 그늠이사 우리 집 전답을 부치 묵던 늠이라, 내가 그 밑천을 맹갱(명경) 알맹캐 훤히 알것다만, 운산녀에 대해서는 아는 기 하나도 안 없소."

"아, 그들……."

비화 머릿속에 부모가 주고받던 이야기가 또렷이 되살아났다. 아직 어려도 무슨 소리든 한 번 들으면 여간해선 잊어버리는 일이 없는 비화였다.

"그래 내는 우떤 면에서, 배봉이보담도 운산녀가 더 멤에 걸리요."

아버지 호한의 얼굴이 낮달처럼 초췌하고 창백했다.

"여, 여보."

어머니 윤 씨는 잔뜩 겁에 질린 얼굴로 말도 제대로 하지 못했다.

"또, 운산녀 친척 되는 그 민치목이도 참 알 수 없는 인물인 기라."

"민치목……."

"그래서 그만치 더 신갱도 씌이고 불안하기도 하고 안 있소."

"당신이 자꾸 그라시모 우짭니꺼?"

"내라꼬 오데 이라고 싶어서 이라것소."

호한의 표정이 굉장히 복잡하고 긴장되어 있었다. 윤 씨 음성도 옹기

장수들이 지고 다니는 질그릇이나 오지그릇처럼 무거웠다.

"전생에 우리하고 무신 그리 큰 웬수졌다꼬?"

윤 씨는 말끝을 흐렸고 호한은 고개를 들어 하늘 쪽을 올려다보았다.

"돌아가신 내 선친에 대한 삐딱한 원한이 너모 컸던 기요."

"워, 원한이……."

평소 심약한 윤 씨는 몹시 두려워하는 기색이었고, 대범한 호한은 퍽 가증스럽다는 빛을 띠었다.

"그라고 천한 것으로 살아옴서, 포원이 엄청시리 쌓이서요."

생강은 한마디로 대쪽이었다. 그릇도 커서, 장차 크게 손해 볼 것은 모르고 당장 돈이 좀 든다고 사소한 것을 아끼는, 이른바 대들보 썩는 줄 모르고 기왓장 아끼는 그런 소인배들을 매우 싫어하였다.

"후우."

그런 시아버지를 무척 공경했던 윤 씨는 지친 한숨을 내쉬었다.

"지들이 잘몬한 거는 하나도 생각 안 하고 말입니더."

바깥에서 바람기는 그다지 느껴지지도 않는데 문풍지가 파르르 떨리고 있었다. 문틈으로 들어오는 바람을 막기 위해 문짝 가에 붙인 그 종이도 때로는 자기 역할을 제대로 하지 못하는 것 같았다.

"잘몬한 거……."

호한은 곱씹듯 하고 나서 낯을 붉혔다.

"그런 거를 생각할 줄 아는 인간들이모 저리하것소?"

윤 씨는 어린 비화가 그 험한 말을 들을세라 낮은 소리로 말했다.

"아모리 참을라 캐도, 당신이 운젠가 말씀하신 거매이로 내 손에 칼이 있으모……."

호한 입에서는 윤 씨보다 더 깊은 한숨 소리가 새 나왔다.

"더 큰 문제는, 내 친구 소긍복이 갚지도 몬할 넘 돈을 그리키나 한거석 빌리서, 배봉이 그눔이…….”

“우리 땅이 모돌띠리 배봉이 손으로 쏙쏙 넘어가는 거, 참말로 인자 더는 몬 견디것심니더.”

“땅, 땅, 우리 땅.”

가뭄어서 푸성귀들이 마르는 ‘땅가뭄’을 속수무책으로 지켜보는 사람처럼 호한은 그 소리만 되풀이했다.

“고 나쁜 눔이 몬된 술수 부리는 거를 뻔히 알고 있음시로…….”

“임자만 그런 기 아이요.”

그때 용삼이 호한에게 왜 그러느냐고 말을 걸어오는 바람에 비화의 그 어두운 기억들은 중도에 끊겼다. 호한은 의아해하는 눈빛의 용삼을 향해 두 손을 동시에 내저었다.

“아, 아입니더. 아모 일도 아입니더.”

호한은 필요 이상으로 몇 번이고 부정하였다. 그는 운산녀의 먼 친척인 민치목 때문에 자기가 남에게서 그런 질문을 받는다는 게 너무나 자존심 상할 일이라고 보았던 것이다. 더욱이 딸 앞이었다.

어쨌거나 호한이 그렇게 잡아떼자 용삼은 약간 이상하다는 표정이었지만 시선은 다시 뽀얀 모래 먼지 속의 싸움소로 향했다. 그새 기운차게 밀어붙이던 바우가 열세로 돌아가 있다. 정말 날 샐 지경이었다.

“무자리들도 소싸움을 시킷다꼬예?”

용삼이 남강 맞은편을 건너다보면서 또 물었다. 조금 전 하얀 새떼들이 마치 무수한 천 조각처럼 날아올랐던 거기 하늘은 이쪽에 비해 한층 시퍼런 빛이었다.

망진산 아래로 넓게 펼쳐진 그곳에는 백정들이 살고 있다. 양수척, 수척, 화척, 무자리 등으로 불리다가 조선시대에 와서 백정이란 이름을 얻은 그들은 특별한 신분을 지닌 사람들이다.

"무자리?"

잠시 넋 놓고 있던 호한이 그렇게 반문하고 나서 말했다.

"아, 백정들 말입니꺼? 지도 그리 알고 있십니더."

비화는 어른들이 말하고 있는 백정들 거주지인 강 건너 사시사철 푸른 대숲 저 너머를 바라보았다. 아직 한 번도 가보지는 못했지만 그곳의 백정들 이야기는 아주 어릴 적부터 참 많이도 들어왔다.

"에나 안됐다 아이가. 그 무자리들은 저게서 밖으로 잘 나오지 몬하거로 안 해놨나. 딴 데 옮기서 살 자유가 없는 기라."

비화가 옥진 집에 놀러 갔다가 옥진 어머니 동실 댁에게서 들은 얘기였다. 관찰사와 목사, 현감이 있는 고을에는 관아에서 필요한 육류와 피혁 등속을 맡은 백정들이 있다고 하였다.

"사람 취급을 안 해도 백정들이 없으모 나라가 우찌 돌아가겄노."

동실 댁은 얼굴만큼이나 예쁜 목소리로 말을 이었다.

"쇠가죽하고 소 심줄, 뼈가지를 푸욱 잘 고아갖고 아교도 맨들고, 또오, 불 키는 성냥도 생산하고 안 있나."

비화와 옥진은 입을 모아 말했다.

"아, 성냥예?"

그것은 무척 귀한 것이었지만 때로는 아이들에게 세상에서 가장 재미있는 놀잇감이기도 했다. 아이들이 그것을 가지고 노는 광경을 본 어른들은 위험하다고 펄쩍 뛰면서 크게 나무라곤 했다.

"저어기 대밭 아래 모래사장에서 소의 영혼을 달래는 제사를 올린 후에, 이런 소싸움을 시킷다는 기 쪼매 묘하지 않십니꺼?"

용삼의 물음에 호한도 비슷한 마음인지 고개를 끄덕였다.

"그렇지예. 전쟁 땜에 희생된 소들 원혼을 위로해줄라꼬 시작했던 기, 내중에 가갖고는 소들끼리 싸우거로 하는 일로 배꿨다쿠는 거는 좀 안 그렇심니꺼."

그러고 나서 두 사람은 거의 동시에 같은 말로 입을 열었다.

"제사하고 싸움이라이?"

그때 갑자기 군중이 크게 술렁이기 시작하였다. 곳곳에서 함성이 터져 나왔다.

"와! 와!"

"아, 인자사 끝났다아!"

마침내 바우가 마치 바윗덩이 두 개를 붙여놓은 것같이 커다란 양쪽 엉덩이를 보이며 막 달아나기 시작한 것이다. 참으로 힘겨운 비룡의 승리다. 구경꾼들은 다 그 비룡을 향해 저마다 축하의 박수를 보냈다.

패배한 바우를 보는 이는 없었다. 아니, 있었다. 단 한 사람, 호한.

비화는 아버지가 탈기한 듯 멍하니 서서 바우에게 눈길을 주고 있는 것을 지켜보았다. 아버지 눈빛은 너무나 슬프고 복잡해 보였다. 부부는 닮는다더니, 어머니 눈빛을 방불케 했다. 하지만 그런 순간은 짧았다.

"이거 참말로 간만에 보요. 거게 두 분은 여전하거로 사이가 좋으시구랴?"

언제 이쪽을 발견한 걸까, 그런 소리와 함께 민치목이 건들거리는 어깨로 꼭 시비 걸듯 다가왔던 것이다. 입가에는 음흉한 웃음기가 서린 채였다.

호한의 얼굴이 겨울 냇가에 깔린 돌멩이같이 딱딱해졌다. 용삼이 곰처럼 두꺼운 가슴을 치목 쪽으로 쑥 내밀며 되받아쳤다.

"그라모 이웃지간에 웬수맹캐 지내야 하는 기요?"

호한이 무어라 하기 전에 용삼의 말이 연거푸 나왔다.

"내닫기는 주막집 강새이(강아지)라더이, 와 씰데없이 넘들 일에 끼이드요?"

그 말이 채 끝나기도 전이었다.

"주막집 강새이? 강새이?"

치목의 눈꼬리가 대번에 소름끼칠 만큼 사나워졌다. 그는 맹수가 이빨을 드러내고 으르렁거리듯 했다.

"소가 쌈질하는 거 본께, 기운이 막 솟구치는가베?"

용삼의 말투도 뒤벼리나 새벼리 절벽같이 험하고 거칠어졌다.

"가마이 있는 사람들한테 무담시 먼첨 시비 걸어온 기 눈데?"

치목이 소처럼 굵은 목에 잔뜩 힘을 집어넣고 주먹을 날릴 것같이 하였다.

"저 소들맹캐 한분 싸와볼 끼요? 싸나이 대 싸나이로서."

그러면서 두 눈에 징그러운 흰자위를 드러냈다. 그러자 용삼도 즉시 발길질할 태세를 취하며 맞대응했다.

"좋으실 대루. 그 격투 신청, 사양 안 하것소."

치목이 모랫바닥에 침을 '퉤퉤' 뱉고 나서 같잖다는 어투로 빈정거렸다.

"누가 사양해 달라꼬 똥싸놓고 비나?"

용삼은 콧방귀를 크게 뀌었다.

"똥 겉은 소리하고 자빠졌네?"

두 사람 눈에서 불꽃이 튀었다. 그것은 쇠뿔들이 부딪칠 때보다도 더욱 강렬하고 매서운 기운을 자아내고 있었다.

"머? 자빠져어?"

"그라모 꼬꾸라졌나?"

소들이 일으키는 팽팽한 긴장감이 잠시 가신 자리에 이번에는 사람들이 뿜어내는 살기가 가득 찼다. 군중들은 소싸움보다도 더 신나는 구경거리 하나 생겼구나, 싶은 얼굴들로 바라보았다. 비화와 옥진은 가슴이 조마조마하여 어쩔 줄 몰라 했다.

"강 행(형)!"

그 험악한 공기를 뚫고 호한이 용삼부터 부르고 난 후에 천천히 말했다.

"갓 사러 갔다가 망건 산다꼬, 오늘 우리가 소싸움 기경왔다가 무담시 쌈질하거로 생깃소."

주위에 운집해 있는 사람들을 둘러보면서 이렇게 권유했다.

"사람들 짜다라 보는 데서 큰 챙피 당할 판인께 고만들 두입시더."

그러나 치목은 아주 깔보는 말투로 나왔다.

"오데 양반만 문자 쓰거로 돼 있는 기가? 내도 문자 한분 쓰야것거마."

치목도 간덩이 부은 인간임에는 틀림없었다. 이쪽은 두 사람인데도 그는 전혀 기가 죽지 않았다. 그는 강 위에 유유히 떠 있는 나룻배처럼 여유작작해 보였다.

"범 없는 곳에 토까이가 스승이라. 혼자 잘난 척 해쌌지 마소."

그런데 이번에도 호한의 앞을 가로막고 나선 사람은 용삼이었다. 점박이 형제와 민치목은 어떤 선으로든 조금은 이어져 있는 관계이기에 어떤 보이지 않는 기운이 용삼을 그렇게 몰아가는 것일까? 용삼 자신은 여전히 모르고 있지만, 그의 딸 옥진이 억호와 만호에게 욕을 당한 그 사실을 놓고 볼 때 말이다.

"누가 잘난 척 해쌌는데?"

자기는 호한을 상대하고 싶은데 난데없이 용삼이 끼어드니 치목은 화도 나고 어이도 없어 하는 빛이었다.

"누는 누라?"

용삼은 치목의 아킬레스건을 건드리는 소리를 서슴지 않았다.

"돈 쌔삔 누구가 든든한 배갱이다, 그 말이가?"

호한은 당장 엉겨 붙어 싸울 사람같이 씩씩대는 용삼을 말렸다.

"우리가 참읍시더. 시방 우리 여식들이 보고 안 있심니꺼."

그러던 호한이 문득 인파 속에서 발견하고 그에게 말했다.

"아, 자네도 소싸움 보로 왔능가베?"

그러자 상대방은 너무나 당황해 어쩔 줄을 몰라 하며 가까스로 입을 열었다.

"오, 오랜만이거마. 우, 우찌 지내노?"

소긍복이다. 그런데 그는 호한보다도 치목이 더욱 마음에 걸리는 빛이다. 호한의 눈치를 살피면서도 연방 치목 쪽을 힐끔거렸다.

호한은 직감적으로 뭔가 이상하다는 것을 알아차렸다. 산 밖에 난 범이요, 물 밖에 난 고기 신세라 하더라도, 명색 양반이 중인에게 저리 맥을 못 추다니.

'알 수 없는 일 아이가. 긍복이 저 친구가 민치목한테 저리할 이유가?'

한층 더 이해할 수 없는 것이 치목의 태도였다. 긍복을 보는 그의 표정은 수수께끼 그 자체였다. 비웃는 듯 으스대는 듯했다.

긍복은 영락없이 두 마리 호랑이 사이에 완전히 포위된 놀란 노루 새끼 꼬락서니다. 호한의 의문은 점점 커지기 시작하였다.

'여게는 머신가 있다. 확실타!'

나무를 베어 빙 둘러친 울타리 안에 또 다른 소들이 나왔다. 군중은 두 패로 갈라졌다. 소싸움 구경하는 사람들, 사람싸움 구경하는 사람들.

'내 멤이 와 이리도 상구 흔들리쌌는 기꼬?'

호한은 고개를 흔들며 먼지라도 들어간 듯 눈을 끔벅였다. 뒷골이 울렁거릴 만큼 머리가 혼란스러웠다. 하도 어처구니가 없는 일 같기도 하여 이런 말도 떠올랐다.

'소가 짖는다더이…….'

호한은 갑자기 멍청이가 돼버린 것 같으면서 모든 게 생소하기 그지없었다. 그는 자신도 모르게 입 밖으로 소리 내어 중얼거렸다.

"긍복이 저 친구를 내가 첨 보는 것도 아인데 말이다."

세상은 활활 불을 때는 가마솥처럼 크게 들끓었다. 쨍쨍 내리쬐는 햇볕, 후끈 달아오른 모래밭, 황소들의 거친 숨소리, 그 모든 것들을 깡그리 덮어버릴 것 같은 뽀얀 먼지.

비단 호한뿐만 아니라 지금 그곳에 있는 모든 사람들 머리가 띵하며 어지러울 판이었다. 그런데 하늘마저 그만 혼동을 일으킨 것인가? 그 자리에 그들까지 불러들이다니. 아니, 그건 어쩌면 지극히 당연한 수순이었다. 순리대로 움직이는 자연의 이치였다.

유서 깊은 이 고을 소싸움은 길게 보자면 그 역사가 무려 천 년을 넘는다. 그보다 오랜 민속도 흔치 않을 터이다. 소가 없어지지 않는 한 그 소싸움 또한 없어지지 않을 것이다. 이런저런 까닭에 근동 사람들뿐만 아니라 전국 도처에서 사람들이 떼를 지어 몰려든다. 소싸움은 여러 날을 두고 열렸는데 그곳을 찾지 않는 지역민은 거의 없다. 그러니까 충분히 예견할 수 있는 사태였던 것이다.

그러나 호한에게 임배봉과 운산녀의 출현은 거기 모래사장과 강이 자리바꿈을 하는 것만큼이나 엄청난 충격이 아닐 수 없었다. 홀연 온 세상이 텅텅 비면서 오로지 그들 두 사람 모습만 크게 자리 잡고 있었다.

그건 배봉과 운산녀도 마찬가지인 듯싶었다. 언제나 유들유들하고 암팡진 그들 얼굴도 한순간 다른 사람같이 싹 바뀌었다. 긍복과 치목에게도 대단한 사건이고 용삼이 그중 무관했지만, 따지고 보면 그것도 아닐 것이다.

아무튼 수백 마리 투우가 한꺼번에 뿔을 곤두세우고 다리를 엉버티며 싸우는 것 같은 형세가 바야흐로 벌어지려 하고 있었다. 숨 막힐 듯한 분위기를 흩뜨리고 맨 먼저 입을 연 자는 치목이었다.

"자알 오셨십니더. 인자 소쌈 보는 재미 정도사 에나 아모것도 아이지예."

처음에는 혼자였다가 긍복이 나타나고 배봉과 운산녀까지 오자 치목은 천군만마를 얻은 기세다. 용삼이 움찔했다. 사기가 꺾이고 긴장감을 크게 느끼는 듯하다.

그러나 호한은 달랐다. 평심平心을 유지하고 있던 그의 눈에는 광채가 확 일고 강인한 어깻죽지에는 힘이 들어갔다. 엄청난 적개심과 전의가 그의 탄탄한 체구로부터 강렬하게 뿜어져 나왔다. '김 장군'의 면모를 되찾고 있었다.

저쪽에서는 둥글넓적한 얼굴이 더욱 중앙집중식으로 변한 배봉이 먹잇감을 공격하려는 감사나운 불곰처럼 잔뜩 호한을 노려보았다. 운산녀의 쭉 찢긴 눈매에도 위험과 긴장의 빛이 엇갈렸다. 그들에게서 쏟아져 나오는 기운이 투우장을 깡그리 덮어버릴 만했다.

그런데 얼마나 그런 섬뜩하고 살벌한 순간이 스쳐갔을까? 갑자기 배봉이 옆으로 홱 몸을 틀더니 그 특유의 삐딱한 말투로 입을 열었는데 뜻밖에도 긍복을 향해서다.

"긍복 나리! 하늘보담도 고귀하신 양반님이 우찌 우리맹키로 천한 것들이나 보로 나올 소쌈판꺼지 행차하신 기요?"

호한은 모르지 않았다. 그건 바로 그 자신에게 하는 말이라는 것을. 배봉은 소란스러운 군중 속에서 자기 말소리를 호한 귀에 똑똑히 전달되게 하기 위한 듯, 몸자세는 긍복을 향했지만 고개는 호한 쪽으로 비스듬히 돌린 상태였다.

그렇지만 호한은 배봉의 야비하고 공격적인 그 조롱보다도 한층 신경

쏠리는 게 있었다. 배봉이 궁복에게 저런 소리까지 하고 있다. 조금 전에는 치목이 궁복에게 하는 짓이 예사롭지 않았다.

호한이 더욱더 기묘한 기분에 휩싸인 것은, 그때 궁복이 지어 보이는 참 알 수 없는 모습 때문이었다. 궁복은 죄도 없으면서 엉뚱한 데로 튄 불똥을 맞은 격이 아닌가? 그런데도 저렇게 감정 상하는 소리를 하는 배봉에게 화를 내기는 고사하고 도리어 샅 사이에 꼬리 사리는 개처럼 눈치를 보며 어쩔 줄 몰라 했다.

일순, 어둠 속에서 부싯돌 켜듯 호한의 머릿속을 번쩍! 밝히는 게 있었다.

'보증서. 궁복에게 써준 보증서.'

궁복이 제때 갚지 못하는 돈을 제1보증인으로 돼 있는 호한 자신이 어쩔 수 없이 매번 꼬박꼬박 갚아줄 그때마다 어김없이 나타나서는 땅을 가로채 가는 배봉. 대체 한두 번도 아니고 어떻게 그런…….

'해나 그 문서가?'

그러나 호한은 이내 고개를 가로저었다. 궁복이 빚낸 사람은 저 안골에 살고 있는 홍 부자이고, 궁복은 그 홍 부자에게 불어난 이자를 줄 때마다 호한도 동석해 줄 것을 부탁했다. 호한이 그 연유를 물으면 궁복은 괜한 의심받을까 봐 그런다는 거였다. 그런 소리를 듣지 않았으면 몰라도, 그런 소리를 듣고서야 호한은 더더욱 그 자리에 갈 수가 없었다.

또 한 가지 의문스러운 게 있었다. 홍 부자로부터 느끼게 되는 감정이었다. 그가 지어 보이는 모습은 한마디로 요약해서 미적지근했다. 그 태도나 행동이 하도 소극적이고 흐리멍덩하여 채권자가 맞나? 하는 기분마저 들었다.

얼핏 장마철 습기 가득 차오르는 마당가에 어슬렁어슬렁 기어 나오는 두꺼비를 연상시키는 홍 부자는, 왠지 사람을 할금할금 곁눈질로 대하고 말수가 드문 부자였다. 호한은 그게 선친 생강과 교분이 있던 홍 부자가 민망함을 갖기 때문에 그러는 것일 거라고 나름대로 판단했다. 그것은 자기 몫부터 우선 챙기려 하지 않고 상대방을 더 배려하고 이해하려는 호한의 평상시 인간성에서 비롯된 것이기도 했다.

어쨌거나 그 과정에서 호한이 돈을 마련키 위해 팔게 되는 땅은 근동에서 가장 돈 많은 배봉의 수중으로 넘어가게 되는 건 크게 이상한 일이 아니다. 제 땅이라곤 파면 자갈만 우르르 나오는 그런 밭 한 뙈기조차 없어 늘 소작 부쳐 먹던 배봉으로서는, 토지가 매물로 나오면 피에 허기진 모기처럼 덤벼드는 건 정한 이치였다.

그런가 하면, 근동 웬만한 부자들은 일단 배봉이 사겠다고 나서는 땅은 언감생심 넘보지 못했다. 배봉만큼 튼실한 돈줄은 없기에 그들은 배봉 비위를 거스를 어떤 언동도 쉬쉬 하며 삼갔다. 결국 매도인과 매수인은 각각 한 사람씩뿐이었다. 호한과 배봉. 모든 것이 송두리째 급속도로 변해 있었다.

그러니 호한은 울며 겨자 먹기로 금싸라기 같은 땅을 헐값으로 배봉에게 넘길 도리밖에 없다. 누구 눈에도 긍복은 땡전 한 푼 없는 빈털터리지만 호한은 눈에 빤히 보이는 땅덩어리를 소유하고 있으니, 채무자로서 꼼짝없이 갚아야만 하는 악순환이 지속돼 온 것이다. 그리하여 호한은 꿈에서라도 그 거래에 대한 모든 기억을 지워버리기 위하여 안간힘을 다해왔을 뿐이었다.

"허어, 이 사람, 긍복이. 태산을 넘어서모 팽지(평지)를 본다 안 쿠던가베. 그라고 우리가 시방꺼정 친구로 살아온 세월이 올만데 그라노."

호한이 오히려 긍복을 위로했다. 처음에는 긍복도 알지 못하였다. 배봉이 도움을 주었던 홍 부자와 짜고서 홍 부자에게 돈을 주고, 홍 부자는 그 돈을 마치 자기 돈처럼 꾸며 긍복 자신에게 빌려주었다는 그 사실을. 그리하여 원금은 전혀 갚을 엄두조차 내지 못하고 다달이 홍 부자에게 거르지 않고 꼭꼭 갚게 되는 이자(원금보다도 몇 곱절이나 불어난)는, 드러나지 않은 검은 손들에 의해 고스란히 배봉에게 다시 넘어가고 그중 사분지 일만 궁복 몫이 되었다.

호한으로서는 그처럼 복잡하고 가증스러운 음모를 알 리 없었다. 다만 한 가지, 배봉은 수단 방법을 가리지 아니하고 이쪽에서 땅을 매물로 내놓기 바쁘게 즉각 자기 땅문서에 홀랑 올려버린다는 사실만은 정확히 알았다.

돈은 급한데 배봉이 미리 으름장을 놓고 손을 써놓은 탓에 사려고 나서는 사람이 전혀 없어 땅값은 자연히 형편없이 하락하고 만다. 여기에는 배봉의 권모술수와 원한이 가장 크게 작용하고 있다는 사실을 알고 경악과 분노를 금치 못했지만 호한의 형편으로는 역부족이었다.

이제 배봉뿐만 아니라 치목도 궁복만을 상대로 연신 무어라 씨부렁거렸다. 그런 형국이니 호한과 용삼이 그들을 상대할 명목이 없어졌다. 호한은 싸움소를 통해 똑똑히 보았다. 배봉과 자신의 싸움에서 끝없이 밀리기만 하는 그였다.

호한이 다시 고개를 돌렸을 때, 배봉과 운산녀, 치목은 인파가 흘러 넘치는 좁아터진 곳에서도 네 활개를 쳐대며 걸어가고 있다. 그리고 사람들은 얼른 옆으로 피하며 그들에게 길을 터주었다.

호한은 다시 궁복을 응시하였다. 궁복은 따라가지도 못하고 그 자리에 서 있지도 못하고 그저 안절부절못한다. 그런 궁복이 호한 눈에는 귀신보다 훨씬 더 알 수 없어 보였다. 수상하다. 여기에는 무언가가 있다,

양반이 되는 길

남강 모래펄 투우장에서의 그 사건이 있은 이후로 긍복은 한동안 누구도 만나지 못하고 혼자서 길거리를 배회하였다.

세상눈을 피할 수 있는 칩거 장소로는 집만 한 곳이 없지만, 집에 들어가기가 싫었다. 지긋지긋한 그놈의 가난타령이나 늘어놓을 여편네 상판이 떠올라 어디 도망가서 살 곳이 있으면 그렇게 해버리고 싶었다.

'아모래도 내가 벗한테 핸 나쁜 짓 땜에 벌을 받을 끼다. 시방이라도 호한이 그 친구를 찾아가서 배봉이하고 꾸몄던 일을 모돌띠리 털어놓고 싹싹 빌모 우떠까?'

잠깐 그런 마음이 생기기도 했지만, 그것은 오래가지 못하고 대신 이런 생각이 채찍처럼 뇌리를 후려쳤다.

'무신 꼴 당할라꼬 그라나? 니 겉으모 용서해주것나. 당장 잡아쥑일라 쿨 낀데.'

모두가 무섭고 살아갈 길이 막막했다. 양심? 그따윈 개나 물고 가게 하라. 그 누구 한 사람 몰락 양반 신분인 나를 위해 엽전 한 푼 던져 주었느냐? 개보다 못한 인간이라 손가락질을 받을지언정 저 배봉이 없었다면 소궁복이라는 이름 석 자는 벌써 지상에서 사라지고 말았으리라.

그렇다. 호한이보다는 배봉이다. 지금까지도 그래왔고 또 앞으로도 그럴 것이다. 그게 나 궁복이 존재할 수 있는 필요한 조건이다.

'기생 기둥서방이 돼서 사는 거도 괘안을 기라.'

궁리궁리 끝에 되지도 않은 그런 헐거운 망상이나 굴리고 있는 그의 머릿속에 국월관을 처음 찾았던 기억이 되살아나기 시작했다. 호한에 대한 실오라기 같은 양심도 더 이상은 없다.

한양 대궐이 이러하랴 싶을 정도로 참 대단한 기생집이었다. 기생 자리 저고리라고, 외모가 단정하지 못하고 언어가 부실한 사람을 조롱하는 말도 있지만, 기생집이야말로 이 세상 최고의 집이라는 생각을 지울 수 없었다.

정원은 대자연을 축소해 고스란히 옮겨놓은 것 같았다. 멋진 인공폭포와 물레방아에서 튀어 오르는 물방울은 꽃잎과 나뭇잎 위에 금방울 은방울로 맺혔다. 곳곳에서 울려 퍼지는 거문고며 가야금 그리고 대금 소리 등이 전설에나 나옴직한 신선세계를 방불케 했다. 그 속에 들기만 하면 그가 바로 신선이었다.

'이 빙신 겉은 궁복아. 니는 이날 이때꺼정 에나 잘몬 안 살았나? 허울 좋은 하눌타리, 빛 좋은 개살구라꼬, 말만 양반이지 천한 광대패보담도 상구 더 몬하다.'

살아온 시간들이 억울했다. 살아온 공간들이 허무했다. 그런 시간과 그런 공간 속에다가 제 몸을 담고서 그동안 만나왔던 사람들이 도거리로 싫고 미웠다.

'내 팽생에 이런 데 와볼 끼라꼬, 오데 상상이나 했것나. 사람은 지 분수를 지키야 한다 쿠지마는, 내 분수가 우때서? 엉, 우때서?'

널찍한 마당이며 높직한 대청을 오고 가는 기녀들은 바로 천상 선녀였다. 중국 진시황이 상림원上林苑에 지었다는 저 아방궁이 우리 고을에도 있었구나 하고 깨달았다. 그러자 그는 상대적인 박탈감에 미친개처럼 아무에게나 이빨을 드러내고 함부로 으르렁거리고 싶은 위험한 심정으로 변해갔다.

그때 마침 입구 쪽으로 우아한 걸음걸이로 나오고 있는 키 큰 기녀와 마주쳤다. 긍복은 적잖게 떨리는 목소리로 임배봉과 여기서 만나기로 약속이 돼 있다고 매우 공손하게 얘기했다. 그러자 약간 새치름해 보이던 기녀의 태도가 금방 달라졌다.

"아, 임배봉 나리를 만내실 분이라꼬예?"

이런 데 있는 기녀는 품위는 더 말할 것도 없고 그 음성부터가 달랐다.

"그, 그렇거마는."

긍복이 크게 더듬거리자 기녀는 힐끗 긍복의 얼굴이며 차림새 등을 보고 나서 기방으로 안내하기 시작했다.

"그라모 얼릉 이리로 오시이소."

긍복은 급히 기녀의 뒤를 따랐다.

"그, 그라제."

그 한 가지만으로도 배봉의 경제적 사회적 위치를 넉넉히 짐작할 만했다.

'허, 운제 하매 이 정도꺼정 된 기제?'

기녀는 보라색 치마를 살짝 걷어 올리고는 꽃버선 발로 사뿐사뿐 걸어 몇 개의 방문 앞을 지나 저 안으로 긍복을 인도했다. 그곳에서 가장 고급 방으로 가는 모양이었다. 그러자 당장 꽃바람 날리는 밀실이 연상되는 긍복이었다.

'흥! 이 긍복이 기 죽일 끼라꼬 하는 짓이 눈에 빠꼼 안 비이나. 내가 그런 것도 모릴 줄 알고?'

배봉을 향한 질투심이 서서히 증오감으로 바뀌기 시작했다.

'임배봉! 내가 시방은 배봉이 니까짓 눔한테 허리가 뿔라지거로 굽실거리고 있지만 앞으로 함 두고 봐라.'

잘 따라오고 있는지 확인이라도 하려는 듯 뒤를 돌아보는 기녀의 눈빛에 공연히 가슴이 뜨끔해지는 바람에 긍복은 더 화가 돋았다.

'운젠가는 반다시 니눔 발목때기를 탁 분질라서 내 물팍 아래 꿇어앉거로 맨들고 말 끼다. 내 가래이 사이로 기어가거로 하고 말이제.'

배봉이 이날 하루만 예약한 방인지 전용으로 쓰는 방인지는 모르겠지만, 긍복이 마침내 인도된 방은 짐작한 대로 두 눈이 튀어나올 정도로 대단하고 경이로웠다. 자리에 편안히 앉아 쉬시라는 말을 남기고 기녀가 방에서 나가자마자 긍복은 얼른 그 안을 둘러보기 바빴다.

거북 무늬 방문 창살은 예스럽고 우아하다. 흡사 무릉도원으로 통하는 출입문 같아 보인다. 그게 아니다. 산속에 사는 토끼가 거북 등을 타고 물속 용궁에 들어온 듯하다. 그렇다면 임배봉은 용왕이 될 것이다. 긍복은 체머리를 흔들었다.

'그라모 내는 머꼬?'

방안 북쪽 벽면에 세운 병풍에는 기화요초, 곱고 아름다운 꽃과 풀이 만발하였다. 새파란 물 위에 노니는 원앙이며 하늘가 하얀 물새는 전부 쌍쌍이다. 사방 벽에 발라진 벽지도 비단 종이 같다. 국월관 주인은 원래 무엇을 하던 사람일까 궁금해지기도 했다.

긍복이 방문 쪽 가까운 자리에 혼자 앉아 그렇게 기방을 둘러보는 동안 시간은 꽤 많이 흘러갔다. 듣기 좋은 꽃노래도 한두 번이라고, 그렇게 화려한 방도 이제 차츰 싫증나기 시작했다. 하지만 배봉은 좀처럼 그 모습을 드러내지 않고 있다.

'지눔이 요리키나 늦기 오는 것도 내를 우습거로 본다쿠는 정그것제.

누가 모릴 줄 알고? 이 긍복의 기세를 꺾어삐자는 복마전인 기라.'

그러자 그때까지 그윽한 산수화 속같이 느껴지던 방이 별안간 무서운 마귀가 숨어 있는 전당殿堂처럼 보였다. 가슴 가득 찬바람이 와락 끼쳐 들었다. 그는 혼자 씁쓸한 웃음을 떨구었다.

'하기사 이 시상은 번지르르한 구실 아래 추잡한 음모가 끊임없이 꾸며지는 악의 소굴 아인가베.'

두 손바닥으로 제 양쪽 뺨을 번갈아 가며 찰싹찰싹 때리기까지 했다.

'내가 기방 분위기에 빠지서 고마 착각했던 기라. 증신 채리거라이.'

그러고도 또 얼마나 시간이 더 지났을까? 기분이 상하기도 하고 울적해지기도 한 긍복이 차라리 일어나 그곳을 나가버릴까 하는 마음까지 생겨날 무렵이었다.

비로소 방문 밖으로부터 인기척이 전해졌다. 더없이 간드러진 기녀 웃음과 아주 호들갑스러운 기녀 목소리가 배봉의 출현을 먼저 알렸다. 긍복은 그동안의 좋지 못한 감정 위에다가 거기 와서 너무 지루하게 기다린 그 반감까지 듬뿍 얹어 소리 내어 빈정거렸다.

"흐응! 양쪽으로 척척 거느리고 오는갑네? 지가 무신 고관대작이라꼬."

배봉은 흐음, 하는 점잖은 기침소리만 내었다. 이윽고 긍복이 자리에서 몸을 일으키는 것과 동시에 방문이 좌우로 열리며, 역시 그가 예상한 대로 기녀들에게 양쪽 겨드랑이를 끼인 배봉이 천천히 들어섰다.

"어이쿠! 귀하신 긍복 나리께서 먼첨 와 계시다이?"

배봉은 꼭 술 취한 사람처럼 혀가 꼬부라지고 다리마저 크게 휘청거렸다. 배봉은 어색한 자리거나 으스댈 필요가 있을 때 바로 그런 몸짓과 말투라는 것을 긍복은 벌써부터 안다. 긍복은 높여주는 그 소리를 듣자 도리어 자존심이 크게 뭉개지는 기분이었다.

배봉이 당도하자마자 수라상은 저리 가라 할 정도로 거창한 음식상이 곧바로 나왔다. 상다리가 휘어진다는 소리는 그 자리를 위해서 만들어진 것 같았다. 배봉은 상석인 병풍 앞에 척 자리했고, 긍복은 그의 맞은편에 엉거주춤 앉았다.

연녹색 저고리와 자줏빛 치마의 기녀가 배봉 옆에, 진노랑 저고리와 초록 치마 기녀가 긍복 옆에 붙었다. 웃을라치면 살짝 패는 볼우물이 매력적인 자주 치마 기녀는 배봉과 제법 오랫동안 정분을 쌓아온 사이인지 다른 사람들이 지켜보는 앞에서도 스스럼없이 굴었다.

'우떤 말부텀 우떤 식으로 꺼낸다?'

긍복은 이날 배봉과 나눠야 할 중요한 이야기에 하도 신경이 쓰여 옆자리에 앉아 있는 진노랑 저고리 기녀의 말도 제대로 귀에 들어오지 않았다. 산해진미에도 손이 가고 싶지 않았다. 꽁보리밥에 된장국이라도 내 집에서 먹는 게 훨씬 더 맛이 있을 것이다. 사람은 다른 모든 것 다 제쳐두고 우선 마음부터 편해야 한다는 게 한층 실감나는 순간이었다.

'내는 그렇는데 저눔은 아이거마는.'

긍복 자신보다 여러 곱절은 더 긴장될 자리임에도 불구하고 전혀 그런 내색이 없었다. 그저 천하태평처럼 비쳤다. 그래서 더욱 꿀꿀거려가면서 먹을 것에 코를 처박는 돼지처럼 보이기도 했다.

'썩어도 준치라꼬, 누가 머라 캐싸도 내가 맹색이 진짜 양반 씨인데, 저까짓 돼도 안 한 상눔 찌꺼기한테…….'

긍복은 그런 생각을 하면서 결의를 다졌다. 그건 전의戰意에 더 가까웠다. 그건 전쟁이었다. 그렇지만 처음부터 사기가 죽고 선수를 빼앗기고 있다는 느낌에 몸과 마음까지 딱딱하게 굳어버렸다.

'역시나 예사 눔이 아인 기라. 보고 배운 거 한 개도 없는 천한 것이라꼬 벌로 봤다가는, 이 긍복이 끝꺼지 꼼짝없이 당할 끼다.'

그러던 궁복은 배봉의 말이 귀를 때리는 통에 번쩍 정신이 났다.

"궁복 나리! 술잔 받으실 생각은 안 하고, 무신 궁리를 그리키나 하시는 기요?"

"아, 예."

궁복이 얼른 보니 옆의 기녀가 두 손으로 백자 주전자를 들고 난감한 표정을 짓고 있다. 금방이라도 울 것 같은 얼굴이어서 그런지는 몰라도 아직 나이가 한참이나 앳돼 보이는 기녀였다. 처음에 얼핏 봤을 때는 꽤 완숙한 여인으로 여겼었는데, 한량 친구가 하던 말처럼 역시 이런 데 여자는 하루 열두 번도 더 둔갑하는 여우가 맞구나 싶었다.

술자리에서는 어울리지 않는 궁복과 기녀의 그런 어색한 모습들을 재미있다는 듯 지켜보고 있던 배봉이, 갑자기 미친 사람처럼 손바닥으로 상을 크게 내리쳐가며 너털웃음을 터뜨리더니 이렇게 말했다.

"허허허. 난희야. 궁복 나리께서 니한테 짜다라 멤이 있으신 모냥이다. 아, 저리 증신을 몬 채리시는 거 본께 말이다."

정말 그 말처럼 궁복은 머릿속이 온통 하얗게 비어버리는 느낌이었다. 나름대로는 평생 읽어왔던 그 서책의 내용들이 단 하나도 남아 있지 못했다. 배봉은 자주색 치마 기녀와 연신 무어라 귀엣말을 주고받으며 키들키들 웃는다.

그런데 향기로운 술이 두어 순배 돌고 바야흐로 주흥이 꽃바람처럼 막 일어나려는 바로 그때였다. 궁복으로서는 너무나 생경한 감정을 품게끔, 배봉이 지금까지와는 완전히 달라진 얼굴과 목소리로 기녀들에게 말했다.

"너거들은 내가 다시 부릴 때꺼지 좀 나가 있거라. 내 우리 궁복 나리와 잠시 긴히 나눌 이약이 있느니라. 흐음."

그러자 그 말이 나오리라는 것을 알고 있었다는 듯이 행동하는 기녀들이었다.

"예, 나리."

자주 치마가 진노랑 저고리에게 한쪽 눈을 찡긋했고, 기녀들은 조용히 그러나 날렵한 동작으로 방을 나갔다. 평소 그런 일에는 퍽 익숙해 있는 모양이었다. 그 고분고분하고 정숙해 보이는 품이 양반집 규수 못지않아 보였다.

넓고 화려한 기방 안에 그들 둘만 남게 되자 실내는 홀연 썰물 때의 바닷가처럼 텅 비고 을씨년스러운 공기가 짙게 감돌기 시작했다. 그만큼 긴장된 순간이 다가온 탓이리라.

"그, 그래……."

처음으로 배봉의 음성이 떨렸다. 감추려 들려 하지만 몸도 흔들리고 있었다.

"알아봤는 기요, 이녁?"

'나리'에서 또 '이녁'이다. '하오' 할 상대를 앞에 두고 저따위 깎아내리는 말이라니?

'쎗바닥이 만 발이나 빠지 죽을 놈!'

긍복은 속이 있는 대로 부글거렸지만 억지로 참고 입을 열었다.

"두 가지 질이 있기는 하지만도……."

"두 가지 질?"

길이 두 가지가 있다는 그 말에, 배봉의 탐욕스러운 두 눈이 절반쯤 땅에 박혀 날카롭게 드러나 있는 위험한 사금파리 조각처럼 번득였다.

'저 눈깔!'

긍복은 배봉이 그런 눈빛을 할 때면 언제나 온몸에서 힘이 쫙 빠져나가면서 그만 두려운 감정부터 일었다. 다른 것도 그렇지만 특히 눈싸움에서는 도저히 배봉을 이길 수 없는 긍복이었다.

“지가 알아본 바에 따르모 그렇심니더.”

말꼬리가 저절로 새벽 새의 꼬리같이 처져 내렸다.

“알아본 바에 따르모?”

배봉은 경박한 상놈 근성을 감추지 못했다. 말이 나오기 시작하는 처음 순간부터 안달 나 했다. 궁복은 일부러 말 속도를 최대한 느리게 하고, 숨이 가쁘지 않은데도 중간에서 말을 흐려버렸다.

“시방은 백 사람을 기준으로 해갖고…….”

이번에도 배봉은 보채는 아이처럼 궁복 말을 그대로 따라 했다. 그것은 한편으론 진드기보다도 더 끈덕진 면을 보여주는 거였다.

“백 사람을 기준으로 해갖고?”

궁복은 서서히 업신여기는 투로 변해갔다.

“양반이 일흔, 그라고 평민이 시물(스물) 여덟, 그라고 또 노비가 둘, 어, 대강해서 이런 비율이라 안 캅니꺼.”

“아, 백 중에 양반이 이, 일흔이나 된다꼬오? 햐~아.”

“예, 그러키나 한거석 불어났뻿다꼬 하데예.”

궁복은 그게 제 잘못이기라도 하듯 몸을 웅숭그렸다. 하지만 사실은 배봉의 드센 기세를 꺾어놓으려는 일종의 위장술이었다. 과연 그 의도대로 배봉이 제대로 걸려들었다.

“에잉! 넘들이 모도 양반이 될 때, 이 배봉이는 머하고 있은 기고? 밥만 묵고 잠만 잤던 긴가?”

‘머하고 있기는? 돈하고 여자만 찾았겄제.’

그렇게 속으로 비웃고 나서 궁복은 배봉의 상판을 힐끔 보며 딴에는 깨우쳐주는 것처럼 했다.

“입은 삐뚤어져도 말은 바로 해라꼬, 사실 양반이 돼봤자 머시 그리 크기 달라지는 거도 아이거든예.”

"머요?"

순간, 배봉이 울컥하는 목소리로 사납게 내뱉었다.

"이녁! 시방 불난 집에 대고 부채질하는 기요?"

긍복은 그만 가슴이 뜨끔하여 과장되게 다 죽어가는 얼굴을 하였다. 괜히 까불 일은 절대 아니었다. 솔직히 쥐뿔도 없는 주제에.

"그, 그런 뜨, 뜻은 아, 아입니더."

화가 잔뜩 돋친 불곰 같은 배봉은 아슬아슬해 보이기까지 했다.

"흐응! 이녁이사 시방꺼정 양반 행세 떡 함서 살아오다 보이, 중인이나 천민들 아픔하고 한을 몰라서 하는 소린 기라."

긍복은 배봉의 말을 귓전으로 흘려버리기 위해 진노랑 저고리 기녀의 얼굴을 머릿속에 떠올렸다.

"내가 생강인지 삶은 강인지 하는 그눔한테 우찌 당했는고 알모 그리 몬 하제."

하여튼 말 끌어다 붙이는 데는 당할 자가 별로 없을 배봉이었다. 배우지 못한 골통에서 저런 소리는 어떻게 만들어져 나오는지 그저 신비스러울 지경이었다. 열 수레에 실어도 다 싣지 못할 정도의 책을 읽었다고? 허섭스레기 속에 폭 파묻혀 있다 나온 소리다.

"하늘도 내한테는 무신 소리 절대 몬 할 끼다."

그러면서 하느님의 면상이라도 후려칠 것같이 하는 배봉이었다.

"하늘도……."

긍복 간담이 한층 서늘했다. 엄청난 증오와 분노에 사로잡힌 배봉은 광기와 악의 화신이었다. 뼈가 타고 살이 녹을 것 같은 저주의 말이 마구 쏟아져 나왔다.

"뼈가지를 싹싹 갈아 물에 타서 마실 그누움!"

"……."

"쇠꼬챙이로 눈깔을 확 빼서 개한테 던지준다 카이."

"나, 나리. 인자 고만 고, 고정하시이소."

긍복이 진정시키려고 하자 배봉은 화려한 꽃밭 같은 음식상 위에 침까지 함부로 튀기며 버럭 고함을 쳤다.

"시끄럽다쿤께네? 고정이고 나발이고 싹 다!"

배봉 얼굴이 화톳불을 오래 쬔 사람처럼 벌겋다. 그는 당장이라도 발로 상을 걷어차 버릴 험악한 기세로 물었다.

"그라고 시방 이녁 말은, 이 배봉이를 놀리는 소리맹캐 들리는데, 에나 그런 기가? 퍼뜩 사실대로 말해 봐라꼬!"

긍복은 거북같이 몸을 넙죽 수그리며 너무너무 억울하다는 듯 우는 상을 지어 보였다.

"지, 지가 우찌 그, 그런 망발을?"

"니기미!"

"그 말씀이 사실 겉으모 지는 당장 요 자리서 쎗바닥을 깨뭅니더."

"지기미!"

배봉은 더없이 거친 쌍소리와 함께 신경질적으로 바로 코앞에 놓인 술잔을 낚아채듯 집어 들었다. 그러고는 반쯤 남은 술을 단숨에 입에 털어 넣고 상에 금이 갈 정도로 탁 소리 나게 내려놓았다.

"그거는 고마 그렇고 말이오."

한참 '푸푸' 하고 숨을 고른 후에 말했다.

"그래, 이 배봉이가 오매불망 그리쌌는 양반 되는 두 가지 질이 우떤 긴고, 그거나 쌔이 이약을 해보쇼."

어떤 방에선가 지금 그곳이 기방이란 걸 알려주기라도 하듯 가야금 소리가 흘러나오기 시작했다. 은은한 그 소리가 그 순간에는 마치 악귀가 내는 저주의 소리처럼 소름끼치게 느껴지는 긍복이었다.

"내가 또 요놈의 성깔을 몬 이기서 이라요."

답답한 놈이 샘 판다고, 배봉이 한풀 꺾인 자세로 나왔다.

"내사 우쨌든 공복 나리한테서 들은 연후에……."

그러자 상대방 태도에 따라 이리 쏠렸다 저리로 기울었다 하는 공복은, 장승처럼 등을 꼿꼿하게 세워 떠억 양반 앉음새를 취하더니만, 같잖게 제법 호기까지 부려가면서 퍽 유식한 척했다.

"하기사 정보가 최고지예."

까딱해 보이는 배봉의 모가지를 확 분질러버리고 싶다는 충동을 억누르며 말했다.

"정보망이 없으모 아모리 잘난 사람도 맥을 몬 추지예."

어쨌거나 그때부터 은밀한 대화는 꽤나 심각하게 이어지기 시작했다.

"에, 그런께네 그기 말하자모 안 있십니꺼."

"음."

"먼첨 합법적으로 나라 인정을 받아갖고 양반 되는 질이 있는데예."

"합법적으로?"

그것은 너무나 당연한 얘긴데도 배봉은 그 말이 당최 마음에 들지 않는 모양이었다. 그걸 본 공복은 적잖게 망설여졌지만 그래도 더 설명하지 않을 수 없는 상황이었다.

"구체적으로 이약하자모, 나라가 어지러블 때에 곡식을 바친다거나……."

구태여 하지 않아도 될 소리까지 끄집어내는 품이, 배봉이 네놈의 무식을 내 자알 안다, 하고 쿡 찔러 보이는 속내 같았다.

"이런 거를 납속納贖, 납속이라쿠는데, 그리한다든가요."

죄를 면하고자 금전을 갖다 바치는, 곧 속전贖錢을 바치는 것 또한 납속이라고 한다는 말은 내비추지 않았다.

"납속이라."

벌레 씹은 상판을 하고 그렇게 뇌까리며 잠시 궁리해 보던 배봉이 입을 열었다.

"또 있다 캤는데, 그거는 머시요?"

궁복의 들창코가 크게 벌름거리면서 꼬리가 약간 아래로 처진 눈이 야릇하게 번득였다. 동시에 말에도 위험한 기운이 실렸다.

"예, 군공軍功, 말하자모, 외적 모가지를 베모……."

본디 조선말은 끝까지 들어봐야 안다고 하는데 끝까지 듣지도 않았다.

"외, 외적 모가지?"

배봉은 섬뜩함을 느끼는지 몸을 오싹 떨며 손이 저절로 자기 목으로 갔다. 궁복은 극히 사무적이고 냉정한 어조로 말해나갔다.

"그리하모 그 공로를 높이 사갖고 양반을 시키주는 깁니더. 양반 말입니더."

감탄인지 빈정거림인지 분간이 가지 않는 모호한 말투였다.

"나라가 에나 머리도 좋지예?"

그 말을 듣자 잠시 생각을 해보는 배봉이었다.

"그런 쪽은 안 좋은 기 더 좋은데."

그러고는 마치 수말이 새끼를 낳았다는 소리를 듣는 만큼이나 어처구니없다는 낯빛을 풀지 못했다.

"그거는 마, 나라에서 돈이 필요한께예."

입귀를 보기 흉하게 일그러뜨리며 일축했다.

"팽민들한테 배실장사 한 셈 아이요?"

궁복은 '예예' 해 보이는 겉모습과는 달리 속으로 빈정거렸다.

'니눔 겉은 인간들이 천지삐까린께(많으니), 나라에서도 그런 미친 장사를 할 수 있는 거 아이가?'

혼자의 마음으로라도 잘난 체하고 싶어졌다.

'니눔 겉은 무식재이는 죽었다가 깨나도 모리것지만도, 이런 거를 놓고 수요와 공급이 우떻고 저렇고 하는 기다. 알것나?'

한참 조롱을 퍼부었다.

"심할 적에는, 한 해에 2만 맹씩이나 임맹장을 줄라캔 적도 있다데요."

배봉은 그만 열린 입을 다물지 못했다. 임명장을 몇 명에게 준다고?

"시상에, 2만 맹씩이나?"

배봉 얼굴에는 아주 난감한 빛이 떠올랐다. 긍복 앞에서는 결코 하지를 않던 자신 없는 소리가 나왔다.

"사람 배실장사거나 닭 배실장사거나 간에, 우쨌든 요새는 나라에서, 그 머라캤노, 납속인가를 해라쿠는 말도 없고, 또, 외적 모가지 베는 거는 에나 아아들 장난도 아이고요."

벌써부터 빠지기 시작하는 머리카락이 붙어 있을세라 머리를 절레절레 흔들었다.

"허, 내사 그런 방법 갖고는 백 분 아이라 천 분을 죽었다 깨나도 안 되것소."

"아, 잠깐!"

긍복이 감히 배봉의 말끝을 자르고 나왔다.

"그렇다모 인자 질은 남은 한 질밖에 없는데 우짜지예?"

"남은 한 질?"

배봉은 청승맞은 짐승 새끼가 낑낑거리듯 우스울 만큼 처량해진 목소리로 변했다.

"만약시 그 질도 안 될 꺼 겉으모? 허, 참."

긍복은 고소해하는 빛으로 으름장 놓듯이 했다.

"우떤 면에서 보모, 그거는 더 에려븐 질이라 놔서예."

배봉은 사흘 굶긴 사람 목소리로 물었다.

"더 에렵다 글캤소? 그라모 영 가망이 없다, 그런?"

궁복이 갑자기 뚝 말소리를 낮췄다. 사람도 딴 사람 같았다.

"똑 그런 거만도 아이지예."

음식상 위에 얼핏 날아든 게 파리가 아닌가 싶었다. 아니, 그때 처음으로 모습을 드러낸 게 아니라 벌써부터 포식을 하고 있었는데 사람들이 미처 발견하지 못했을 뿐이다.

"그, 그라모?"

배봉 눈이 가물가물 꺼져가는 마지막 순간에 다시 되살아나는 호롱불과도 같이 빛났다. 궁복은 꼿꼿이 세운 상체를 좌우로 천천히 흔들며 어린아이 가르치듯 얘기했다.

"아, 우리가 오데 시상 하루 이틀 살았십니꺼?"

배봉은 유달리 흰 창 많은 눈이 다시 몽롱해졌다.

"그거는 또 무신 수리지끼 겉은 소리요?"

궁복은 세상살이에 통달한 사람처럼 행세했다.

"시상살이가 수리지끼 아인가예?"

배봉은 수수께끼의 답을 알지 못해 쩔쩔매는 사람 같아 보였다.

"하, 이거 사람 답답해서 몬 살것거마."

그때 궁복 눈에 비춰든 배봉 얼굴은 어쩔 수 없는 저 '상놈 얼굴'이었다. 궁복은 그런 배봉을 보니 더없이 유쾌하고 재미있어 속으로 한참 웃은 후 입을 열었다.

"무신 말씀인고 하모예."

"이약해 보소."

"요 시상은 똑 벱이나 바린 도리만 좇아 돌아가는 기 아이다, 돌아가

거로 하는 거는 도로 따로 있다, 머, 그런 으밉니더."

"알것소. 인자 알것다 아인가베."

배봉은 깊은 한숨을 내쉬고 나서, 촉석문 앞에 돗자리 깔고 앉아 있는 사주 관상쟁이 노인처럼 말했다.

"하기사 그리 살아가는 기 더 수월코 팬하거로 사는 질인지도 모리지. 진짜로 똑똑한 사람 겉으모."

궁복은 아무런 대꾸가 없었다. 상황이 우세한 쪽은 언제나 그런 법이다.

"그 수리지끼를 풀자모……."

배봉은 시간이 많이 갔으니 이제 결론을 내자는 태도였다.

"갤국 비합법적인 방법을 취해라, 그런 뜻 아이요, 시방 이녁 말뜻은?"

"쉿! 말소리가 큽니더."

궁복이 타이르자 배봉은 자존심 구겨진다는 얼굴로 바뀌었다.

"아, 내 목소리 크다쿠는 거는 온 천하가……."

궁복은 이번에도 상대의 말을 끊었다.

"시상은 사방에서 노리는 적이 상구 넘치는 판입니더."

공연히 과장된 동작으로 아무도 있을 리 없는 기방 구석구석을 휘익 둘러보고 나서, 짐 많이 지기 싫어하는 게으른 당나귀처럼 느릿느릿 말을 이어갔다.

"나라가 모리거로 해서, 양반이 되는 기맥힌 질은……."

몇 마디 하지도 않았는데 또 금방 말끝이 꼭 핫바지 방귀 새듯 흐지부지돼버렸다. 얼핏 어수룩한 것 같으면서도 사람 골탕 먹이는 데는 이골이 날 대로 난 인물임이 분명하다.

"제엔장! 사람 심통 꼴까닥 넘어가는 꼬라지 볼라꼬 이리쌌는 기요?

쌔이 이약해 봐라 캐도?"

얼굴 가득 불을 담아 부은 듯 벌겋게 달아오른 배봉이, 숨통 넘어가듯 꿀꺽 마른침 삼키는 소리가 기방 안을 크게 울렸다. 긍복 말소리는 개미처럼 바닥을 기어다녔다.

"잘 들으시소. 이거는 마, 마, 이 소긍복이가 에나 에나 에렵기 에렵기 해갖고 우찌우찌 알아낸 긴데……."

또 말꼬리를 감추려는 기색이 엿보이자 배봉이 얼른 말했다.

"돈 걱정은 한 개도, 아니 반 개도 하지 마소."

긍복이 묘하게 말을 빙빙 돌렸다.

"머 돈이사, 돌고 도는 기 돈인데, 돈 갖고는 이리 안 합니더."

"내 이녁이, 아니, 아니, 나리가 수고하신 그만큼 보수는 충분하거로 드릴 각오를 하고 있은께네."

딱 질러주는 배봉 말에 긍복은 진작 그렇게 나올 것이지 하는 듯이 의미심장한 웃음을 한차례 씩 웃고 나서, 제법 그럴싸한 한양 말씨로 바꿔 들려주기 시작했다.

"과거시험 합격증 있지예? 넘들이 모리거로 슬쩍 위조僞造해갖고예, 그거를 꼭 자기 거겉이 내세우는 깁니더."

"그, 그런 짓을!"

배봉 얼굴이 잔뜩 겁을 집어먹고 있었다. 긍복은 제 그림자에 놀란 멍청한 암탉 눈 같은 배봉의 눈을, 상대가 기분 나쁠 정도로 빤히 들여다보며 업신여기는 투로 물었다.

"와 자신이 없는 깁니꺼?"

그러자 배봉은 목을 흔드는 것만으로는 모자랐는지 손사래까지 쳐가며 부정했다.

"그, 그거는 아이고……."

"아이모 됐지, 또 머가?"

"그거는 아인데……."

"그라모예?"

긍복은 그동안 숱하게 당해 왔던 박대와 수모에 대한 화풀이라도 하듯 아주 노골적으로 이기죽거렸다.

"아, 양반이 우떤 날 각중애 하늘 우에서 뚜욱 떨어지고, 한순간 땅바닥 밑에서 쑤욱 솟아나는 기 아이라쿠는 거는 안 모리시지예?"

배봉의 커다란 머리통을 눈짓으로 가리키며 말했다.

"그 영특하신 머리로 하매 자알 아실 낀데예."

그 방에 있다가 잠시 나가 있는 기녀들의 가체머리가 어른거리는 긍복이었다.

"으."

배봉은 빈정대는 긍복 말투에서 심한 굴욕감과 불쾌감을 맛보았다. 하지만 나중에 가서 어떻게 될지 몰라도 지금으로선 이런 비밀스러운 부탁을 할 수 있는 자는 긍복 하나밖에 없기에 곰방대 눌러 다지듯 꾹꾹 눌러 참았다. 게다가 비록 지금은 배봉 자신이 쳐놓은 덫에 꼼짝없이 걸려 있는 꼬락서니지만, 언제 별안간 칼끝을 거꾸로 겨눌지 모를 실로 위험천만한 놈이다.

'참거라, 배봉아이. 우짜든지 참아야제. 참는 데는 이골이 난 니가 아이가. 요서 고마 틀어지삐모 만사 도로아미타불인 기라.'

배봉은 마음을 다잡았다. 그러고는 일부러 호탕한 웃음을 한참 동안 터뜨렸다. 그런 다음 놀란 듯 이쪽 눈을 들여다보는 긍복 눈을 똑바로 쏘아보며 말했다.

"그런 거 말고 또 다린 방법이 있으모 다 말을 해보소. 내 무신 수를 쓰든 간에, 한쪽 바지 두 다리 끼고 달리들 낀께네."

궁복이 야비한 웃음기를 실실 뿌리며 농까지 걸었다.

"두쪽 바지 한 다리 끼고 달리들모 우떻것심니꺼, 나으리."

배봉 얼굴에서 웃음은 찾아볼 수 없었다.

"하늘이 두 쪼가리 아이라 시무 쪼가리 난다 쿠더라도, 양반 될라쿠는 이 임배봉이 멤은 절대 안 배뀔 끼라."

하지만 즉시 번복했다.

"안 배뀌는 기 아이라 몬 배뀌제."

궁복은 콧방귀 뀌듯 했다.

"호오! 일편단심이시다."

그러고는 일부러 젓가락으로 상 위에 놓인, 흰떡에 갖가지 물을 들인 색절편을, 이것 한 번 집었다 놓고 저것 한 번 집었다 놓으며 한참 뜸을 들인 후, 또 겨우 한다는 소리가 이런 식이었다.

"에, 그런께 말하자모, 에, 저런께 그리 말하모 안 되는 기……."

그러다가 궁복은 무섭게 노려보는 배봉을 보자 더 말꼬리를 늘어뜨릴 수가 없었다. 더 수작을 부리다간 역습을 당할 위험도 컸다. 그래 이번에는 말의 속도를 빠르게 하였다.

"양반집 족보를 사들이서, 지 이름을 살짝 집어넣는 기지예."

그러자 귀를 세우고 듣고 있던 배봉이 또 참지 못하고 언성을 높였다.

"그런 날도독눔 겉은 짓을?"

그러다가 배봉은 아차! 하는 얼굴로 말끄트머리를 흐지부지 말아버렸다. 그건 달아 맨 돼지가 누운 돼지 나무라는 격이었다. 궁복은 훨씬 더 어처구니없는 일도 있다고 했다.

"그 정도사 약과지예, 약과."

배봉은 눈을 실밥같이 가느스름하게 떴다.

"그라모 더한 일도 있다, 그런 이야긴 기요?"

그새 파리는 몇 마리로 더 불어나서 그 음식상이 마치 자기들 잔칫상인 양 붕붕 소리까지 내며 여기 앉았다 저기 날았다 하고 있었다.

"내도 요분 참에 첨으로 안 사실인데 말입니더."

긍복은 세상에서 가장 큰 비밀을 들려주는 사람처럼 행세했다. 칼자루가 넘어가기 전에 휘두를 수 있는 대로 휘둘러야 한다.

"저 안골에서 떵떵거림서 사는, 에이, 차마 내 그 이름자는 몬 밝히것고, 우쨌든 그자도 가짜배기 과거시험 합객정을 맹글었다 아입니꺼."

배봉은 그 특유의 삐딱한 어조로 물었다.

"그란데?"

"넘들 눈을 기실라꼬 안 있심니꺼."

긍복은 거창하게 차려져 있는 거기 음식상을 내려다보면서 지껄였다.

"그 가짜배기 조상한테 제사꺼정 지내주고 있다 캅니더."

배봉은 한쪽 눈을 지그시 감았다.

"안골 눈지는 모리것지만도, 그자도 양반에 목을 있는 대로 매달았던 갑소. 마, 그래도 양반이 됐은께 소원풀이는 안 했는가베."

그런데 그렇게 빈정거리던 배봉이 뜨거운 불에 맨살을 데기라도 한 듯 별안간 버럭 소릴 내지른 것은 다음 순간이었다.

"안골? 이보소, 이녁! 방금 막 안골이라 캤소?"

긍복은 배봉이 그러는 영문도 모른 채 고개를 끄덕끄덕했다.

"예, 안골."

성내에 있는 그 동네에는 일찍이 부자들이 좀 많이 살고 있었지만 그렇다고 특별한 곳은 아닌 줄로 알고 있는 긍복이었다. 하지만 배봉은 그게 아닌 성싶었다.

"흐, 안골, 안골이라."

그러면서 갑자기 목소리가 완전히 달라지더니, 무슨 까닭인지 표정은 복잡하다 못 해 곧 '펑!' 터져버릴 것 같았다. 그것을 보고 있는 궁복은 숨이 가빠왔다.

"와 그라십니꺼? 나리께서 안골하고 무신 연고라도?"

그런데 궁복의 그 조심스러운 물음이 끝나기도 전에 별안간 배봉이 큰소리로 웃기 시작했다.

"하하핫! 으하하핫!"

그 웃음소리에 그 방이, 아니 국월관 전체가 날아가 버릴 것 같았다.

"아, 나리!"

궁복은 정신이 하나도 없었다. 그렇지만 한 번 시작된 배봉의 웃음은 도무지 그칠 줄을 몰랐다.

'각중애 허파에 바람구녕이 났나?'

그렇게 입속으로 잔뜩 조롱하는 말을 중얼거리면서도 궁복은 견딜 수 없을 정도로 궁금했다. 지금 배봉의 그 웃음에는 뭔가 엄청난 비밀이 감춰져 있는 것 같았다. 직감이 그러했다. 세상에 둘도 없이 음흉하고 사악한 인간이 아닌가 말이다.

"함 말씀을 해주시이소. 나리하고 안골하고는 우떤 큰 연관이 있는 기 맞지예?"

궁복은 왠지 모르게 온몸에 소름이 돋으며 유령과 함께 있는 느낌이 들었다.

"그거도 넘들이 모리는……."

그 물음이 다 끝나기도 전이었다.

"큰 연관?"

배봉이 홀연 웃음을 딱 멈추었다. 하지만 내가 언제 웃었냐고 할 정도로 정색을 한 그 얼굴에는 더더욱 짚어낼 수 없는 묘한 빛이 서려 있었다. 그의 입에서는 도시 종잡을 수 없는 기이한 말이 나왔다.

"그거를 털어놓으모, 이 배봉이 인생은 끝인 기라."

궁복은 한층 바보 같은 얼굴이었다.

"끄, 끝."

배봉은 두 손바닥을 소리 나게 맞부딪고 나서 말했다.

"종 쳤당께?"

"배봉 나리하고 지하고는."

궁복은 또 마음에도 없는 소리를 지어냈다.

"인자 올매 안 있으모 우리는 모도 같은 양반 신분으로서 말입니더."

상위에 있는 음식물 냄새가 속을 울컥거리게 했다.

"특히나 중요한 나라 일에 관하여서는 밤잠을 설치감시로 서로 머리를 맞대고 논할 사이로서……."

그러나 배봉은 그깟 감언이설에 넘어갈 내가 아니란 듯 쾅쾅 대못 박는 소리로 나왔다.

"암만 글싸도 마, 이거는 다리요. 이거는 내가 죽어 저승에 가도 꼭꼭 비밀로 해야 하는 기요, 비밀!"

대체 어떤 사연이 감춰져 있기에 배봉이 평소 모습과는 다르게 저렇게 나오는 것인지 모르겠다. 궁복이 또 물어보려는 빛을 보이자 배봉은 박절하게 내뱉었다.

"그러이 인자 더 이상 내한테 묻지 마소."

잠시 사이를 두었다가 한 번 더 말했다.

"내 선고했소?"

배봉은 또다시 한쪽 눈을 딱 감아버렸다. 그건 누가 칼을 들이대도 절대로 입을 열 수 없다는 표시였다.

"그리도 큰 비밀이라모, 더 안 여쭙것심니더."

궁복은 배봉의 비밀이 너무나도 궁금했지만 꾹 참아냈다. 그의 성질을 건드려 득이 될 건 하나도 없었다. 그래 네가 그러면 나도 그러면 되지, 하는 마음으로 입을 다물고 있는데 배봉이 말했다.

"아까 전에 하던 이약이나 계속하쇼."

그러자 긍복도 배봉과 마찬가지로 한쪽 눈을 슬쩍 감았다. 내가 적어도 너하고 동급同級으로는 놀겠다는 무언의 과시였다. 하지만 겉으로는 어디까지나 크게 굽실거리는 동작을 잊어서는 안 되었다.

"더 가가인(가관인) 거는, 그 가짜배기 양반 손자들은 말이지예, 저거들 족보에 나오는 훌륭한 인물이 진짜 조상인 걸로 알고 있다쿠는 거 아입니꺼. 히히히."

배봉은 배꼽이 빠져 달아날 사람 같았다.

"그, 그런가? 으하하핫!"

인간 웃음만큼 불가해한 것도 드물 것이다. 누가 말했던가? 동물들 중에 웃는 것은 오직 인간밖에 없다고. 그렇다면 인간에게 웃음이야말로 그 존재를 확인할 수 있는 최고의 상징이 될 것이다.

그들은 진수성찬 음식상에 침방울이 튀도록 괴이한 웃음을 웃고 웃었다. 마치 웃지 못해 죽은 귀신이 들러붙은 사람들처럼 웃고 있었다.

"알것십니더."

이윽고 먼저 웃음을 그친 긍복이 눈물까지 번져 나온 얼굴로 말했다.

"흔해빠진 기 양반, 그런 소리가 나온 이유를 알것십니더."

배봉도 얼굴에서 웃음기를 거두고는 포부를 밝혔다.

"흔해빠진 기 양반, 그런 소리 아이라 그보담 몇 배나 안 좋은 말 들어도, 내는 반다시 양반이 될 끼요."

천박스럽게 비칠 정도로 현란한 병풍에 눈길을 주고 있던 긍복이 느닷없이 상대방 허를 찌르듯 했다.

"나리가 양반만 되모, 화룡점정이지예."

"화룡점정?"

긍복은 이상할 정도로 자꾸만 마음속에서 솟아나오는 이런 말을 떨쳐버리려고 안간힘을 다했지만 잘 되지 않았다. 안골 유령, 안골 유령…….

문득, 배봉은 긴장하는 빛을 엿보였다. 고사리도 꺾을 때 꺾는다고, 긍복이 무슨 고사 성어나 한자 성어 따위를 들고 나올 땐, 그 나름대로는 그렇게 해야 할 필요가 있는 시기였던 것이다.

"용을 다 그리고 나서, 맨 마즈막에 눈동자를 그려넣었더이 말입니더."

"……."

"아, 그 용이 안 있십니꺼, 진짜 용이 돼갖고 구름을 타고 하늘로 날아올랐다쿠는 고사에서 나온 말이지예."

긍복은 날갯짓을 해보였고, 배봉은 개에게 쫓기는 닭이 퍼드덕거리는 것같이 하고 있는 긍복을 힐끔거리며 말했다.

"말 그대로, 용천한다 그거요?"

실로 갈수록 점입가경이 아닐 수 없었다.

"하지만도 마즈막 눈동자가 쉬븐 기 아이라서요."

"안 쉬버모?"

배봉이 자못 심각한 낯빛을 지었다. 긍복은 화룡점정에 대한 엉터리 풀이도 알지 못하는 상대를 내심 비웃으면서도, 이쯤에서 반드시 꺼내야 할 말을 내비쳤다.

"우짜든지 간에 돈이모 한 개도, 아니 반 개도 안 되는 기 없는 시상인께, 나리가 양반 되시는 거야 시간문제 아입니꺼."

배봉의 덕석 같은 낯판에 금방 함박웃음이 핀다.

"허, 시간문제라."

궁복이 되레 황당해지고 말았다. 실상인즉슨, 그에게 시간문제를 일깨워주려는 게 결코 아니었다. 돈, 돈이었다. 어쩌면, 아니 틀림없이 저놈이 피해가려는 것이다. 돈을 많이 지불하지 않을 길로 말이다.

"시간, 시간, 시……."

중 염불하듯 혼자 그렇게 중얼중얼하던 배봉이, 꼭 시간에 쫓기는 사람처럼 갑자기 방문 저편을 향해 호기롭게 소리쳤다.

"요춘아, 난희야! 오데 있노?"

궁복이 얼굴에 와 앉는 파리를 쫓으려다가 손바닥으로 잘못 쳐서 아픈 표정을 지었다. 궁복 눈에 '안골의 유령'으로 비치는 배봉은 특이한 무늬와 빛깔의 벽지에 눈을 박고서 큰 소리로 말했다.

"우리 이약 모도 끝났은께 너거들 인자 고마 퍼뜩 이리 들오이라. 내 시방부텀 너거 해어화解語花들하고 시상 만사 싹 다 잊아삐고, 시간 가는 줄 모리고 한분 질펀하기 놀아볼란다."

새끼 기생 그리고 매구

"어이구, 매구. 매구야, 니 우째서 그리 매구고?"

긴 물빛 치맛자락이 땅바닥에 질질 끌리는 엄 노파는, 옥진을 보자마자 주름투성이 얼굴 가득 웃음을 띠며 말했다.

"할무이! 할무이는 와 내마 보모 매구라 캅니꺼, 예에?"

옥진은 제 깐에 무척이나 화가 났다. 어린 꽃송이마냥 작고 붉은 얼굴이 금방 불타버릴 듯했다.

"매군께 매구라 쿠제, 매구 아인데 내가 매구라 쿠나?"

엄 노파는 너무나도 당연한 일을 가지고 왜 그러느냐는 투였다. 약한 바람에도 날리는 늙은이의 허연 머리칼이 실밥같이 가늘어 보였다.

"내 이름은 매구가 아이고예, 옥지이라예, 강옥지이."

옥진은 계속 앙칼지게 쏘아붙였다. 그렇지만 한 동네에 사는 엄 노파는 톡톡 쏘는 어린 옥진이 더 예뻐 못 견디겠는 듯, 한술 더 떠서 이번에는 껴안으려고 그 수세미 같은 손까지 내밀며 말했다.

"니 오데 가지 말고 내하고 노자."

"시방 머라캤어예? 누하고 놀아예? 씨이."

옥진이 버릇없이 굴거나 말거나 엄 노파는 조금도 아랑곳하지 않았다.

"니 좋아하는 거 다 주낀께."

그러면서 치마와 저고리 속에 손을 집어넣어 무엇인가를 슬쩍 끄집어내는 시늉까지 해보였다.

"시러예, 시러."

옥진은 작은 꽃 모가지 같은 목을 흔들어댔다.

"내 좋아하는 거 안 주시도 된께, 매구라쿠는 소리만 하지 마이소. 알 것지예?"

입이 야무지기가 한량없었다. 하지만 엄 노파는 이빨 듬성듬성한 입을 흡사 시커먼 동굴처럼 벌리며 말했다.

"매군데 와?"

그 말이 땅에 떨어지기도 전에 이런 소리가 나왔다.

"그렇다 말입니더!"

옥진은 잽싼 청설모처럼 쪼르르 집으로 도망치기 시작했다. 그러자 운신도 간신히 하는 엄 노파가 붙잡지는 못하고 입으로만 따라붙었다.

"매구, 아, 옥진아이."

옥진은 달아나면서도 씨부렁거렸다.

"씨이, 할무이하고 내 다시 이약하나 봐라."

그런데 바로 그다음 순간이었다. 직각으로 꺾여 들어간 근처 어떤 집 낮은 담장 뒤에 있다가 슬그머니 밖으로 몸을 드러내는 웬 사내아이 하나가 있었다. 분명히 그때까지 거기 숨어서 옥진과 엄 노파를 훔쳐보고 있었던 게 틀림없었다.

그 사내아이는 멀어져 가는 옥진을 유난히 커다란 눈으로 가만히 바라보았다. 얼핏 봐도 더없이 진한 안타까움과 애틋함이 잔뜩 묻어나는 눈빛이었다. 아무래도 나이와는 걸맞지 않은 어색한 행동이었지만 그 아이로선 진정으로 간절한 순간인 것 같았다. 특히 모든 걸 집어삼킬 것 같은 그 눈이 그랬다. 어쩌면 매우 위험해 보이기까지 했다.

그 사내아이는 근동에서 '울보'로 소문나 있는 왕눈이 재팔이었다. 울먹울먹하는 그 품이 금세 '앙!' 하고 울음보라도 터뜨릴 것 같아 보였다. 가까스로 참아내고 있는 그의 뒷모습이 초라하고 왜소한 느낌을 자아내었다.

"씨이~."

옥진은 새근발딱거리며 계속해서 내달렸다. 제 몸뚱어리에 지푸라기처럼 붙어 있는 이름 하나를 떨쳐버리기라도 하려는 듯 마구 달렸다.

'매구.'

옥진은 어쩐지 그 소리가 싫었다. 너무너무 안 좋았다. 옥진을 매구라고 부르는 사람은 꼭 엄 노파뿐만이 아니었다. 입 달린 사람은 전부 다 그랬다. 하나같이 부아가 나게 까르르 낄낄 웃었다. 그 웃는 낯짝에다가 오물이라도 퍼붓고 싶었다.

"옥진아이, 니 얼굴이 와 그렇노? 또 누가 닐로 놀리묵더나?"

볕 좋은 대청마루에서 다듬이질하고 있던 동실 댁이 놀라 물었다. 그러다가 옥진이 함부로 내닫는 것을 보고 꾸짖는 목소리로 말했다.

"고마 마당에 팍 엎어지것다. 우찌 딸아가 돼갖고 좀 살살 몬 댕기것나."

근동에서 최고의 미인으로 소문난 그녀는 여전히 처녀만큼이나 피부가 곱고 아름다웠다. 아마 한양에서도 그런 미모는 쉽게 찾아보기 힘들 것이다. 그리고 비화와 마찬가지로 무남독녀인 옥진은 완전 동실 댁 축소판이다.

"옴마!"

"와?"

"……."

"사람을 불렀으모……."

옥진은 말 그대로 주둥이가 한 발이나 나왔다.

"매구가 머꼬?"

"머?"

"아, 매구!"

"매구?"

딸자식의 느닷없는 소리에 동실 댁 눈이 휘둥그레졌다.

"아닌 밤중에 홍두깨라더이, 각중애 와 매구 이약이고?"

옥진이 마루 끝에 만삭의 산모처럼 털썩 몸을 내려놓는데, 얼굴은 겉껍질이 유난히 붉은 홍옥 같았다. 어쨌든 듣는 사람 귀청이 떨어져 나가게 고함을 질렀다.

"매구가 머시냐꼬오?"

옥진은 평소에는 어머니에게 말을 높이다가도 화가 나거나 울적하면 지금처럼 제멋대로 내뱉곤 했다.

"야가 와 큰소리 지리고 난리고? 여 오데 귀묵은 사람 있나?"

그렇게 퉁을 주듯 하면서도 동실 댁은 손에 들고 있던 나무방망이 두 개를 다듬잇돌 위에 내려놓고 옥진을 멍하니 바라보았다. 옥진의 새카만 눈이 어서 대답해 보라고 재촉하고 있었다.

"매구는, 그란께 머라 캐야 되노."

훤히 알고 있는 것인데도 막상 설명을 해주려고 하니 얼른 안 된다. 동실 댁은 한참 궁리 끝에 주섬주섬 섬겨가며 말했다.

"하는 짓이 안 밉고, 깜찍하고, 아, 머보담도 이쁘고."

"……."

"머 그런 여자아를 매구라 안 쿠나."

하지만 옥진은 그 정도 설명으로는 도시 성이 차지 않는 모양이었다. 제비 새끼같이 조그만 주둥이로 계속 따지듯 캐물었다.

"또, 또 머가 매군데?"

동실 댁은 그제야 알았다는 듯 말했다.

"오오라, 그라고 본께, 누가 또 널로 보고 매구라 글 캤는가베? 호홋."

희고 고운 손으로 입을 가리며 웃었다.

"옴마 니 웃어쌌지 마라."

완전 정색을 한 늙은이 상의 옥진이다. 동실 댁은 여전히 장난기 서린 목소리였다.

"그라모 웃어쌌지 말고 울어싸까?"

그러자 옥진이 저보다 더 어린 사람한테 하듯 했다.

"옴마 니가 왕눈이가?"

"왕눈이?"

"하모."

"아, 재팔이 말가?"

그 소문난 울보를 떠올리자 동실 댁은 정말이지 갑자기 울고 싶은 심정이 되었다. 그 이유를 대라면 선뜻 대지는 못할 것 같지만 지금은 그랬다.

"넘들이 기분 안 좋아할 때는 웃거나 큰소리 지리모 안 된다꼬……."

다듬잇돌 위에 가위 모양으로 걸쳐져 있는 다듬잇방망이들을 흘낏 보고 나서 말했다.

"옴마가 지 입으로 장 말해놓고는."

하루아침에 갑자기 부쩍 자라버린 것같이 지나치게 어른스러운 말을 하면서도 옥진은 여전히 시근덕거렸다. 그걸 본 동실 댁이 이윽고 말했다.

"내는 기분 안 좋나."

옥진은 대뜸 쏘아붙였다.

"기분 좋아?"

동실 댁은 웃음 깨문 입술로 말했다.

"그렇제."

그러자 어른에게, 아니 아이에게도 해서는 안 되는 소리까지 옥진 입에서 나왔다.

"옴마 니 미친 기가?"

동실 댁은 그만 귀를 의심했다.

"어, 머라꼬?"

"씨이."

옥진이 거침없이 상소리를 했고, 동실 댁은 이번에는 욕설까지 해대는 딸이 너무 낯설고 어이가 없는지 목청이 좀 높아졌다.

"아, 저노무 가시나가 욕하는 거 좀 보래?"

"와 내 욕하는 거 첨 봤나?"

옥진 마음에 어머니나 엄 노파나 똑같다.

"옴마 이약 잘 들어봐라."

동실 댁은 억지웃음을 지으며 딸을 달랬다.

"우리 옥지이가 에나 이뿐께네 사람들이 모도 그리쌌는 기다. 안 이뻐 봐라, 누가 그런 소리를 하는고?"

옥진이 뾰로통한 볼로 퉁명스레 내뱉었다.

"내는 싫다 고마."

"그기 와 시러?"

위채 축담에서 내려다보이는 아래채 지붕은 어쩐지 웅크려 있는 몰골이었다.

“안 이뻐도 된께, 매구 소리 안 들으모 좋것다.”

“그렇나?”

“하모.”

“그으래?”

동실 댁도 그만 심각한 얼굴이 되었다. 그러잖아도 웬 영문인지 모르나, 가끔 늙은이같이 한숨을 폭 내쉬거나, 잔뜩 구름 낀 하늘처럼 어둔 낯빛이거나, 무슨 말인가를 할 듯이 할 듯이 하다가 그만두곤 하는 딸이었다.

“이 옴마도 싫다 아이가, 니가 매구가 되는 거는.”

동실 댁 그 말에 옥진 눈이 햇빛 비친 저수지처럼 반짝 빛났다. 그러고는 내 말이 맞지? 하는 투로 나왔다.

“봐라. 옴마 니도 글 쿰시로.”

“니하고 내하고만 그런 기 아이고…….”

동실 댁은 세상에서 쓰는 말 그대로를 들려주기 시작했다.

“사실은 안 있나, 매구라쿠는 기 좋은 거는 아이거든.”

옥진이 마땅한 트집거리라도 잡은 아이같이 확인했다.

“맞제? 안 좋은 기제?”

동실 댁은 방금 한 말을 후회했다.

”그라이 매구가 머신고 말해 조라, 응? 옴마.”

옥진은 제 발만큼이나 앙증맞은 신발 한 짝은 댓돌 위에, 다른 한 짝은 마당가에 떨어지게 벗어놓고는 마루로 올라왔다. 그런 다음에 동실 댁 턱밑에 바싹 붙어 앉아 이래 올려다보는데 아이 눈빛이 아니었다. 그 순간, 동실 댁은 그만 오싹함을 느꼈다. 입에서 신음 같은 소리가 흘러나왔다.

"아!"

세상은 날이 갈수록 인륜이 무너지고 있다. 딸과 나들이 갔을 때 나잇살이나 먹은 사내들이 옥진을 보는 눈빛이 여간 끈끈한 게 아니었다.

"예로부텀 이쁜 꽃은 손을 타기 십상이라. 우리 옥지이가 얼라(어린 애)라꼬 벌로 바깥에 내놓으모 안 되는 기다."

동실 댁은 친정어머니 말이 떠올라 또 가슴이 벌름거렸다. 아직 젊은 날 신이 내려 자칫 무녀가 될 뻔했던 오 씨는 무서울 정도로 예언이 맞았다. 신기하다기보다 섬뜩했다. 지금 동실 댁 눈에도 옥진은 천년 묵은 여우가 변했다는 매구였다.

'방금 우리 진이 말마따나 내가 미칫나.'

언제나처럼 이날도 변함없이 뜰에 서 있는 나무들을 처음 보는 것처럼 바라보았다.

'눈이 우찌 돼뻰 기 아이가?'

동실 댁은 가느다란 고개를 세게 내저었다. 턱밑에 딱 쪼그리고 앉은 옥진 얼굴 위에, 옛날 동실 댁 자신이 꽃가마 타고 시집올 때 잠시 멈춰 쉬었던 고갯마루에서 본 그 여우 낯짝이 겹쳐 보이지 않는가?

'우찌 해필…….'

아무리 여우가 많이 들끓어 '여시골'이라고 불리는 곳이긴 하더라도, 혼례식 날에 그런 요물을 만났다는 게 동실 댁은 잘 자다 일어나 생각해 봐도 꺼림칙했다. 옥진이 하도 예뻐 그런 느낌이 갈수록 더한층 심해지는지 그건 자세히 모르겠다. 동실 댁은 자신도 모르게 바보같이 멍해지면서 앉은 자리에서 그대로 쓰러지려고 했다.

"옴마, 옴마!"

"으."

"와 그라노?"

"으으."

깜짝 놀란 옥진이 조그만 손으로 동실 댁 무릎을 잡아 흔들면서 외쳤다. 동실 댁은 정신을 차리려고 무진 애썼다. 눈을 몇 번이나 깜빡깜빡했다. 그러고는 크게 떴다. 비로소 옥진 얼굴에서 여우가 사라졌다.

"아이다, 아모것도."

"옴마."

"괘안타."

"에나?"

"하모."

동실 댁은 당황하는 딸을 안심시켰다. 옥진에게 매구 이야기를 들려주어도 될까 싶었지만 그 고집을 알았고, 어차피 한 번은 들려줘야 할 터였다.

"매구 이약은 고을마다 없는 데가 없을 만치 마이 있다쿠더라."

옥진은 눈 하나 깜짝하지 않고 듣고 있다. 평소 집착이 강한 딸자식인 줄은 알지만 그 순간에는 두렵게 느껴지기까지 하는 동실 댁이었다.

"옴마가 젤 잘 아는 거, 함 말해볼란다."

이왕 들려줄 바에는 확실하게 일깨워줄 필요가 있었다. 그래야만 앞으로는 이런 사건 때문에 힘들어하는 일이 없겠기 때문이었다.

"이거는 저게 옥봉리서 전해져 오는 이약인 기라."

"향교 있는 거게?"

"어? 니가 향교도 아나?"

"향교를 와 몰라? 공부하는 데지."

야트막한 흙 담장 너머로 앙증맞은 참새 무리가 날아들었다. 뭐 주워 먹을 것도 없는데 필사적으로 마당을 쪼아대는 노란 부리가 무모하게 보이면서도 어쩐지 서글펐다.

"구신 이약, 그리하모 오데가 젤 쌔뻿데?"

동실 댁 말이 떨어지기 무섭게 옥진이 작은 몸을 떨었다.

"선학재 아이가, 옴마."

"그래, 맞다, 공동묘지 있는 거게."

우리 옥진이 많이 컸구나 싶었다.

"그 선학재를 안 있나."

"응."

"사또가 밤에 가고 있는데……."

"원님이……."

"허연 옷 입은 여자가 눈에 비인 기라."

"허, 허연 옷 입은 여자?"

옥진이 좀 두려운 듯 되뇌었다. 동실 댁 또한 방금 자기 입으로 말해 놓고도, '하얀 옷'이 아니라 '허연 옷'이란 그 말이 왠지 모르게 섬뜩하면서 사람 마음을 불편하게 만든다는 생각이 들었다.

"하모, 그거도 짚 갖고 덮은 시체 우에서 말이제."

옥진이 더욱 무섬증 타는 얼굴로 말했다.

"매구 이약 해 달라 안 캤나? 구신 소리 말고."

동실 댁도 짐짓 몸을 떨어 보였다.

"시방 매구 이약을 하고 있는 기다, 내가."

옥진이 동실 댁 옆에 가까이 붙어 앉으며 말했다.

"그라모 해봐라."

다른 새 우는 흉내를 잘 낸다는 방울새 한 마리가 위채와 아래채를 오가며 울음소리를 내었다가 그쳤다가 하고 있었다.

"사또가 본께, 글씨, 시상에 안 있나."

"……."

동실 댁은 억지로 실토하는 사람 같았다.

"그 여자가 시체 피를 빨아묵고 있는 기라."

"시체 피를 빨아묵어? 여자가 말이가?"

옥진이 더 다가앉는다.

"하모. 그래갖고 사또가 머라 캤제."

"그 사또 에나 간도 크다."

"에나 간도 크제?"

"그 사또는 좋것다, 간이 커서."

"니 아부지도 간이 안 크나."

"기다 기다, 그거는."

잠깐 사이를 두었다가 동실 댁이 다시 입을 열었다.

"그래갖고 쌈이 붙었다. 쌈이 붙었는데, 사또가 안 있나, 칼 갖고 여자 귀 하나를 팍 잘라삔 기라."

"무서버라. 그래갖고 또?"

모녀가 모두 치를 떨었다.

"여자가 가고, 그 귀를 주우갖고 왔다 쿠데."

"귀."

옥진의 두 손이 양쪽 귀에 가 있었다. 한데, 막는 것이 아니라 잡고 있었다.

"와 무섭나? 고마하까?"

"아, 아니."

"고마하라모 고마하께."

"해, 해."

동실 댁이 걱정되어 물었지만 옥진은 몹시 질린 낯이면서도 계속하라고 했다. 동실 댁은 고개를 갸웃했다. 옥진이 왜 두 귀를 잡고 그러는지 동실 댁은 몰랐다.

옥진은 떠올리고 말았다. 그날 저 대사지에서 귀를 잡아 흔들던 손들. 날카로운 불 칼로 베듯 참을 수 없는 아픔을 느끼게 하던 악마들.

"에나 더 해도 되것나, 으응?"

동실 댁은 내 배로 낳은 자식이라도 여간 모진 게 아니구나 싶었지만 한편으로 마음 든든했다. 험한 세상 살아가려면 여자라도 큰 배포와 간담을 가져야 하리라.

"사또는 얼릉 날이 새기를 기다릿다가 안 있나."

"그, 그랬다가?"

"나졸을 풀어 범인을 잡아들이라 캤디라."

"잘됐다. 신난다."

아직도 아이는 아이인가? 동실 댁 생각이었다. 방금까지만 해도 크게 질렸던 옥진 얼굴이 그새 들떠 보였다.

"나졸들이 옥봉리에 갔는데, 귀 한 짝 없는 젊은 여자를 찾았제."

그 얘기를 들은 옥진은 또 금방 바뀌어 한층 몸을 옹송그렸다.

"귀 한 짝이 없는."

동실 댁이 또 물었다.

"고마하까?"

옥진도 또 대답했다.

"아이다, 해라."

먹을 것을 찾지 못한 참새들이 우르르 집 바깥으로 한꺼번에 날아갔다. 담벼락 저쪽 보부상들이 가다가 간혹 그 밑에 앉아 곰방대를 피워 물곤 하는 길가 플라타너스 나뭇가지로 자리를 옮기는 모양이었다. 거기에는 벌레들이 얼마나 붙어 있는지 모르겠다.

"알아본께, 그 여자는 밤만 되모 있제."

"바, 밤만 되모?"

"천년 묵은 야시로 둔갑하는 기라."

"천년 묵은 야시로 말이가?"

참새 소리가 천년 전의 소리처럼 아슴푸레하게 들려왔다. 천년 묵은 여우가 내는 소리는 어떠할까.

"하모, 야시로 싹 변해갖고……."

동실 댁은 가쁜 숨을 몰아쉬고 나서 말을 이었다.

"무덤에서 시체 옷을 벗기와 갖고 집 안에 있는 장독에다가 넣고 또 넣고 했다 안 쿠나. 아, 몸써리야."

"옷을?"

무서운 이야기를 듣는 옥진은 몸을 떨었지만 눈빛은 작두날 같은 기운이 짙게 서려 있었다. 또다시 대사지에서의 일이 떠올랐던 것이다.

그랬다. 언제부터인가 옥진은 자신도 모르게 가슴 저 깊고 깊은 밑자리에 두려움과 함께 조금씩 증오심을 키워가고 있었던 것이다. 그리고 그게 장차 어떤 결과를 낳게 될 것인가는 오직 신만이 알고 있을 것이다.

'저 눈 좀 봐라.'

딸아이의 작두날 같은 그 시퍼런 눈길에 동실 댁은 가슴이 베이는 듯 섬뜩했다. 이런 생각마저 들었다.

'증말 쟈(저애)가 내 딸 맞는 것가?'

그때다. 마루 밑에서 기어 나와 마당을 가로질러 시궁창 쪽으로 급하게 달려가는 쥐 세 마리가 보였다. 마치 매구 콧구멍에서 나왔다는 세 마리 쥐처럼.

"오, 옴마! 쥐, 쥐다!"

옥진이 동실 댁 품속을 파고들었다. 그런 딸을 두 손으로 얼른 안아주며 동실 댁은 입속으로 중얼거렸다.

"와 해필이모 똑같이 세 마리고?"

매구 이야기는 끝이 났다. 동실 댁은 다듬잇방망이를 두드려 구겨진 용삼의 의복을 펴고 반드럽게 한 후 일어서며 말했다.

"정지 가서 옴마 좀 도와 도."

"정지?"

"하모, 와?"

"으응."

옥진이 느리게 고개를 끄덕이는데 부엌에 가는 걸 영 마뜩찮아 하는 눈치였다.

'앞으로 우찌될라꼬 저라는지.'

동실 댁 마음이 또다시 먹장 갈아 부은 듯 어두워졌다. 여자는 음식 잘하고 옷 잘 지으면 제일인데 옥진은 그게 서툴렀다. 무엇이든 자꾸자꾸 해야 손에 익을 텐데 도무지 그런 일 하길 싫어했다. 동실 댁은 그야말로 혀가 닳도록 타이르곤 했었다.

"지발 비화 언가 뽄 좀 봐라. 아즉 나 몇 살 안 묵어도 시방 해쌌는 거 보모, 올매 안 가서 밥도 짓고 빨래도 할 끼다."

"……."

"니는 와 그리 좀 야무치지 몬하노? 무울 거를 몬 묵나, 입을 거를 몬 입나?"

동실 댁이 그럴수록 더 입 봉하는 옥진이었다. 그런데 동실 댁이 더욱더 안타깝고 답답한 게 용삼의 딸 역성이었다.

"임자, 괘안소."

"예?"

끌어다 써도 참으로 억장 막힐 소리로 막는다.

"공주님이 손에 물 묻히는 거 봤소?"

"그라모 여자가 일 안 하고 머할 낍니꺼?"

"아, 할 일이 없으까이? 정 없으모 안 해삐모 되제."

"안, 안 해삐모!"

동실 댁은 딸이 있는 자리에서 그런 소리를 하는 남편이 너무 야속하고 속이 없어 보였다. 하지만 용삼은 동실 댁 듣기에 참으로 허황한 이야기를 계속 늘어놓았다.

"사람은 다 지끼미(자기) 지 복 갖고 태어난다 안 쿠디요."

"복도 노력 안 하모……."

"그러이 걱정 딱 붙들어 매소."

"우찌 걱정이 안 돼예?"

동실 댁 얼굴에 수심이 찬다. 찬비 맞은 수선화를 연상시키는 그녀는 처녀 시절에 총각들 가슴을 어지간히도 깎아내리게 했다.

"천하없어도 우리 옥진이사 왕비맹캐 공주맹캐 그리 호강함시로 살아갈 낀께, 아, 내사 하나도 걱정 안 되거마. 옥진아, 그렇제?"

용삼은 천하태평이다.

"어유, 당신께서 날마당 그라신께 옥진이 조것이 갈수록 더 저라지예."

"하하하. 함 두고 봐라 안 쿠요. 아, 우리 옥지이 아바이(아버지) 말이 아조 따악 맞았네? 그랄 날이 올 끼라."

동실 댁은 꼭 도살장 끌려가는 소같이 느릿느릿 따라붙는 옥진을 모르는 척하며, 섬돌에 놓인 신발을 꿰차고 부엌으로 들어갔다. 그러고는 잠시 후에 입을 열었다.

"오늘 저녁참에 비화 아부지 오신다 캤다."

그 말이 떨어지기 무서웠다.

"아, 비화 언가 아부지가예?"

옥진은 조금 전까지의 토라졌던 감정은 깡그리 가신 듯 더없이 환한 목소리가 되었다. 말도 당장 높임말이다. 동실 댁은 바삐 일손을 놀렸다.

"특밸히 초대한 기라꼬, 니 아부지가 내한테 비화 아부지 좋아하시는 비빔밥 잘 맨들어 놔라 안 하싯나."

옥진은 이제 동산에 둥실 떠오르는 보름달처럼 밝은 얼굴로 말했다.

"비화 언가도 같이 온다 쿠던가예?"

잔뜩 기대에 찬 모습까지 엿보였다. 동실 댁은 대나무 살강 위에 차곡차곡 엎힌 그릇들을 하나씩 조심스럽게 내리며 대답했다.

"그거는 내도 모린다. 아마 같이는 안 올 끼다."

옥진 얼굴이 금방 시무룩해졌다. 변덕이 죽 끓듯 하는 딸을 보고 동실 댁이 혀를 찼다.

"똑 두 개 묵고 한 개 안 준 사람매이로 그리 퉁해 있지 말고."

아궁이 위에 솥이 걸린 언저리를 눈짓으로 가리켰다.

"거게 부뚜막에 있는 깨소곰하고 참지름이나 쌔이 이리 조 봐라."

옥진은 마지못한 목소리였다.

"알았어예."

동실 댁은 억지로 속을 삭이는 음성이었다.

"알았는데 대답이 그렇나?"

"몰라예."

옥진이 가만히 보니 재료도 참 많았다. 어머니가 간혹 비빔밥을 만들어주곤 했지만, 이날만큼 한 상 거창하게 차리려고 하는 것은 여태 보지 못했다.

"내가 오늘은 진짜 우리 고장 비빔밥 한분 맹글어볼라 안 쿠나. 그런께 니도 소매 동동 걷어붙이서 도와 도."

불시에 관직에서 물러난 후 내내 풀죽어 있는 이웃 호한을 위해, 용삼이 각별히 신경 써서 대접하려고 마음먹은 것이다. 옥진 입이 절로 벌어졌다.

콩나물, 애호박나물, 고사리, 질금, 정구지, 근대숙주, 묽은엿고추장, 청포묵…….

"비화 언가가 오모 좋을 낀데."

"또 그 소리가? 하기사."

비화가 보면 환호성을 막 질러댈 판이었다. 비화는 소꿉놀이할 때도 음식 만들기와 옷 짓기를 그리도 좋아한다. 그러고 보면 비화와 옥진은 남들이 보기에는 친자매같이 지내는 사이지만 천성적으로 아주 다르다고 할 수 있었다.

옥진은 또 나이에 걸맞잖게 늙은이처럼 한숨이 폭폭 터져 나왔다. 정말 어머니가 늘 하는 얘기처럼 여자로 태어난 내가 어떻게 살아가려는지. 하기야 아직은 그런 소리를 듣고 그런 생각을 할 시기도 아니지만. 그런데 옥진 귀에 문득 들리는 소리가 있었다.

–똑 새끼 기생이다.

옥진은 징그러운 벌레라도 붙은 듯 앙증맞은 머리를 힘껏 흔들었다. 그렇지만 그래봤자 아무 소용없다는 듯 한층 크게 달라붙는 소리.

–똑 새끼 기생이다.

새끼 기생. 옥진 머릿속에 그날 일이 무척 생생하게 되살아났다. 이상하게 시간이 흐를수록 지워지기는커녕 더욱더 또렷해지는 기억이었다. 아니, 아직은 감정을 정확하게 표현할 수 없는 나이지만 이상하다는 것보다 기분이 너무 좋지 못하다는 게 더 맞는 말이다.

저 임진년에 일본군의 공격을 받은 신북문 옹성이 있었다는 곳을 비화와 함께 지나다가 기생들이 타고 있는 가마 행렬을 만났었다. 그들을 본 행인들이 하는 얘기로는, 저 남강 의암에서 가락지 낀 두 손으로 왜군 장수를 꽉 끌어안고 물속으로 뛰어내려 함께 죽은 논개의 제사를 지내려고 논개 영정과 위패를 모셔놓은 사당인 의기사義妓祀로 가는 중이라 했다.

"우와! 저기 모도?"

먼발치서 기생 한두 명은 봤지만 그렇게 무리 지은 기생들은 난생 처음이었다. 한마디로 세상에서 가장 예쁜 꽃들의 행렬이었다. 거리는 온통 그녀들의 향기로 넘쳐나는 듯했다. 한 사람이 들어앉고, 앞뒤에서 멜빵에 걸어 메게 된 그 탈것을 멘 가마꾼들도 하나같이 신바람이 붙은 얼굴이었다. 가던 걸음 멈추고 선 구경꾼들은 저마다 입 하나가 모자랄 판국이었다.

"여게가 하늘나라 아이가."

"하늘나라?"

"하모, 선녀들 있는 덴께."

"내는 운제 저런 기생들하고 풍악 한분 잽히 볼꼬."

"쯧쯧. 시방 신성한 논개 제사 뫼실라꼬 가는 기생들 보고, 그 뭔 구신 씨나락 까묵는 소리가?"

"신성한 거하고 기생 좋아하는 거하고는 다린 문제다 고마."

"참말로 말 하나는!"

"와 말 하나라? 말 여러 개제."

퉁바리 던지는 자도 맞는 자도 똑같이 들뜬 표정들이었다. 신나는 볼거리가 별로 없는 사람들에게 그건 확실히 하나의 대사건이었다. 특히 비화와 옥진 같은 어린 여자애들 눈에 비친 기생의 모습은 신기했다.

그런데 실로 예상하지 못했던 일 하나가 그다음에 벌어졌다. 그것은 가마 한 대가 갑자기 길 중간에서 멈추면서 시작되었다. 가마의 휘장이 약간 걷히더니 곧 기생 얼굴 하나가 드러났다. 모두의 눈길이 거기로 쏠렸다. 약간 나이 들어 보이는 기생이었다. 다른 가마에서 젊은 기생 하나가 급히 내리더니 그 가마 쪽으로 쪼르르 달려가서 이렇게 물었다.

"와 그라시는데예. 무신 일이 있으신 기라예?"

나중에야 안 일이지만, 나이 든 기생은 이른바 기생 어미였다. 기생 어미는 잔주름이 곱게 간 얼굴에 가만히 미소 지으며 말했다.

"아이다. 내가 쪼꼼 자세히 보고 싶은 아가 있어 가매를 멈추거로 했다."

젊은 기생의 다홍치마처럼 불그레한 얼굴에 궁금증이 일었다.

"누를 볼라꼬 하심인지?"

기생 어미가 눈처럼 새하얀 손을 들어 한 곳을 가리켰다.

"저게 저 아 말이다."

젊은 기생이 길가에 가로수같이 죽 늘어선 사람들을 보며 또 물었다.

"우떤 아 말씀이시지예?"

그러면서 찾으려고 했다. 그러자 기생 어미는 크게 흔들리는 얼굴로 대답했다.

"저 여자아이."

그 순간, 옥진과 비화는 깜짝 놀라지 않을 수 없었다. 기생 어미의 가늘고 긴 검지 끝이 가리킨 곳. 그곳에는 이제 막 벌어지려는 꽃송이를 방불케 하는 옥진의 조그만 얼굴이 있었던 것이다.

"아."

옥진은 하도 당황하여 어쩔 줄 몰라 했다. 단지 기생 어미뿐만 아니라 그새 다른 가마에서 내린 여러 기생들과 노상의 숱한 행인들 눈길이 일제히 자신의 얼굴에 화살같이 꽂힌 것이다.

"내 일찍이 저리도 꽃다운 얼골은 본 적이 없어."

기생 어미는 아직도 제 눈을 믿지 못하겠다는 눈치였다.

"군계일학맹캐 확 눈에 띄었제. 아이제. 학 정도가 아인 기라."

논개를 모셔 놓은 의기사로 가는 길이기에 기생 어미는 더한층 큰 감동과 충격에 사로잡히는 게 아닌가 싶기도 했다.

"아아, 아즉 장성치 않은 여자아이가 우짜모 저다지도 고울 수 있단 말이던고?"

뒤늦게 옥진을 발견한 다른 여러 기생들도 저마다 하나같이 경악하는 빛을 감추지 못했다.

"아모 화장도 안 한 맨얼굴이 저 정도라쿠모, 치장한 모습은 우떨랑고 에나 상상이 안 돼예."

"내는 도로 무섭네예, 사람이 아인 거 겉애서."

"청순함과 요염함이 섞여 있어예. 나라를 기울게 할 저 미색!"

경국지색까지 들먹이는 가운데 기생 어미 목소리가 다시 들렸다.

"내 기방에 오랫동안 몸담아왔지만도, 저토록 향기 나는 여자는 여직 보지 몬했다. 쟈가 장차 우떤 삶을 살아가게 될랑고 궁금하기 짝이 없거마는!"

그러자 기생들 감탄하는 소리가 후렴처럼 다시 이어졌다.

"살다 본께 저런 얼골도 보게 되는가 봐예."

"시상 사람들이 우리를 보고 '말하는 꽃'이라지만도, 쟈는 걸어댕기는 꽃이네예. 아, 누 집 딸아인지 부럽기도 해라!"

"양귀비가 환생한 거 겉어예."

바로 그때다. 인파 속에서 뜬금없이 이런 소리가 튀어나온 것이다.

"새끼 기생 아이가!"

"새끼 기생?"

그게 불을 붙였다. 남이 장에 간다고 하니 거름 지고 나선다더니, 덩달아 곳곳에서 온갖 소리들이 나왔다.

"맞거마는, 새끼 기생. 그 아 보고 저 기생들 따라가라 캐라."

"기생 어미가 탐낼 만도 안 하나."

"논개도 저 아 보모 꼬빡 넘어갈 끼거마는."

거기까지는 그래도 괜찮았다. 이번에는 더욱 엉뚱한 말들이 흘러나온 것이다.

"매구다, 매구!"

"머시? 매구라꼬? 아, 그라고 본께 딱 그렇거마."

"사람이 우찌 저리 이쁠 수 있노? 틀림없이 천년 묵은 야시가 둔갑해 갖고 나타난 기라."

"에이, 이리 훤한 대낮에? 밤이라모 또 몰라도."

기생들과 행인들 소리가 한데 뒤엉켜 하늘과 땅을 가득히 메웠다. 가로수 잎사귀도 사뭇 흔들렸다. 먼 하늘가에서 점점이 흩어지는 건 비둘기 무리인가 보았다.

"고마 가자. 늦것다."

기생 어미가 다시 가마를 움직이게 하면서 마지막으로 한 소리는 이랬다.

"아, 지발하고 미인박명이란 옛말이 쟈만은 비껴가기를……."

이윽고 기생을 태운 가마들이 꼬리를 물고 서서히 움직이고, 길게 늘어섰던 사람들도 아쉬운 얼굴로 제 갈 길 바쁜 듯 흩어졌다. 이제 가로수들만 속절없이 섰다.

옥진과 비화만 남았다. 한바탕 꽃바람이 지나가고 세상은 갑자기 텅 빈 것 같았다. 아니, 남은 게 또 있다. 새끼 기생 그리고 매구.

둘은 한참이나 그 자리에 서서 가마들이 사라진 쪽을 멍하니 바라보았다. 흙먼지도 거의 걷혔다. 옥진이 비화에게 물었다.

"언가, 매구가 머꼬?"

비화도 고개를 갸우뚱했다.

"내도 잘 모린다. 들어본 거는 겉은데 기억이 안 나네."

옥진이 그날 길거리에서 한참 동안 서성거리다가 다시 부엌으로 돌아온 것은, 문득 들려온 동실 댁 목소리 때문이었다.

"옥진아! 니 시방 증신 오데다가 빼놓고 있는 기고? 거 있는 콩나물하고 고사리 좀 얼릉 다듬아라 캐도."

"응? 예."

"야가야?"

"해, 해예."

옥진은 아주 서툰 솜씨로 음식 재료를 다듬으며 어머니 손놀림에 탄복했다. 어쩌면 저렇게 할 수 있을까?

넓적한 놋대접에 고슬고슬한 밥을 담는다. 채를 잘게 썰어 살짝 데친 애호박하며, 묽은 장과 참기름으로 무친 나물하며, 또 머리와 꼬리를 잘라 역시 약간 데친 질금, 여기 지역말로 '소풀'이라고도 하는 정구지 등속을, 밥 위에 보기 좋게 얹는다.

다시 그 위에 가늘게 육회 쳐서 맛나게 무친 쇠고기와 묽은 엿 고추장을 얹고, 다시 그 위에 길고 가느다랗게 썬 청포묵을 서너 개 곁들인다.

탕국도 대단하다. 곱창, 고동줄기, 간받이, 선지를 넣어 끓인 다음, 옥진이 다듬어 놓은 고사리와 콩나물, 도라지 등속을 집어넣어 건더기가 많게 한다. 쌀독에서 인심 난다는데, 우리 집 살림은 여유가 있는가 싶다. 아니다. 비화네를 좋아해서일 거라 생각한다.

'야아, 울 옴마.'

고양이같이 부뚜막에 쪼그리고 앉아서 동실 댁의 뛰어난 조리 솜씨를 넋 놓고 한참 동안 구경하던 옥진 입에서 불쑥 이런 말이 튀어나왔다.

"음식 맨드는 거 본께, 옴마가 매구네예?"

동실 댁은 자칫 양념 그릇을 손에서 놓칠 뻔했다.

"머라꼬?"

옥진은 다리가 저리는지 손으로 탁탁 쳤다.

"매구예."

동실 댁은 웃지도 울지도 못하는 얼굴이었다.

"시상에, 누한테?"

그러나 어떤 매구라도 미처 알아차리지 못했을 것이다. 그 집 문밖에까지 따라와서 혼자 훌쩍훌쩍 울고 있는 눈이 큰 사내아이 하나를.

산모롱이 바람꽃

뜻하지 않게 관직에서 불명예스럽게 물러난 호한.

그는 가슴에 치미는 불길을 잡지 못해 미친 사람 모양으로 이곳저곳 막 쏘다녔다. 그러다 용삼과 함께 술청을 찾아들어 순간을 잊었지만 술 깬 다음 날이면 몸도 마음도 더 힘들었다. 광기와 울분의 나날이었다.

길을 가다가도, 길에서 멈출 때도, 혹시나 배봉과 운산녀를 만나지나 않을까 잔뜩 신경 쓰였다. 점박이 형제 억호와 만호는 물 본 기러기, 꽃 본 나비인 양 아주 득의양양했다. 이제 배봉 세도는 근동에서 하나의 전설이 돼 있다. 무슨 횡포를 부릴지 모르고, 또 속수무책 당할 도리밖에 없을지도 모른다. 아무것도 하고 싶지도 않았지만 할 수 있는 것 또한 하나도 없었다.

그러던 어느 날, 실로 오랜만에 호한은 식솔들을 데리고 집을 나섰다. 비화 기억에 태어난 후 가장 먼 여행이었다. 난생 처음 가보는 곳도 많았다. 호한과 윤 씨는 내내 말이 없었다. 하나같이 백치 같은 얼굴은 생각마저도 없는 사람들을 방불케 했다.

"여게는……."

호한이 벙어리 말문 틔듯 한 곳이 용암마을이다. 거기도 비화로서는 초행이었다. 그래서 새로 태어나고 있다는 기분마저 들 정도였다.

"애비가 진즉 찾고 싶던 데였제."

"여보, 당신은 와 그리?"

물기 젖어있는 아버지 말에 어머니가 저고리 소매 끝을 들어 서둘러 눈물을 훔쳐내는 걸 비화는 보았다. 아무리 어리다지만 부모 속을 통 알 수 없었다. 말할 자리에서는 말을 하지 않고, 말할 자리 아닌데 말한다.

또 그런가 하면, 웃어야 할 일인데 웃지 않고, 울 일 아닌데 운다. 더군다나 거기 마을 초입에 '용암마을'이라고 새겨놓은 큰 입석立石이 있는 곳으로 들어서면서 호한은 웃고 윤 씨는 울었다.

고즈넉한 곳이다. 방금 까마귀 여러 마리가 검은 화살처럼 날아오른 비탈진 밭에서 늙은 소를 몰고 있는 촌로가 보였다. 흰 구름 몇 조각 떠 있는 푸른 하늘을 배경으로 그 모습은 한 폭의 산수화를 연상케 했다. 그렇지만 평화롭다기보다는 고단하다는 느낌을 던져주고 있었다.

"호목虎木이 오데쯤 있십니꺼?"

호한이 목이 잠긴 목소리로 촌로에게 말을 걸었다.

"몇 년 만에 온께 잘 모리것네예."

그러자 아까부터 밭 갈면서 낯선 사람들을 흘낏흘낏 곁눈질하던 촌로가 되뇌었다.

"호목?"

그러면서 이쪽 사람들을 똑바로 바라보더니 확인했다.

"아, 호래이나모 말인가베?"

"예."

호한이 약간 고개를 숙이며 대답했다. 그러자 명태처럼 비쩍 마른 그 촌로는, 그리 밝은 곳에서도 눈이 제대로 보이지 않는지 무슨 이물질이라도 들어간 듯 한참을 끔벅끔벅하더니만 싸릿대 같은 팔을 들어 산 쪽을 가리켰다.

"저게 뵈는 김해 김 씨 선산에 가보소."

비화 가슴이 두근거렸다. 김해 김 씨 선산. 조상들이 누워 계시는 곳. 조상의 무덤이 있는 산기슭, 선산발치 부근에서부터 벌써 심정이 달랐다.

핏줄이란 정녕 묘한 것인가 보았다. 한 번도 만난 적이 없지만 거기 그분들이 모셔져 있다는 그 한 가지 생각만으로도 어린 마음이 그렇게 반갑고 또 평온해질 수가 없었다. 아련한 슬픔과 그리움이 가슴에 물결치기도 했다.

친구 조언직에게, 세도가 안동 김 씨보다 김해 김가가 더 좋다던 아버지. 그렇지만 지금 아버지 얼굴에서 자랑스럽고 떳떳한 빛은 찾으래야 찾아볼 수가 없었다. '김 장군'은 그 어디에서 헤매고 있을까?

"아, 다 왔소, 여보."

호한은 손가락을 들어 한 곳을 가리켰다.

"저어게 저 나모, 느티나모 안 비이요?"

흔들리는 그 말에 윤 씨도 감회 서린 목소리가 되었다.

"그렇네예. 아, 나모는 예전이나 시방이나 변함이 없는데……."

호한이 차분한 목소리로 말했다.

"나모라도 안 변해야제."

"……."

또 울상이 되는 윤 씨를 외면하고 비화를 보면서 물었다.

"비화야, 본께 우떻노?"

비화가 올려다보니 과연 산등성이에 정자나무 한 그루가 우뚝 섰다. 그것은 높은 하늘을 머리에 이고 넓은 대지를 밟고 혼자 서 있어 그런지, 조금은 외로워 보이기도 하고 아주 당차 보이기도 했다.

그러나 왜 '호래이나모'라고 하는지 그 까닭을 알 수가 없었다. 나무가 호랑이처럼 생긴 것도 아니고, 마을 이름도 호랑이 마을이 아니다. 느티나무 옆에는 비석도 상석도 없는 무덤 두 개가 보였다.

이윽고 느티나무 바로 가까이 닿았다. 사위는 여전히 깊은 물속처럼 고요하기만 했다. 모두 숨을 몰아쉬며 나무 밑으로 가 앉았다. 비화 눈에는 그 나무가 수많은 팔을 가진 거인처럼 비쳤다. 어쩐지 그 가지 수만큼의 숱한 사연들을 간직하고 있는 나무 같기도 했다. 지금껏 나무를 보고 이런 느낌을 받아본 적은 없었다. 그건 나무이면서도 나무가 아닌 그 무엇이었다.

"아아아."

문득, 호한이 깊이 탄식하는 소리와 함께 입을 열었다.

"선친께서 지이주신 내 이름자에도 범 호 자가 있건마는……."

윤 씨가 울먹이는 목소리로 말했다.

"여보! 당신께서 그리 자조하시고 심들어하시모……."

그러자 호한이 눈은 호랑이나무 둥치에 둔 채 말했다.

"자조? 자조라 캤소?"

일그러지는 입귀가 그렇게 보기 민망스러울 수가 없었다.

"내사 누를 또 원망하것소."

신기한 일이었다. 까마귀는 어디에도 보이지 않는데 까마귀 울음소리는 틀림없이 들리고 있었다.

'까~악, 까~악.'

그 소리는 이승이 아닌 다른 어느 곳으로부터 들려오는 것 같기도 했다. 호한은 맥없이 고개를 떨궜다.

"이 모도가 이 호한이 모지래서(모자라서) 생긴 일인데……."

모녀가 그의 말을 듣지 못하게 하려는 심산인지 느닷없이 까마귀가 큰 소리를 내었다.

"카오옥!"

다음 순간, 윤 씨와 비화는 깜짝 놀라 외마디 소리를 지르고 말았다. 호한이 갑자기 벌떡 일어서더니 하늘을 향해 깊은 상처 입은 호랑이가 울부짖듯 소리친 것이다.

"어~흥!"

아버지께서 호랑이 소리를 내시다니? 영리한 비화지만 도무지 영문을 몰랐다. 윤 씨는 그 연유를 아는 듯했다. 그래서 비화는 울지 않고, 윤 씨는 울 수밖에 없는 것일까?

"흐으흑."

그때다. '어흥, 어흥' 하고 몇 번이나 더 호랑이가 포효하는 것 같은 소리를 내지르던 호한이 돌연 비화더러 다른 사람 목소리로 말했다.

"호래이나모를 잘 보거라이. 잘 보고 있제?"

"예? 예, 아부지."

비화는 아버지가 왜 느닷없이 그런 알 수 없는 행동과 말씀을 계속하는지 몰라 그저 어리둥절하기만 했다.

"옛날……."

호한은 점점 꿈꾸는 얼굴로 변해갔다.

"영조 임금께서 나라를 다스리시던 시절이라 캤다. 그때 당시 이 지역 김해 김 씨 문중이 자랑해쌌는 장사가 있었다 아인가베."

비화가 나무 그늘에 반쯤 가려진 얼굴로 물었다.

"아, 기운이 억수로 센 사람예?"

"하모."

호한 답변이 짧았다. 비화는 아버지를 올려다보며 말했다.

"심은 아부지도 에나 세시다 아입니꺼?"

"내가?"

비화 대답은 더 짧았다. 확신의 말은 길 필요가 없기에 저절로 그렇게 되는지도 알 수가 없다.

"예."

"허허허."

호한은 늙은이 같은 너털웃음을 터뜨렸다.

"우쨌든 영조 임금님도 아실 정도였던 모냥인데……."

영조 임금을 입에 올리는 아버지가 왠지 아주 아주 먼 옛날 사람으로 여겨지는 비화였다. 그러자 그녀 자신도 과거 속으로 들어가고 있는 기분이었다.

'짹짹, 짹짹짹.'

저만큼 어수선하게 엉클어진 가시덤불 속에서 요란스러운 소리를 내면서 나온 참새 떼가 까맣게 하늘로 날아오르는 게 보였다. 새들은 나무 가시에 찔려 상처를 입지 않는다는 게 신기하고 부러웠다.

'덤불이 커야 토깨비(도깨비)가 난다데.'

비화 머릿속에 언젠가 어머니가 하던 말이 무슨 암시같이 떠올랐다. 어떤 일이나 조건이 갖추어져야 성사가 된다, 그런 뜻이라고 일러주셨다.

"김신망이라쿠는 장사였디라."

그 이름을 입에 올리는 호한은 무척 감격에 찬 음성이었다.

"김신망 장사."

비화는 입으로 한 번만 말해보면 절대로 그것을 잊어버리는 일이 없었다. 호한은 흡사 그곳에 그 장사가 있는 듯 주위를 둘러보면서 얘기했다.

"기운 갖고는 온 천하에서 대적할 자가 없었다 안 쿠나."

"예."

비화는 아버지 팔뚝에 가느다란 힘줄이 서는 것을 보았다. 불과 한두 해 전까지만 해도 누각을 받치는 기둥 같던 팔뚝이 지금은 눈에 띄게 가늘어져 있었다. 마음은 그보다도 더 약해져 있을 것이다.

"김신망 할배는 사냥을 즐기했제."

어느새 '장사'에서 '할배'로 바뀌어져 있었다. 그러자 비화의 가슴은 한층 세찬 물결을 일으키기 시작했다.

"장마당 활 매고 전대롱, 그런께 화살통을 차고 다닛는 기라."

비화 머릿속에 그런 할배 모습이 그려지고 있었다.

"알아주는 술꾼이라 놔서, 술뺑도 허리에 같이 찼다 쿠더라."

호한의 낯빛이 술 취한 것처럼 불콰했다. 윤 씨는 이전에 들은 듯했지만 다소곳이 앉아 귀 기울며 간간이 고개를 끄덕끄덕했다. 어머니는, 아버지가 이런 이야기를 통해 뭔가 좀 달라질 거라는, 예전의 기개 흘러넘치던 그런 대장부로 돌아가리라는, 그러한 어떤 희망이나 기대라도 갖고 있는 걸까? 웅숭깊은 비화의 어른스러운 생각이었다.

"화살도 잘 쏘시고, 술도 잘 잡수셨는가베예?"

비화는 어서어서 그다음 이야기가 듣고 싶었다. 솔직히 평소에는 싫다고 생각하는 술이 그때만은 그렇게 받아들여지지 않았다. 마시면 취하게 한다는 술. 하지만 아버지가 취한 모습은 거의 본 적이 없었다.

"그래서예, 아부지."

비화의 재촉을 받은 호한 얼굴에 엷은 미소가 살아났다. 아들 못지않게 영리하고 당찬 마음 든든한 딸자식이다.

"잘 함 들어봐라이. 김신망 할배가 우떤 하로는 안 있나, 마을 '이해재(의회재)'에 잠깐 댕기오는 길이었제."

소슬한 가을바람이 산골짜기로부터 불어왔다. 언제나 역마살 낀 것처럼 쏘다니는 바람도 나뭇가지 끝에 와서 앉아 호한의 이야기에 귀를 여는 것 같았다.

"술에 취해갖고 여게 나모 그늘 아래서 낮잠을 잔 기라."

윤 씨 눈에는 호한 스스로가 그렇게 하고 싶어 하는 표정이었다. 살아가기에 힘들고 지친 사람이 모두 그러길 원하는 것처럼.

"그란데 한참 자다 보이, 코끝이 간질간질 안 했것나. 그래 눈을 떠본께, 시상에, 엄청시리 큰 호래이 한 마리가 자기 다리 우에 배를 처억 깔고 누우갖고는, 꼬래이를 사람 얼굴에 대고 흔들어쌌는 기라."

"아, 호래이가예? 우짭니꺼?"

비화가 깜짝 놀라 큰소리를 내었다. 그런데 호한이 무어라 입을 열기 전이었다. 바람이 불어오는 산발치에 사람들 그림자가 나타났다.

"우떤 사람들이지예?"

윤 씨가 몹시 경계하는 눈빛으로 조심스럽게 물었다. 갈수록 지아비가 심약해지자 덩달아 약해지는지 장독간에 감잎 떨어지는 소리에도 화들짝 놀라는 그녀였다.

"누고? 이리 깊은 골짝에……."

호한도 눈을 크게 뜨고는 멀리 가물거리는 정체불명의 사내들을 노려보았다. 인적 드문 곳에서 맞닥뜨려지는 사람들은 어쩐지 호랑이보다 두렵고 잔뜩 신경 쓰이게 했다.

'몬된 사람들이모 우짜노?'

비화도 더럭 겁이 났다. 사람에게 가장 무서운 존재는 바로 사람이라고 하던 아버지였다. 어머니는 그런 아버지더러 자식에게 왜 그런 말을 하느냐고 했었다. 지금 와서 돌이켜봐도 아버지가 옳은지 어머니가 옳은지 모르겠다. 아니, 그 순간만은 아버지 말씀이 더 옳은 것 같았다.

"비화야, 퍼뜩 이리 옴마한테로 오이라."

윤 씨는 비화를 자기한테로 오게 하여 흡사 어미 새가 새끼 새를 보호하듯 감싸 안았다. 계속 쿵쿵거리는 어머니 심장 박동이 비화 등에 고스란히 전해졌다.

비화는 어머니 품에 안긴 채 점점 더 이쪽으로 가까이 다가오고 있는 사내들을 내려다보았다. 호랑이나무도 웬 낯선 침입자들인가 하고 잔뜩 긴장한 모습으로 굽어보는 듯했다. 아주 길게 느껴지는 그런 시간이었다.

"아, 저 사람은!"

호한의 입에서 놀라는 소리가 튀어나왔다. 윤 씨가 두 팔에 더욱 힘을 주어 비화 몸을 꼭 껴안았다. 바람도 흠칫, 숨을 죽이는 성싶었다.

"저 사람, 유, 유 춘 계 아, 아이가?"

호한 말에 윤 씨도 놀람과 반가움이 섞인 목소리로 말했다.

"맞십니더. 비화야, 춘계 아자씨 맞제?"

그녀는 앞서 일어난 호한과 마찬가지로 얼른 몸을 일으켜 세웠다.

"……."

그때쯤 상대편에서도 이쪽을 알아본 모양이었다. 춘계 아저씨의 너무나 당황해하는 몸짓에서 비화는 그것을 읽었다. 그러면서 깜냥에도 참 이상하다는 느낌을 받았다. 무엇 때문에 저러시는 것일까?

비화 뇌리에 언젠가 대사지 쪽에서 농사꾼들과 함께 있던 그의 모습이 되살아났다. 그는 그 당시보다도 훨씬 당혹스러운 기색을 감추지 못했다. 음성도 크게 흔들려 나왔다.

"아, 여꺼지 우찌 오셨십니꺼?"

그러고 나서 태연함을 가장하며 그는 비화를 보고 말했다.

"비화도 왔는가베?"

"예."
비화가 고개를 꾸벅 숙여 인사했다.
"이 호래이나모 함 볼라꼬……."
호한은 말끝을 흐리며 춘계 뒤편에 서 있는 사람들을 재빠르게 훑어 보았다. 그러자 그쪽 사람들 사이에서도 무척이나 긴장하는 빛이 전해졌다. 여차하면 달려들어 어떻게 하려는 기운마저 서렸다. 어떻게 보면 위험한 사내들 같기도 했다.
호한 얼굴이 복잡하기 이를 데 없었다. 온몸 가득 왕년의 범 같은 날렵함과 비수 같은 날카로움이 묻어났다. 사람은 결정적인 순간을 맞게 되면 그의 참모습이 드러나게 되는 모양이었다. 그가 누구인가? 영조 임금마저도 입에 올렸다는 김신망 장사의 피를 받은 후손이었다.
그때쯤 비화는 알 수 있었다. 춘계와 동행한 사람들 가운데에는 지난번에 만난 얼굴들도 섞여 있다는 것을. 머리숱이 많고 눈매가 매우 선해 뵈는, 소년의 모습이 아직까지 남아 있는 듯한, 그중 가장 젊고 잘생긴 사내. 그리고 그보다는 약간 나이가 많아도 눈이 부리부리하고 굉장히 우람한 체구의 사내.
"자, 서로 인사들 나누시소."
춘계가 함께 있던 이들을 돌아보며 말했다.
"이분은 김호한 장군……."
그런데 웬일인지 춘계는 자기 일행들에 관해서는 일절 소개하지 않았다. 그것은 기본 예의에서 벗어나는 짓일 수도 있었다. 그가 그렇게 막돼먹은 인간은 결코 아니었다. 그렇다면 여기에도 뭔가가 있었다. 발설해서는 안 될 기밀 같은 것.
'아모래도 느낌이……'
호한은 더욱 긴장감에 휩싸였다. 어쨌든 호한이 무슨 말을 꺼내기도 전에 그들은 환한 낯빛으로 제각기 인사말을 건네었다.

"아, 그렇심니꺼? 진즉 성함은 들어 알고 있었심니더."

"이거 에나 영광입니더."

그런데 거구의 사내는 비화를 보면서 말했다.

"내는 저 여자아하고는 구면인데……."

윤 씨는 조금 전 비화가 그랬던 것처럼 아무 말 없이 고개만 숙여 보였고, 호한이 탄탄한 가슴팍을 쑥 내밀며 그들을 향해 입을 열었다.

"뜻밖의 장소에서 이리 만난께 더 반갑심니더."

하늘에서도 두 개의 구름장이 포개지고 있었고, 땅에서도 바위와 나무가 어울렸다.

"그란데 무신 일로?"

그러다가 호한은 누가 틀어막기라도 하는 것처럼 얼른 입을 다물어버렸다. 그는 모르지 않았다. 지금 세상 돌아가는 공기를. 관직에 몸담아 온 터라 누구보다도 훨씬 잘 꿰뚫고 있었다.

그러나 호한으로서도 미심쩍고 놀라지 않을 수 없었다. 양반 출신인 춘계가 농군 차림새를 한 사람들과 이런 후미진 곳에 함께 있다는 사실이. 물론 사람이 사람과 어울리는 것은 극히 당연할 수도 있겠지만 양반과 농군들이라면 얘기가 다르다.

춘계는 호한의 심상찮은 눈빛을 곧 알아챈 것 같았다. 그는 호한이 더 깊이 생각할 틈을 주지 않으려는 눈치였다.

"지도 이 호래이나모 이약은 잘 알고 있심니더."

다른 데로 말머리를 돌리려는 기색이 역력했다.

"김해 김 씨 문중 장사가……."

비화와 두 번째 만나는 터벅머리 사내가 춘계 말끝을 이어받았다. 그는 일행들 중 가장 눈치가 빠른 사람이 아닐까 싶었다.

"그 장사, 이 느티나모에 얽히 있는 김신망 장사 이약은, 들으모 들을수록 사람 가슴을 막 뛰거로 맨들지예."

참 안타깝고 불행한 일이라는 표정이었다.

"시상은 갈수록 진짜 사나이다운 사나이가 안 나온다 아입니꺼?"

"치매 두린 여자보담도 나약한 남자들만……."

키가 호리호리하고 피부는 돌멩이 표면처럼 거칠어 보이는 사내도 말했다.

"그에 비하모 김신망 장사는 참 대단하지예. 지도 한참 에릴 적에 할아부지한테서 들었는데, 자기 몸을 덮은 호래이를 쪼꼼도 무서버 안 하고 말입니더."

그는 입담이 좋은 사람 같았다. 거기에다 실감나게 동작까지 취해가면서 말했다.

"전대롱 명주 끄내끼(끈)를 풀어갖고, 커다란 호래이의 급소를 묶어 낚아채서 호래이를 잡았다 쿠덥니더."

춘계가 나무를 올려다보며 탄복하는 목소리로 말했다.

"그 호래이를 이 정자나모에 묶어 걸어놨다꼬 전해지지예."

'아!'

그들 이야기를 듣고 있던 비화는 속으로 감탄의 소리를 질렀다.

'호래이를 맨손으로 잡아 나모에…….'

그러나 호한은 이제 호랑이나무 이야기보다 그들 출현에 더 관심과 의문을 품는 모습이었다. 춘계가 비록 성질이 호탕하여 사람 사귐에 빈부귀천을 따지지 않는 줄은 알지만, 벌써 몇 번을 생각했듯이, 양반 신분의 사람이 하나같이 농투성이로 보이는 저런 이들과 함께 어울리다니.

뿐만이 아니었다. 아까 이쪽을 발견하고 그토록 당황해하던 모습. 대체 그렇게 해야 할 이유가 뭐란 말인가? 그는 아주 대범한 사람이다. 더욱이 좀 멀긴 해도 친척간인데. 그렇다면 필시 여기에는 중요한 뭔가가 감춰져 있다. 이건 단순한 예감만은 결코 아니다.

'시국이 이러키 어수선했던 적도 없었제.'

호한 머릿속으로 작금의 위험 수위를 한참 넘은 농민 수탈상이 호랑이발톱같이 할퀴고 들어왔다. 환곡還穀, 그러니까 관아에서 백성들에게 봄에 꿔주고 가을에 이자를 붙여 받는 곡식의 엄청난 폐단과, 그토록 혹심한 가뭄과 홍수 때에도 도무지 그 끝을 모르는 탐관오리들의 비인간적인 학정虐政…….

'그렇다모?'

거기까지 생각이 닿으며 춘계와 농군들을 다시 바라보는 호한 가슴이 어떤 확신에 마구 부르르 떨리기 시작했다. 그것은 단순한 느낌 정도가 아니었다. 지금 하늘에 떠 있는 태양이나 대지에 뿌리박고 있는 산처럼 아주 명확한 어떤 실체로서 바짝 다가오는 것이었다.

그때 비화와 구면인 덩치 큰 사내가 춘계에게 낮지만 단호한 소리로 말했다.

"나리, 고마 가입시더. 일이 급한께네예."

그 말을 듣는 호한 얼굴이 춘계보다 더 짙은 긴장감에 싸였다.

"내 생각도……."

재촉하는 사내에게 알았다는 눈짓과 함께 그렇게 말하고 나서, 춘계는 호한과 윤 씨에게 애써 심상한 표정을 지어 보였다.

"그라모 이 담에 또 보입시더."

그저 유람이나 다니는 사람의 말투였다.

"이 호래이나모는 운제 봐도 대단 안 합니꺼."

호목은 사람들이 자기 이야기를 하고 있다는 것을 아는지 모르는지 그저 무덤덤한 빛을 내보이고 있었다.

"……."

호한은 여전히 딱딱한 낯빛을 풀지 못하고 있는데, 윤 씨가 보일락 말락 미소 띤 얼굴로 헤어지기 전에 이 이야기는 꼭 해주어야겠다는 듯 말했다.

"에려블 때 도와주시서 감사합니더."

"아, 무신 말씀을?"

"잊지 않고 있다가 꼭 갚것십니더."

"큰 도움도 돼 드리지 몬했는데……."

춘계는 쑥스러운지 손가락으로 뒤통수를 긁적였다. 아이처럼 순진한 모습이어서 어느 누가 그를 위험한 인물이라고 볼까? 비화가 다 큰 사람같이 인사했다.

"잘 가시이소, 아자씨예."

춘계가 온후한 얼굴로 비화 머리를 쓰다듬어주며 말했다.

"그, 그래. 우리 비화는 운제 봐도 똑 소리나거로 안 생깃나."

그러고 나서 호한과 윤 씨도 들으란 듯 목소리를 조금 더 높였다.

"여자지만도 큰사람이 될 끼거마는."

그의 손은 양지바른 자리처럼 따뜻했다. 그렇지만 그게 비화가 춘계 아저씨에게서 받은 마지막 손길이 되리란 것을 그때는 어찌 알았으랴. 물론 그 후에도 두어 번 더 만났지만 살붙이의 피가 통하는 그런 손길을 더 받지는 못했다.

"그라모……."

"예."

아무튼 춘계와 사내들은 작별인사를 나누자마자 황급히 걸음을 떼놓기 시작했다. 그것은 자기들을 노리고 있는 어떤 세력으로부터 필사적으로 피하기 위한 모습을 연상케 했다. 아무리 그렇게 생각하지 않으려고 해도 어쩔 수 없었다.

그랬다. 스산한 가을 햇살을 등허리에 받으며 누군가에게 매우 정신없이 쫓기듯, 아니면 그 무엇인가를 바삐 쫓아가듯, 그렇게 가뭇없이 사라져 가는 뒷모습들이, 지켜보고 있는 사람들 눈에 이상하리만치 크고도 깊숙이 찍히고 있었다.

"농자천하지대본이라쿠는 말이 있거마는, 요새 시상은……."

잠시 후 그들이 산모롱이를 돌아가 완전히 보이지 않게 됐을 때야 호한이 한숨 섞어 말했다.

"머신가 좀 이상 안 합니꺼? 암만캐도 이상해예, 저분들 해쌌는 행동이예."

윤 씨 음성이 사뭇 떨려 나왔다.

"하모, 내도 그리 생각하요. 저런 사람들하고 같이 댕긴다쿠는 사실부터가 이해가 안 갈 일인 기라."

그 말끝에 호한은 작은 소리로 혼자 중얼거렸다.

"안 그래도 시방 농민들 불만이 산겉이 높은 판인데. 오데 가갖고는 신발 끈도 곤쳐 매지 말고, 갓끈도 우째라쿠는 말이 있는데……."

그 소리가 비화 귀에도 너무나 불안하게 받아들여졌다. 아버지는 곧 다가올 날에 대해 분명히 뭔가를 알고 있는 듯했다. 아직은 세상에 한참 어두운 비화였지만 특히 '농민들 불만'이란 말에서 그런 느낌을 강렬하게 받았다.

"모낼 때나 논매기, 추수할 적에……."

"보통 때에는 농사를 짓다가 유사시에는 군사가 되는……."

호한과 윤 씨는 낮은 소리로 농민들에 관한 이야기를 몇 마디 더 나누었다. 어른들 말에 끼어들면 안 된다고 배운 비화가 잠시 망설이다 입을 열었다.

“그 사람들 가온데 젤 젊은 아자씨하고 몸집이 큰 아자씨는 그전에도 한 분 봤심니더, 춘계 아자씨하고 같이 있는 거를예.”

그러자 윤 씨는 물론이고 호한도 자못 두렵고 놀라는 얼굴로 물었다.

“그랬다꼬?”

“예, 아부지.”

느티나무 잎사귀가 바람에 살랑거렸다. 비화는 어머니가 만들어준 느티떡이 생각났다. 저 나무의 연한 잎을 따서 쌀가루에다 섞어 찐 시루떡. 사월 파일에 만들어 먹는 풍속이 있다는 것도 알고 있다.

“허, 이거는 예삿일이 아인 거 겉다.”

“…….”

호한의 시선이 거기 무덤을 향했다. 비석과 상석은 없었지만 떼는 많이 입힌 무덤인지라 그렇게 썰렁해 보이지는 않았다.

“우째 예감이 너모 안 좋은 기라.”

“…….”

계속되는 호한의 우려에 윤 씨도 한층 불안하고 걱정스러운 표정으로 그들이 사라진 쪽을 바라보며 기도하듯 말했다.

“지발 아모 일도 없으모 좋것심니더.”

“흠.”

마음이 언짢을 때 입을 다물고 콧김을 내쉬며 하는 소리가 호한에게서 나왔다.

“우리를 잘 도와주시는 분 아입니꺼.”

호한도 윤 씨 눈길 가는 곳으로 고개를 돌리며 존경하는 투로 말했다.

“사람도 고만이다 아이요.”

윤 씨는 그래서 더 신경이 쓰인다는 빛이었다.

"맞아예."

춘계 일행이 사라진 산모롱이 쪽으로부터 바람이 불어오고 있었다. 그 바람은 속살이 다 내비칠 만큼 투명했다.

"요새 겉은 시상에 저리 양심 똑 바리고, 소신 있거로 사는 사람도 드물 끼요."

"우찌 보모 당신하고 마이 닮은 거 겉심니더."

윤 씨 그 말에 호한은 잠시 말이 없다가 입을 열었다.

"그리하는 기 반다시 좋은 거만도 아이라쿠는 거, 내사 관직에서 쫓기남시로 피부로 잘 느낏소. 우짜든지 무신 일 저질모 안 될 낀데."

그러는 품이 여간 초조하고 불안해하는 빛이 아니었다.

"시방 머라 쿠싯어예?"

윤 씨가 더없이 겁에 질린 얼굴로 물었다.

"무신 일을 저지른다꼬예?"

"……."

호한의 침묵에 더 불안해지는 목소리가 되었다.

"무, 무신 일 말입니꺼?"

호한이 아무도 없는 주위를 둘러보며 한껏 목소리를 죽였다.

"아, 아이요. 하도 시상이 뒤숭숭한 꿈자리매이로 흉흉해서 내 해본 소리요."

그런 후에 죽은 아버지 김생강 이야기를 꺼냈다.

"선친께서 장 이리 가르치셨소. 가는 방망이 오는 홍두깨니라."

그는 비화에게도 깨우쳐주려는 의도를 엿보였다.

"넘한테 해를 끼치모 더 큰 화가 도로 오는 벱인께네, 사람은 오데서나 운제고 심지를 올곧거로 해야 된다꼬 말요."

언제 나타난 걸까, 머리 위 저 높은 곳에서 까마귀 서너 마리가 소리

없이 날고 있었다. 그 모습은 보이지 않고 소리만 들리던 아까와는 반대였다. 그래도 모습이 보이니 소리만 들릴 때보다는 기분이 나았다.

"나쁜 사람들은 아인 거매이로 비이던데예."

"……."

"사람은 겉만 봐갖고는 잘 알 수 없지만도예."

조심스러운 윤 씨 말에 호한도 고개를 끄덕였다.

"내 눈에도 선해 비이요. 설마하이 무신 일이야 있것소."

무덤 주위에 드물게 삐쭉 솟아나 있는 잡초는 햇볕이나 바람 따위에는 아랑곳하지 않는 것 같았다. 저절로 나서 자라는 생명체다웠다.

"없을 끼라 보요. 또 없어야 되고."

그러나 그 소리가 비화 마음 저 깊은 곳에서 어쩐지 자신 없게 들렸다. 호한은 이제 잠자코 호랑이나무만 바라보았다. 마치 거기 묶여 있을 호랑이를 찾기라도 하려는 듯이. 아니, 김신망 장사를 떠올리고 있는 것처럼 보였다.

그런데 막연히 느끼고 있는 그 불안감에 확 불을 붙이게 하는 사람이 나타났다. 조금 전 밭에서 소를 몰고 있던 촌로였다. 그는 저 아래 허리통 구부정한 소나무 둥치에 소를 매어놓고 이쪽으로 올라왔다. 황톳빛 얼굴에 검버섯이 듬성듬성 돋은 촌로는 뭔가 하고 싶은 말이 무척 많은 표정이었다.

"아까 전에 그 사람들 모도 가뻿소?"

촌로 물음에 호한은 천천히 고개를 끄덕이고 나서 이번에는 자기가 물었다.

"잘 아시는 사람들입니꺼?"

"……."

촌로는 대답 대신 잠시 앉을 곳을 찾는 눈치더니 윤 씨와 비화와는 거리를 둔, 이쪽 호한 옆자리에 엉덩이를 내려놓았다. 촌로에게서는 매캐한 두엄 냄새 같은 게 풍겼다. 어쩌면 속옷 하나 씻어줄 아내가 없는 홀아비인지도 몰랐다.

"하아~."

그는 대단히 피곤한 듯 누런 이빨이 몇 개 남아 있지도 않은 동굴 속 같은 입이 크게 찢어지게 하품을 한 후, 참 빨리도 답을 했다.

"내도 잘은 안 모리요. 우리 마을 박 씨 하나만 빼고는 잘 모리요."

하더니 뒤늦게 생각난 듯, 보다 큰소리로 이렇게 덧붙였다.

"아, 아이요. 그 양반은 눈고 안 들었는가베."

무슨 거창한 비밀을 슬쩍 흘리듯 했다.

"원당 사람이라 쿠데?"

촌로는 다 해진 바지 뒤춤에서 곰방대를 빼 물었다.

"댁에들도 김해 김 씨 사람들인가베? 이 호래이나모 볼 끼라고 먼데서 여게꺼정 온 거 보이."

비화 얼굴을 흘낏 보던 촌로는 묻지도 않은 소리를 하며 노망기 있는 늙은이처럼 실없는 웃음을 실실 떨구었다.

"내사 우짜다가 이 골꺼지 굴리들어온 타성바지 아인가베. 흐흣."

어딘가 조금은 서러움을 타는 것 같은 표정으로 촌로가 올려다보는 하늘빛은 눈이 시리게 파랬다. 그는 아이들이 비눗방울 놀이를 하듯 허공을 향해 푸르스름한 담배 연기를 길게 내뿜었다.

"말하자모 범첨지 후손은 아이다, 그 소리제."

그 말이 끝나기 무섭게 기침을 '캑캑' 해댔다. 아마 폐가 썩 좋지 못한데도 담배를 끊지 못하는 것 같았다. 그의 기침이 멎기를 기다려 호한이 물었다.

"범첨지예?"

"하모요."

촌로는 그때까지보다 훨씬 친숙해진 어조로 나왔다.

"호래이를 맨손 갖고 잡은 범첨지……."

나중에는 이렇게 묻기까지 했다.

"거도 담배 한 대 피울라요?"

그곳에서 바라보니 여러 개의 산등성이가 한 폭의 산수화를 이루었다.

"아입니더. 고맙지만도 시방은 생각이 없심니더."

호한은 고개를 젓고 나서 잠시 있다가 부탁조로 말했다.

"그보담도 알고 싶은 기 있심니더."

"음매."

저 아래 주인만큼이나 늙어 보이는 소가 기다리기 좀 지루했는지 큰 소리로 울었다. 그 소리는 꽤 긴 여운을 남긴 채 사라져갔다. 촌로는 노리끼리한 기운이 서려 있는 눈을 들어 호한을 보며 무슨 선심 쓰듯 했다.

"머시든지 물어보소."

호한은 조심스러운 어조로 입을 열었다.

"아까 그 사람들 말입니더."

"그 사람들이 우째서요?"

대부분의 경상도 사람들이 그러하거니와 촌로의 말투 또한 적지 않게 투박한 탓에 얼핏 시비조로 들렸다. 호한은 그들이 사라진 산모롱이 쪽을 바라보며 물었다.

"머할라꼬 그리 모이는고 해나 아심니꺼?"

촌로는 자칫 입에서 곰방대를 떨어뜨릴 것같이 하다가 되물었다.

"아, 그거?"

"예."

호한의 얼굴은 진지함을 넘어 무서워 보일 지경이었다.

"그거는 마……."

개개 풀어져 있던 촌로의 눈빛이 이제까지와는 달리 무척 복잡하게 변하더니, 또 물체가 흐려 보이는지 두 눈을 끔벅끔벅하며 말했다.

"허, 내사 머라꼬 답해야 할랑고 모리것소."

아까 그가 경작하고 있던 밭머리로부터 갈색과 노란색이 반반씩 섞인 작은 새 한 마리가 날개를 퍼덕이며 이쪽으로 날아오고 있었다.

"머시든지 물어봐라꼬 했으이 말 안 할 수는 없고. 이거, 참."

촌로는 자신이 그것에 관해 더 많은 말을 하고 싶은 눈치지만 일부러 감추려고 하는 빛이 엿보였다. 그만큼 위험한 일이기 때문일 것이다.

"음, 으~음."

그는 헛기침 비슷한 소리를 내어가며 한참이나 뜸을 들인 다음에야 중간중간 끊어지는 소리로 얘기했다.

"마, 이거는 오데꺼지나 바람 끝에 묻어난 그런 소문인데……."

"……."

바람 끝이든 바람 중심부이든 나오는 소리가 예사롭지 않았다.

"그 양반이 맨 앞장을 서갖고…… 농사꾼들하고 같이……."

듣고 있는 비화 눈앞에 춘계와 농군들 모습이 어른거렸다.

"관아에 무신 탄원을 할 끼라는……."

그러나 촌로 말이 미처 끝나기도 전에, 호랑이나무 뿌리를 뽑아버릴 만한 큰소리가 호한 입에서 터져 나왔다.

"예에? 타, 탄원을예?"

호한의 안색이 지금 하늘에 있는 낮달과도 같이 새하얗게 변했다. 살이 아니라 무슨 돌이나 쇠로 조각한 것처럼 강인해 보이는 턱도 금방 빠져 달아날 듯 함부로 떨렸다.

"갑작시리 와 그라요, 으잉?"

촌로는 끔벅거리던 눈을 크게 치뜨며 질린 목소리로 말했다.

"생사람 간 다 널찌것소(떨어지겠소)."

호한이 평소의 그답지 않게 달라붙었다.

"쪼꼼만 더 자, 자세히 마, 말씀을 해주시소."

작은 새는 느티나무 가지에 앉아 미동도 하지 않고 있었다. 촌로는 놀란 중에도 뭔가 잔뜩 기대에 찬 목소리로 바뀌었다.

"내겉이 백날 천날 흙만 파묵고 사는 무지렁이가 머슬 알것소만."

촌로의 흙빛 얼굴 근육이 씰룩거리고 있었다.

"시방 각 고을마다 아조 심상찮은 바람이 불고 안 있는가베?"

실제로 큰 바람이 일어나려는지 저쪽 먼 산에 뽀얀 기운이 구름처럼 끼고 있었다. 바로 바람꽃이었다.

"인자 진짜 더 몬 참것다쿠는 소리들로 야단 난리다, 그 말이제."

호한은 계속 조바심 이는 얼굴이었다.

"그거는 알고 있심니더마는……."

비화와 윤 씨의 눈이 마주쳤다.

"아, 그런께, 그래서……."

그러나 촌로가 아는 건 아마도 거기까지인 듯싶었다. 물론 앞에 나온 이야기도 어디까지 믿어야 할지 모르지만, 호한이 새겨듣기에는 이제 얼마 안 가 삭풍에 막 부대낄 느티나무 가지처럼 불안하고 위태로운 소리가 아닐 수 없었다. 가지뿐만 아니라 뿌리까지 깡그리 뽑혀나갈 일이 벌어질 수도 있었다.

호한 눈이 다시 호랑이나무를 향했다. 김신망 장사 같은 힘을 간절히 바라듯. 그런 호한 머릿속에 무과에 급제한 조상에 대한 이야기를 하면서 선친 생강이 자상하게 들려주던 말이 되살아났다. 당시 한창 나이였던 호한은 들을수록 기운이 막 솟구치고 피가 펄펄 끓는 느낌이었다.

"그 할아버님은 무예가 에나 출중하신 분이었는데, 장 몸에 지니고 계시던 칼도 그리 이름난 칼이었다 안 쿠나."

그 말끝에 곧 이어져 나온 게 간장干將과 막야莫耶라고 하는 두 자루 명검에 얽힌 사연이었다. 오나라 왕 합려의 명을 받은 저 유명한 대장장이인 간장이, 그가 무척 아끼던 아내 막야의 머리털과 손톱을 쇠와 함께 가마에 넣어 만들었다고 전해지는 명검들…….

호한 눈에 문득 비화의 윤기 도는 까만 머릿결과 예쁜 연분홍빛 손톱이 확대되어 들어왔다. 그러자 남달리 영리한 딸이 세상에 둘도 없는 명검처럼 그 이름을 떨칠 것 같다는, 그런 기대와 소망 섞인 예감이 가슴을 적시기 시작했다.

상갓집 개의 반란

부엉이조차 잠들었을 것 같은 깊고 검은 밤.

이날따라 달 보고 컹컹 짖는 개소리마저도 없다. 숨이 막힐 듯한 괴괴한 공기만 흐르는 시각, 근동에서 콧대 높은 마나님 안방에서 새 나오는 소리가 있었다.

"그, 그가 오모 우, 우짤라꼬?"

잔뜩 겁에 질려 말을 제대로 이어가지 못하는 사내 목소리, 분명 소궁복이다. 그 소리는 거기 안방과 윗방 사이에 있는 미서기문 근처에도 훨씬 못 미칠 만큼 낮기만 하였다.

"흥! 그런 염려 탁 붙들어매시소."

천하에 당당한 여자 목소리, 틀림없는 운산녀다. 그 소리는 미서기문을 확 떼버릴 정도로 높고 거침없었다.

"그, 그래도, 내, 내는……."

목 졸리는 듯한 사내가 말했다.

"고 인간 겉잖은 인간, 시방도 우떤 기생년하고……."

목에 쇠방울을 단 것 같은 여자 목소리였다.

"날이 꺼꿀로 새는 줄 암시롱 천국을. 흥, 그기 운제 각중애 지옥으로 배낄랑가 하나도 모림시로 말이제."

천국과 지옥을 떠나 똥오줌도 가리기 힘든 상황에 내던져져 있는 사내였다.

"하여튼 거게로 빠지들고 있을 낍니더. 그라이 우리도……."

그러면서 운산녀가 돌진해오자 긍복은 크게 놀란 나머지 운산녀를 밀치려다가 그냥 뒤로 벌렁 나자빠지고 말았다.

"이 운산녀가 하매 놀로 오시라꼬 안 캤십니꺼?"

운산녀는 쓰러져 누운 긍복 몸 위로 제 몸뚱어리를 던졌다.

"어이쿠!"

온통 머리를 어지럽게 하는 진한 화장 냄새가 비명 같은 소리를 내지르는 긍복 코끝에 가득 끼쳤다.

"나리, 나리."

운산녀는 긍복 얼굴에 대고 뜨거운 입김을 내쏟았다. 그러고는 둘이 무슨 말장난이라도 하자는 것처럼 나왔다.

"긍복 나리를 뵈모, 머가 떠오리는 줄 아십니꺼?"

화려한 3층 주칠장朱漆欌이 그들을 물끄러미 내려다보고 있었다.

"낼로 보모 머, 머가……."

긍복은 경악할 그 사태에 도무지 제정신을 차리지 못했다. 짙은 연지가 발라진 운산녀의 입술 사이로 긍복이 참으로 감격할 소리가 나왔다.

"추븐 시절의 소나모하고 잣나모지예. 사람으로 치모, 긍복 나리 겉은……."

긍복은 운산녀 말이 다 끝나기도 전에 헉헉거렸다.

"내, 내가 소나모, 잣나모!"

하지만 그 감격은 아주 잠시였고 이내 긍복은 자신의 몸이 소나무가 아니라 소나무겨우살이로 변하는 것을 느꼈다. 깊은 산의 소나무 가지에 기생하는. 잣나무가 아니라 잣을 까게 만든 작은 집게로 바뀌는 것을 느꼈다.

"그거는 아모리 어지러븐 시대에도 절대절대 안 변하는, 그런께네 선비의 굳은 지조와 절개를 뜻한다쿠는 거는……."

이어지는 운산녀의 말에 긍복은 또다시 비명 지르듯 했다.

"지조! 절개!"

그 소리는 아주 격조 높아 보이는 반원형의 창문에 부딪혀 화려한 비단 이부자리가 깔려 있는 방바닥으로 산산이 굴러 내렸다.

"지보담도 상구 더 잘 아실 끼고예."

아마도 운산녀가 아부에 가까운 그런 발언을 한 건 머리털 나고 나서 처음일지도 모른다. 또 긍복 역시 그런 소리를 들은 것도 이번이 처음일 것이다.

"허! 내, 내가 그, 그런?"

어쨌거나 긍복은 졸지에 독야청청 상록수가 되었다. 대저 오르지 못할 나무는 쳐다보지도 말라고 했는데, 운산녀에게 긍복은 그런 나무가 아닌 모양이었다.

"요기가 운산녀 안방이라꼬 생각을 마시고, 긍복 나리 사랑채라꼬 생각하시소."

심지어는 스스로 자신을 바닥까지 깎아내리는 이런 소리까지 끌어와 썼다.

"그라고 이몸을 기녀라꼬 보시고……."

긍복에게는 그렇게 치졸하기 짝이 없고 낯 뜨거운 말을 계속 보내면서, 운산녀는 지금쯤 텅 비어 있을 배봉의 사랑채를 떠올리며 속으로 뿌드득뿌드득 이빨을 갈았다. 이럴 순 없었다. 명색 서방이란 게 무슨 짓이란 말이냐?

'지가 우찌 그리?'

마침내 남의 것을 도용하여 기어코 양반이 된 배봉은 하나부터 열까지 양반 행세를 하려 들었다. 운산녀에게 소위 칠거지악이란 것을 목숨처럼 여겨야 하는 양반집 안방마님이 될 것을 강요했다. 아니, 고문도 그런 고문은 없었다.

"여보."

그녀가 웃음을 지으며 접근할라치면 돌아오는 반응이 기가 찼다.

"허어, 양반집 부인께서 이리 정숙치 몬하셔서야, 원."

차마 낯을 들지 못할 정도로 심한 창피와 모욕을 주기 일쑤였다.

"말하자모 부인만 똑 그래야 하는 기 아이고, 내도 인자부텀은 주색을 멀리하고 애오라지 서책에만 폭 파묻히서 공자 왈 맹자 왈, 할 끼니……."

하지만 입으로는 그러면서도 원기를 차곡차곡 쟁여놓은 배봉은 하루가 멀다고 기방을 찾았다. 그리고 그럴 때면 관아의 누구누구를 만나 긴히 청탁할 일이 있어 그곳 출입을 한다고 둘러대곤 했지만 이미 운산녀는 한참 배봉 머리 위에 대뚝 올라앉아 있었다.

'흥! 낼로 상갓집 개맹캐 내삐리두것다, 이기제?'

운산녀는 그야말로 사람이 죽어 정신들이 없는 탓에 누구의 배려도 받지 못하는 상갓집 개 같은 신세로 전락해버린 꼴이 되었다. 그러므로 배봉을 겨냥한 강한 증오심과 적개심을 불사를 수 있는 대상이 절실하게 필요했다. 아직은 푸른 몸이기에 자신감도 없지 않았다.

'그렇다모 내가 미리 찍어둔 대로…….'

소긍복을 택했다. 그는 입도 그런대로 무겁고 더욱이 양반 뼈대가 아닌가. 이제부터는 대갓집 마님인 이 운산녀도 천한 것들과는 거리를 두

어야 한다고 나름 다짐해왔다.

"우, 운산녀……."

급기야 궁복의 마지막 선도 무너지기 시작했다. 한 가닥 희미하게나마 남아 있던 도덕심마저 차츰 사라졌다. 남의 집 담장을 뛰어넘어 세상에서 가장 아슬아슬한 줄타기. 주색잡기에 능한 벗들에게서 주워들은 갖가지 추태가 그의 동물적인 욕망에 바람을 불어넣었다.

'이누움! 시방 보고 있나?'

더군다나 상대 여자는 평소 자기 자존심을 가마솥 누룽지 긁듯 팍팍 긁어대는 배봉 놈의 아내다. 늘 말로만 접하던 임도 보고 뽕도 딸 수 있다. 복수할 수 있는 절호의 기회다. 놈이 지금 이 광경을 목격한다면 그 자리에서 피를 동이째 내쏟으면서 죽어갈 것이다.

'살다 보이 우찌 이런 일도 내한테 생기노.'

궁복은 저 안의마을의 심진동 계곡에 든 것 같았다. 그곳의 용추폭포가 이루어내는 깊은 수중으로 빠져든 느낌이었다. 저 무서운 이무기라는 놈이 살면서 파계승을 끌어들여 벌을 준다는 곳.

'내는 그런 몬된 중이 아이다 아이가. 그라고 운산녀가 시방 내한테는 논개다.'

억지가 사촌보다 낫다던가. 궁복은 되지도 않을 억지 생각을 마구 지어내었다. 그 용추폭포에 빠지면 진주 남강을 통해서 물속에서 논개와 만날 수 있다는 이야기가 있으니, 더 이상 다른 잡념일랑 갖지 말자.

근동에서 가장 근접하기 어렵고 화려한 마나님 안방에서 바야흐로 살아 움직이는 춘화가 그려지는 순간이었다. 운산녀는 등잔 밑이 어둡다는 그 속담을 이용했다. 머리에 뿔이 열 개 달린 여자라도 자기 집 안방에서 외간 남자와 정을 통하리라고는 귀신도 내다보지 못할 것이다. 운산녀도 궁복처럼 다른 것에는 전혀 신경 쓰지 않기로 했다. 그러기엔 독

수공방의 한과 분노가 너무나도 컸다. 배봉이 안방 출입을 하지 않은 날이 얼마나 되었는지 모른다. 아마 오는 길을 잊어버렸을 것이다.

배봉이 지금 그곳에 올 가능성은 쥐가 토끼 되는 것보다도 더 적고, 점박이 형제 억호, 만호는 계모라면 더러운 동물 똥 피하듯 하고, 감히 상전 배봉과 놀아난 종년 언네를 혼내주는 것을 지켜본 하인들은 자기에게도 혹 불똥이 튈세라 천 리나 거리를 두었다. 운산녀 안방은 높은 담장과 튼튼한 문이 겹겹이 달린 구중궁궐보다 더 깊었고 문자 그대로 무인지경인 셈이었다.

세상 모든 것은 상대적이라고들 한다. 맞는 말인 듯하다. 사실대로 보자면 긍복은 약골에 가까웠다. 그는 스스로도 믿을 수 없었다. 자기가 여자에게 그런 사내라는 건 단 한 번도 생각을 해본 적이 없었다. 당연히 기대는 남의 일이었다. 하지만 지금부터는 아니다. 이제 자신감이 생긴 그는 제 딴에는 선비연하며 잔뜩 점잔을 뺐다.

긍복은 도대체 이 여자가 내가 알고 있는 그 운산녀가 맞나 싶었다. 옛말에, 뼈를 바꾸고 탯줄을 바꾼 만큼 이전과는 비교도 할 수 없을 정도로 크게 변한 모습이란 말이 있긴 해도, 다른 사람도 아닌 배봉의 처란 여자가 이런 변모를 보일 줄이야.

운산녀는 아직까지도 몽롱한 상태에서 벗어나지 못했는지 그다지 넓지도 않은 긍복 가슴에 고개를 푹 기대었다. 그리고 이어지는 언변들은 신파극도 그런 신파극이 없었다.

"긍복 나리! 이몸은 오즉 나리 한 분만을 생각함시로 새로븐 삶을 꾸리갈 낍니더."

"내, 내 하, 하나만……."

그 방의 높아 보이기만 하던 천장이 언제부턴가 자기 발아래 밟히고 있는 것 같은 기분을 맛보고 있는 긍복이었다. 어찌 그렇지 않을 수 있겠는가.

“시방꺼지 벌어논 저 많은 돈도 인자부텀은 궁복 나리와…….”

“도, 돈도!”

궁복은 감격에 겨워 숨조차 제대로 쉬지 못하면서도 물었다.

“이 궁복이하고 그 돈으로 새로븐 삶을 꾸리가것다, 그 말인 기요?”

한쪽으로 확인하려 들면서 또 한쪽으로 배봉을 마음으로 불러내었다. 지금 이 순간 나와 함께 있는 여자가 그놈 여자라는 생각 하나만으로도 온몸이 뜨거운 불길 속에 던져진 것 같았다. 그리고 지금 그가 깔고 앉은 것은 돈방석이었다. 돈을 많이 가지고 있음을 편한 방석에 비유한 사람이 누군지 모르지만, 여하간 돈방석이었다.

‘아모리 목구녕이 포도청이라 캐쌌지만도, 맹색이 양반인 내가 입에 풀칠할 끼라꼬 벨벨 짓도 다 해봤다 아이가.’

그랬었다. 심지어는 가래질까지도 해본 그였다. 가래라는 것이 흙을 파는 농기구의 하나라는 거야 알고 있었지만, 삽날을 끼운 넓적한 몸에 긴 자루를 박고 날 양편에 줄을 매어 사용한다는 사실조차도 몰랐던 그였다.

‘그늠의 가래, 내 가래침을 탁 뱉어주고 시푸다.’

아무튼 한 사람이 자루를 잡고, 궁복 자신을 포함한 네 사람이 양쪽에서 줄을 잡아당겨 흙을 떠내는 작업을 하였는데, 너무나도 그 일에 서툰 나머지 그는 하마터면 가랫날을 끼우는 가랫바닥에 크게 다칠 뻔했다. 그리하여 당장 해고를 당하고 말았고, 그 후로 직접 몸을 써야 하는 노동은 당최 더 할 엄두가 나질 않았다.

그런데 오늘 드디어 세상에 다시없을 새로운 것을 찾았던 것이다. 그는 시궁창을 헤매는 한 마리 허기진 쥐가 찍찍거리듯이 속으로 중얼거렸다.

‘인자 막일하고는 마즈막 인사 끝냈다. 흐흐.’

한편 운산녀가 궁복에게 한 말은 결코 거짓이 아니었다. 그녀는 머릿속에서 정말 새로운 삶을 그려보고 있었다. 바보같이 헤벌어진 그녀 입술 사이로 꼭 오랜 비밀처럼 숨겨온 이런 소리가 흘러나왔다.

"이 운산녀는 배봉이 고 인간맹캐 땅 하나만 갖고 만족할 여자가 아입니더."

"땅을 갖고도?"

궁복은 머리가 멍했다. 그는 초점 잃은 눈으로 물었다.

"그기 무신 소리요?"

어찌 여자 방에 반짇고리가 보이지도 않나 생각하며 뇌까렸다.

"땅보담 더 좋은 기 또 오데 있다꼬?"

그러자 운산녀는 궁복이 민망할 정도로 한참 동안 빤히 쳐다보았다. 그러더니 요부 같은 목소리가 금세 여걸 같은 목소리로 바뀌었다.

"있지예. 와 없어예."

"……."

궁복 가슴이 철렁할 정도로 무서운 변신이 아닐 수 없었다. 그러잖아도 여자의 둔갑술에 취약하기 그지없는 그였다.

"거상, 큰 상인이 될 포부를 갖고 있지예."

"거, 거상?"

궁복의 반문에 운산녀는 잠시 생각하는 눈치였다.

"개성상인 누매이로 말이지예."

"개, 개성상인?"

그야말로 궁복 입이 쩍 벌어져 다물어질 줄 모르게 할 소리가 연이어 나왔다.

"이 운산녀하고 동업同業하입시더."

"도, 동업요?"

그 방 주칠장이 세 개의 층으로 쪼개지는 것 같은 소리였다.

"예, 동업."

"시방 그 말이 증말이오?"

이번에는 좌경의 거울이 찡 금이 가는 듯한 소리였다.

"에나요?"

"예."

공복은 제 귀가 바로 붙어 있는지 의심스러울 지경이었다. 근동 최고 갑부 집안의 치렁치렁한 열쇠 꾸러미를 모조리 손에 거머쥐고 있는 마나님이 같이 사업을 하자는 것이다.

"와 지를 몬 믿것십니꺼?"

운산녀는 문짝이 반쯤 열려 있는 최고급 오동나무 이불장을 한 번 보고 나서 말했다.

"지는 공복 나리의 능력을 믿십니더."

공복은 그만 손사래까지 쳐가면서 더듬거렸다.

"내, 내사 땡전 한 푼 없고……."

자기를 쏘아보듯 하는 운산녀의 시선을 피했다.

"또오 있다 캐도……."

공복은 배봉이 주는 돈 아니면 우리 식솔들 입에 거미줄 친다는 그 소리는 차마 할 수 없었다. 그건 차라리 거미가 되는 것만 못했다.

"아모것도 없다 캐도 상관없십니더."

운산녀는 세상에 없이 아량이 넓으면서도 자못 진지했다. 입에 발린 소리를 하느라 너무 지루하고 질릴 법도 하건만 어쨌든 그 순간을 좀 더 연장하고픈 기색이 엿보였다.

"점잖기로 말하자모 공복 나리만 한 양반이 오데 있것십니꺼?"

"저, 점잖……."

공복은 가마를 타고 있었다. 그것도 보통 가마가 아니라 저 '가마타

기' 놀이의 가마였다. 어릴 적에 벗들 사이에서 인기도 없고 몸도 마음도 약해빠진 그는 한 번도 가마를 타지 못했다. 그를 가마 태워주려는 아이가 전혀 없었다. 대장 노릇을 도맡아하는 호한이 늘 가마를 타는 것과는 아주 상반된 것이었다. 그는 남을 태워주는 가마만 되어야 했다.

그는 언제나 한 아이와 마주 보고 서서 오른손으로 왼손의 팔목을 잡은 다음, 뻗친 왼손으로 상대방의 오른손 팔목을 잡아 '정井'자 모양의 가마를 만들어야 했으며, 그 위에 호한이나 다른 힘센 아이를 걸터앉게 하고는 다리가 아프도록 돌아다녀야 했다.

"조선팔도 천지를 다 돌아댕김서 찾아봐라 쿠이소."

가마를 탄 듯 가벼운 어지럼증까지 느끼고 있는 긍복더러 운산녀는 코가 막힌 것 같은 소리로 말했다.

"있는가 없는가."

긍복은 '큼큼' 헛기침만 해댔다. 운산녀는 더없이 얌전한 처녀같이 그 기침 소리에 가만히 귀를 기울이는 시늉을 하고 있더니 다시 입을 열었다.

"천하기로는 견줄 데 없는 배봉이 저 인간을 떠억 양반으로 맨들어준 나리의 그 놀라운 솜씨!"

긍복은 남이 하는 말을 그대로 따라 하도록 조작된 망석중이 같았다.

"솜씨, 실력……."

운산녀는 감탄의 말을 아끼지 않았다.

"아아, 참말로 존갱시럽십니더."

운산녀가 내쏟는 말들은 한마디 한마디가 인두만큼이나 뜨거웠다. 긍복의 몸이 델 지경이었다. 머리털도 활활 타오르는 느낌이었다.

"그란데 말입니더, 긍복 나리."

"……."

갑자기 운산녀가 정색을 하는 바람에 잠시 붕 높이 떴던 긍복은 내심 움찔했다. 이제까지 뱀 몸통같이 끈적끈적하던 운산녀 말끝에 홀연 섬뜩한 독기가 묻어났다. 더군다나 운산녀가 입에 올린 사람이라니!

"김호한이 말입니더."

"기, 기, 김호한?"

긍복이 단말마처럼 외쳤다. 안색도 순식간에 새파랗게 바뀌었다. 김호한이 누군가. 그는 긍복에게 있어, 멀리 바라보며 탄식하는 넓은 바다와도 같은 존재였다. 그를 볼 때마다 긍복은 자신의 부족함을 느끼고 절로 한숨이 터져 나오곤 했다.

"가, 각중애 김호한이 이, 이약은 와?"

긍복 목소리가 와들와들 떨렸다. 그러자 운산녀는 참 한심하다는 듯 한층 사나운 말투로 바뀌었다.

"와 그라십니꺼, 예?"

"……."

긍복은 입이 얼어붙어 버린 사람 같았다.

"대관절 호한이 그 인간이 머시 그리키나 무서버갖고 사죽을 몬 쓰시는고 참말로 모리것네예?"

그러면서 운산녀가 발딱 일어나 앉는 바람에 긍복도 덩달아 몸을 일으키고 말았다. 방안공기의 흐름이 돌변했다. 애정이 아니라 치정으로 얽힌 남녀 사이는 서로 몸을 떼는 순간 그렇게 싸늘한 분위기가 돼버릴 수도 있는 것일까?

긍복은 운산녀와의 꿈같은 그 만남이, 흡사 바람난 소와 말이 서로 만난 것 같다는 그런 기분이 들었다. 제아무리 바람이 났더라도 소와 말이 서로 사랑을 느낀다는 것은 있을 수 없는 일이 아니겠는가 말이다.

"우, 운산녀!"

궁복이 달라붙듯 운산녀를 불렀다.

"와예?"

운산녀는 꼬부랑한 눈으로 물었다.

"내, 내는 다, 다만……."

궁복은 거의 사정하는 어투였다.

"말해보이소."

운산녀는 말도 태도도 아주 당당해 보였다.

"그, 그기……."

몹시 당황한 궁복의 눈에는 운산녀의 상체가 차고 무거운 쇳덩이로 만들어진 추같이 비쳤다. 궁복은 그것에 제 몸이 납작하게 깔리는 듯한 위압감마저 맛보았다.

"함 들어보시소, 궁복 나리."

그런데 아주 뜻밖에도 운산녀 말소리는 무척이나 양순하게 나왔다. 벌써 몇 번째의 변신인지 모를 판국이었다.

"나리한테 폭삭 속아 넘어간 호한이 아입니꺼?"

"……."

운산녀는 멍청한 낯빛을 한 채 듣고 있는 궁복 마음에 꼭꼭 새겨넣어 주는 어투로 말했다.

"궁복 나리가 호한이보담 더 훌륭한 분이다, 이런 말이지예."

그러자 다시 한번 귀를 의심하지 않을 수 없었다.

"내, 내가 호, 호한이보담도!"

궁복은 말끝을 맺지 못했다.

"하모예. 기다(그렇다) 아입니꺼?"

거울 속에 비친 운산녀의 상반신이 궁복 쪽으로 기울어졌다. 궁복은 몸도 마음도 그와는 반대쪽으로 엎어지고 있었다.

무명탑 연인

무촌마을 야산에는 잔가지가 많은 산국화가 흐드러졌다. 꽃과 어린 순이 모두 먹을 것으로 쓰인다는 여러해살이풀이었다.

"유춘계 나리는 하늘이 우리한테 내리신 귀인인께, 절대 그분 능력을 의심하모 안 되는 기요."

"지도 그리 믿고는 싶지만도……."

산수유나무 아래 마주 선 젊은 남녀는 아까부터 조심스러운 밀어를 나누고 있었다. 아직 소년, 소녀의 티가 좀 남아 있었다. 그렇다고 해서 미성숙해 보이는 모습들은 아니지만 그런 빛이 엿보이는 것은, 둘 다 그만큼 아직 세상에 물들지 않은 순수한 사람들이라는 사실을 말해 주었다.

그런데 약간 예사롭지 않았다. 세상 연인들이 흔히 나눔 직한 저 달콤한 속삭임이 아니라 근심과 우려에 찬 대화였다. 산국화와 산수유나무도 고개를 갸우뚱하면서 그들의 이야기에 귀를 기울이는 것 같았다.

"우리 농투산이들이 운제꺼지 이리 수탈만 당하고 있을 수는 안 없소?"

연방 처녀를 달래고 있는 키 큰 총각은 한화주였다.

"설령 이몸이사 죽는다 쿠더라도 그 뜻을 따리것지만, 자꾸 멤이 불안해서 더 몬 견디것어예."

눈망울이 머루 알만큼이나 까맣고 허리가 낭창낭창한 고운 처녀는 송원아였다. 화주는 무척 믿음직스럽게 생긴 두툼한 입술을 질끈 깨물며 말했다.

"내가 아이라 캐도 누든지 우리 농민 대표로 나서야 하는 기요."

"농민 대표?"

그 소리는 이상할 정도로 사람 가슴을 짓눌렀다. 맷돌이나 다듬잇돌로 누른다고 해도 그 무게보다는 덜할 듯싶었다.

"그라고 이왕지사 깃발 들라모, 앞장을 서야 사내라 쿨 수 있고."

그러면서 두 손으로 힘차게 깃발을 들어 보이는 시늉을 하는 화주와는 대조적으로 기운 없는 원아의 눈빛이 가을날 호수처럼 깊고 서글펐다.

"이 원아도 자랑시럽기 생각해예."

"고맙소, 원아."

"하지만도……."

"무신 이약을 하고 싶은 기요?"

잠시 침묵이 흐른 후에 대화가 이어졌다.

"각오도 단디 할 생각이고예."

"그라모 됐제, 또 머가 문제것소?"

화주는 갈수록 말투가 더 어른스러웠다. 어쩌면 그렇게 들리도록 골라 쓰는지도 몰랐다. 하지만 그런 속에서도 화주는 자꾸만 원아의 말을 피해가려는 눈치가 역력했다.

"음."

주위에 우뚝우뚝 서 있는 나무들로 연방 시선을 돌리면서 일부러 자연을 구경하고 있는 것 같은 모습까지 지어 보였다. 그렇지만 앳된 얼굴의 원아는 다른 것에는 전혀 관심을 보이지 않는 기색이었다.

"하지만도 해나 화주 씨한테 무신 일이라도 생기모……."

"하하하."

화주의 과장되게 호탕한 웃음소리가 메아리같이 산을 울렸다. 언젠가 원아더러 메아리는 웃음에 백만 년, 울음에 천만 년, 그렇게 살아가는 역마살 낀 가련한 혼이라는 말을 한 적이 있는 화주였다.

"아모 일도 없을 끼요. 민심이 천심이라 캤소."

그는 두 팔을 높이 쳐들며 자신감 넘치는 얼굴로 말했다.

"시방 민심은 우떤 누라도 깃발을 흔들기만 하모, 꿀물 흘린 자리에 우 모이는 개미떼매이로 몰리들 끼라 믿소."

"……."

"아, 믿는 기 아이고 핸실이 그렇소."

그러나 화주가 그렇게 나올수록 현실을 아는 원아 마음은 더한층 불안했다. 그럴 리야 없겠지만 혹시 객기를 부리는 게 아닌가 싶기도 했다.

"그치만 저들을 당해낼라쿠모."

화주는 고개를 숙인 채로 '솨솨' 수풀을 흔드는 바람 소리에 한동안 귀를 기울이고 있다가 말했다.

"내도 올매 전에 알았지만도, 유춘계 나리의 친척뻘 되는 분 중에……."

어쩐지 숙명적인 이야기를 들려주고 있는 분위기였다.

"시방 성 밖에 살고 있는 김호한 장군이라꼬 있소."

깊은 상념에 잠기는 낯빛이 근엄해 보이기까지 했다. 원아가 느끼기에, 춘계를 만나면서부터 부쩍 세상 물정에 밝아 보이는 화주였다.

“하나를 보모 열을 안다꼬…….”

그곳 야산에서 약간 떨어진 근처 들판 위에 얼핏 보이는가 했더니 아주 순식간에 환영처럼 사라져버리는 건 노루가 틀림없었다.

“그 장군 집안이라모 충분히 믿을 수 있는 기요.”

원아는 그녀의 목숨보다도 소중한 연인의 입을 통해 나오는 이름이기에 각별한 기분부터 들었다.

“김호한이라쿠는 분, 그리 훌륭한 분인가예?”

화주는 반짝이는 원아 눈동자가 참 크고 아름답다고 생각했다. 또래들에 비하면 거구인 자기 몸이 그 눈동자 속으로 빨려 들어갈 것만 같았다.

“그를 아는 사람이모 다 존갱한다 안 들었소.”

강한 부러움이 묻어나는 목소리로 들려주었다.

“그래서 하나겉이 장군이라 불러주고.”

“장군!”

원아는 화주 당신도 장군이라고 말해주고 싶었다. 만약에 당신이 사람이 아니라 풀로 태어났다면 높이 자라는 저 ‘장군풀’이었을 거라고 말해주고 싶었다.

“내 보기에 유춘계 나리하고 닮은 점이 마이 있는 거 겉소.”

그러던 화주는 문득 생각난 사람을 입에 올렸다.

“아, 그라고 그분 따님도 본 적이 안 있소.”

기억을 되살리는 음성이 산수유나무 둥치에 부딪혔다가 원아의 귀를 울렸다.

“가마이 있거라, 이름이 비화라 쿠던가?”

“비화, 비화.”

세상에 둘도 없이 마음을 주는 화주가 입에 올려 그런지는 몰라도, 원아도 어쩐지 처음 듣는 그 이름이 가슴에 와 닿는 느낌이었다.

"금강산 그늘이 관동 팔십 리 간다꼬, 그 아부지에 그 여식 아이것소."

아마도 유춘계 집안인지라 화주는 더 비화라는 호한의 그 여식이 인상에 깊이 남아 있는 모양이었다.

"한눈에 봐도 예사 인상이 아이었소. 새까만 눈이 초롱초롱하고 입매가 야무지거로 생긴 기."

그러다가 그는 한층 따뜻한 애정의 눈길을 보냈다.

"원아 당신이 생각나거로 안 하것소."

원아도 해오라기를 연상시키는 긴 목을 들어 화주를 보며 더없이 간절한 목소리로 고백했다.

"이 원아도 날마당 화주 씨만 생각하고 살아예."

화주는 감격에 겨워했다.

"내만……."

산국화 잔가지들이 바람에 일렁거렸다. 어떻게 보면 산국화가 바람을 일으키는 성싶었다. 원아가 그동안 궁금했던 이야기를 꺼냈다.

"그란데 유춘계 그분은 양반이람서 와 우리 겉은 서민들하고?"

화주는 잠자코 그곳 산언덕에 서 있는 무척 오래된 5층 석탑을 바라보고 있다가 가슴이 찡해오는 모습으로 천천히 대답했다.

"그분도 살림이 그러키 짜다라 넉넉하지는 몬하다고 들었소."

"예."

저쪽들 위로 떼를 지어 날고 있는 것은 장박새였다. 방울새와 비슷하고 참새만 한 그 새는 밭에 해를 끼친다고 사람들이 싫어했다. 그렇지만 원아는 그 이름이 참 아름답다고 생각하곤 했었다.

"가세가 기운 양반으로 몰락해뻿다고 해야 할랑가."

화주의 그 말에 순간적이지만 탑을 이루고 있는 돌들이 와락 무너져 내리는 듯한 기분이 드는 원아였다.

"몰락 양반."

그 노루는 어디로 갔을까? 여기 야산 쪽으로 오지는 않았는데. 원아는 뜬금없이 그런 생각을 했다.

"우쨌거나 관청 비리하고 농민들 고통을 알고 난 뒤부텀, 머라노, 민중핵맹가로 변신한 기요."

그렇게 들려주고 나서 화주는 방금 자기가 한 '민중혁명가'라는 그 말이 적당한 말일까 잠시 궁리해보았다. 유춘계와 민중혁명가.

농군의 아들로 태어나 많이 배우지 못한 그는 예전 같으면 그런 유類의 소리는 전혀 입에 올릴 수 없었을 것이다. 늘 보고 듣는다는 게 농사에 관한 것, 특히 농사만 지어서 살 수가 없다, 나라에서 씨알 훑듯이 모조리 빼앗아가지만 않으면 그래도 입에 풀칠은 할 수 있을 텐데, 차라리 고향을 떠나 어디 다른 먼 곳으로 가서 살고 싶다, 주로 그런 이야기 등이었다.

그런데 그동안 유춘계를 비롯한 몰락 양반들이나 다른 농민들과 함께 어울리다 보니, 자기 스스로도 모르는 사이에 앞서 했던 것과 비슷한 말들이 자연스럽게 흘러나오곤 했다. 하지만 그게 행인지 불행인지는 앞으로 시간이 더 지나야 알 것이었다.

"에나 우러러볼 어른 아입니꺼. 민중핵맹가……."

원아는 지금까지 언제나 그래왔듯, 화주가 '돌'이라고 하면 '돌', 또 '바람'이라고 하면 '바람'이라고 그대로 믿었다.

"민중핵맹가이신 그분이 이끄시는 대로 모든 일이 다 잘 돼갖고, 우리 겉은 농군도 잘살 날이 오모 올매나 좋으까예?"

원아의 염원에 화주는 자신감을 심어주었다.

"그리 될 때가 꼭 올 끼요. 그날이 운제가 될랑가는 모리것지만."

"아, 얼릉 왔으모!"

어느새 청춘남녀는 함부로 안으면 행여 부서질세라 가벼운 포옹을 하고 있다. 산국화와 산수유나무가 슬그머니 고개를 돌리는 것 같았다.

"원아!"

"화주 씨!"

막 피어나기 시작하는 꽃다운 나이들 입에서 뿜어져 나오는 뜨거운 입김을 받아서 거기 돌탑마저 후끈 달아오르는 듯했다. 불타는 입술이 포개진다.

그때 목에 검은 띠무늬가 둘린 회갈색 산비둘기 한 쌍이 산수유나무 동쪽 가지 끝에 날아와 앉아 지저귀기 시작했다. 그들은 아무 말 없이 서서 푸르른 가슴 깊이 파고드는 그 새소리에 오랫동안 귀를 기울였다.

"새는 억울하거로 죽어, 저승 몬 간 혼이 환생한 기라고 하데예."

이윽고 붉게 젖은 입술을 뗀 원아는 화주의 넓은 가슴에 얼굴을 파묻고 나직한 목소리로 속삭였다.

"원아!"

원아 말을 들은 화주 마음에 먹장구름이 우 밀려들었다. 큰소리는 쳤지만 사실 화주는 원아보다 훨씬 더 초조하고 불안했다. 여러 마을 농민들이 비밀리에 모여 유춘계와 몇몇 의식 있는 양반들의 주도 아래 깃발을 들자는 맹세는 하였지만, 깃발이 나부낄 수 있는 그날이 과연 언제가 될지, 또 용케 들고일어난다 해도 진실로 얼마나 승산이 있을는지, 지금으로선 까마득하기만 했다.

'아, 하느님. 우리를…….'

화주 마음을 한층 어둡고 무겁게 한 건 원아의 얘기였다.

"저 5층 석탑에 얽히 있는 슬픈 사랑의 전설을 들었어예."

"……."

화주도 알고 있었지만 원아 음성이 하도 절절하여 짐짓 모르는 척했다.

"사랑의 전설이라 캤소?"

"예."

원아 대답이 짧았다. 그것에 대한 생각만으로도 가슴이 막히는 그녀였다.

"듣고 싶소."

화주가 말했다. 애정이 뚝뚝 묻어나는 목소리였다.

"슬픈 전설이라도 사랑이라모 내사 좋소, 사랑이라모."

"아, 화주 씨……."

슬픈 전설이라도 사랑이라면…… 그 말이 원아 마음 저 깊숙한 곳에 두레박줄을 내려 끝없이 사랑의 물을 길어 올리고 있었다.

"사랑하는 원아 당신이 없으모."

화주는 갈수록 더욱 꿈꾸는 목소리로 변해갔다.

"이 한화주는 빈껍데기만 있는 쭉정이 인간이오. 아이요, 그기 아이요. 그 순간부텀 내는 없소."

"아, 우찌 그런 말씀을 다……."

원아가 먼저 손을 내렸다. 화주도 그녀 몸을 안았던 팔을 풀었다. 둘은 산수유나무 그늘 아래 나란히 앉았다. 원아 목소리가 물기 빨아들인 조선종이같이 눅눅했다.

"증말 멤 아푼 전설이지예. 신라 여자와 백제 남자가 나오는……."

"내 알기로, 우찌 된 판인지 전설은 거의 모도 슬프거로 끝이 나쌌던데, 저 돌탑 전설도 그런가베요?"

그러나 자기 입에서 이런 말이 나올 줄은 화주 자신도 몰랐다.

"하지만도 슬픈 기 기쁜 거보담도 상구 더 아름다울 때도 있다꼬 보요."

원아가 눈을 크게 떴다.

"예?"

화주는 기도하는 목소리가 되었다.

"만약에 진실, 진실이 있다모."

원아가 크게 놀란 얼굴을 하더니 이내 두 눈에 그만 눈물이 글썽글썽해지면서 애잔한 목소리로 말했다.

"아모리 아름답다 캐도 슬픈 거는 싫어예."

원아 음성은 낙엽을 밟을 때 나는 소리를 닮아 있었다.

"진실이 있다 캐도예."

"……."

화주는 계속 듣기만 했다. 귀에서는 윙윙 하는 소리가 났다.

"백제 무사는 조국이 망할 적에, 화살을 맞아 고마 쓰러지고 말았지예."

"……."

화주는 원아가 그쯤에서 이야기를 그쳐주었으면 바랐다. 비록 말은 그렇게 했지만, 그도 비극적인 전설은 싫었다. 하지만 원아는 무슨 의중에선지 꼭 얘기하고 싶은 빛이었다. 그게 마지막 작별의 인사인 것만 같아 화주 심정은 더한층 찢어지는 듯 막막했다.

"그치만 맨 첨에 신라 귀인을 만냈던 저 돌탑꺼지 말을 몰았다데예."

"인자 고만."

화주는 울음을 터뜨리기 직전이었다.

"갤국 연인을 몬 만내고 눈을 감았지만도……."

원아는 너무 안타까운 사연에 가슴이 막히는지 말끝을 잇지 못하고 망설였다. 그렇지만 화주는 그다음에 펼쳐지는 이야기를 잘 알고 있었다. 신라 귀인이 백제 무사 몸에 박힌 화살을 뽑아 그것으로 스스로 제 목을 찔러 영원히 연인 뒤를 따랐다는 것이다.

'아!'

거기까지 떠올리던 화주는 그만 크게 전율하고 말았다. 자신들이 그 전설 속에 나오는 애틋한 연인들처럼 여겨졌다.

"저 돌탑만이……."

원아 음성은 마지막 생명줄이 끊어져 가는 애처로운 새소리를 닮았다.

"그 애달픈 장면을 지키보고 있었을 거라 생각한께……."

화주는 고개를 마구 흔들었다.

"원아!"

끝내 울음을 보이고 마는 원아였다.

"흑."

가슴에 아린 상처만 남겨놓을 그 사연들을 계속 더 듣고 있을 수 없어서일까? 흔들리는 나뭇가지에 올라앉아 이리저리 사방을 둘러보던 산비둘기들이 홀연 저편 산등성이로 날아가 버렸다.

"내 고백을……."

서글서글한 눈을 들어 산비둘기를 쫓던 화주가 입을 열었다.

"이번 거사가 성공하고, 우리가 혼래를 치르기 되모 안 있소."

원아는 손등으로 눈물을 닦았다. 화주는 다섯 손가락을 꼽아 보였다.

"저게 비이는 5층 석탑매이로 다섯 자슥을 두고 싶소, 내는."

"예에?"

원아의 낯빛이 단번에 꽈리 열매처럼 붉어졌다. 혼례 그리고 다섯 명의 자식들. 그녀는 놀란 듯 수줍은 가운데서도 살짝 미소 띤 얼굴로 말했다.

“아아, 우리 임은 욕심도 안 많으시나!”

제 손가락을 헤아려보는 시늉을 했다.

“시상에, 다섯씩이나예?”

스르르 눈을 감는 그녀. 자못 진지하고 심각한 화주 음성이 원아 귀를 물들였다.

“자슥 다섯을 바라는 그기 머 그리 큰 욕심이라꼬?”

“…….”

하긴 먹여 살릴 수만 있다면 그보다도 더 많이 낳고 싶은 게 원아의 솔직한 심정이었다. 그녀의 부모도 그랬었다. 우리가 부자라면 자식을 열이고 스물이고 보고 싶은데 그렇지 못해서 너무 아쉽고 한이 된다고.

“내는 그 우에다가…….”

화주는 목울대가 울리도록 침을 꿀꺽 삼켰다.

“한 가지 더 소원하고 싶다 아이요.”

원아가 번쩍 눈을 크게 떴다. 그 바람에 그녀 얼굴에는 오직 눈만 있는 것 같았다. 그러자 이번에는 화주가 눈을 감으며 말했다.

“아들 셋, 딸 둘, 이리 3남 2녀를 점지해 달라꼬 산신께 빌 끼요.”

“3남 2녀.”

원아는 꿈꾸는 얼굴로 그 말을 가만 뇌었다.

“신령님, 지들 두 사람…….”

산신령도 들은 걸까? 그 말에 대한 화답이기라도 한 듯 고요하기만 하던 야산이 갑자기 ‘우우우’ 소리를 내기 시작했다.

그건 어쩌면 숱한 비바람을 온몸으로 묵묵히 견뎌온 저 서러운 돌탑이 내는 소리인지도 알 수 없었다. 대충 봐도 5층 석탑은 너무나 오랜 세월의 손에 헐리고 깎여 가까스로 그 형체를 유지하고 있었다.

'우짜꼬?'

저대로 가다간 언젠가는 푸슬푸슬 무너져 내려 그 흔적조차 사라져버릴지 모를 돌탑의 불확실한 미래. 그것은 어떻게 보면 화주 자신의 운명이었다. 화주는 속으로 혼자 탄식해 마지않았다.

'아, 비화라는 호한 장군의 그 여식은 나이가 내보담도 어리도, 그 얼골에 자신감이 넘치 안 보잇나. 그란데 사내라쿠는 내가 와 이리 용기가 없는 기고?'

참으로 알 수 없는 노릇이 아닐 수 없었다. 단 두 번밖에 만나지 않은 그 장군 여식의 똘똘한 눈망울을 좀처럼 잊을 수가 없는 것이다. 역시 양반 씨는 그 떡잎부터 다르다는 그런 이치이련가. 그렇다면 오로지 땅강아지처럼 살아온 농투성이 부모를 둔 나는?

'화주, 화주야. 니는 누고?'

영영 벗어던질 수 없는 멍에처럼 흙을 일궈가며 살아온 화주에게는 어릴 적부터 한 가지 애틋한 소망이 있었다. 아니, 미칠 것 같은 열망이었다.

화공이 되는 것이었다.

천해빠진 환쟁이라고 크게 멸시당해도 아무 상관없었다. 비록 가난하고 힘없는 농민의 자식이라 무엇 한 가지 뜻대로 되지를 않는 세상이지만, 화폭에 옮겨놓기만 하면 그냥 평화롭고 밝은 세상이 될 것 같았다.

'진정한 사내 대장부라모…….'

그림을 통해 모든 것을 바꿔놓고 싶었다. 새롭게 태어나고 싶었다. 바꾸고 새로운 것에 목을 매달고 싶었다. 그리하여 슬퍼하고 아파하고 한스러워하는 모든 것들을 위무해주고 싶었다.

그런데 이게 뭐냐? 이제 그림 붓이 아니라 무기로 그 일을 꾀하고자 한다. 그것도 참새 날갯짓으로 독수리 발톱을 상대하려 덤비는 격이다.

서투른 무당이 장구만 나무란다는데, 우리는 누가 일러주지 않아도 우리 힘을 스스로 너무나 잘 알기에 여태껏 하늘 뜻이려니 하고 살아왔다.

"이눔아! 운맹 바꿀라쿠는 미련일랑 삽사리한테나 던지주라카이!"

농사꾼의 전형 같은 아버지 얼굴은 무서운 분노에서 지독한 슬픔으로 바뀌곤 했다. 땅을 치고 통곡을 해도 안 될 일은 안 된다며 빌다가 윽박지르기를 반복했다.

"그저 내는 죽은 목심이다, 그리 여기고 농사일이나 단디 배우라. 알것제? 그깟 환재이가 돼갖고 머할 끼가?"

그는 틈만 비었다 하면, 그냥 아무 데나 그림을 마구 그려대는 통에 부모를 곤경에 빠뜨린 게 한두 번이 아니었다.

"아, 넘의 집 베름빡에다가 이리 항칠을 해놓으모 우짜란 말고, 으응?"

"저 시꺼먼 숯 껌정을 무신 재조로 지울 끼고?"

"몬 지우는 기지 머."

"몬 지우모? 몬 지우모?"

"전생에 그림 몬 그리고 죽어삔 환재이 혼이 찰거머리매이로 찰싹 달라붙었는가베? 생긴 거는 멀쩡한 아아가 와 저라노?"

"허 참 내. 집, 나모, 개, 닭, 하늘, 구름, 바구, 사람……. 하이고! 완전 새로븐 시상을 한 개 맨들어논 기라. 조물주가 따로 없다."

화주가 그림 그려놓은 집사람들이 모조리 몰려와서는 길길이 날뛰었다. 하긴 생각 없이, 아니 꼭 무슨 환쟁이 귀신이 씐 듯, 그렇게 마구재비로 그린 항칠은 화주 자신의 눈에도 동네 사람들이 그렇게 하겠다 싶었다. 혼쭐이 난 날에는 심지어 이런 무서운 생각에 빠질 때도 있었다.

'그림을 그리고 싶어도 몬 그리거로 내 손가락을…….'

그런데 오직 한 집에서만은 그러지 않았다. 아니, 그러지 않았을 정도가 아니라 도리어 격려하고 칭찬했다. 원아 부모였다.

"저리 좋은 재조를 썩히다이, 에나 안 아깝나."

"화주야이, 그림 그릴 데 없으모 우리집 부뚜막에 그리도 괘안타."

그래서 화주 발길은 원아 집을 자주 드나들게 되었고, 그 후 시간이 흐르면서 화주와 원아 사이는 자연스레 가까워졌다. 생각하면 항칠로 맺어진 인연이었다. 그렇지만 항칠처럼 제멋대로인 쪽으로 흘러서는 아니 될 일이었다.

"앞으로 우리……."

"아, 저희도 그런 맴을……."

두 집안 어른들은 자식들 사귐을 묵인해주었을 뿐만 아니라, 나이가 차면 혼례를 치러줄 것까지도 염두에 두었다. 유춘계 주도하에 억울한 농민들 목소리를 조정에 알릴 일이 행해진다는 사실을 처음 알았을 때, 화주 부모보다도 원아 부모가 더 화주를 이해하고 힘을 북돋워주었다.

"누가 머라 캐싸도 우리는 화주 자넬 딱 믿제. 그림 솜씨가 그리키 뛰어난께, 다린 거도 다 잘할 끼라 믿거마는. 심을 내라꼬, 심을."

그러나 장차 사위 될 사람의 안위를 헤아려보면 저절로 마음이 무겁고 어두워짐은 어쩔 수 없는 게 인지상정이었다. 그러니 피를 주고 살을 준 부모 심사야 오죽하겠는가 말이다. 그게 언제였던가? 한 번은 원아 아버지 송 씨가 낮은 소리로 딸에게 물었다.

"원아야, 화주가 앞으로 우찌될랑가도 모리는데, 그래도 니는 화주하고 끝꺼정 사귈라 쿠나?"

원아는 큰 불효를 저지르는 심정으로 대답했다.

"우찌될랑가 모린께, 지라도……."

그러자 원아 어머니는 연방 두 손을 모아 싹싹 비는 동작을 해 보이면서 기원했다.

"하느님, 부처님, 조상님……."

그 어름에 화주 부모도 원아에게 말했다.

"우리는 닐로 친딸 이상으로 생각 안 하나. 그래 하는 소린데, 원아 니 시방이라도 돌아설라모 돌아서라. 한 치 저 너머도 알 수가 없는 우리 자슥한테 계속 멤 주라꼬 하모, 우리가 사람이 아인 기라."

"내가 그리 생각한다. 인두겁을 둘러쓴 짐승이제. 니 뜻은 우떻노?"

원아 집 지붕 위에서 울던 까막까치가 화주 집 지붕 위에서도 울고 있었다.

"흑."

원아는 아무 소리도 하지 못하고 크고 둥근 두 눈에 눈물부터 그렁그렁 고였다. 그것은 천 마디 말보다 더 많은 말을 담아내고 있었다.

초가지붕에 새하얀 박꽃 피워내고, 싸리문에는 나팔꽃 줄기 올리고, 텃밭에 오이, 고추 심고, 앞산 수리부엉이 '부엉부엉' 우는 밤이면 임의 팔베개 베고 누워 뒤안 대숲을 스치는 바람 소리 들으면, 황후 공주보다 행복하리라 했었다.

'그밖에사 더 머를…….'

그러나 그 소박한 꿈마저 뱃전에 부딪혀 깨어지는 물거품이 될지 모른다. 기득권을 가진 자들의 권력에 대한 아귀와도 같은 집착과, 피지배층의 생존을 위한 최소한의 정당한 요구마저 깡그리 묵살해버리려는 철면피들의 아집은, 실로 가증스럽기 짝이 없음을 이제는 무지렁이들도 알고 있다.

"꺽! 꺽!"

어디선가 무엇에 목을 졸린 듯한 소리로 들꿩이 울었다. 곧이어 근처에서 퍼드덕 날개 치는 소리도 들렸다. 아무래도 깃털 몇 개는 몸에서 떨어져 나갔지 싶었다.

원아는 퍼뜩 정신이 났다. 하지만 다음 순간, 그만 가슴 한복판이 콱 막혀왔다. 화주가 나무 꼬챙이로 발아래 흙바닥에 무언가를 그리고 있었던 것이다.

"아, 이거는?"

원아가 한층 놀라고 가슴을 쓸어내린 것은 그게 어떤 그림인지 알고서였다. 초가지붕과 텃밭 그리고 대숲이었다.

"……."

원아가 시름없이 그림을 내려다보고 있는 것을 알아챈 화주가 몹시 겸연쩍은 듯 얼굴을 붉히며 말했다.

"안 그래도 영 행핀없는 그림 솜씬데, 멤이 요리키나 흔들리싼께 그림이 상구 더 잘 안 되는갑소."

두 손바닥을 쫙 펴서 땅의 그림을 가리려고 했다.

"챙피하요. 그러이 더 보지 마소."

어디선가 문득 말라가는 나뭇잎 냄새가 확 풍겨오고 있었다.

"아, 아이라예."

원아는 금방이라도 눈물이 있는 대로 솟구치려는 것을 가까스로 참으며 진정으로 격려해 주었다.

"화주 씨 그림 솜씨는 오데다가 내놔도 손색이 없을 기라예."

원아의 그 말을 알아듣기라도 한 모양인지 흙바닥 위의 그림들이 일제히 몸을 일으키고 있는 것같이 보였다.

"이런 거를 그림이라꼬……."

화주는 늙은이처럼 허허로운 웃음을 흘렸다.

"에나 고맙소, 원아. 시방 내한테 원아가 없다모."

"아……."

급기야 원아 눈꼬리에 또다시 엷은 물 기운이 번져나기 시작했다. 벌써 몇 번을 흘러나왔다가 말랐다가 한 눈물인지 모르겠다.

"화주 씨!"

화주가 원아 눈물을 보지 못한 척하며 말했다.

"내사 원아와 더불어 이런 곳에서 살모, 구중궁궐이 하나도 안 부러블 끼요."

"……."

원아는 자기도 그렇다는 말을 하지 못했다. 방금 내가 혼자 생각한 것을 당신이 그대로 그렸다는 소리도 내비추지 못했다. 그런 원아 마음이 더더욱 갈가리 찢어지게 몰아간 건 이어지는 화주의 말이었다.

"원아가 내한테 저게 있는 5층 석탑 전설을 들리줘신께 내도 이약 하나 해보것소. 환재이와 낭자의 이루지 몬한 사랑인데……."

"이루지 몬한 사랑?"

원아는 그만두라는 말을 하고 싶었다. 하지만 입을 열면 말보다도 울음이 먼저 터져 나올 것 같아 붉고 촉촉한 입술만 꼬옥 깨물었다.

"신분의 높은 벽에 가로막히서 심들어하는 환재이와……."

그 말을 하면서 우리 아버지와 어머니는 서로의 만남에 있어 어떤 어려움이 있었으며 또 그것을 어떻게 뛰어넘었을까 하는 생각이 드는 화주였다.

"비단걸이 곱기만 한 영혼에 깊은 상처를 입은 낭자가……."

그 말을 들으면서 우리 아버지와 어머니는 서로의 만남에 있어 무슨 힘듦이 있었으며 또 그것을 어떻게 헤쳐 나갔을까 하는 생각이 드는 원아였다.

"몬 이룰 사랑의 고통과 절망 땜에……."

화주도 더 이상 말을 잇지 못했다. 우연한 일이 아니라면 신의 암시인가? 하필이면 화공이라니. 그가 어릴 적부터 그렇게 소원하는 환쟁이라니. 심지어는 원아 몸 위에 그 낭자가 겹쳐 보이기까지 하는 것이다.

'내가 시방 지 증신가, 넘 증신가? 와 이라노?'

화주는 고개를 있는 대로 뒤흔들었다. 중요한 거사를 코앞에 두고 무슨 방정맞고 불길한 생각을. 정화수 한 그릇 떠다놓고 마음을 한 가닥으로 잡아도 뭐할 텐데. 우리들 운명을 바꾸어놓을 시간이 다가오고 있는데.

그런데도 화주 이야기는 그저 마음과는 반대 방향으로 달아났다. 말 그대로 고삐 풀린 말이었고, 머리나 뿔로 그냥 막 떠받아대는 소였다.

"그들 사랑이 뜻대로 이뤄지지 몬했다 쿠더라도, 저 돌탑을 맴도는 전설은 영원히 이어지고 안 있소."

돌탑은 돌로 쌓은 탑이 아니라 눈물과 한숨으로 쌓은 탑 같았다.

"그거맹캐 우리 사랑도……."

"아, 아, 고만!"

이번에는 원아가 세찬 도리질을 해댔다. 그러고는 원망 가득 서린 목소리로 말했다.

"와 자꾸 몬 이룬 사랑 이약만 합니꺼?"

원아는 끝내 와락 울음을 터뜨리기 시작했다.

"내는, 내는……."

그렇게 더듬거리며 화주는 두 팔로 원아를 꼭 껴안았다. 그의 마음에 원아 몸이 하나의 커다란 눈물방울과도 같았다. 화주가 원아 몸에서 가장 좋아하는 머릿결 냄새가 훅 코에 끼쳐들었다.

'아아.'

감미롭고도 슬픈 체취. 만년 소녀 같기만 한 그녀의 숱 많고 검고 긴 삼단 같은 머리는 신비로운 요술의 향기라도 내뿜는 것일까?

사람은 숨이 끊어져 깊고 차가운 땅속에 묻혀도 머리카락만은 계속해서 자란다고 들었는데. 그처럼 우리 사랑은 죽어서도 이어질 것이다. 영원, 영원토록.

"원아."

"화주 씨."

화주는 원아의 까맣게 윤기 감도는 머리칼에 코를 대고 가만 눈을 감으면 마음이 그렇게 평온할 수 없었다. 그녀의 머리카락 한 올 한 올은 흡사 사랑과 행복의 물레를 돌려 짠 것 같았다.

그러나 지금 몸부림치면서 울고 있는 원아 몸은 너무나도 크게 흔들려서, 사랑과 행복의 날줄과 씨줄이 탁 끊어져 버릴 것만 같은 안타까움과 위태로움을 안겨줄 따름이었다. 무엇 때문에 이다지도 마음이 무겁고 초조하기만 하는지.

"우리 이대로 운제꺼지나……."

화주는 행여 원아와의 그 사랑과 행복이 멧새처럼 훌쩍 날아가 버리지나 않을까 하는 큰 조바심과 불안감에 쫓겨 원아 몸을 더욱 힘껏 포옹했다. 두 사람 입에서 깊고도 뜨거운 신음소리가 났다.

'그분…….'

화주는 유춘계와 함께 있을 때도 원아에게서 느끼는 것과 비슷한 감정에 젖어들곤 했다. 그러고는 오랫동안 그 감정의 물살에 떠밀렸다. 백번 천번 짚어 봐도 정녕 알 수 없는 일이었다. 춘계와 원아는 남자와 여자, 양반과 평민, 그렇게 철저히 다른 신분임에도 불구하고 어찌하여 그런 기분이 되는가 하고 곰곰이 궁리해보았다. 그리하여 이끌어낸 결론은 하나였다. 사랑과 행복이었다.

그랬다. 원아가 화주 자신에게 그런 존재이듯, 춘계는 탐관오리들의 가렴주구에 끝없이 시달리는 농민들에게 사랑과 행복을 가져다줄 사람이었다. 당장 입에 풀칠하기 급급한 농투성이들에게는 어쩌면 남녀 간의 사랑 따윈 애당초 사치였고 기만이었고 죄악이었다. 행복의 노래를 부르고 있기에는 그들을 옭아매는 고통과 억압의 사슬이 너무나도 굵고 질겼다.

화주는 알고 있다. 춘계 자신은 사랑과 행복을 누리지 못한 채 살아왔다는 사실이다. 만약 그가 그런 것에 그렇게도 목말라하지 않았더라면 목숨을 담보로 하는 지금 같은 거사를 꿈꾸지 못하리란 것이다.

"선조 임금 때의 정여립 모반 사건에 휘말리갖고, 감옥에서 큰 한을 품고 죽은 사람의 후손이라꼬 들었거마는."

서준하에게서 들은 얘기였다. 화주가 지켜보기에 준하는 비록 농민 출신이지만 아는 게 굉장히 많았다. 아주 사려도 깊은 사람이었다.

"그리 시상을 뜬 춘계 나리의 그 조상은……."

거기서 말을 끊은 준하는 넌지시 비밀 하나를 일러주었다.

"저 유맹한 남맹(남명) 조식 선생의 제자였다꼬 안 하던가베."

"아, 그래예? 우짜모!"

화주는 자신도 모르게 큰소리를 질렀다.

"대단하네예. 대쪽맹캐 꼿꼿하기로 알려진 남맹 선생 제자라이……."

옆에서 듣고 있다가 그렇게 입을 여는 천필구는 대쪽 같은 사람이라면 무조건 좋아했다. 화주는 또 그런 필구가 무조건 마음에 들었다. 서로 남남이면서 그렇게 마음이 통할 수 있다는 게 참으로 신기할 지경이었다.

"아, 그래 그렇는가베예?"

화주 말에 준하가 무슨? 하는 눈빛을 지어 보였다.

"춘계 나리한테서, 한 분 맴 묵은 일이모 무신 일이든 간에 반다시 실천할라쿠는 모습이 엿비이는 거 말입니더."

화주는 부러움과 존경심이 담긴 표정으로 계속 말했다.

"그런 피를 타고났은께네……."

"아하, 그거?"

준하와 필구가 한입으로 말했다.

"따악 맞는 소리거마는. 사람이 입으로야 무신 소리 몬 할 끼고. 진짜 실행되거로 하는 기 심들제."

"그런 점 땜새 우리가 춘계 나리를 철석같이 믿고 따르지 않는가베?"

그러나 지금 그 순간 화주는 춘계에 대한 그런 강한 믿음마저도 송두리째 무너져 내리려 하고 있었다. 도무지 울음을 그치지 않는 원아에게서 느끼는 아픔과 불길함이 너무나 강해서일까? 인간의 힘으로는 도저히 어쩔 수 없을 것 같은.

문득, 그의 뇌리에 집안의 평안을 이루고, 액운을 모두 없애고 복을 부르기 위해 가신家神에게 음식을 바치는 고사告祀가 떠올랐다. 그의 부모는 없는 살림에도 떡이며 술, 북어, 돼지머리, 과일, 정화수 등을 정성껏 마련했다. 술은 큰 사발에 막걸리를 담아 바쳤으며, 과일은 제철 과일을 썼다. 어른들은 말했다.

"성주신, 터주신, 조앙신(조왕신), 수문신, 우리가 뫼시야 할 신도 에나 쌔삣는 기라. 또 그중에 단 한 분도 소홀하거로 대해서는 안 되고……."

화주는 어릴 적에 간혹 그의 집에 들르던 동네 글방의 접장에게서 들어 알고 있다. 고사 때 쓰는 백설기는 흰색을 추구하는, 어려운 말로 신성관神聖觀을 의미하고, 팥시루떡은 붉은 팥 색깔이 화를 피하게 하고 악귀를 쫓아준다고 믿어오는 우리 고대신앙에서 비롯된 것이라 했다.

그런데 그때 화주가 고사 음식을 생각한 것은 무엇보다 삶은 돼지머리와 북어 때문이었다. 그 접장 말에 따르자면 그것들은 '희생'을 뜻한다는 거였다. 화주는 그의 꿈속에서 보았다. 그가 고사상 위에 올려 있는 것을. 그의 머리는 삶은 돼지머리였고, 그의 몸통은 북어였다. 잘디잘게 쫙쫙 찢기고 뜯겨나가는 북어.

'내사 돼지가 되든 북어가 되든 아무치도 않지만도, 내가 그리 죽고 나모 원아는 우찌될 것가, 우찌?'

그때 아직 녹색 기운이 남은 나뭇잎 하나가 꼭 부둥켜안은 두 사람 머리 위로 소리 없이 굴러 내렸다. 생명의 마지막 몸짓, 슬픔의 파문이었다.

화주는 부르르 진저리를 치고 말았다. 산 개가 죽은 정승보다 낫다고 했다. 도대체 내가, 우리가, 생명까지 담보로 맡겨가며 얻으려는 게 무엇이란 말인가?

원아를 껴안은 그의 팔에서 서서히 힘이 빠져나가고 있었다.

굿도 굿이 아닌

"옴마아!"

옥진에게 놀러 가기 위해 막 대문을 나서던 비화는, 걸립패가 자기 집을 향해 오고 있는 것을 보고 질겁하며 다시 집 안으로 뛰어들었다.

"와? 무신 일고?"

부엌에 있다가 딸의 고함을 듣고 놀라 부엌문 밖으로 고개를 내미는 윤 씨 얼굴은 날이 갈수록 야위면서 핼쑥해지고 있었다. 그것은 가문의 몰락을 가장 잘 드러내 주는 징표와도 같았다.

"구, 굿패들이 우, 우리 집으로 와예!"

그러면서 가슴에 손을 갖다 대고 숨을 크게 헐떡거리는 비화를 보고 윤 씨는, 난 또 무슨 일이라고? 하는 표정으로 말했다.

"그런 거 갖고 그리키나 놀래고 난리가? 어짓께(어저께) 내가 니한테 미리 말 안 해주더나? 오늘 우리 동네에서 걸립굿이 벌어질 끼라꼬."

"아부지는 와 퍼뜩 안 오시는고 모리것어예. 언직이 아자씨하고 만내시로 가모 장 이리 늦기 오시고……."

괜히 굿패들이 무섭게 느껴져 아버지가 집에 계시면 마음이 든든할

거라는 생각과 함께 비화가 좀 머쓱한 낯빛을 짓고 있는데 윤 씨가 일러 주었다.

"우리 집만 아이고 온 동네 집집마다 모돌띠리 돌아댕길 끼다. 서낭대를 앞세우고 굿을 침시로."

그때 윤 씨의 그 말이 떨어지기를 기다리고 있은 것처럼, 세상이 떠나가라 큰소리를 내며 걸립패들이 대문간 안으로 몰려 들어오고 있었다. 넓은 마당이 금방 아주 꽉 들어찼다.

꽹과리잽이, 징잽이, 장구잽이, 북잽이, 소고잽이, 호적胡笛잽이, 기旗잽이, 잡색. 그들 모두가 쇠옷(농악복)을 입고, 이리저리 돌릴 수 있게 돼 있는 긴 상모가 달린 벙거지나 고깔을 쓴 굿패가 많았다. 종이를 여러 가닥으로 접어 만든 나비상, 가늘고 긴 종이로 만든 채상, 깃털을 여러 개 모아 만든 부포상…….

꽹과리잽이 중에서 '상쇠'라고 불리는 '첫치'가 농악대를 총지휘하고 있었는데, '부쇠'라고 하는 '둘치', '종쇠'라고 하는 '세치'가 보조를 아주 잘 맞추었다. 꽹과리소리, 징소리, 북소리 같은 여러 소리들이 마당을 왕왕 울리고 집채를 흔들었다.

그런데 비화 눈에 가장 인상적인 것은 장구잽이나 북잽이 같은 잽이들보다도 잡색이었다. 대포수, 조리중, 양반광대, 할미광대, 각시, 창부, 집사, 무동 등등. 그들은 비록 주인공은 아니지만, 말하자면 없어서는 아니 될 보조품이거나 빛나는 조연助演들이었다.

"자아, 여게……."

언제 안으로 들어가서 가지고 나왔는지 윤 씨가 헝겊을 둘러 돈과 쌀을 내주고 있었다. 잽이들의 동작이 좀 더 기운차고 풍물 치는 소리가 한층 높아졌다. 이윽고 끝이 없을 것 같던 상모돌리기가 약간 느려지면서 소리도 같이 낮아지기 시작했다.

"언가야."

그때 문득 들려오는 옥진의 목소리에 비화가 고개를 돌려보니, 대문 조금 안쪽에 들어와 서서 어쩐지 좀 추워 보이는 웃음을 띤 옥진이 눈에 비쳤다.

"옥진아."

비화는 얼른 그쪽으로 걸음을 옮겨놓았다.

"어, 우리 옥지이가 운제 온 기고? 왔으모 와 퍼뜩 말 안 하고?"

옥진을 발견한 윤 씨도 말했다.

"인자 너거 집에 갈 차례다. 자, 가자."

총지휘하던 상쇠와 무슨 이야기를 나누고 있던 기잽이가 옥진을 아는지 옥진에게 하는 말이었다. 그러자 옥진은 당장 울상이 되었다.

"시, 시방 우리 집에는 아, 아모도 없어예."

하지만 그 말을 들었는지 못 들었는지 걸립패들은 비화네 마당에서 나가기 시작했다. '부징'이라고 불리는 징잽이 '둘치'와 '꼬리버꾸'라고 불리는 소고잽이 '꼴치'가, 일행인 다른 쇠꾼(농악대)들을 얼른 따라 나가지 않고 비화와 옥진더러 무슨 말인가를 했지만 시끄러운 소리에 묻혀 잘 들리지를 않았다.

"아부지하고 어머이가 오데 가싯는데?"

"내도 모린다."

"멀리는 안 가싯것제?"

"하모, 안 그러까이."

"그라모 머……."

걸립패는 모두 대문간 밖으로 자취를 감추었다. 하지만 그들이 내는 소리만은 여전했다. 비화는 속으로, 나는 아버지만 안 계셔도 마음이 좀 그런데 부모 모두 나가버린 옥진은 더 안 좋을 것 같다는 생각이 들었다.

"오늘 겉은 날은 그냥 집에 계싯으모 좋을 낀데."

"……."

"우쨌든 우리 집에 잘 왔다."

"언가 니가 보고 싶어갖고……."

아직도 풍물소리의 여운이 채 가시지 않은 듯한 집 안에 여자아이 둘이 주고받는 소리가 가늘게 울리고 있었다. 뭔가 엄청난 회오리바람이 한바탕 휩쓸고 지나간 듯했다.

그런데 윤 씨가 방으로 들어가고 두 사람만 담장 아래 화단가에 서서 꽃나무를 바라보고 있을 때였다. 옥진이 불쑥 말했다.

"언가야, 내는 안 있나, 굿하는 무당이 되모 좋것다."

"머라꼬?"

비화는 나도 아직 나이가 어리지만 나보다도 더 어린 게 참 맹랑하다 싶어 약간 꾸짖듯 타이르듯 했다.

"와? 아까 그 굿패들 본께네?"

이참에 두 번 다시는 그런 소리 입에 올리지 못하게 할 요량이었다.

"광대패는 안 되고 싶고?"

그러자 옥진은 더 한심하게 오늘내일하는 노파처럼 힘겹게 한숨까지 푹 내쉬면서 말했다.

"내가 여자만 아이모 에나 딱 하나 하고 싶은 기 있는데……."

"있는데, 와?"

비화는 깜냥에도 내가 또 옥진이에게 너무 패악을 부리고 있구나 하고 느꼈다. 그런데 신경질을 부리고 있다는 그 사실보다도 신경질을 부리게 만드는 그 원인이 한층 비화를 모질게 닦아세웠다.

'그노무 새끼들을……'

바로 점박이 형제임은 더 말할 필요가 없었다. 그리고 저 대사지가 떠오르면서 비화는 어른들 말마따나 두 눈에 쌍부처가 거꾸로 서는 듯했다.

"여자라서 그거도 몬 하것고. 후우."

옥진은 금방 땅바닥에 퍽 주저앉아버릴 아이 같아 보였다.

"그눔의 한숨!"

언제부터인가 그녀 집 안에서 끊어지지 않고 있는 바로 그 한숨 소리였다. 그 한숨 소리가 너무나 귀에 거슬려 자신도 모르게 비화는 크게 볼멘소리가 되었다.

"남자 하모 되지, 와?"

그 순간 비화 눈앞에 또다시 억호와 만호가 복병처럼 나타나 보였다. 아니, 둔갑이라도 부리는지 두 놈이 아니라 열 놈, 스무 놈, 서른 놈, 그렇게 자꾸자꾸 불어나고 있어 당장 돌아버릴 것만 같았다.

어떤 쇠꾼의 벙거지에서 떨어져 나온 걸까? 깃털 하나가 마당 가에 떨어져 있는 게 비화 눈에 띄었다. 그날 점박이 형제에게서 벗어나려고 발버둥 치던 옥진 몸에서 떨어져 나간 작은 솜털 하나가 지금 그곳에 날아와 있는 게 아닌가, 그런 생각을 하던 비화는 자신이 노망든 늙은이가 돼버린 것만 같아 온몸을 부르르 떨었다.

'옥지이하고 같이 있으모…….'

비화는 옥진을 보면서 생각했다.

'와 내는 이리 나이 마이 묵은 사람겉이 돼삐리는 기꼬?'

모든 것은 상대적이라고는 하지만 그래도 이건 아니었다. 옥진은 물론이고 비화 자신도 아직은 어린 처녀애에 불과했다. 옥진을 통해 어른스러워진다는 것이 결코 좋은 것은 아니라는 사실을 일찌감치 깨친 그녀였다.

'하기사 똑 옥지이 땜은 아일 끼라.'

내가 옥진이한테 죄를 짓고 있다는 뉘우침과 함께 생각했다.

'이리키나 좋은 우리 집을 배봉이 고것들한테 운제 빼앗길랑고 걱정을 해싼께…….'

저주의 한숨이 자신의 입에서도 흘러나오려는 것을 억지로 참았다.

'어른들 말마따나 겉늙는 긴가도 모리제.'

비화는 청승맞게 고개를 푹 떨구고 서 있는 옥진을 외면하고 커다란 집채로 눈을 돌렸다. 서까래를 받는 도리가 세 개인 보통 민가와는 달리 도리 두 개를 더 설치하여 기둥과 기둥 사이가 무척이나 넓은 고옥이었다. 그 고을에서 기와집은 그렇게 흔하지를 않은데, 특히 그런 대저택인 만큼 배봉이나 운산녀가 아니더라도 누구든 잔뜩 눈독을 들일 만은 했다.

"옥진아, 우리나라에 기와가 운제 오데서 들온 줄 아나?"

느닷없는 그 물음에 옥진이 고개를 들고 비화를 물끄러미 쳐다보았다. 그 눈빛은 이렇게 말하고 있는 것 같았다.

'우리집은 초가집이라서 그런 거 생각 안 해봤다.'

그리고 그 말속에는 이런 뜻도 담겨 있는 듯했다. 언가 너거는 부자라서 기와집에 살고 있지만도 우리는 가난해서 초가집에 산다. 비화는 괜한 것을 물었다는 후회가 되었지만 아버지에게 들은 그대로 얘기해 주었다.

"삼국시대 초기에 중국에서 첨 들왔다 쿠데."

"삼국."

옥진은 아마도 태어나고 나서 처음으로 들어보았을 그 말에 백치 같은 얼굴을 해 보였다. 그걸 본 비화는 지금 내가 어린 옥진이한테 무슨 소리를 하고 있노? 하는 생각이 들면서, 어른들이 형편없거나 어처구니

없는 짓을 볼 때 곧잘 하던 말을 속으로 중얼거렸다.

'참말로 굿도 굿이 아이다.'

그새 걸립패들은 모두 어디로 갔는지 주위는 고요하기만 했다. 조금 전까지의 그 소란통 때문에 더 그런 느낌이 드는 것이다.

"진아, 우리 더 커모 내중에 둘이 중국에 같이 가 보자이."

이어지는 비화의 뜬금없는 그 말에 옥진은 그만 울상까지 짓더니 이렇게 말했다.

"언가야, 내사 고마 우리 집에 가볼란다."

지금 달은 어디쯤에 걸려 있을까?

그런 뜬금없는 생각을 하면서 긍복은 긍정도 부정도 아닌 어정쩡한 자세였다.

"우찌 그런?"

긍복으로서는 귀 빠지고 처음으로 들어보는 소리가 아닐 수 없었다. 모든 면에서 호한에게 상대적 박탈감과 더불어 열등감을 가지고 있는 긍복이었다. 그가 배봉 꾐에 넘어가 그 모든 짓을 저지르고 있는 그 이면에는, 호한에 대한 그런 감정들이 큰 역할을 했다는 것은 부인할 수 없는 사실이었다.

"배봉이 지 혼자 잘난 저 인간도 뛰어나신 긍복 나리의 머리 아이모……."

그들이 머리를 얹었던 빨간 비단 베개와 파란 비단 베개가 방바닥에 아무렇게나 뒹굴고 있었다.

"절대 호한이 집안 저리 몬 맨들 낍니더. 텍도 없지예."

긍복은 소긍복이 아니라 중긍복이나 대긍복, 아니 특대긍복이 되고 있었다. 운산녀가 한 말처럼 그곳은 운산녀의 안방이 아니라 긍복의 사랑방이 되고 있었다.

"목에 칼이 들와도 이 운산녀가 책임지고 이약할 수 있심니더. 나리의 머리는……."

"내 머리……."

그때부터 긍복은 거짓말같이 기운이 쑥쑥 솟았다. 그의 입에서는 이런 기찬 말까지 새 나오기 시작했다.

"마, 맞거마. 내는 호한이보담 잘난 사내 맞거마는."

"인자사 그거를 아시갖고."

거울 속의 긍복이 주먹을 거머쥐었다.

"호한이를 우째삐리까?"

어디선가 개 짖는 소리가 아슴푸레한 기억을 더듬듯 희미하게 들렸다.

"머 똥작대기 말라비틀어진 거 겉은 김 장군이라?"

"호호호."

운산녀는 가느다랗게 눈을 뜨며 요상한 웃음소리와 함께 또다시 천한 자태를 지었다. 그렇지만 말끝에는 여전히 찬바람이 씽씽 일었다. 그뿐만 아니라 나온다는 소리가 도시 종잡을 수 없었다.

"지가 시방 말할라쿠는 사람은 호한이 아입니더."

"예에?"

긍복의 '뛰어나신' 머리가 헷갈렸다. 말도 어눌하기 이를 데 없었다.

"호, 호한이 아이모 누?"

잠시 대답이 없던 운산녀는 이윽고 온몸의 정기를 뽑아내듯이 말했다.

"그 딸자슥입니더."

긍복 눈이 마구 휘둥그레졌다. 왕비나 공주의 처소같이 화려한 그 안방이 빙그르르 도는 기분이었다. 천장과 방바닥이 자리바꿈을 하는지도 모르겠다.

"호한이 딸자슥?"

그렇게 되뇌는 궁복에게 운산녀는 똑똑히 상기시켜주려는지 또렷한 목소리로 다시 말했다.

"예, 비화 그 가시나."

그 방의 모든 사물들이 일제히 이쪽을 바라보는 것 같았다.

"비화? 비화를?"

궁복은 영락없이 바보 같은 표정을 지었다. 어떻게 보면 쥐구멍에서 머리만 내놓고 이리저리 사방을 살피는 쥐를 방불케 했다.

"호한이 아이고 비화……."

궁복이 계속해서 고추 불듯이 해도 운산녀는 한동안 말이 없었다. 그저 궁복 뒤쪽 허공 어딘가를 넋 나간 여자처럼 멍하니 바라볼 뿐이었다.

그런 운산녀가 궁복에게는 또 전혀 다른 여자로 비쳤다. 벌써 몇 번을 그렇게 변하는 여자가 되고 있는지 모르겠다. 아홉 번 재주넘는 백여우는 아예 저리로 가라다.

"비화 그 딸아가 우째서요?"

궁복의 의아해하면서도 다그침에 가까운 소리였다.

"인자 우리 두 사람, 만리장성을 쌓은 사인께……."

운산녀는 변죽만 울렸다. 평상시의 그녀와는 너무나 거리가 멀어 보였다.

"쌔이 이약을 해보시오."

이제는 궁복이 오히려 위풍당당하게 나오고 있었다. 그야말로 '이불 활개'였다.

"우리사 동업꺼지, 아이지, 백년해로 할 부부매이로 살 사람들 아인가베요."

고개를 꺾은 상태로 좀 전까지 몸을 뉘었던 이부자리를 무연히 내려다보고 있는 운산녀를 향해 긍복이 재촉했다.

"그러이 아모 눈치 볼 거 없이요."

그러자 운산녀는 몹시 추위를 타는 여자처럼 어깨를 움츠리며 입을 열었다. 그런데 그 말이 긍복에게는 또 중국말이나 일본말보다도 더 생경하고 난해하기만 하였다.

"그 가시나 눈빛이 안 있십니꺼."

"눈빛?"

긍복 눈빛이 몽롱해졌다. 아편을 맞은 사람이 따로 없었다.

"예, 눈빛."

운산녀 눈빛은 어느 누구도 짚어낼 수 없을 만큼 복잡다단해 보였다.

"배봉이 저 인간 겉잖은 인간하고 지가 김호한이 집 땅을 빼앗을 적 마당……."

긍복으로서는 귀를 틀어막고 싶은 이야기였다.

"꼭 꾸게 되는 꿈 하나가 있십니더."

운산녀는 꿈속의 여자처럼 보였다. 거기 커다랗고 빛나는 경대 거울에서 금방 나온 비현실 속의 여자 같았다.

"그, 그야 이 긍복이도 함께 해온 짓 아이요."

긍복은 새삼스럽게 무슨 소리냐며 그러고 나서 캐물었다.

"그란데 꿈이라이, 무신 꿈 말요?"

그런데 긍복의 그 물음이 채 끝나기도 전이었다. 별안간 운산녀가 커다란 상처를 입고 쓰러지는 한 마리 산짐승같이 긍복에게 몸을 휙 던져왔다.

"아, 꿈 이약하다가 와?"

억지로 떠맡기듯 해오는 운산녀는 마치 위기에 처하면 어두운 곳으로 숨어드는 뱀처럼 비쳤다.

"대, 대체 와 이라는 기요?"

궁복은 두 손으로 운산녀의 어깨를 잡아 흔들었다.

"마, 말을 해보시오."

궁복도 어쩐지 오싹해지는 기분이 들었다. 방금 운산녀가 말한 그런 어떤 눈빛 하나가 어디선가 지금의 자신들을 자세히 지켜보고 있는 느낌이었다. 차마 견디기 힘든 공포가 엄습했다. 금방이라도 기방같이 화려한 방문이 꽝 함부로 부서지면서 누군가가 안으로 뛰어들 성싶었다.

'내가 운산녀 보는 데서, 생각 없이 이라모 안 되제.'

그 와중에도 그는 사내답게 보일 양으로 억지로 목소리를 가다듬고 최대한 낮고 천천히 물었다.

"비화 고 가시나 년 눈빛이 우째서 그리쌌소?"

정녕 알 수 없는 일이었다. 아니, 무서운 노릇이었다. 궁복의 말끝에는 어느새 비화를 향한 증오와 공격의 화살이 꽂혀 있었다. 그건 궁복 자신마저도 미처 깨닫지 못할 묘한 감정의 흐름이었다.

"내사 인자 호한이 그놈도 겁 안 난다 아이요."

운산녀 안색을 슬쩍 살폈다.

"그러이 그 가시나 정도사 에나 아모것도 아이지예."

그러자 운산녀는 손을 내밀어 궁복의 입술에 갖다 대며 말했다.

"지 말씀 들어보시소. 그기 우찌된 일인고 하모……."

그러나 궁복은 운산녀 말을 끝까지 듣지도 않고 호언장담을 늘어놓기 시작했다. 그다지 강해 보이지도 않는, 되레 남자치고는 작은 주먹으로 제 복장 부위를 땅땅 치기까지 했다.

"이 궁복이가 안 있소."

운산녀는 어울리지 않게 다소곳한 모습이었다.

"예, 나리."

궁복 눈에 시퍼런 빛이 번득였다. 얼굴도 갑자기 아주 험상궂어 보였다. 그 얼굴에 달린 입에서 실로 섬뜩한 소리가 흘러나왔다.

"앞으로 운산녀를 위해서라모, 살인도 마다하지 않것소."

"예?"

"살인, 살인 알지요?"

"무, 무신?"

"사람 쥑이는 거 말요."

"아, 지를 위해서라모 사, 살인도?"

운산녀 자신이 살해당하기 직전의 여자처럼 보였다.

"아아, 그, 그러키꺼지!"

만류하는 태도로 나오는 운산녀를 힐끗 보면서 툭 내뱉었다.

"그거는 벨거도 아이요."

궁복은 맨손으로 범을 공격하고 황하黃河를 무작정 건너는 자신의 모습을 보았다. 그렇지만 지금은 그런 만용이라도 부리고 싶은 심정이었다.

"운산녀가 원하기만 하모 누든지 쥑이도 주것다, 그 소리요."

그 소리를 듣자 감격한 눈빛을 하면서도 운산녀 입술 사이로 흘러나오는 소리는 그게 아니었다.

"비화 고것이 꿈에 나타나갖고는 막 사람을 노리보는데, 그 눈빛이……."

또다시 눈빛 이야기였다.

"비화 고게 운산녀를 노리봐요?"

궁복이 묻는 말에 운산녀는 한층 진저리를 쳤다.

"그냥 노리볼 정도가 아입니더."

"……."

"머랄꼬, 와 절간 가모 사천왕상 안 있십니꺼?"

난데없는 절집 이야기에 궁복이 처음 들어보는 말처럼 되뇌었다.

"사천왕상?"

"하모예."

운산녀는 두 눈을 있는 대로 크게 치뜨고 매섭게 노려보는 시늉을 했다.

"그거매이로 시퍼렇커로 두 눈깔 따악 뜨고 이래 사람을 막 노리보는데……."

궁복도 운산녀를 째려보듯 했다.

"그란데요?"

운산녀는 또 몸을 떨었다.

"아, 꿈이라도 올매나 무서벗는지 모립니더."

거울 속으로라도 숨어들고 싶다는 빛이었다.

"허어, 내 참."

궁복은 참으로 어이가 없었다. 웬만한 장정 몇은 너끈히 상대할 성싶은 여걸이 그까짓 어린 여자아이 하나를 저리 두려워하다니. 이건 아무래도 이 궁복이를 한번 시험해보기 위해서거나, 다른 목적이 있어 일부러 하는 짓거리가 아닐까 의심이 갔다.

"내도 그 처녀아를 본 적이 있소."

궁복이 대수롭잖은 듯 그렇게 말하자 당장 이런 말이 돌아왔다.

"우, 우뗗던가예?"

운산녀는 무언가를 반드시 확인하고 싶어 하는 눈치를 보였다. 뿔을 가진 자는 이가 없는 법이듯, 비록 운산녀가 요물이긴 해도 모든 재주를 갖출 수는 없을 것이다.

"운산녀 말마따나 눈빛이 그냥 보통은 아이었소."

궁복이 솔직하게 털어놓았다.

"그, 그렇지예?"

운산녀는 수긍을 넘어 강요하는 투였다.

"초롱초롱한 기 에나 영리해 비이기는 하더마는."

궁복 대답에 운산녀가 저주를 담은 소리로 말했다.

"고 눈깔!"

궁복이 조용히 타이르듯 말했다.

"하지만도 그렇다꼬 무서버할 정도는……."

그 말끝을 운산녀가 낚아챘다.

"이 운산녀가 큰 상인이 될라쿠는 거는, 있지예?"

우리 역사상 여자 거상巨商에는 누가 있었지? 그런 생각을 해보는 궁복의 귀에 들리는 운산녀의 말이었다.

"배봉이 저 인간만 믿고 앉았다가는 운제 재산 모돌띠리 날리삐고 질거리 쪽박 차고 나앉을지 몰라서지예."

궁복은 걸인이 되어 있는 운산녀의 행색을 머릿속에 그려보았다.

"설마 그 많은 재산이 그리 다 없어지기야."

그러면서 아무래도 믿을 수 없다는 표정을 했다. 제 귀를 가리고 방울을 훔치는 도둑이 있다더니, 운산녀는 너무도 얕은꾀로 궁복 자기를 속이려는 여자 같았다. 함정에 빠지면 안 되었다.

"부자는 망해도 삼 년은 무울 끼 있다 안 쿠던가베요?"

궁복이 어림없는 말이라고 했지만 운산녀는 그 말에는 아무 대꾸도 없이 한 번 더 저주 퍼붓듯 했다.

"낮이고 밤이고 간에, 고 야시 겉은 기생년들 치맛자락에만 매달리갖고 살아간께 믿을 수 없지예."

"그래도 부부끼리 몬 믿는다는 기 말이 됩니꺼."

조금 전까지 그들이 베고 누웠던 두 개의 베개가 돌아서 버린 부부처럼 멀찍이 떨어져 있다는 것을 긍복은 새삼스레 깨달았다.

"부부예?"

운산녀의 반문에 긍복은 또렷한 어조로 말했다.

"예, 부부."

그러자 운산녀 입에서 대뜸 이런 소리가 튀어나왔다.

"눈깔 빠지것다 아입니꺼?"

긍복은 약간 감정이 상했다.

"내 이약은……."

운산녀는 긍복이 더 입을 열 틈을 주지 않았다.

"뱀탕 묵고 기운 살아 집 밖으로만 나돌아 댕기는 고 인간, 배미한테나 콱 물리 죽어삐모 원도 한도 없것네."

"장사라쿠는 기 쉬븐 거는 아일 낀데……."

긍복은 그렇게 얼버무렸다. 운산녀는 늙은 기생 신세타령하듯 했다.

"배봉이 저 인간이 늙어갖고 심을 몬 쓰거로 되모, 억호하고 만호 고것들이 재산을 몽땅 차지해뻴 끼라예."

먼길을 달려온 여자처럼 가쁘게 숨을 몰아쉬고 나서 말했다.

"그라모 이 운산녀만 혼자 홀딱 걸베이 신세 안 되것어예?"

그 말이 귓전에 와 부딪는 순간이었다.

"남핀이 늙으모 자슥들이 재산을?"

긍복은 번쩍 정신이 났다. 그렇구나! 미처 그런 데까지는 생각지 못했다. 이런 돌대가리, 쇠대가리. 운산녀는 긍복보다도 저만큼 앞서가는 말을 했다.

"하모예. 안 그라것어예?"

"그, 그리 되모?"

운산녀는 두 눈에 노란 불을 켠 여자 같았다. 얼핏 어둠 속에서 보는 야생동물의 샛노란 안광을 방불케 했다.

"그러이 그라기 전에 내도 내 살 도리 해야지예."

"그, 그거는 그렇지만도……."

궁복 가슴이 칼끝에 대인 듯 서늘해지고 머리털이 쭈뼛 곤두섰다. 역시 무서운 계집이다. 어쩌면 배봉이 그놈보다 백배 천배 더 경계해야 할 상대인지도 모른다.

"아이, 나리! 혼자 무신 생각을 그리 짜다라 해쌌십니꺼?"

"헉!"

백여우가 둔갑을 해도 열두 번은 더 넘게 둔갑한 것 같았다. 궁복은 또다시 심한 혼란에 빠지지 않을 수 없었다. 조금 전에 비화 고 가시나 눈빛이 무섭다며 해 보이던 그 연약한 모습이 운산녀의 진짜 모습이 맞을까? 아니라면?

'우짜모 내를 혼란에 빠뜨릴라꼬 일부러 한 짓인지 모린다.'

궁복은 턱이 떨릴 정도로 운산녀가 두려워지기 시작했다. 운산녀가 또 맹랑한 짓을 했다. 궁복의 손가락 사이에 제 손가락을 끼우는 것이다. 궁복은 손이 묶여진 느낌을 받았다. 그러고는 운산녀가 또 코맹맹이 소리를 지어내어 한다는 말이 요상했다.

"나리하고 지하고가 손을 잡기마 잡으모……."

손이야 벌써 잡았는데, 아니 손보다 훨씬 더한 선도 이미 넘었는데 무슨 소리를 하는 거야? 하고 생각하는 궁복 귀에 이런 말이 떨어졌다.

"배봉이하고 점벡이들하고 모도 대적해도 하나도 밀릴 끼 안 없것십니꺼."

그 부자들 이름이 나오자 궁복은 또 숨이 막히는 것을 겨우 참으며 혼잣말을 했다.

"우리가 안 밀린다. 안 밀린다."

반신반의하는 긍복에게 운산녀는 자신감을 심어주려 했다.

"우떤 누한테도……."

그 말을 끝까지 듣기도 전이었다.

"하모요. 아까도 이약했지만도 비화 고것도 아모것도 아이지요."

긍복은 의도적으로 비화 이름을 들먹였다. 그러면서 내심으로 어쩌면 운산녀의 약점을 잡을 수단으로 비화를 써먹을 날이 오지 않을까 하는 계산도 나름대로 해보았다. 그러고 보니 비화만큼 좋은 유인물도 드물지 싶었다.

'내는 어차피 호래이 등에 올라탄 처지가 돼삔 기라.'

맞았다. 호랑이 등에서 내리는 순간, 그 자신은 호랑이 밥이 되고 말 것이다. 이제 중도에 그만둘 수는 없는 노릇이다. 이미 시작한 일이니 잘 되든 못 되든 끝장을 내야 하리라. 아이들이 가지고 노는 굴렁쇠도 굴리는 것을 멈추면 쓰러지고 만다. 긍복이 그런 속내를 다지고 있는데 운산녀는 앙탈에 가깝게 소리쳤다.

"아이, 인자 재수 옴 붙은 고 가시나 이약은 고마하시소."

이제는 그만 일어서고 싶을 만큼 지루한 시간이 흐르고 있는 가운데, 재수 옴 붙은 것에 대해 슬프고도 아픈 기억이 긍복 가슴을 후려쳤다. 정말이지 재수 옴 붙어도 그런 옴은 없을 것이다.

거름을 펴 나를 때 쓰는 나무 똥통을 지게 될 줄이야. 정말이지 똥구덩이에 얼굴을 처박고 죽고 싶은 그 심정을 누가 알 것인가? 기를 쓰고 얻은 모든 음식물이 결국 똥구멍으로 똥을 누기 위한 재료라는 사실을 그 순간만큼 희학적戱謔的으로 느껴본 적도 없었다. 그것은 통나무거름통을 질 때보다 장군거름통을 질 때 더 그러했다.

'장군거름통? 장군 좋아하네?'

그런데 망할 놈의 거름통이 꼴은 또 어찌 그렇게 다양하던가? 쳇바퀴처럼 통나무를 얇게 켜서 둥글게 말아 꿰맨 것, 쪽나무의 테를 둘러서 길쭉한 통으로 된 것, 쪽나무를 둥글게 세워 맞추고 테를 둘러 동인 것, 피나무의 속을 파내고 다래덩굴로 고리를 만든 것, 등이 있었다.

그때 긍복 자신이 할 수 있는 것은 아무것도 없었다. 어떤 말도 어떤 행동도 불가했다. 그저 온 세상이 노란 똥 빛으로 변해가고 그 자신이 그 노란 물에 빠져 허우적거리고 있는 것을 무연히 바라보고 있었을 뿐이었다.

그런데 지금 운산녀와 함께 있는 이곳은 노란 세상이긴 해도 똥이 아니라 황금이 빛을 발하고 있다는 엄청난 차이점이 있었다. 심지어 긍복 눈에 비친 운산녀는, 얼굴에 긴 황색 눈썹이 있는 저 황금 새 같았다.

"거상이 돼갖고 조선 천지에 있는 돈이라쿠는 돈은 우리 둘이 모돌띠리 딱 차지해삐는 깁니더."

여자 눈빛은 갈망의 기운을 번뜩이고 있었다. 얼굴이 해뜩발긋해졌다. 여자가 이끄는 대로 마냥 따라만 가는 사내도 세상이 더욱 새로워지는 환희에 젖었다.

"허, 조선 천지 돈을 우리 둘이, 우리 둘이서……."

긍복이 더듬거리는데 운산녀가 한다는 소리가 이랬다.

"아이지예, 인자 우리는 하납니더."

"하, 하나!"

"하모예, 하나지예."

그들은 다시 하나가 되기 위한 꿈을 그리기 시작했다. 채화彩畵를 그리고, 그 위에 쇠뿔을 썩 얇게 오려 덧붙인 화각롱畵角籠이, 초가삼간 좁은 방에 놓인 작은 장롱보다 더 볼품없어 보였다.

'운산녀한테 내하고 둘이 저 바다 멀리 제주도로 같이 도망가갖고 살

자쿠모 그리하겄다 쿠까?'

궁복이 느닷없이 떠올린 생각이었다. 다른 때 같으면 말도 되지 않을 제안이지만 지금 보니 그렇게 하자고 할 것도 같은 기분까지 드는 궁복이었다.

"우리가 똑 제주도 전설에 나오는 사람들 겉네예."

뜬금없는 그 말에 당연히 운산녀는 정신이 혼미해지는 표정을 지었다.

"예?"

화각롱의 쇠뿔에 떠받쳐 실신 직전에까지 간 것 같은 운산녀는 상대하기 좋았다.

"고을나하고 그 처녀하고……."

거기까지 말하던 궁복은 내가 미쳐도 보통 미친 게 아니지, 하는 마음에 입을 다문 채 가만히 있었다.

"와 말씀을 하시다가?"

그렇지만 운산녀는 무슨 직감이 들었는지 궁복이 성가실 정도로 끈질기게 묻기 시작했다.

"고을나, 고을나가 머심니꺼? 우떤 고을 말인데예?"

궁복은 그만 어이가 없었다.

"그거는 고을을 말하는 기 아입니더"

그래도 운산녀는 참 무식에는 대책이 없다 싶을 정도로 고집스럽게 나왔다.

"처녀가 고을을 나간다, 그런 뜻인 거 겉은데……."

궁복은 운산녀의 무지에 정나미가 똑 떨어질 형편인데 운산녀는 한술 더 떴다.

"바람난 처녀가 지가 살던 고을에서 총각하고 먼 데로 도망치는 이약 아인가예?"

"후우."

궁복은 절로 한숨이 나왔지만, 혹시 내가 저에게 같이 도망치자는 말을 하려다가 그만둔 것을 눈치챈 건 아닐까? 하는 생각에, 운산녀가 점쟁이같이 신기하기도 하고 귀신처럼 무섭기도 했다.

그랬다. 사내와의 정분에 빠져 정신을 놓아버리고 있는 줄로만 알았던 운산녀는 그런 게 아니었다. 궁복 자신이 했던 말을 고스란히 기억하고 이렇게 되묻고 있는 것이다.

"우째서 우리가 똑 제주도 전설에 나오는 사람들 겉은데예?"

궁복은 제가 먼저 그 말을 꺼내놓고도 마음속으로, 전설 같은 소리하고 자빠졌네? 하고 빈정거리면서 더듬거렸다.

"그, 그거는……."

운산녀는 이제 눈까지 반짝였다.

"퍼뜩예."

궁복은 기침을 한 번 하고 나서 말했다.

"알것십니더. 그런께네 말입니더."

결국 들려주지 않을 수 없었다. 그리고 이야기를 하다 보니 궁복 스스로도 그 속으로 빨려 들어가는 기분이 되고 있었다.

고을나는 탐라국, 곧 제주도의 시조始祖로 일컬어지는 전설적 신인神人이다. 기록에 의하면 본디 사람이 없던 제주도에서 양을나, 부을나와 함께 한라산 북쪽 기슭 모흥혈에서 솟아 나왔다. 그들은 사냥을 하며 살았는데 하루는 검붉은 색의 나무상자가 동쪽 해안에 있는 것을 보고 그것을 건져 열어보니 푸른 옷을 입은 처녀 셋과 오곡의 씨앗 그리고 송아지와 망아지 등이 들어 있었다. 고을나는 세 신인의 배필이 되려고 왔다는 그 처녀들 가운데 하나를 그의 아내로 맞이하고서 농사와 목축을 했으며…….

"우짜모! 에나 재밌는 전설이거마예."

운산녀는 흥미를 넘어 감격스러운 모양이었다.

"보자, 그런께네 긍복 나리는 고을나, 그라고 이 운산녀는 나모상자 안에서 나온 처녀……."

그곳 안방이 나무상자처럼 느껴진다는 표정이었다.

"아, 상상만 해도!"

"상상, 좋지예. 괴로븐 핸실을 떠나 이런 거 저런 거에 안 매달리도 되고예."

긍복 입장에서는 운산녀가 좋아하니 더 바랄 게 없기는 했다. 여자 비위 맞추느라 전설을 장황하게 늘어놓느라 목이 마르고, 그는 술 생각이 간절해졌다. 술이 약한 그가 지금은 말술이라도 모자랄 판국이었다.

'그거는 그렇는데, 내는 운제 이 방에서 나가야 되는 기제?'

그러자 이번에는 난데없이 뒤가 마려워지기 시작했다.

'방 보아 똥싼다꼬…….'

운산녀의 등 뒤로 꽉 낀 구름이 언제 갑자기 흰 구름이 될지 검은 구름이 될지 아니면 비구름이 될지 도무지 모르겠는 긍복이었다.

'날이 밝으모 누한테고 들킬 수가 있으이 그전에 일어나야 하는데, 각중애 모든 기 와 이리 어두버 비이노?'

구름에 가려지고 있는 탓인지 모르겠다. 달빛이 갈수록 점점 더 흐릿해지는가 싶더니만 결국에는 그마저도 사라지고 사위는 깜깜해졌다.

꾀꼬리가 날만 새면

달이 가고 해가 바뀌는 것이 저 함양 산천 물레방아 돌 듯했다. 비화의 또래들보다 큰 손은 좀 더 바지런해지고 옥진의 허리는 한층 길고 가늘어졌다.

그러한 어느 날, 옥진이 비화에게 놀러 왔다.

"언가!"

"아, 옥지이가?"

"머하노?"

"그냥 있다. 쌔이 오이라."

"맨날 맨날 물어보모, 그냥 있다."

"오늘은 더 이뿌다."

옥진이 들어온 방안은 홀연 꽃냄새 풀냄새로 흘러넘치는 듯싶었다. 제법 처녀티가 나는 옥진은 밉살스럽지 않게 호들갑을 떨었다.

"어휴, 어휴, 이 바느질감!"

곱고 부드러운 두 손으로 끌어모으는 시늉을 했다.

"에나 한거석이다, 한거석."

겁부터 난다는 표정이다.

"이거를 운제 다 할라꼬?"

"누가 니 보고 씰데없는 그런 걱정해라 캤나."

비화 말에 이제 옥진도 지지 않았다.

"걱정해주는 사람 보고, 그기 무신 소리고?"

비화는 언제나 깨끗한 옥진의 입성을 살피듯이 유심히 바라보면서 얘기했다.

"안 해도 될 걱정한께 그렇제."

이런 말대꾸도 할 줄 안다.

"그라모 해도 될 걱정은 머신데?"

비화는 그만 픽 웃고 말았다.

"문디 가시나 아이가."

그런데 옥진이 대뜸 한다는 소리가 시비조다.

"문디가 우째서?"

비화는 짐짓 한 방 맞았다는 표정을 지었다.

"머? 운제부텀 주디가 조리 야물어졌을꼬?"

"주디이?"

옥진은 점잖은 선비가 껄렁패 훈계하는 품새다.

"짐승 입도 아인 사람 입 보고 그리 말하모 안 되제."

비화는 손사래를 쳤다.

"하이고, 고마하자, 고마해. 니 잘났은께."

옥진은 자못 도전적인 어투였다.

"시방 언가 니가 핸 말이 내한테는, 내가 니보담 잘났다, 하는 거매이로 들리는데 머."

비화는 손으로 입을 가렸다.

"호호호."

옥진은 희고 가지런한 이를 그대로 드러낸 채 웃었다.

"히히히."

비화는 옥진을 대할 때면 늘 눈부셨다. 같은 여자인 자신의 눈으로 봐도 옥진은 정말 예뻤다. 살결이 달빛 아래 피어난 배꽃처럼 뽀얗고, 갸름한 얼굴에는 콧날이 높았으며, 작고 붉은 입술은 언제나 촉촉하게 젖어 있다.

"암튼 시상에서 젤 잘난 손님이 왔은께."

"내사 손님이 아이고 발님이다. 발로 걸어왔은께."

바늘, 실, 가위, 골무 등이 담긴 반짇고리를 밀치고 마주 앉았다.

"언가 니는 싫증도 안 나는가베, 바느질이."

바느질할 때 더 쓸 수 없을 만큼 짧게 된 실 동강이 방바닥에 떨어져 있는 게 옥진 눈에 들어왔다. 아마도 그 방의 주인은 발견하지 못한 성싶었다.

"바느질이 와 싫증 나?"

바느질에 쓰는 자(尺)만큼이나 반듯하게 나오는 비화의 말투였다. 자에도 모자랄 적이 있고 치에도 넉넉할 적이 있다고는 하지만, 자기가 하는 말에 언제나 부족함이 없는 것 같은 비화였다.

"에나가?"

믿기지 않아 하는 옥진 말에 비화는 더 왈가왈부할 필요가 없다는 듯 말했다.

"하모, 내사 좋아 죽것는데."

옥진이 예쁜 얼굴을 찡그렸다.

"내는 죽어도 바느질하기는 싫은 기라."

비화는 배시시 웃었다.

"내는 이기 시상에서 최고로 재미 안 있나."

"에나 벨시런 취미다."

그 말끝에 옥진은 긴 한숨을 폭 내쉬었다. 얼마 전에 새로 붙인 문풍지가 파르르 떨리고 있었다.

"아까 울 옴마한테 또 야단 안 맞았나."

옥진의 고백에 비화 얼굴에서 금방 웃음기가 사라졌다.

"야단?"

옥진은 긴 속눈썹이 더욱 잘 드러나게 눈을 내리깔고 방바닥을 보며 짧게 말했다.

"응."

비화는 걱정스러운 낯빛으로 물었다.

"머를 잘몬한 기고?"

"……."

묻는 말에는 아무런 대답도 없다가 엉뚱하게 나왔다.

"언가야, 안 있나?"

옥진이 무릎걸음으로 비화 앞으로 더 다가앉으며 하소연을 했다.

"내는 참말로 몬 살것다."

그 말이 떨어지기 바빴다.

"또 그런 소리 핸 기가?"

비화가 나무랐다. 하지만 그 말속에는 매화 향기와도 같은 짙은 애정이 소롯이 담겼음을 옥진은 알고 있다.

"언가야."

"와?"

"말이 씨가 된다, 그런 소리 있제?"

"하모, 있제."

비화는 하얗게 눈을 흘겼다.

"그런 거를 다 암시롱……."

"……."

꾀꼬리가 날만 새면 집 짓지, 날만 새면 집 짓지, 한다는 어머니 윤씨의 말을 새삼스레 떠올리면서 비화가 사뭇 진지하게 말했다.

"니는 날만 새모 그런 소리 해쌌는 기가? 와 말이 없노?"

옥진이 길고 가느다란 고개를 흔들며 고통스러운 말소리를 냈다.

"그런께 내도 미칠 거 겉다 아이가."

바늘방석에 앉아 있는 것 같아 보이는 옥진이었다.

"미치는 기 머시 좋아서 미친다 쿠노?"

비화는 한층 꾸짖는 표정을 지었다.

"그런 거 갖고 미치모, 이 시상에서 안 미칠 사람 하나도 없것다."

자신이 가장 아끼는 물건 중의 하나인 반짇고리에 눈을 두고서 천천히 말했다.

"지 생각이라꼬 벌로 이약하모 안 된다 쿠더라."

그런데 비화의 그 말이 떨어지기 무서웠다.

"내 생각……."

옥진의 눈이 홀연 위험할 만큼 빛났다. 어조 또한 아슬아슬함이 전해졌다.

"언가 니 요만치도 안 기시고 솔직하거로 함 말해 봐라."

비화는 이번에는 방바닥에 놓인 바느질감을 내려다보았다.

"내는 시방 니가 해쌌는 말들이 무신 소린고 하나도 몬 알아묵것다."

그러자 옥진은 체머리를 흔들며 말했다.

"내가 안 있나?"

그 말이 끝나기도 전이었다.

"내는 없다 고마!"

비화는 짐짓 장난 투로 말하는데, 옥진이 칼집에서 칼을 꺼내듯 몹시 비장하게까지 느껴지는 얼굴로 물었다.

"내가 안 있나?"

이번에는 비화도 없니, 하는 말을 하지 않고 그냥 듣고만 있었다. 옥진은 똑같은 말을 한 번 더 하고 나서 무겁게 입을 열었다.

"이 진이가 증말 그런 질로 풀리나갈 거 겉은가 말이제."

옥진의 말을 듣고 있는 비화 눈앞에 곧은 길, 굽은 길, 끊긴 길 등 여러 가지의 길들이 나타나 보였다.

"언가 니라모 대답해줄 끼라꼬 믿고 온 기라."

하지만 비화는 아무런 말도 할 수가 없었다. 정말 알 수 없는 노릇이었다. 옥진이 왜 항상 그따위 소릴 늘어놓는지. 도대체 무슨 귀신이 씌었기에.

'무당하고 있는 희자 옴마한테 가갖고 물어봐야 하는 기가?'

아니었다. 똑똑하게 알 수 있었다. 비화는 가슴 위에 손을 얹고서도 옥진을 이해할 수 없다고 우길 만한 재간이 없었다. 그것은 십분 맞는 말이었다. 비화는 스스로 자신에게 속아 넘어가고 있음을 부인하기 어려웠다. 아니, 속아 넘어가라고 윽박지르고 있었다.

옥진이 그렇게 하는 한복판에 핏빛 물살로 무섭게 출렁이고 있는 것, 대사지였다.

비화가 제아무리 옥진을 잘 알고 그만큼 잘 이해한다고 할지라도 당사자인 옥진만큼이야 되겠는가? 억호와 만호에게 능욕당한 옥진은 그 자신을 형편없이 시들어버린 연꽃으로 치부했다. 정조를 더럽힌 그녀에게 자신 있는 일은 단 하나도 없었다. 눈을 감아도 떠도 점박이 형제의 망상을 못 떨치고 연약한 산짐승같이 도망치고 있었다. 그러다가 아무도 없는 빈산에 혼자 앉아 있는 자신을 발견하곤 하였다.

"비화야, 니하고 옥지이는 와 대사교 다리밟기에 안 가는 기고?"

"옥진아, 니하고 비화는 와 대사교 다리밟기에 안 가는 기고?"

비화와 옥진의 부모는 똑같이 말하곤 했다. 그들은 까마득 몰랐다. 두 사람 가슴에 놓인 다리 위를 무자비하게 짓밟고 가는 저주의 검은 발들을.

'우리 여자에게 정조는 진짜로 목심보담도 소중한 기 맞으까?'

다 같이 눈 두 개, 입 한 개, 귀 두 개, 심장 한 개, 그렇게 달려 있는데 남자와 여자가 무엇 때문에 달라야 하는지 모르겠다.

'그렇다모 남자들은 아모 상관없다쿠는 말이가?'

비화가 그날의 기억에서 영영 헤어나지 못하고 고통스러워하는 옥진에게 꼭 해주고 싶은 말이다. 하지만 왜 여태 해주지 못하고 있는가? 내가 입이 없어서? 옥진이 귀가 없어서? 결국 옥진이 정조를 잃은 대사지 때문에?

여자의 정조 그리고 남자의 정조.

'한쪽은 사람이고 한쪽은 사람이 아인 거도 아인데…….'

문득, 비화 입에서 무슨 기습과도 같이 튀어나온 말이다.

"니 안 있나, 해나 논개 땜에 그런 생각해쌌는 거는 아이것제?"

자신이 물어놓고도 되지도 않은 소리라고 보는 비화였다. 논개가 언제 적에 살았던 사람인데 말이다. 그런데 옥진은 꼭 기다렸다는 듯이 비화 물음이 떨어지기 바쁘게 대답했다.

"아이다. 맞다. 내는 논개 땜에 그리하는 기 맞다."

비화는 다듬잇방망이로 뒤통수를 얻어맞은 기분이었다.

"머라꼬?"

기신없는 여자같이 하는 비화였다.

"아, 옥진아!"

"……."

옥진의 검고 큰 눈동자가 딱 멎었다. 옥진이 화가 나거나 심각한 이야기를 할 때면 곧잘 나타나는 모습이다.

"진아! 니 증말?"

비화는 동리에서 가장 차갑기로 소문난 자기 집 안 뒤뜰 우물물을 그대로 뒤집어쓴 듯 전신이 오싹해졌다.

"언가 니 내 꿈 이약 한분 들어볼 끼가?"

옥진의 음성이 무당인 희자 어머니가 대 잡고 굿판 벌일 때처럼 아주 매서웠다. 비화는 그런 옥진이 더한층 애처롭게 여겨졌다. 무당이 제 굿 못 하고 소경이 저 죽을 날 모른다고, 지금 옥진은 자기 일을 하나도 처리하지 못하는 아이로 보였다.

어떤 경로를 통해서인지는 모르겠으나 옥진 몸속에 다른 영혼이 들어가 있음에 틀림없었다.

"무신 꿈?"

그렇게 묻는 비화의 눈에 이번에는 옥진이 몽유병자같이 비쳤다. 그런데 옥진의 입에서 나오는 말은 비화를 아찔하게 만들었다.

"논개가 나타나갖고 안 있나, 언가야."

죽은 직계 조상을 꿈에서 보았다고 해도 기분이 약간 그럴 텐데, 하물며 스스로 왜장을 껴안고 목숨을 버린 기생 이야기라니!

"자기가 입고 있던 옷을 쓰윽 벗어줌서 이리 말하는 기라."

비화는 자칫 비명을 지를 뻔했다. 죽은 사람의 옷.

"그라고 또 있제."

옥진은 비화 눈앞에 하얀 꽃잎 같은 손을 흔들어 보이며 계속 말했다.

"손짓꺼정 함시로."

급기야 비화는 큰소리로 반문했다.

"소, 손짓?"

옥진은 꿈꾸는 목소리였다.

"하모, 그람시로 '내 뒤를 따라오거라이' 그리 안 하나."

"머? 자기 뒤를 따라오라꼬?"

비화는 그만 머리끝이 천장까지 쭈뼛이 곤두서고 말았다. 죽은 사람이 자기 뒤를 따라오라고 하다니. 그렇다면 그건 곧 죽는다는 얘기가 아니냐?

"그래 내는 논개가 준 울긋불긋한 옷을 입고……."

죽은 사람의 옷을 입은 옥진. 그 옥진이 살아 있는 사람 같지가 않았다.

"논개 뒤를 한없이 따라가는 기라."

옥진의 눈빛도 목소리도 가물거리는 듯했다.

"아, 진아."

비화는 들으면 들을수록 온몸에 오톨도톨 소름기가 돋쳤다. 입술을 콱 앙다문 옥진에게서 초가지붕 위에 얹힌 박에 내린 흰 서릿발 같은 기운이 느껴졌다.

"논개는 이래 내를 돌아봄서 안 있나, 언가야."

그러면서 자기 뒤를 돌아보는 옥진의 눈이 사람을 무섭게 노려보는 마귀 눈처럼 보이는 바람에 비화는 얼른 그만하라고 말렸다. 그럼에도 옥진은 이야기를 그치지 않았다.

"머라꼬 머라꼬 이약해쌌는데……."

비화는 사정조로 말했다.

"인자 고마해라."

정말 논개 혼백이 옥진의 몸속에 들어가 있는 것일까? 또다시 그런 어처구니없는 생각이 들었다. 그렇다면? 점박이 형제 몸을 점령하고 있는 것은 임진년의 그 왜놈들이란 말인가? 비화는 살점이 부들부들 떨렸다.

'우짜모 그럴랑가도 모리것다. 우리 집도 그거들한테 당하는 거 보모.'

밤낮으로 몹시 괴로워하는 부모님 얼굴이 떠올라 견딜 수가 없었다. 불교에 의하면 지옥은 모두 136종류가 있다고 하던데, 우리 가족들이 그중 하나의 지옥에 떨어진 것이 아닌가 하는, 어떤 경우에든 해서는 안 될 생각이 들 때도 있었다.

'배봉이 그눔 핏줄에는 왜눔 피가 흐르는 기라.'

비화는 이를 악물었다. 그래, 왜눔들이다, 그것들은.

'해나 그눔 할매 조상이 임진년 때 고만 잘몬돼갖고 아아를 놓았는지도 안 모리나. 아, 무서버라.'

옥진이 어떤 아이인가? 사내애들 후려잡는 기세는 가히 지하여장군이 혀를 휘휘 내두를 정도다. 한데도 유독 배봉 핏줄인 억호와 만호에게는 말 그대로 고양이 발톱 앞에 있는 쥐처럼 벌벌 떨고 있지 않은가 말이다.

'내가 이래갖고는 안 되것다.'

비화는 억지로 마음을 다잡았다. 그러고는 옥진이 논개 꿈의 헛된 망상에서 벗어날 수 있는 말을 해주어야겠다고 작정했다.

"니만 그런 기 아이고, 옥진아."

꿈땜이라도 하자는 것처럼 했다.

"내도 논개 꿈 상구 마이 꾼다 아이가."

옥진이 미심쩍은 눈빛으로 물었다.

"언가 니도?"

"하모."

집 담장 바로 밖이라 짐작되는 곳에서 들려오는 것은 분명히 도둑고양이 울음소리였다.

"설마?"

옥진의 그 소리는 새끼 고양이가 내는 소리보다도 미약했다.

"그라고 우리 고을 여자들 모도 다 그런다꼬 안 들었나."

비화는 대수롭잖다는 투로 말했지만 달라지는 게 없었다.

"그래도……."

옥진은 연약한 목을 힘없이 내저었다. 광풍에 꺾이려는 맨드라미처럼 애처롭고 불안해 보이는 목이었다. 깨끗하고 죄 없는 저 목이 당했을 일을 상상만 해도 비화는 눈물이 찔끔 나올 만큼 서럽고 분노가 치밀었다.

'내 운젠가는 허개이 칼로 고것들 모가지를 우찌해삘 끼다.'

하지만 옥진은 기껏 한다는 말이 사람 맥을 더더욱 풀리게 하는 소리였다.

"그래도 내하고 같은 꿈은 안 꿨다 쿠데."

비화는 바늘이 몇 개 남아 있지 않은 바늘쌈을 망연히 바라보았다. 원래는 바늘 스물네 개를 종이로 납작하게 싼 뭉치였는데, 그동안 사용하여 없어진 그만큼 마음이 허전하게 느껴지고 있었다.

"시상에 똑겉은 꿈이 오데 있노?"

비화는 망상에서 어서 벗어나자는 의도로 그렇게 말했다.

"와 없어? 내는 장 그렇는데."

옥진은 여전히 울에 갇혀 있는 짐승같이 굴었다.

"……."

비화는 무슨 말로도 옥진의 마음을 되돌릴 수 없다는 것을 다시 한번 실감했다. 그러기에는 비화 자신도 옥진도 이제 너무 나이를 먹어버렸는지도 모른다.

그러나 옥진이 기생이 된다는 것은 상상할 수 없었다. 그 누가 그 어떤 것을 준다고 할지라도 생각조차 하고 싶지 않았다. 기생이라니?

하지만 나이 들어갈수록 아름다움을 넘어서서 요염하게까지 느껴지는 옥진을 지켜보면서, 저애는 정말로 기생이 될지도 모르겠다는 불길하고 께름칙한 예감에 그만 부르르 치를 떨어야 했다. 무슨 일이 있기 전에 암시적으로 또는 육감으로 미리 느낌이 온다는 것은 좋은 건지 나쁜 건지 알 수 없었지만.

"와 더 있다가 안 가고?"

"됐다. 더 있으모 머할라꼬."

좀 더 놀다 가라는 비화의 말에도 옥진은 그대로 자리에서 일어났다. 다른 때는 밤이 깊어도 돌아갈 생각을 하지 않는 옥진이었다. 목을 빼고 기다리던 동실 댁이 걱정되어 그곳까지 찾아와서야 비로소 내키지 않아 하는 얼굴로 굼벵이처럼 느릿느릿 몸을 일으켜 어머니 뒤를 따라가곤 했다.

"잘 가거래이."

묵묵부답이었다.

"또 오이라."

그런데 비화가 대문간 앞에 나와 서서 언제나처럼 그 모습이 보이지 않을 때까지 옥진을 배웅하고 있다가 막 돌아서려는 그 순간이었다. 무언가가 갑자기 불쑥 앞에 나타나는 바람에 비화는 그만 자신도 모르게 큰소리를 질렀다.

"옴마야!"

그러자 그 그림자는 이쪽보다 더 당황하고 놀란 듯 잔뜩 몸을 옹송그렸다. 비화는 눈을 크게 치뜨며 확인했다.

"아, 나는?"

저쪽에서 기어들어가는 소리로 하는 말이 있었다.

"누, 누우(누이)야."

그 목소리가 귀에 익었다.

"후. 내는 또 누라꼬."

비화는 그의 정체를 알자 안도의 한숨이 터져 나왔다. 그러나 그것도 잠시, 비화는 이내 가슴이 서늘해지고 말았다. 어떤 생각이 뇌리를 후려쳤다.

"내가, 내, 내는……."

왕눈이 재팔이었다. 근동에서 울보로 소문난 그는 지금도 곧 와락 울음을 터뜨릴 것 같은 얼굴이었다.

"재팔아?"

비화는 입으로는 그의 이름을 부르면서도 눈길은 이제 막 옥진이 사라진 그쪽을 향했다. 언젠가 옥진이 하던 말이 또렷이 되살아났던 것이다.

"언가야, 내는 재팔이 땜에 몬 살것다."

"와? 재팔이가 우짜는데?"

비화는 영문을 몰라 눈을 크게 떴다. 그도 그럴 것이, 재팔이는 남을 못살게 굴 아이가 아니었다. 유일한 흠을 잡으라면 사내라는 애가 계집애들보다도 더 눈물이 많다는 그것 하나였다. 그런데 옥진 입에서 나오는 말을 듣자 그게 아닌 성싶었다.

"재팔이가 안 있나, 내만 보모 그 커다란 눈으로 이래 바라보는데, 고마 숨이 맥힐 거 겉은 기라."

비화는 그게 무슨 말인가 싶었다.

"바라봐?"

옥진은 진저리를 쳤다.

"하모. 아모 말도 안 하고 그냥 보기만 한다 아이가."

"말도 안 하고 보기만……."

비화도 어쩐지 오싹해지는 느낌이 들었다. 자신이 그런 일을 겪어도 여간 섬뜩하지 않을 것 같았다. 옥진은 벽에 친 못처럼 딱 멈춰버린 눈동자로 말했다.

"언가 니도 함 당해보모 내 기분이 우떻는고 알 끼다."

옥진은 자신의 감정을 표현할 수 있는 적당한 말이 떠오르지 않아 너무너무 답답한 모양이었다.

"머라 쿠꼬? 하여튼 올매나 안 좋은고……."

그때 비화 머릿속으로 영원히 지울 수 없는 악몽과도 같이 떠오르는 게 바로 성곽 동북쪽에 있는 저 대사지였다. 또한 재팔이 얼굴 위에 점박이 형제 얼굴들이 포개지고 있었다.

"언가! 니가 재팔이한테 말 좀 해조라."

옥진의 말에 비화는 황당해지고 말았다.

"내가 재팔이한테 말이가?"

반문하는 비화에게 옥진은 그것밖에는 다른 방법이 없다고 못을 박았다.

"하모."

"……."

비화가 선뜻 응하지 않자 옥진은 크게 실망한 얼굴이 되었다.

"와? 싫나?"

비화는 무작정 손을 내저어 부정부터 했다.

"아, 아이다. 싫은 거는 아인데……."

옥진은 담판을 내려는 모습을 보였다.

"그라모 와?"

별수 없었다.

"아, 알것다. 내가 그리해보께."

옥진은 이제 됐다고 안도하는 빛이었다.

"언가 니가 말하모……."

비화는 그만 부담감이 느껴졌다.

"내도 잘 모리것다. 재팔이가 우짤랑고."

그러나 옥진은 비화의 손까지 잡으면서 간청했다.

"부탁한다, 언가야."

비화는 서운하다는 얼굴로 말했다.

"문디 가시나야. 우리 사이에 부탁은 무신 부탁?"

그게 불과 나흘인가 닷새 전의 일이었다. 비화는 옥진에게 그러마고 약속은 했지만 여간 신경이 쓰이는 게 아니었다.

'우째야 되노?'

재팔이가 비록 나이는 옥진과 동갑으로서 비화 자신보다도 두 살이 밑이고, 또 만나면 늘 '누우야' 하면서 친 남동생같이 구는 아이였지만, 그래도 사내아이였다. 특히 지나치게 과묵한 성격이었다. 그리고 그게 장차 재팔이가 한세상 살아가면서 장점이 될는지 단점이 될는지 그 누구도 예단할 수는 없었다.

'하기사 오데 재팔이 하나뿌이것나. 우리 동네고 이웃 동네고 간에 머슴아라쿠모 누라도 옥지이를 안 좋아하까이.'

그러다가 남의 일이라고 그래선 안 되지 싶어 또 이렇게 생각했다.

'그래도 이거는 아인 기라. 옥지이는 올매나 심이 들것노. 그러이…….'

그러나 마음뿐이었다. 옥진에게서 그런 부탁을 받은 후 동네에서 재팔이를 만난 게 서너 번은 되었다. 하지만 그때마다 생각만 있었지 한 번도 실행에 옮기지를 못했다. 그러던 중 기어코 오늘 또 이런 일을 당하고 만 것이다.

'재팔이가 옥지이 뒤를 미행하고 댕기는 모냥인 기라.'

범죄자를 잡으러 다니는 관졸들이 혐의자나 요시찰인 등의 뒤를 밟으며 몰래 그 행동을 감시한다는 말은 들었어도, 이런 경우는 별로 들어본 적이 없는 비화였다.

'시방도 살(짝) 뒤따라와갖고 우리 집 바깥에 숨어 있었는 기라. 올매나 지 혼자서 그라고 있었을꼬? 아, 무시라.'

그 섬찍지근한 추측 끝에 비화는 혼자 고개를 갸우뚱했다. 그렇다면 당연히 그는 옥진을 쫓아가야 했다. 그런데 그렇게 하지 않고 비화 자신 앞에 모습을 드러낸 것이다. 비화의 두뇌가 빠르게 회전했다.

'재팔이가 내한테 할 이약이 있는갑다.'

그런 판단이 서자 비화는 일단 재팔에게 물었다.

"하고 싶은 말 있으모 함 해봐라."

비화가 그렇게 약간 틈을 열어 보이자 재팔은 그때까지와는 달리 크게 용기가 솟아나는 모양이었다. 그는 좀처럼 웃음을 보이지 않는 얼굴에 작은 미소를 띠며 띄엄띄엄 말을 이어갔다.

"누, 누우야한테 부, 부탁이 있어갖고."

말끝을 흐리는 그에게 비화가 또렷한 목소리로 말했다.

"내한테?"

비화네 담장 너머로 고개를 내밀고 있는 것은 오동나무 가지였다. 가볍고 부드럽지만 잘 휘거나 트지 않아 거문고나 장롱의 재료로 많이 쓰인다는 그 나무는, 비화네의 지킴이라고 할 수 있었다.

"무신 부탁?"

재팔은 얼른 대답이 없었다. 그 대신 얼굴이 빨개졌다. 그러자 붉은 화장을 한 여자를 방불케 했다.

"괘안타. 퍼뜩 이약해라."

비화는 되레 잘됐다 싶었다. 이참에 오랫동안 밀려 있던 숙제와도 같았던 옥진의 부탁을 들어줄 작정이었다.

"얼릉!"

비화가 낮은 소리로 한 번 더 재촉했다. 그러자 재팔은 그 큰 왕눈으로 아무도 없는 주위를 둘러보면서 더듬더듬 말을 이어갔다.

"누우야하고, 옥지이가 서로 친한께……."

"그거는 맞다. 그래서?"

그러나 그 순간까지도 비화는 재팔이 입에서 그렇게 노골적인 소리가 나올 줄은 예상치 못했다.

"누우야가 아, 안 있나, 오, 옥지이한테 자, 잘 이약해갖고, 내, 내하고 조, 좀 사, 사, 사귀라꼬……."

비화 입에서는 자신도 모르게 큰소리가 튀어나왔다.

"옥지이 보고 니하고 사귀라꼬?"

자못 당황한 표정을 짓는 재팔에게 한 번 더 쏘아붙였다.

"그래라꼬?"

재팔의 고개가 땅끝까지 떨구어졌다. 아니, 그의 몸뚱이 전체가 금세 땅속으로 스며들어 온데간데없어질 것만 같았다.

"그런께……."

비화는 스스로의 감정에 겨운 나머지 가쁜 숨을 몰아쉬고 나서 다시 물었다.

"시방 재팔이 니 이약은, 니가 옥지이하고 사귀고 싶다, 그런 소리 아이가?"

재팔이 고개를 숙인 채 기어들어가는 목소리로 간신히 대답했다.

"하, 하모."

비화는 온몸에서 기운이 쫙 빠져나가면서 당장이라도 그 자리에 털썩 주저앉을 뻔했다. 비화 자신에게 그런 부탁까지 할 정도로 재팔이가 옥진에게 마음을 주고 있다니.

'점백이 고것들만 해도 심이 드는 판에, 인자는 재팔이꺼정 옥지이한테 이라나.'

솔직한 마음 같아서는 당장 내 앞에서 사라지라고 고함을 질러대고 싶었다. 하지만 그럴 일이 아니었다. 그렇게 해서 끝날 일이라면 무엇이 걱정이랴.

'이거는 무작정 윽박질러서 될 일이 아인 기라.'

비화는 마음을 크게 다져 먹고 재팔을 똑바로 바라보았다. 그의 시선은 여전히 자기 발끝을 향하고 있었다. 숱이 많은 머리가 밤송이 닮았다.

'하지만도 아즉 에린 아라꼬 봐서는 안 되는 기다.'

비화 머릿속이 세찬 물결로 가득 찬 것처럼 출렁거렸다.

'옥지이만 나이에 비해서 성숙한 기 아이고 재팔이도 안 그렇나.'

참으로 당혹스럽기 그지없었다. 물론 그들보다야 약간 손위지만 아직도 나이 얼마 안 되는 나더러 중매쟁이라도 되라는 것인지.

'그거는 그렇고, 시방쯤 옥지이는 지 집에 들갔것제? 안주 안 들갔으모?'

그런 우려가 일었다. 어쨌든 간에 그들 둘이 서로 부딪치는 기회를 최대한 줄여야 한다. 비화는 재팔에게 말했다.

"니 말뜻은 잘 알것다. 그러이 오늘은 고만 돌아가라."

"누우야."

재팔이 번쩍 고개를 치켜들었다. 그 순간, 비화는 경악했다. 그의 커다란 두 눈에 가득 괸 눈물을 보았다. 비록 울보라고 소문은 나 있지만 이런 순간에도 울다니. 대체 인간에게 눈물이 의미하는 것이 무엇인지 혼란스럽기 이를 데 없었다. 지금까지 눈물은 웃음의 반대라고만 막연히 받아들이고 있었는데 그런 게 아닐 수도 있다는 어떤 새로운 깨침이 비화를 사로잡았다.

"흑."

재팔은 굳이 눈물을 감추려 들지 않았다. 대신 남자치곤 작은 주먹으로 제 두 눈을 쓱쓱 훔쳤다. 그러고는 이렇게 말하는 것이었다.

"누우야 닌께네 안 기시고 말하는데, 내는 옥지이가 너모 좋다."

"……."

비화 눈에서 딱정벌레가 왔다 갔다 하였다.

"옥지이가 없으모 내는 몬 산다."

번갯불이 머릿속을 꿰뚫고 지나간 것 같은 비화는 그에게 한발 다가설 것같이 하면서 말했다.

"니가 자꾸 글싸모, 내는 니가 한 부탁 생각도 안 할 끼다."

굉장히 당혹스러운 표정을 짓는 재팔을 향해 손을 내저었다.

"그런께 퍼뜩 가라."

그러자 재팔은 숨이 끊어져 가는 소리로 비화를 불렀다.

"누우야."

급기야 비화는 버럭 고함을 내질렀다.

"니 에나 이랄 끼가?"

재팔은 파랗게 질린 얼굴로 더듬거렸다.

"누, 누우……."

비화네 대문짝에 가로 대고 못을 박은 네모진 대문띠가 어쩐지 풀려

내릴 것만 같아 보였다.

"자꾸, 니가 자꾸, 이라모?"

비화가 소매라도 걷어붙일 것처럼 하자 재팔이 얼른 말했다.

"아, 알것다, 누우야. 가, 가께."

비화는 허리춤에 양손을 갖다 댄 자세로 호통쳤다.

"가!"

재팔은 흠칫 몸을 돌려세웠다. 마치 술 취한 사람같이 비틀걸음으로 걸어가기 시작했다. 옥진이 간 곳과는 반대 방향이었다.

"……."

비화는 잠시 그 자리에 섰다가 홀연 대단히 화가 난 사람처럼 대문을 쾅 열고 집 안으로 들어섰다. 그 대상을 가리지 않고 실컷 욕이라도 막 퍼붓고 싶었다. 그렇게라도 하지 않으면 어른들 말처럼 복장이 터질 것만 같았다. 세상이 온통 대사지로 보였다. 그 대사지 못물에 빠져 허둥거리는 사람은 옥진이 혼자만이 아니었다.

그러나 대문 안으로 들어왔던 비화는 갑자기 누가 뒤에서 와락 끌어당기기라도 하는 듯 서둘러 몸을 돌려세웠다. 그런 후에 급히 다시 대문 밖으로 나왔다. 그러고는 한참이나 노려보았다. 그때까지도 사라지지 않고 저만큼 보이는 재팔이의 뒷모습을.

'흥! 울보 주제에?'

비화는 속으로 저주처럼 내뱉었다. 하지만 이게 어쩐 일일까? 그를 미워할 수가 없었다. 힐난할 수도 없었다. 간신히 발을 옮겨놓는 그의 뒷모습이 너무나도 처량하고 왜소해 보여서일까? 게다가 비화는 그의 등만 보고서도 깨달을 수 있었다. 걸어가면서 울고 있다는 것을.

'옥지이가 큰일이다, 우리 옥지이가.'

비화 마음속에서는 이런 소리가 지상의 먹잇감을 노리면서 하늘을 날고 있는 솔개처럼 맴돌았다.

'우짜모 재팔이 겉은 머슴아가 억호, 만호, 고것들보담도 상구 더 이험한 머슴아인 줄도 모린다.'

돌아가신 할아버지 김생강이 태어나던 그해에 심었다는 오동나무 가지가 담장 너머로 비화를 넘겨다보며 그만 어서 집으로 들어오라고 손짓하고 있는 것 같았다. 유춘계 아저씨 말씀이 떠올랐다.

"비화 너거 동네에서 젤 오래되고 멋진 나모 아인가베. 저 오동나모가 너거 집에 복을 가지다 줄 끼다. 그러이 안 죽거로 잘 키우라이."

농투성이들의 빛이여

내평마을 유춘계 집 사랑채는 젊고 건장한 사내들로 꽉 찼다. 지극히 조심스러운 공기 속에서도 싱싱한 열기로 터져날 것 같은 분위기였다. 사람의 몸에서 내뿜는 기氣란 것은 얼마나 불가사의한 것일까?

그중에 천필구와 한화주의 거구가 유독 눈에 띄었다. 춘계도 작은 체구는 아니었지만. 그들 외의 다른 사내들도 저마다 특색이 있었지만 마음만은 오로지 단 하나였다.

"아, 그런께네 신라 진성여왕 시절에도 성난 농민들이 우 들고일어난 일이 있었다, 그런 말씀입니꺼?"

들판에서 햇볕을 쬐어가며 살아가는 농사꾼답지 않게 피부가 흰 귀골풍의 방석보가 놀란 표정을 지었다.

"여왕도 백성들 안 돌보기는 가리방상했던가베예(엇비슷했던가 봐요)?"

화주 말에 이어 필구 입에서도 볼멘소리가 터져 나왔다.

"그 여왕도 해나 엉뚱한 거를 밝힌다꼬, 정치는 나몰라라 그리했던가도 모리제. 참벌에서는 한 떼에 단 한 마리밖에 없는 여왕벌을 보모…….”

정치 이야기가 흘러나오자 좌중은 갑자기 긴장감을 넘어 살기마저 감돌았다. 이 나라를 다스리는 것들이라면 모조리 응징하고 싶은 게 이들 심정이었다. 또한 온 고을 관아라는 관아는 하나도 남김없이 불태워버리고 싶었다.

“하기사 지가 다스리던 그때에도 시상에는 잘난 사내들이 천지삐까리 아이었것나? 그러이 벌떼가 지멋대로 왱왱거림서 날라댕기듯기 안 했으까이.”

필구는 무쇠 같은 주먹으로 애먼 방바닥이라도 마구 내리치고 싶은 기색이었다.

“오데 여왕 눈이라꼬 그런 사내들이 안 비인 것도 아일 끼고.”

석보가 퉁을 주듯 했다.

“시방 술 취한 것도 아인데, 막돼묵은 소리 고마해라 캐도?”

그런 후에 고개를 쩔레쩔레 흔들며 말했다.

“필구 저 아우, 와 갈수록 입이 저리 험해지는고 모리것다.”

사랑방 공기가 답답하면서도 아슬아슬하게 느껴지고 있었다.

“더러븐 이 시상이 착하고 순박한 사람을 그리 맨드는 거 아이것소. 여하튼 내가 일쯕이 서당에서 배운 바에 으하모 그렇소.”

잠자코 옆에서 듣고 있다가 그렇게 이야기하는 춘계 귀에 스승 강기문의 음성이 똑똑히 들려오고 있었다.

“고려 농민항쟁 이약도 들었소.”

춘계의 그 말에 누가 시키지 않았는데도 모든 사람들이 하나같이 되뇌었다.

“고려 농민항쟁…….”

춘계는 점점 붉어지는 낯빛이 되었다.

"당시도 시방맹캐 묵고살기가 심들었다고 합디다."

대문 안에서 그곳으로 드나드는 사랑문이 삐거덕거리는 소리를 내고 있었다. 그 소리는 세상 모든 것들이 전부 그렇게 삐거덕거리고 있다는 사실을 알려주려는 것 같았다.

"후~우."

늘 사려 깊은 서준하 입에서 무거운 한숨 소리가 새 나왔다.

"그때도 몬된 배실아치들 땜에 그랬것지예? 개 꼬랑대이를 삼년 묻어 놔도 족제비 털은 몬 된다쿠디이, 배실 산다쿠는 것들은 우짜모 그리 똑 겉은고."

춘계 목소리가 점점 높아지기 시작했다.

"세도가는 더 이약할 필요도 없고요, 지방관이나 향리의 횡포와 수탈이 에나 장난이 아이었지예."

그의 눈에 무엇이든지 갖다 대기만 하면 예리하게 베일 것 같은 시퍼런 칼날이 끊임없이 번득였다.

"웬만했으모 백성들이 유민流民이 돼갖고 떠돌기도 하고 도적떼도 됐것심니꺼. 원인을 찾을 생각은 안 하고……."

화주가 울분을 이기지 못하는 목소리로 말했다.

"진짜 도적눔은 배실 사는 것들 아입니꺼? 모도 함 두고들 보이소. 내 운젠가는 그거들 모가지를 달구새끼 모가지 비틀듯기 확 비틀어삘 낍니더."

필구가 곰발 같은 주먹을 허공에서 휘두르며 말했다. 주인의 성품을 그대로 반영해주듯 수수하게 꾸며진 사랑방에는 금방이라도 폭발할 것 같은 위험천만한 기운이 밀려들었다.

"우리 필구 아우 겉은 사람이 무과 급제해 대장군이 돼갖고, 나약해 빠진 몬된 문신들 싹 몰아내삐모, 조선은 에나 살기 좋은 나라가 될 낀데.”
석보 말에 춘계가 고개를 흔들었다.
“역사를 보모, 반다시 그런 거만도 아이요.”
그러자 모두는 그게 무슨 말이냔 듯 매우 의아해하는 표정들이 되었다. 춘계는 너무나도 안타깝다는 투로 말했다.
“무신들이 난을 일으킨 그 무신정변 이후로 농민들 살기가 그전보담도 상구 더 곤란해졌던 거를 보모 알 수 있지예.”
그래도 모두들 이해가 되지 않는지 춘계 얼굴을 빤히 바라보았다. 그러자 그는 좀 더 격앙된 목소리로 바뀌었다.
“권력을 잡은 무신들은 불쌍한 백성들 피를 더 빨아묵었고, 거다가 신분 질서가 다 무너진께…….”
별다른 장식품이 보이지 않는 사랑방은 다른 무언가로 채워지기를 소원하고 있는 것처럼 비쳤다.
“소위 하극상 풍조가 농민하고 천민을 자극했던 기지요.”
골똘히 무슨 생각에 잠겨 있던 화주가 좀체 믿어지지 않는다는 말투로 끼어들었다.
“무신이라쿠는 것들도 그랬다는 깁니꺼?”
단아한 준하의 입에서도 이런 말이 나왔다.
“지들도 아파본 것들이 그랬다꼬예.”
몇 사람이 동시에 말했다.
“그런께 말입니더.”
아무래도 오래가지 못할 듯 또 사랑문이 삐거덕거리는 소리를 내었다. 여간해선 평심을 놓치지 않는 춘계도 분통 터진다는 얼굴을 다스리지 못했다.
“특히나 하층민들, 그런께네 부곡이나 소에 살던 그들한테 세금은 상구 더 심했고, 또 내중에는 부역꺼지 시달리다가…….”

나라가 백성에게 의무적으로 지우는 노역 이야기가 나오자 그들은 한층 분개하는 빛을 감추지 못했다.

“아, 그래갖고 들고일났다쿠는 이약인가베예?”

그런데 석보의 그 말이 채 떨어지기도 전이었다. 좌중에서 가장 젊은 화주가 깜짝 놀란 얼굴로 말했다.

“누, 누가 무, 문 밖에 와 있십니더!”

“…….”

일순, 그곳 사랑방에 모여 있는 객들 얼굴에서 하나같이 핏기가 싹 가셨다. 경천동지할 그 거사를 모의하면서 온 신경이 날카로워질 대로 날카로워져 있는 그들이었다. 그런데 그것을 본 춘계가 웃으며 말했다.

“아, 놀래시지들 마이소.”

그러자 방문 밖에서 들리는 건 뜻밖에도 여자 목소리였다. 남자들 소리만 나던 그곳에서 나는 여자 소리는 공기를 조금 부드럽게 해주는 역할을 했다.

“목들이라도 좀 축이시라꼬…….”

건조한 남자 음성에 비해 물기가 묻어나는 음성이었다.

“아, 내가 증신이 없어서요.”

춘계는 진작 말해주지 못해 미안하다는 기색이었다.

“이 사람 내자올시다. 음식 쪼꼼 준비해라꼬 일러두었십니더.”

그러고 나서 그는 방문 밖을 향해 말했다.

“이리 들이시오, 부인.”

방문이 조심스럽게 열렸다. 한눈에 봐도 대단히 정숙해 보이는 안주인이 거기 서 있었다. 둥그스름한 얼굴에 눈매가 선해 뵈는 최 씨 부인은 무척 수줍음을 타는 얼굴로 말했다.

"채린 거는 없지만도……."

손님 맞는 격식이 몸에 배어 있었다. 큰 체구임에도 동작이 무척 민첩한 필구와 화주가 어느 틈에 일어나 상을 받아들 자세를 취하면서 말했다.

"고맙심더."

"잘 묵것심니더."

다른 사람들도 모두 일어나 엉거주춤한 자세로 인사를 했다. 비록 많이 배우지는 못해도 사람의 기본 도리나 예의는 잃지 않고 살아가는 그들이었다.

"허, 그냥들 안 앉아 계시고……."

춘계가 말했고 최 씨 부인은 가볍게 고개를 숙여 보인 다음 소리 나지 않게 문을 닫고 돌아섰다. 그림자가 움직이는 모습이었다.

"자아, 한잔들 하입시더, 목이 마르실 낀데."

"예."

"나리부텀."

"아이요, 손님들부텀."

"화주 아우, 머하고 있노?"

"예, 예."

잠시 술잔 받는소리들이 이어졌다. 술이 속에 들어가자 좌중은 좀 더 노골적이고 직설적으로 변해가기 시작했다.

"깨질 거는 깨지고, 뿌사질 거는 뿌사져야지예."

이건 우렁우렁한 필구 목소리였다.

"좀 전에 말씀하신 고려 농민 말입니더. 그들이 들고일어난 봉기가 올매나 됩니꺼? 술을 마신께 각중애 그기 알고 싶네예."

술이 약한 탓에 금세 안색이 불그레해진 석보가 물었다.

"아, 그거?"

그때까지 술잔을 들어 입술만 축이며 침통한 얼굴로 뭔가 깊은 상념에 잠겨 있던 춘계가 천천히 입을 열었다.

"에나 많았지예. 망이 망소이, 만적의 난에 대해서는 모도 잘 아실 끼고……."

먼저 잔을 비운 필구와 화주가 서로 잔을 주고받으면서도 춘계 말에 아주 열심히 귀를 기울였다.

"우리 도道에서 한거석 일어났지예."

그 말에 모두는 더욱 의지를 다지는 표정들이었다.

"김사미, 효심 그라고 이비와 패좌의 난 등이, 소위 신라 부흥을 목표로 해갖고 일어난 농민항쟁입니더."

춘계는 항쟁 주모자들의 이름을 모두 기억하고 있었다.

"신라를 다시 일으키 세우것다 그거였십니꺼? 다린 데서는예?"

이번에 물은 사람은 준하였다. 춘계는 약간 메마른 손가락으로 잠자코 술잔을 만지작거렸다.

"고구려 부흥 운동으로 저 서북지방 서갱(서경)에서 최광수가 이끌고 일어났었던 적이 있고예……."

그들은 술보다 더한 그 무엇에 취해가고 있었다.

"또오, 저게 전라도 담양 땅에서는 이연년의 투쟁이 있었지예."

신라, 고구려에 이어 백제까지 나오고 있었다.

"이거는 엎어진 백제를 도로 일으키보자쿠는 그런 목적에서였지만도예."

다 거론하자면 끝이 없다는 표정이었다.

"역시나!"

필구가 잔을 탁 소리 나게 내려놓으며 감탄조로 말했다.

"나리는 에나 대단하십니더. 우찌 그 많은 거를 그리키나 소상하거로 다 알고 계십니꺼. 에나 존갱시럽십니더."

화주와 석보도 연방 고개를 끄덕였다.

"우리 농민들이 대단했네예?"

"그 이약 들은께 심이 막 솟아나는 거 겉십니더, 나리."

모두 활기찬 모습들을 지어 보였다. 춘계는 그들 말에 부정도 긍정도 하지 않았다. 그저 갈수록 낯빛이 어둡고 말씨가 무겁게 처져 앉을 뿐이었다.

"하나 부러븐 거는, 무신들이 권력을 거머쥐고 있던 그 당시 민란은……."

거기서 말을 끊고 고개를 가로저었다.

"아, 실상대로 따지보자모 민란이라쿠는 그 말 자체부텀 아조 크기 잘몬된 기지만도……."

모두의 가슴에 꼭꼭 각인시켜주기 위해 보다 또렷한 어조로 말했다.

"여하튼 농민뿐만 아이고 천민하고 노비들도 같이 가담했다쿠는 사실입니더."

그러자 좌중에 경악하는 기운이 감돌았다.

"아, 천민, 노비도?"

홀연 실내는 찬물을 확 끼얹힌 듯 숙연해졌다. 그런 최하위 계층까지 함께했을 줄이야. 그렇다면 그 사건의 규모와 실태는 상상을 뛰어넘을 것이리라.

하지만 아무도 몰랐다. 춘계가 끝까지 입 밖에 꺼내지 못하고 있는 가장 무섭고도 슬픈 반란에 대해서는.

6백여 년 전 고려 신종 때 바로 이 고장에서 일어난 저 공사 노비들의 반란. 그렇지만 끝내 형장의 이슬로 사라져야만 했던 그 원혼들.

'그 이약만은…….'

춘계는 결심했다. 참담한 비극으로 그 막을 내린 이 지역 노예의 난에 대해서만은 절대 말하지 않기로. 다른 경로를 통해 알게 된다면 그건 어쩔 도리가 없지만, 순박하고 결의에 차 있는 이들에게 자기 스스로 용기의 싹을 꺾게 할 수는 없었다.

'우짜든지 철저한 계획, 그라고 똘똘 뭉친 심만이 우리한테 성공을 가지다 줄 끼라. 적이 아모리 강하다 쿠더라도 멤만 하나가 되모 말이제.'

그 적이 누구인가를 생각하니 가슴은 더욱 답답하기만 했다.

'안 그라모 배를 끌고 땅으로 올라갈라쿠는 거하고 다릴 끼 머가 있것노.'

춘계는 깊이 다짐했다. 그런 가운데서도 다행스럽게 생각하는 것은, 고려시대에 비해 농민들 의식이 크게 성장했다는 사실이었다.

또 있었다. 아직은 앞에 나서고 있지는 않지만, 김민준, 이기개 같은 양반들도 있다. 몇 번 애기를 나누는 사이에 그들도 춘계 자신과 비슷한 뜻을 품고 있다는 사실을 확인했다. 그러므로 결정적인 시기가 오면 속을 다 터놓고 일을 진행시킬 계획이었다. 비록 몰락 양반이라 해도 그네들이 내뱉는 말끝에는 현실을 직시하고 잘못된 정치를 뜯어고치려는 시퍼런 날이 번득였다.

"요 바로 올마 전에 또 우리 마을 농사꾼 두 집이, 조상이 묻히 있는 고향 땅을 등지고 말았소."

"우찌 안 그라것소. 삼정三政은 행핀없이 문란하고, 몬된 탐관오리들은 마구재비 피를 빨아대고, 거다가 올해만치 극심한 숭년도 안 없소. 내가 볼 적에는 도로 떠난 기 잘한 짓인 기라요."

"엎친 데 덮친다꼬, 호열자는 또 와 그리 설치대던고. 증말 하늘도 무심 안 하요. 조상 대대로 오즉 우직하거로 땅만 파묵고 살아온 착한 농투성이들이 대관절 그 무신 죄가 있다꼬?"

"그들이 유랑 걸식 아이모 화전밭이나 일굼시로 근근이 살아갈 거를 생각만 해도 피가 막 꺼꿀로 치솟소."

"남은 농사꾼들도 가리방상 안 하요. 자기들한테 부과된 세금 내기도 너모나 빠듯한데 거다가 유랑민들 세금꺼정 부담해야 한께."

그랬다. 이른바 죽는 놈은 조조 군사라고, 날이 가면 갈수록 피폐해지는 것은 농투성이들이었다. 민준은 저 홍경래의 거사를 못내 아쉬워했다.

"비록 한때였기는 해도, 청천강 이북 땅을 장악했었지예. 정주성 싸움에서 패하지만 안 했어도. 후우."

이기개는 당시 홍경래를 중심으로 하여 굳게 뭉친 신흥 상인과 농민 그리고 광부를 입에 올리며 말했다.

"비록 실패는 했지만도, 농민이 성장하는 계기가 됐지예."

그들 대화를 들으며 춘계는 고개를 끄덕이는 자신을 발견했다.

"시방 우리 농민들은 더 깨었다고 볼 수 있심니더."

말에 불끈 힘이 솟아났다. 그 순간만은 사랑문 삐거덕거리는 소리가 멈추었다. 완전히 새로 바꾸지 않고 조금만 고치면 그런대로 더 쓸 수 있을 것 같았다.

"세도가에 대한 불만도 상구 더 커졌고, 우리글하고 서당도 짜다라 보급이 돼서, 농촌 지식인도 생깄고 말입니더."

민준 눈도 어떤 기대로 빛났다.

"그렇지예. 농투산이라꼬 벌로 대하모 큰코다칠 때도 올 낍니더."

기개는 어깨를 흔들어 보였다.

"시상은 하로가 다리거로 변해가고 있지예. 그런 거를 모리고 지들 멋대로 놀아쌌는 기 높은 자리 앉아 있는 것들 아인가베예."

민준이 다시 말했다.

"또 있심니더. 장시場市하고 두레로 해서 농민들끼리 교류도 해쌌고, 서로 간에 정보를 주고받음서 시상을 끌어갈 소문도 맨듭니더."

그러고 나서 이게 핵심이란 듯 단언했다.

"인자는 농민들이 집단행동도……."

그때 춘계가 깜짝 놀라며 민준 말을 가로막았다.

"쉿! 고마하이소. 새가 듣고 쥐가 듣심니더."

기개가 낮은 목소리로 말했다.

"그기 틀린 소리는 아이지예."

두 팔을 어깨 위로 쳐들고 무엇을 흔들어대는 동작을 해 보이면서 말했다.

"누라도 깃발 들고 앞장만 서모……."

춘계 가슴이 또다시 함부로 요동쳤다. 맞는 말이었다. 비록 지금은 농투성이들이 조정과 탐관오리들을 욕하고 저주하는 그 정도에서 그치고 있지만, 일단 누군가가 불씨만 지펴 놓으면 마른 덤불에 불길 번지듯 할 터였다.

"문제는, 기밀이 새 나가지 않거로 하는 깁니더."

그동안 쌓일 대로 쌓인 분노와 원한의 칼과 창을 높이 치켜들고 파죽지세로 나오리라는 강한 확신이 춘계에게 있었다. 무릇 지렁이도 밟으면 꿈틀거린다 했거늘, 하물며 인간인 농민들이 실로 부당한 세금 내기를 거부하거나 집단으로 항의하지 말라는 법이 어디에 있겠는가?

'그거는 그렇는데…….'

그러나 춘계가 또 다른 한편으로 적잖게 신경이 쓰이는 것은, 이성을 잃은 농투성이들이 자칫 도적떼로 변해버릴 수도 있다는 우려였다. 우리 역사가 그것을 잘 말해주고 있지 않은가. 스스로 무덤을 파는 어리석

음은 절대 범해서 안 될 것이다. 그야말로 지옥이 따로 없을 것이다.

'우쨌든 그거만은 막아야 하는 기라. 착해빠지기만 한 농사꾼들이 도적이 될 때꺼지 두 손 맺고 지키보고 있을 수만은 없다 아인가베.'

춘계는 자기 몸뚱어리 세포 하나하나에 찬 기운이 마치 침을 놓듯 파고드는 느낌에 치를 떨었다.

'아아, 태어나서 죄라고는 아즉 한 분도 죄를 안 지잇다쿠는 죄밖에 없는 이 백성들을 우찌할꼬?'

춘계의 그윽한 눈길이 필구와 화주 두 사람 얼굴을 향했다. 막상 일이 터지게 되면 맨 앞장서서 활약을 펼치게 될 그들이었다. 특히 화주에게는 앞날을 약속한 처녀가 있다는 그 사실이 새삼스럽게 그의 가슴을 후려쳤다.

"화주 총각!"

"예, 나리."

춘계는 화주에게 잔을 건네며 말했다.

"운제 우리가 떡국 묵거로 해줄랑고?"

화주 낯빛이 대번에 확 붉어졌다. 큰 덩치에 어울리지 않게 부끄럼을 잘 타는 그였다. 비록 '항칠'로 말미암아 이웃의 눈살을 찌푸리게 할 때도 없진 않지만, 환쟁이를 꿈꾸는 젊은이답게 정감이 넘쳐 더 그런지도 모른다.

"내도 우리 화주 아우 각시 될 처자를 몇 분 봤는데, 에나 착해 비이고 곱던데예? 화주 니 여복女福도 쌔뺏다 아이가."

필구가 농담 반 진담 반 던진 소리다. 모두가 피를 나눈 형제 같은 뜨거운 정을 느끼고 있었지만 그래도 그들 가운데 화주와 가장 친한 사람이 필구였다. 그러자 석보도 덩달아 입을 열었다.

"화주 아우 눈이 오데 좀 높것나? 저리 헌헌장부로 생깃제, 또 그림

그리는 솜씨꺼정 있은께네."

그때 준하의 나직한 음성이 작은 문갑이 놓여 있는 그 방을 울렸다.

"우짜든지 우리 농군들이 기氣를 활짝 펴는 그런 시상이 하로라도 퍼뜩 와갖고, 화주 아우 부부가 오순도순 잘살아가야 할 낀데."

그 소리에 그곳 분위기가 불도를 닦는 도량道場이나 상갓집처럼 엄숙해졌다.

'아.'

화주는 무명탑 앞에서 몸부림쳐가며 울던 원아 모습이 선연히 떠올라 가슴이 콱 메었다. 백제 무사와 신라 귀인의 못다 이룬 사랑에 관한 전설이 왜 이리도 마음에 찰거머리같이 달라붙는지 모르겠다. 무슨 좋지 못한 징후라도 되는가 말이다.

"오데 똑 화주 아우만 그런 기요? 내도 운제 우리 불쌍한 마누래하고 자슥새끼 배때지 터지거로 한분 멕여보는 기 팽생소원 아인가베."

화주 표정을 읽어내고 위로해주려는 의도인 양 그렇게 운을 뗀 필구는 거푸 술잔을 비워내며 한숨을 토했다.

"하기사! 시방매이로 겁나거로 세금 나붙이는 시상에, 농사 하나 지이갖고 남핀 노릇, 아부지 노릇 제대로 하는 사람이 몇이나 있것노?"

누군가가 탄식 반 분노 반 섞인 목소리로 거들었다.

"사람 노릇도 심이 안 드는가베."

술이 바닥을 보이고 있었다. 하지만 그보다도 더 바닥을 드러내고 있는 것은 이 나라 백성들의 인내심이라는 것을 모르는 이는 없었다.

남편, 아버지, 사람 노릇……. 그 말은 춘계 머리에 너무나도 일찍 돌아가신 아버지를 불러왔다. 외가가 있는 이곳으로 이사 오기 전에 살았던 원당마을이 더없이 그리워졌다. 그의 뿌리가 있는 그곳은 새 한 마리 풀포기 하나에도 어떤 의미가 담겨 있었다.

'아부지, 어머이.'

홀어미 정 씨 밑에서 자란 춘계가 이곳 내평마을로 이사 올 그 무렵은, 농민 수탈을 위한 환곡과 포흠 등의 문제가 심각하게 불거질 때였다.

"이거는 누가 머라 캐도 아인 기라.'

잘못된 정치로 인한 폐단과 피해를 겁 없이 드러내놓고 이야기하는 춘계는, 비록 몰락 양반이긴 해도 곧 마을 여론을 끌어가는 위치가 되었다. 하지만 춘계는 아직 거기 모인 이들에게 비밀로 해둔 게 있었다.

김민준, 이기개 등과 더불어 감영과 읍에 서명한 등소等訴를 보낸 일이 그것이었다. 그 이전부터 춘계가 그렇게 할 것이란 소문이 나돌고 있기는 했다. 그러나 춘계는 가능하면 농민들에게는 불똥이 튀지 않도록 그 모든 일을 자기 혼자 하는 것처럼 할 계산이었다. 그만큼 위험천만한 성질의 것이기 때문이다.

'대체 운제까지 기다리야 하노.'

아직까지는 아무런 진전이 없었다. 관아에서는 도무지 깜깜무소식이었다. 남강 한가운데 조약돌 한 개 풍덩 던져 넣은 것 같은 파문조차도 일지 않았다. 그 속내를 짐작하고 있기에 진실로 두려우면서도 갑갑하기 그지없었다. 어떤 기대감을 품고 기다린다는 것은 지옥의 시간과도 같아서 자칫 가볍게 움직일 위험이 도사리고 있음을 잘 알기에 가슴만 타들어 갔다.

그때 나라에서는 비록 낮은 자리이긴 해도 관직에서 제 스스로 물러난 유춘계라는 몰락 양반을, 그저 좀 덜 떨어진 위인이고 무슨 일을 꾸미기 좋아하는 호사가好事家 정도로 보고 있는지도 몰랐다. 조심스럽게 움직이고 있던 춘계가 최대한 선이 닿아 몰래 알아본 바로는 이랬다.

"유춘계 그자가 향회나 리회 같은 모임을 자주 가진다고 들었다. 행여 무슨 엉뚱한 짓을 저지를지도 모르니 한 번씩 조사는 해봐라."

관아 높은 자리에 앉아 있는 자들은 밑의 사람들에게 그 정도 지시를 내린다고 하였다. 춘계가 아직 이렇다 할 큰 사고를 일으킨 적이 없었기에 크게 염두에 두고 있지는 않은 실정이었던 것이다.

그런 가운데 지역 농민들의 고통과 가난은 응달 독버섯처럼 자라나 극에 이르렀다. 지금 거기 와 있는 사람들이 하소연하듯 분노를 터뜨리듯 해오던 말들은 춘계를 자극하기에 모자람이 없었다.

– 농사꾼끼리도 소유와 갱영(경영)을 둘러싸고 으르렁거리고 있십니더.

– 백 맹 중에 대여섯 맹이 농지 절반을 차지하고 있지예.

– 한 갤(결, 結) 이상 땅을 갈아 농사를 짓는 부농富農은 손가락으로 꼽을 그 정도뿌이고예, 열 부負도 몬 되거로 농사짓는 극 빈농층도 있다 아입니꺼.

자기 소유 농토가 없는 춘계가 판단하기에도 그들 중 가장 매섭고 정확하게 꿰뚫고 있는 사람은 준하였다. 그는 이런 소리도 했다.

"부세를 이용한 수탈은 말도 몬 합니더. 요런조런 방법으로 횡령한 관속들이, 그만큼을 농민들이 떠맡거로 하는 것에 대해서는 에나 몬 참것십니더, 나리."

춘계는 떨리는 입술로 곱씹었다.

"농민들이 떠맡거로."

춘계의 안목으로 볼 때 오십여 년 전 순조가 왕위에 오르면서 시작된 그 외척세도정치가 문제였다. 그 이듬해 6만 명이 넘는 노비를 한꺼번에 면천免賤한 것은 신분계층에 엄청난 변화를 가져왔다.

"백성을 위한 좋은 뜻에서가 아이고, 우찌하모 쪼꼼이라도 더 만만한 백성들 살하고 피를 발라묵고 빨아묵을까 함시로 눈깔이 시뻘게져 있는, 참말로 가증시럽기 짝이 없는 천벌 받을 짓거리 아입니꺼?"

"그냥 아모 대책도 없이 마구재비로 싹 풀어놓으모, 도대체 머슬 우짜라쿠는 긴고 내사 모리것다."

민준과 기개의 말이 다시 춘계 귀를 윙윙 울렸다. 시커먼 속이 훤히 드러나 보이는 나라 정치는 넌더리를 일으킬 만했다.

'백성들 멤이 떠나모 안 되는데?'

이런저런 생각들에 잠기는 춘계 눈앞에 또다시 떠오르는 게 고려 신종 때 이 지역에서 일어났던 노비 반란이었다.

그 무리 맨 앞에 서서 어둠을 몰아낼 빛의 깃발을 흔들며 정신없이 달려가고 있는 한 사내의 모습이 보였다. 그건 춘계 자신이었다.

허공을 함부로 헤집고 다니는 강바람 끝에는 살갗을 벨 듯한 무서운 날이 감춰져 있는 것 같았다. 강은 그 속에 깊이 품고 있는 한과 설움을 저토록 지독한 한파로 뿜어내는 것일까?

"날씨가 에나 쌀쌀맞다."

윤 씨의 그 말이 아니어도 비화는 자꾸만 몸서리가 쳐졌다. 참으로 독하고 모진 계절이다. 윤 씨는 걸음을 재촉하며 혼자 중얼거렸다.

"그래도 날이 쌀쌀맞으모 이듬해에는 풍년이 든다 안 쿠나."

"예?"

비화는 어머니 말을 좀체 이해할 수 없었다. 세상 만물은 날씨가 따뜻해야 좋고, 그래야 식물이나 과일도 잘 자라고 그 열매도 풍성해질 것이라고 믿고 있기 때문이었다.

"히이힝!"

그때 그들 모녀 옆으로 황색 말이 끄는 수레 하나가 지나갔다. 비화가 바라보니 그 말의 굽에는 얼음판 위에서 미끄러지지 않도록 하는 쇳조각이 박혀 있었다.

“요놈의 날씨가 에나 장난이 아인갑다. 말굽에 저런 거를 박아놓고 말이다.”

윤 씨도 그 얼음편자를 발견했는지 그렇게 말했다. 그 말귀를 알아듣기라도 했는지 말이 또 한 번 큰소리로 ‘히이힝!’ 하고 울었다.

“어? 이놈의 말이 와 이리 울어쌌노?”

늙수레한 마부가 말을 향해 꾸짖는 소리가 얼어붙은 길바닥 위를 미끄러지듯이 울렸다. 윤 씨가 또 하는 말이 춥게 들렸다.

“시방 말도 추위를 마이 타고 있는갑다.”

“안됐네예.”

비화가 말하는 사이에 수레는 저만큼 나아가고 있었다. 모녀는 잠시 그 자리에 서서 그 말을 바라보고 있다가 다시 걸음을 옮겨놓기 시작했다.

“날이 쌀쌀맞은데 우찌 풍년이 들어예? 숭년이 들지.”

잠시 걸어가다가 비화가 문득 떠올린 듯 그렇게 묻자 윤 씨 입에서는 진실인지 농담인지 모를 이런 답변이 나왔다.

“사람들이 쌀쌀맞다, 쌀쌀맞다, 그리 해싼께 쌀이 한거석 나온다꼬…….”

비화는 엉터리 같은 소리라고 보았다.

“아, 그런 이약이 오데 있어예?”

새침데기 같은 얼굴을 짓는 딸이 어머니 눈에는 어느새 다 큰 처녀처럼 비쳤다. 그러자 나도 그만큼 나이가 들어간다는 증거라는 생각이 들면서 가슴 복판에 뻥 구멍이 뚫리는 느낌이었다.

“오데 있기는 오데 있어.”

윤 씨는 주위를 둘러보는 시늉을 했다. 비화는 어머니 얼굴을 빤히 쳐다보았다.

"바로 요 있지."

그러면서 윤 씨는 비화를 향해 빙긋이 웃음을 지어 보였다. 비록 간절하게 바라던 아들은 아니었지만 비화는 자랄수록 영특하고 부지런하여 부모 마음이 좋았다. 나중에는 어떨지 몰라도 지금까지는 단 한 번도 눈에서 벗어나는 짓을 하지 않았다.

"맏딸은 집안 살림 밑천이라쿠는 옛날 사람들 말이 하나도 안 틀리거마는."

이웃 사람들은 이구동성으로 말했다. 살림에는 눈이 보배라, 무릇 가정생활에는 일일이 잘 보살핌이 제일인데 비화야말로 정말 그렇게 할 사람이라고 해서였다.

그러나 비화 마음 저 깊은 자리에는 개미와 벌이, 비어사 주지인 진무 스님이 남긴 말을 언제나 물어와 놓고 간다는 그 사실을 아는 이는 없었다.

'잘 계시까? 벨고(별고) 없으시겠제?'

안부를 궁금해 하다가 나중에는 소망 담은 속말로 중얼거렸다.

'운제 또 한분 안 오시까? 가물가물하다 아이가. 이라다가 얼골 잊아삐모 우짜노? 눈이 다 안 녹아도 안 춥다는 그 절에도 한분 가봐야 하는데…….'

길거리를 뒹구는 낙엽을 볼 때도 '바스락' 하고 바싹 마른 나뭇잎 소리가 날 것 같은 그가 떠올랐다. 지금은 어떻게 지내고 있는지 참 보고 싶다. 단 한 번밖에 만나지 않은 스님이 왜 이리 가슴 깊이 들어와 앉는지 모르겠다.

전생에 무슨 인연이라도 있은 걸까? 아니면 내세의 인연을 만들기 위한 준비 단계인가? 그 어느 쪽이든 간에 마음 든든한 일이었다. 그 누군가를 그리워하면서 다시 만날 날을 손꼽아가며 기다린다는 것은 비록 안타까운 일이기는 해도 좋은 일이라고 보았다. 그런 게 없는 사람은 가치 없는 시간을 살아가는 거라고도 생각했다. 그리고 그 모든 자각은 아버지 호한으로부터 받아온 저 밥상머리 가르침에서 비롯된 것이었다.

"인자 다 왔다. 참말로 되게 얼어붙었네."

문득 들려오는 윤 씨 말에 비화는 퍼뜩 정신이 났다. 얼음에 자빠진 쇠눈깔이라고, 적잖게 놀라 휘둥그레진 눈으로 비화가 입을 열었다.

"물이 아이고 똑 거울 겉네예."

그런 말을 하면서 나도 아버지처럼 한시를 지을 수 있다면 얼마나 좋을까 하는 아쉬움이 들기도 했다.

"하모, 자연이 맨든 거울 아이가."

윤 씨 또한 감상에 젖어 있는 목소리였다.

"물괴기들이 묵을 물은 남아 있으까 모리것어예."

딸의 웅숭깊은 그 말에 어머니는 잔잔한 미소 띤 얼굴로 말했다.

"그래도 그런 물이사 없으까?"

모녀가 도란도란 나누는 대화는 그 매서운 날씨가 무색하리만치 그저 따뜻하고 정겹기만 하였다.

"우리 집 우물물을 좀 갖다주까예?"

"아까 본께 우물도 다 얼었던데 머."

"그라모 우물을 통째로……."

"머? 에나 재조도 좋다."

그런데 비화 입에서 나오는 말이 역시였다.

"옥지이하고 지하고 둘이서 하모."

"또 옥지이?"

"옥지이도 장마당 비화 언가하고, 그리 이약……."

윤 씨도 그건 그렇다고 인정했다.

"하기사 둘이 저울에 달모 눈금 한 치도 안 다릴 기다."

"와 어머이는 그런 기 싫어예?"

"내 말은 그 뜻이 아이고, 도로 너모 좋아갖고."

비화는 우리 집안과 옥진이 집안은 어른들도 그렇지 않으냐는 식으로 말했다.

"어머이하고 옥지이 어머니하고 둘이 저울에 달모 눈금 한 치도……."

"어라? 니 시방 어른 갖고 노는 기가?"

"지 말씀도 그 뜻이 아이고, 도로……."

윤 씨는 이야기하느라 시간이 너무 많이 갔음을 상기시켰다.

"하이고! 이라다가 우리가 빨래도 몬 하것다. 인자 고마하자."

"죄송해예. 그란데 옥지이하고 지하고는……."

"알것다. 그러이 그런 좋은 재조 있으모 너거들만 알고 있지 말고 내한테도 좀 갈카조라."

정말 강과 우물뿐만 아니라 온 세상이 꽁꽁 얼었다. 나무도 살아남을 수 있겠는가 싶을 지경이지만 얼음지치기에는 더없이 좋겠다.

"그 도치 이리 조 봐라."

윤 씨는 머리에 이고 온 빨래통을 남강 가장자리 얼음판 위에 무척이나 힘겹게 내려놓았다.

"예, 어머이. 도치 조심하이소. 잘몬하모 다치예."

비화는 연방 '호호' 입김을 불어대던 시린 손에 들린 도끼를 윤 씨에게 내밀었다. 윤 씨는 도끼로 시퍼렇게 얼어붙은 두꺼운 얼음장 한 곳을 깨기 시작했다.

"꽝! 꽝!"

거기 강가에는 비화 모녀 외에도 빨래하는 아낙들 모습이 곳곳에서 띄었다. 흰옷을 입은 여자들이 가장 많았는데 마치 얼음을 재료로 하여 만든 얼음 사람 같았다. 비화는 이쪽을 힐끔거리는 그네들 눈길이 심히 마음에 거슬렸다.

한때는 지체 높은 가문의 며느리로서 손끝에 물 한 방울 재 한 점 묻히지 않던 윤 씨였다. 그렇지만 당대에 와서 가세가 기울어질 대로 기울어져 천석꾼 소리는 아득한 전설처럼 돼버렸다. 쓰러지기는 쉬워도 일어나기는 어렵다는 말이 허언은 아니었다.

– 허어, 시상에. 삼대 부자 없고, 삼대 거지 없다더이.

– 그런께 사람은 끝꺼지 살아봐야 안다 안 쿠던가베?

– 넘들이 모도 칭찬해쌌는 가문인데 와 저리 됐으꼬?

– 아, 요새는 악한 것들이 더 잘산다 안 쿠더나?

– 그래갖고 잘살모 머할 낀데?

– 오데 다 그리 생각하나, 그리 생각 안 한께 그기 문젠 기라.

– 우쨌든 넘 일이라도 안됐다.

비화네는 호사가들 입질에 곧잘 오르내렸다. 빠듯해진 살림에 먹는 입 하나라도 줄여볼 요량으로 집에서 부리던 머슴들도 하나둘씩 거의 내보내 버렸다. 그러다 보니 말 그대로 '나간 집'이 따로 없었다.

"후우. 인자 다 됐다."

"심 마이 드셨지예?"

"시상에 오데 쉬븐 일이 있더나?"

"그거는……."

"그래도 에려븐 일을 성사시키고 나모 그만치 보람도 안 있것나."

"예."

얼음을 깨고 빨래할 만한 공간을 가까스로 만들었다. 그 얼음장 밑에는 강물이 흐르고 그 물에는 또 물고기들이 살고 있다는 사실이 비화는 무척 신기했다. 뭔가 많은 것을 생각하게도 했다.

"탁! 탁!"

빨개진 비화 귀에 어머니가 이제 막 두드리기 시작하는 빨랫방망이 소리가 정겨우면서도 어쩐지 서글펐다. 다 씻은 빨랫감은 다시 통에 담아놓기 바쁘게 금방 동태처럼 빳빳하게 얼어붙기 일쑤였다.

옥진과 집 뒤뜰 우물가에서 목욕하며 서로 등을 밀어주던 기억이 되살아났다. 백옥 같은 옥진 몸은 비화가 봐도 눈부셨다. 시샘 나게 아름다운 몸매였다. 직접 인간을 창조한 조물주도 그 놀라운 능력에 스스로 탄복하지 않을까 싶었다.

그런데 유쾌하지 못한 일이 벌어졌다. 비화 손이 닿을 때마다 옥진 몸은 잔뜩 경계하는 고양이처럼 움츠러들고 돌같이 굳어버리는 듯했다. 그걸 본 비화는 당혹스러움을 넘어 그녀 자신이 민망스러울 정도였다.

'싫다. 점백이 고것들 손 겉애서 내는 싫다.'

시간이 지날수록 점점 딱딱해지는 옥진의 육신은 그렇게 소리 지르는 듯했다. 옥진은 몸을 씻는 내내 물장난을 치는 아이들처럼 제 두 다리 사이에만 자꾸 물을 끼얹고 또 끼얹었다. 마치 아직도 깨끗하게 헹궈내고 싶은 과거가 남아 있기라도 하듯. 그렇게라도 하지 않으면 비화를 볼 낯이 없다는 것처럼.

그때, 문득 윤 씨 입에서 뽀얀 입김 속에 섞여 이런 무서운 말이 흘러나왔다.

"이놈의 날씨. 이기 모도 니 아부지 말씀매이로, 저 몬된 열강들이 고 더러븐 주디이로 우리나라를 집어무울라꼬 이 땅에 들어와 설치는 탓인기라."

크고 어두운 그림자에 쫓기는 사람처럼 보였다.

"인자 큰일 났다."

"……."

비화는 발밑 얼음장이 '쨍' 하고 깨지면서 자기 몸이 차가운 물 속으로 빨려드는 것 같은 아찔한 느낌에 빠져버렸다. 수천 년 동안 남강 속에서 살고 있다는 물귀신이 잡아당기는 것 같고 추위가 더 심하게 느껴졌다.

호한은 날씨가 추워도 열강, 날씨가 더워도 열강, 좀 못마땅한 것이 있다 하면 언제나 일본과 중국, 미국, 영국, 불란서, 러시아 같은 열강들을 들먹였다.

그랬다. 조선의 앞날은 흰옷에 시커먼 먹물 끼얹힌 듯 난감하기만 하였다. 오랑캐 개가 달을 물고 가듯, 장차 우리 조선을 어느 누가 물고 갈는지 모른다는 소리들이 망령같이 이리저리 떠돌았다.

"그래도 니 아부지 기개는 아즉 그대로 살아 안 계시는가베."

꼭 그렇게 되기를 비는 모습이었다.

"비봉산보담도 더 높은 그 기상 말이다."

윤 씨의 세상 기둥은 호한이었다. 그리고 '기둥을 치면 들보가 운다'고 직접 말하지 않고 간접으로 넌지시 말하여도 알아들을 수 있는 비화였다.

"하모예, 어머이. 울 아부지가 눈데예. 장군 아입니꺼, 장군."

비화는 장군의 딸이란 게 공주보다도 좋았다.

"내는 암만 심이 들어도 저런 니 아부지만 보모 그때부텀 기운이 막 솟는 기라."

윤 씨도 장군의 아내라는 게 황후보다도 좋은 사람 같았다.

"예, 우리 그리 살아예."

어떤 면에서 자녀의 가정교육은 아버지보다도 어머니가 더 중요한 역할을 하고 있다고 해도 맞는 말일 터였다.

"그러이 니도 절대로 기가 죽으모 안 된다. 알것제?"

비화는 그만 울음이 터지려는 것을 가까스로 참아내며 대답했다.

"예."

윤 씨는 늘 의젓하고 늠름한 지아비를 온 천지에 다시없는 것처럼 자랑스럽게 여겼다. 그 증거로 이런 소리도 잊지 않았다.

"운젠가는 우리 집안, 다시 불길겉이 확 안 일어나까이."

어머니 그 말이 신의 계시처럼 비화 마음을 사로잡았다. 비화는 온몸이 뜨거운 불길에 휩싸이는 기분이었다.

'우리 집안이 불길겉이, 불길겉이…….'

그러던 비화가 퍼뜩 정신이 돌아온 것은 느닷없이 터져 나오는 웬 노랫가락 때문이었다. 저만큼 떨어져 앉은 남빛 치마와 초록 저고리 차림새의 아낙이 갑자기 목청을 마구 돋워 노래하기 시작한 것이다. 윤 씨가 그녀를 외면하며 혼잣말을 했다.

"애고, 애고, 참말로 얄궂어라. 여자 말소리는 집 밖에도 새 나가모 안 된다 캤는데, 우찌 이리 사람들도 짜다라 있는 데서 저라는고."

마흔이 조금 더 넘어 보이는 그 아낙네는 낯판이 맷돌같이 둥글넓적하고 체구가 장난이 아니었다. 그래선지 목청도 여간 큰 게 아니었다.

진주라 치리미들에
갱피 훑는 저 마누라
무슨 팔자 저리 늘어져
간 데마다 갱피 훑네
이몸 팔자 사나워서
정사, 감사, 내 말았소

꽁꽁 얼어붙은 강처럼 냉랭한 공기만 감돌던 빨래터는 홀연 활기를 띠기 시작했다. 봄이 찾아온 듯싶었다.

"얼쑤, 조오타! 목청 좋고 노래 좋네."

"와 진즉 좀 안 그래주고."

"운제 저리 배운 기고?"

"거창 댁, 거창 살 적에 노랫가락만 배우고 살았나? 저리 창가 잘 부리는 줄 미처 몰랐다 아이가."

"요기 시집와갖고 배웠것제. 이 고장 노랜께네……."

"내는 가사가 더 좋거마는. 정사, 감사도 말았다이. 안 그런 기가?"

아낙들은 심한 추위와 지루함을 잊어보려는지 한 번 연 입들을 좀처럼 다물 줄 몰랐다. 남강 물고기들이 시끄럽다고 짜증을 부리고 있진 않을까 싶었다.

"우짜다가 시상 여자들이 모도 저라노?"

이번에도 입속으로만 중얼거리면서 그런 여자들을 이윽히 바라보고 있던 윤 씨가 작은 소리로 물었다.

"비화야, 니는 저 노래 사연 잘 모리제?"

"예, 몰라예."

그러면서 비화가 바라본 윤 씨 표정이 너무나 어두웠다. 점박이 형제에게 당한 후 우물에 몸을 던졌다는 표 씨 처녀의 홀어머니 얼굴이 떠올랐다. 돈 없고 권력 없어 배봉 집안에 아무 항거도 하지 못하던 그녀는 끝내 정신을 놓아버렸다. 지금도 말 그대로 '미친년'이 되어 뒤에 '컹컹' 짖어대는 동네 개들을 거느리고 동네방네 쏘다니고 있었다.

"한 여인네의 기구한 팔자가 그 노래에 담기 있제."

윤 씨의 음성은 눅눅했다. 비화는 놀랍다는 듯 영리해 보이는 눈을 크게 떴다.

"아, 저리 짧은 노래에 그런 큰 사연이 있어예?"

윤 씨는 뭔가 깊은 상념에 잠기는 빛이었다.

"하모, 그런 기 노래 아이것나?"

비화 또한 왠지 가슴이 찡해왔다.

"예, 그래서 좋은 노래는 한분 맹글어지모 영원히……."

윤 씨는 잠시 빨랫방망이질을 멈추었다. 그러고는 여전히 새하얀 입김이 솔솔 새 나오는 입을 열어 천천히 들려주기 시작했다. 호한이 늘 딸에게 밥상머리 교육을 시키듯 윤 씨는 부엌이나 빨래터 같은 곳에서 곧잘 그렇게 하곤 했다.

"양반 남핀이 과거시험 공불 했는데 안 있나."

윤 씨의 음성은 갈수록 목이 잠겼다.

"아내 혼자서 여자 몸으로 시험 뒷바라지뿐만 아이고, 모든 집안 살림꺼지도 모돌띠리 도맡아 했디라."

비화는 몸의 고개에 마음의 고개까지 끄덕였다.

"우짜모!"

세상에 그런 여자가 있었다니. 하여튼 참 대단한 여자구나 여겨졌다.

"그란데 남핀이라쿠는 사람이 첩실한테만 멤을 준 기라."

비화는 예상치도 못한 어머니 그 말에 그만 비명을 질렀다.

"우짤꼬오!"

윤 씨 음성이 얼음장만큼이나 차가웠다. 딸인 비화가 느끼기에도 가슴이 서늘해질 정도였다.

"아내는 남핀 곁을 떠나뻿제."

비화는 얼른 이해가 닿질 않았다.

"남핀이 아이고 아내가예?"

비화는 자신도 모르게 어머니 옆으로 한 발 더 다가앉았다. 윤 씨는 잠시 손에서 놓았던 빨랫방망이를 다시 집어 들면서 말했다.

"난주 가서 들은께, 남핀이 배실에 올랐다는 기다."

비화는 내가 더 안타깝다는 생각이 들었다.

"후회했것네예."

남편이 벼슬에 올랐으니 안 그렇겠는가? 그러면 그때부터는 호의호식하면서 살아갈 수 있을 텐데. 하지만 윤 씨는 고개를 가로저었다.

"틀렸다. 그기 아이다."

비화는 또 귀를 의심했다.

"예?"

그 많은 물새들도 추위를 피해 어디로 가버렸는지 지금 강은 무척 외로워 보였다. 마구 소란을 떨어대고 있는 저 여자들이라도 있어 더 낫지 않을까 싶기도 했다.

"그래도 후회 안 한다쿠는 꿋꿋한 여자 멤이 저 노래에 들어 있거마는."

어머니 말씀이 비화 듣기에는 더 꿋꿋하게 들렸다.

"아, 보통 여자가 아이네예?"

비화의 감탄에 윤 씨는 더욱 힘이 들어 있는 목소리로 말했다.

"하모, 보통 여자라모 그리 몬 하제."

여자는 사흘을 안 때리면 여우가 된다는, 참으로 어이없고 형편없는 말이 문득 떠오르는 비화였다. 여자는 줏대가 없어 흔들리기 쉬우니 힘으로 다뤄야 한다는 그 말을 누가 맨 처음 지어냈는지는 모르겠지만, 저 노래에 나오는 여자를 알게 되면 내가 잘못했다고 빌 수도 있겠다는 생각이 들었다.

비화는 어머니가 힘든 살림살이 탓에 그 노래에 마음을 빼앗긴다는 것을 알았다. 비화는 빨래를 하면서 가끔 강 건너편 대밭으로 눈이 가곤 했다. 망진산 아래 거기는 백정들 거주지가 있는 쪽이었다.

'내사 저 대나모겉이 꼿꼿하고 푸르기 살아갈 끼다. 저 노래에 나오는 여자맹커로.'

그렇게 다짐해보는 비화는 평소 바람에 댓잎 엇갈리는 소리를 퍽 좋아했다. 그 '스르렁 스르렁' 하는 소리는 조물주가 푸른빛을 이루어내는 멋진 소리였다. 그것이 얼마나 사람 마음을 아프게 깎아내리게 하는지 당시까지는 미처 몰랐다.

저 '배건너'에 우거져 있는 대밭은 우리 고장 명물이라고 들었다. 임진년에 일본과 싸울 때는 거기서 대나무를 함부로 베고 있는 왜군들을 당시 성을 지키던 우리 정예 군사들이 죽였다는 이야기도 들었다. 이 겨울 가고 새봄이 와 얼음이 전부 녹으면, 상록의 대나무 그림자가 강 속에 거꾸로 자라듯 하여 강물의 푸른빛과 어우러져 마치 천에 청색 물감을 풀어먹인 것 같겠지.

그런데 비화가 어머니 옆에 붙어 앉아 빨래를 하면서 그렇게 잠깐 한눈을 판 것이 그만 크나큰 화근이 될 줄이야. 얼음 조각에 박혀 있던 돌일까, 아니면 얼음장 아래 물살에 의해 떠밀려온 돌일까? 작은 돌멩이 하나가 비화가 두드리는 빨랫방망이에 맞아 위로 치솟아 날아가고 말았다.

"아얏!"

비명소리가 났다.

"어?"

"아, 저런!"

근방에 있던 여자들 눈길이 소리 난 곳으로 활시위처럼 한꺼번에 쏠렸다.

"쌍!"

상소리가 이어졌다.

"아, 어머이. 이 일을 우째예."

비화 입에서 무척 당황스러워하는 말이 튀어나왔다. 저만큼에서 두 손으로 머리통을 감싸 쥐고서 이쪽을 매섭게 노려보는 여자가 앙칼진 소리로 말했다.

"오데 생사람 잡을 일 있는 기가?"

윤 씨가 얼른 사과의 말을 했다.

"즈, 증말 미, 미안하거로 됐거마."

그런데 또 대뜸 한다는 소리가 막나가는 소리였다.

"미안이고 지랄이고."

잠깐 어색하고 위태로운 침묵이 흘렀다.

"내 딸이 아즉 빨래하는 솜씨가 서툴러 놔서……."

하지만 윤 씨가 말꼬리를 채 거두기도 전에 보다 강한 불화살이 날아와 꽂혔다.

"와? 그 잘난 양반이모, 넘의 종년 대갈빼이 깨묵어도 되는 것가?"

윤 씨는 그게 무슨 말이냔 듯 고개를 흔들었다.

"아, 머리를 깨묵다이."

그러나 갈수록 저쪽 여자 말투에는 험한 가시가 돋쳤다.

"시상에, 심 없는 내 겉은 상것, 머리통만 깨묵었으까?"

윤 씨는 그만 입을 다물었다. 서로 입 섞어 말할 상대가 아니었다.

"상년 가래이 속은 질가 우물인가? 이눔 저눔 두레박줄 지 멋대로 처넣으이."

"……."

한층 심한 칼바람이 허공에서 흡사 망나니 도살 춤처럼 제멋대로 춤을 춰댔다. 배건너 쪽 푸른 대밭이 일제히 바람에 쏠리는 게 그 경황망

조驚惶罔措한 와중에도 이상하리만큼 비화 눈에 또렷이 찍혔다.

"그뿐이모 괘안커로?"

잔뜩 독 오른 여자 말이 계속해서 찬바람 씽씽 부는 강가를 대책 없이 흔들었다.

"모돌띠리 말라붙은 우리 피꺼지 쪽쪽 빨아묵는 구신모기가 당신들 겉은 잘난 양반들 아이가."

추위에 언 윤 씨 얼굴이 더욱 빨개졌다. 그녀는 억울하고 황당하다는 빛을 지우지 못했다.

"구신모기라이? 무신 말을 그리 험하거로……."

하지만 저쪽은 그 말을 끝까지 듣지도 않았다.

"그짝은 마, 가마이 있으소 고마."

"내 이약 더 들어보고 나서……."

윤 씨가 사정했지만 작두로 탁 자르듯 말했다.

"내는 딸내미한테 볼일 있은께네."

당장 소매를 동동 걷어붙이고 와락 달려들어 머리카락이라도 쥐어뜯을 듯이 하는 여자는 배봉네 여종 언네였다.

주인 위세 따라 그 집안 하인 등급도 매겨지는 듯, 나날이 재물을 낟가리같이 쌓아 하늘 높은 줄 모르는 배봉과 운산녀의 남녀 종들은, 웬만한 양반 대하기를 동급처럼 하였다. 확실히 세상은 변해가고 있었다.

"내 딸내미가 한 짓도 갤국 내가 한 짓인께네."

"씰데없는 소리 고만하고, 딸내미나 퍼뜩 내 쪽으로 보내소. 그기 싫으모 내가 그짝으로 가까?"

"다시는 이런 실수 안 할 낀께네, 요분 한 분만 이해해 주소."

"한 분만이고 두 분만이고!"

"시방 내가 이리 사정하는데 지발……."

"지발이고 개발이고!"

그렇게 윤 씨가 손이 발이 되게 빌고 또 빌어 가까스로 사태는 무마되었지만 비화 가슴속 횃불은 도무지 꺼지지를 않았다. 제아무리 화가 나기로소니 그래도 자기가 지금 받들어 모시는 상전이 한때는 우리 집 소작 부쳐 먹던 신분이 아니더냐? 질투심에 활활 불타는 운산녀가 칼로 생식기를 싹 도려내버렸다는 종년이 말이다.

'오죽하모 그런 소문꺼지 다 나오까? 니가 오늘 울 어머이한테 핸 짓을 내는 절대 절대 몬 잊는다.'

외세가 미친개처럼 멋대로 날뛰면서 세상인심은 하루가 다르게 거칠고 험악해져만 갔다. 이웃끼리도 입가에 시뻘건 피 묻히고 서로를 못 잡아먹어 난리였다. 그렇지만 임진년의 망령으로 되살아난 이웃 섬나라 때문에 정말 살기 힘든 세상은 이제부터라는 것을 남방 작은 고을 빨래터 아낙들이 어찌 알랴.

그날은 일단 그렇게 마무리가 되었다.

그런데 생식기가 없는 여자라는 풍문이 나도는 언네 입장에서는 또한 가지를 더 알지 못했다. 그녀로부터 돌아서 버린 상전 배봉의 마음이 지금 어디를 어떻게 함부로 헤매고 다니는가를. 인간은 남자든 여자든 간에 좀 먹고 좀 입고 살 만하면 꼭 엉뚱한 데로 눈을 돌리기 십상이다.

배봉이라고 다를 리 없었다. 더군다나 돈이든 여자든 권세든 간에 병적일 정도로 심한 피해의식이랄까 자격지심에서 벗어나지 못하고 살아가는 그는, 좀 더 자극적이고 새로운 세계가 필요해지기 시작했다. 부모 제삿날은 기억이 나지 않아도 그 춘화를 맨 처음 본 날은 잊을 수가 없을 것이다.

꽁지 수염 사내 반능출은 적어도 춘화 장사에 관한 한 어느 누구도 넘보지 못할 정도로 완벽주의자였다. 단 한치도 빈틈이 없었다. 그렇지만 배봉도 그냥 당하고만 있을 위인이 아니었다.

"또 더 할 이약 있는 기요?"

"없지는 안 하지예."

배봉은 호락호락하지 않은 능출을 팍 깔아뭉개버리는 기세였다.

"다 필요 없고, 책값이 올만고 그거나 쌔이 말해 봐라 쿤께?"

"책값……."

능출은 또 '헤헤헤' 간사한 웃음을 터뜨린 후에, 그림책값을 하늘 밑 구멍까지 끌어 올릴 계산속으로 연신 뒷걸음질 쳤다.

"에잉, 성미도 급하시라. 완전 불이시거마, 불."

그러면서 남의 성의를 몰라주니 너무너무 야속하다는 빛이었다.

"내 나리 겉은 분인께 넘들한테는 안 해주는 이런 그림 해설도 해드리는 깁니더. 그거를 아심니꺼, 모리심니꺼?"

"또 그림 해설? 고마 눈으로 보모 되제."

배봉은 만사 자기 뜻으로 해오는 탓에 무엇이든 간에 그냥 말만 하면 되는 것에 익숙해져 있었다. 산더러 강이 되라 하고 강더러 산이 되라 하면 그대로 될 것이라는 것을 믿어 의심치 않는 위인으로 바뀌었다.

그러나 밑바닥에서 굴러먹을 대로 굴러먹은 능출 고집도 결코 만만치가 않았다. 자기 할 소리는 죄다 늘어놓겠다는 심보였다. 물론 그 밑바닥에 깔려있는 건 돈이었다. 그런데 그는 돌아다니면서 귀동냥한 것들을 좋은 불쏘시개로 쓸 줄도 아는 영악한 자였다.

"그거는 그렇고, 우리 나리는 참말로 훌륭한 고을에 떠억 살고 계시거마예. 지가 조선팔도가 좁다고 돌아댕기지만도 이리 사람들 심성이 곱고 아름다븐 고을은 벨로 없을 깁니더."

그 말에 배봉은 그러잖아도 외씨같이 작은 눈을 더욱 가느스름하게 떴다.

"그기 무신 이바구요? 무담시 내 듣기 좋아라꼬 해쌌는 소리라모 고만두소."

하지만 능출은 이 고을 어느 한약방에 들렀다가 들은 이야기라며 연방 늘어놓기 시작했다.

"거게 온 환자 가온데서 말입니더. 아, 이 고을 토박이인데, 자기 집안 족보에 전해오기를, 조상 한 사람이 우짜다가 고마 문디뱅에 걸리갖고예, 4년이 지나도 낫지 않았다쿠는 깁니더."

배봉이 인상을 있는 대로 찡그리며 한 번 더 말렸다.

"아, 요리 좋은 그림책 앞에 놓고 그 무신 안 좋은 뱅 이약이라, 엉?"

그러거나 말거나 능출은 코를 훌쩍이고 나서 고집스럽게 말을 이어갔다.

"그랬는데 안 있심니꺼, 뱅에 걸린 사람의 아내가 오데 가서 들은께네, 지애비 문디뱅에는 사람의 살로 치료하모 낫는다는 깁니더."

배봉은 참 끔찍한 소리 다 들어본다는 투였다.

"고 집안, 식인종 집구석인가베? 사람 살을 머 우짠다꼬?"

능출이 입속으로 무슨 소리인가를 중얼거렸는데 배봉으로서는 알아들을 수 없었다. 그건 이런 소리였다.

'요따우 책이 좋다꼬 환장한 당신이 머 할 말이 있다꼬?'

능출은 내가 비록 춘화나 팔러 다니는 팔자지만 임배봉 너 같은 인간보다는 더 낫다는 강한 자긍심을 품으며, 그 집안 족보에 나온다고 하는 이야기를 머릿속에 되살려보았다.

그 아내는 자기의 왼손 넷째 손가락을 칼로 베었다. 그러고는 그것을 볕에 잘 말려 가루로 만든 후에 다른 음식물에다 섞어서 지아비에게 먹였더니 문둥병은 씻은 듯이 다 나았다.

그런데 능출이 그 이야기를 밑거름으로 삼아 그림책값을 올리려는 묘안을 막 실행하고자 하는데 배봉이 불쑥 입을 열었다.

"해나 방납防納이라꼬 들어봤소?"

이번에는 능출이 한 방 먹을 순서인 모양이었다.

"예?"

배봉이 의기양양한 얼굴로 말했다.

"잘 모리는 거 겉거마는."

"……."

능출은 저 인간이 그림책값을 깎기 위해 무슨 술수를 부리려고 저러는가 하고 무척이나 긴장된 빛을 감추지 못했다.

"그, 그거는……."

배봉은 관아 높은 사람들과 함께했던 자리에서 귀동냥했던 말을 그대로 내비치기 시작했다.

"이전에 이 고을 목사 중에 안 아무개 목사라꼬 있었는데 말이지."

그러다가 한 수 가르쳐준다는 식으로 나왔다.

"에, 방납이라쿠는 거는……."

능출은 또 속으로 방납이고 방귀고 간에 춘화만큼 좋은 게 어디 있겠느냐고 애써 느긋함으로 가장했다.

"요 그림책 이약을 아즉 반의 반도 몬 했는뎁쇼."

그렇지만 배봉은 조금 전 능출이 그랬던 것과 마찬가지로 제 할 소리만 지껄여대기 시작했다.

"백성들은 안 있소, 지들이 사는 지방에서 산출이 되는, 그 머꼬, 토산물로 공물貢物을 바치는데 안 있소……."

능출은 지금 그 사랑방에 진열된 것들을 공물로 바치면 나라님이 높은 벼슬 하나 내려줄 거라고 내심 조롱하면서도 입으로는 다른 소리를 내비쳤다.

"운제 우리 백성들이 나라에 공물을 그러키 마이 안 바치도 될 그런 날이 올랑가 모리겄네예."

그러자 배봉이 대뜸 한다는 말이 이랬다.

"아, 그기 무신 소리요? 나라 있고 백성 있제, 백성 있고 나라 있소?"

능출은 그만 적잖게 혼란스러워하는 빛을 숨기지 못했다.

"시방 그 말씀, 행여 꺼꿀로 하신 거는?"

배봉이 노기 서린 목소리로 능출의 말끝을 가로챘다.

"무신 이약을 하는 기라? 내가 하매 노망들 나이도 아인데."

능출은 이마에 식은땀이 솟았다.

"아, 지, 지 말씀은 그, 그런 기 아입니더."

젠장, 빌어먹을. 그냥 그림책 딱 집어 들고 홱 나가버려? 돈 좀 적게 남겨 먹으면 되지. 이렇게 기똥찬 춘화를 어디 가서 못 팔라고?

그러나 그건 어디까지나 배부른 오기에 지나지 않음을 그는 잘 알았다. 큰 목돈을 손에 거머쥐기 위해서는 이보다 더한 수모와 고통도 견뎌야 하리니.

"우리 나리 아이모 우떤 누라도 그런 멋진 말을 할 사람이 없것기에……."

그 말이 끝나기도 전에 배봉은 내가 언제 화를 냈냐는 듯 씩 웃어 보였다. 기실 그 또한 능출의 성미를 건드려 득을 볼 건 없다고 판단하고 있었던 것이다.

"내 함 물어보겄소. 농민이 토산물이 아인 다린 공물을 바치야 할 때라든지……."

배봉의 말에 능출은 이제 무조건 머리까지 조아렸다.

"아, 예, 예. 더 말씀을 해보시이소. 소인, 밤을 새워서라도 듣것심니더."

배봉은 한껏 거드름 피는 어투로 나왔다.

"또, 농사꾼이 직접 맨들 수 없는, 그 머꼬, 아, 가공품, 그 가공품을 공물로 바치야 하는 때에는 말이오."

능출은 갈수록 이야기가 자신에게는 생소하기도 하고 재미도 없어져서 그냥 국으로 가만 듣고만 있었다.

"그랄 때는 우떻게 해야 하는지 아요?"

능출은 아마도 장식품으로 가져다 놓은 문갑 위의 문방사우를 멀거니 바라보기만 하였다. 너희들 팔자도 참 더럽구나 싶었다. 어쩌다가 저런 형편없는 작자에게 팔려 와서 말이다.

"아요?"

"……."

"모리것는가베? 하기사 알모 그냥 있을 사람이 아이제."

"……."

입담 좋은 능출이 지금 그 순간만큼 궁지에 몰린 적도 없을 것이다. 배봉은 '에헴!' 하고 큰기침을 한 후에 입을 열었다.

"그랄 때는 안 있소, 공인公人들 말이오."

그러자 능출이 그건 나도 안다는 듯 얼른 말했다.

"아, 공직公職에 있는 사람들 말씀인가베예?"

그런데 그게 더 능출의 자존심을 헐어놓았다.

"허, 조선말은 끝꺼지 들어봐야 안다 안 쿠디요? 내 이약은 공인이 우떤 사람인고 하는 기 아이고, 공인이 머를 우쨌는가 하는 기라요."

"……."

능출은 마음속으로, 그림책값, 그림책값, 하는 말만을 되풀이하면서 어쨌든 참고 참고 또 참자고 꾹꾹 다짐했다.

"말하자모, 공인이라쿠는 자들이 대신해서 공물을 바치고, 그 값을 백성들한테서 갑절로 받아낸다, 그런 뜻인 기라."

배봉의 그 말에 그렇게 참고 듣기만 하자고 마음먹었던 능출은 거기서 도리어 폭발하고 말았다.

"그, 그런 도적눔들이?"

배봉이 상체를 좌우로 흔들면서 말했다.

"갤국 그 안 아무개라쿠는 목사 시절의 죄는 두고두고……."

능출은 가늠해보기 시작했다. 그가 한 문둥병자 이야기나 배봉이 말하는 공납 이야기가 그림책값에 어떤 영향을 미쳤을까를. 그렇다. 이 반 능출의 무기는 춘화밖에 없는 것을. 그는 역공을 가하듯 느닷없이 입을 열었다.

"에, 춘화를 '운우도'라고도 하지예."

"운, 머?"

배봉이 묻는 말은 들은 척도 하지 않았다.

"운우는 본디 구름하고 비를 으미하는 것이지만도, 이런 그림을 놓고 이약할 때는 그기 아이지예."

"그기 아이라모?"

배봉의 눈은 어느새 춘화에 못 박혀 있었다. 능출은 여자같이 가느다란 목소리로 마치 중 염불하듯 했다.

"에, 그런께네 구름은 여자의……."

문득 배봉의 눈앞에 종년 언네 모습이 떠올랐다. 미모로 보나 영리한 머리로 보나 천한 종년으로 썩기엔 너무 아까운 언네였다. 운산녀가 눈에 불을 켜고 단속할 만했다. 그는 고개를 흔들어 언네의 환영을 떨치고 나서 물었다.

"그라모 비는 머를 뜻하는 기요?"

곧바로 나오는 답변 역시 그렇고 그랬다.

"사내."

"사내의?"

아마 태어나서 한 번도 남을 칭찬해본 적이 없을 배봉도 그만 감탄하고 말았다.

"허, 거기는 에나 아는 거도 천지삐까리요. 만약 이녁한테 걸리모 우떤 여자라도 꼼짝 몬 하겄거마는."

능출의 불쏘시개는 쓰고 또 써도 철철 흘러넘쳤다.

"인자 이 춘화만 놓고 쭉 계속 보시기 되모, 나리는 지보담도 훨씬 더 그리하실 수 있을 낌니더."

"내가 이녁보담도?"

배봉은 입에서 침이라도 흘러내릴 것같이 하면서 말했다.

"그렇지예, 그렇지예."

능출은 키 까불듯이 방정맞게 굴었다.

"으흠."

"기침소리부텀 벌써 다리셔어!"

"으흠."

능출은 생각했다. 입방아를 찧으면 찧을수록 그림책값은 계속 또 계속해서 올라가리라. 한정 없이 높이 올라가다가 그만 떨어져 죽어도 좋았다.

"보아한께 나리는 상구 한거석 배우신 분 겉은데, 에, 그렇다모 이 춘화에 대해서도 더 확실하거로 아시야지예."

많이 배운 사람 같다는 소리보다도 더 배봉을 크게 휘어잡는 게 다시 있을까? 그는 거의 환각상태에까지 도달했다.

"에이, 좋소, 좋아. 내 방에 들온 이상 이 춘화들이사 오데 새맹캐 훨

날라가것소?"

"맞심니더, 맞심니더. 자알 아시거마예."

만져보기도 겁날 만큼 엄청 비싸 보이는 저 오동나무 장롱은 얼마를 주고 들여놓은 걸까? 능출은 하도 시샘이 나서 침이라도 묻혀버리고 싶었다.

"그림이사 난주 혼자 천천히 보모 되고, 사람 쥑이는 이약이나 더 해 보소."

그러다가 배봉은 꼭 누가 강하게 틀어막기라도 하듯 홀연 입을 다물었다. 사람 쥑이는, 사람 쥑이는…….

'그래, 쥑일 끼다. 너거 식구들 한 눔씩, 한 년씩. 흐흐흐.'

그는 죽이고 싶도록 증오하는 그 대상들을 한 사람씩 눈앞으로 불러내고 있었다. 호한, 윤 씨, 비화.

지금까지도 가장 억울한 것은 김생강 그놈을 이 배봉이 발밑에 꿇어앉혀 보지도 못한 채 그냥 저승으로 보냈다는 사실이었다. 그래 꿩 대신 닭이라고, 살아 있는 호한 식솔들을 그렇게 할 대상으로 삼았다. 통쾌하고 멋진 복수전을 펼칠 것이다. 이 세상에서 최고로 잔인하고 처절한 수법으로 할 것이다.

배봉이 반능출에게 자주 들르라고 주문한 데에는 나름 꿍꿍이속이 있었다. 그에게서 배운 지식을 평소에 자주 어울리는 관아 높은 사람들에게 잘 써먹을 계산속이었다. 배봉의 경험에 의하면, 소위 고위직일수록 술자리에서 노는 수준은 더욱 치졸했다.

"이거는 신윤복이 그림이라 캤디제?"

그런데 지금은 형편없는 그림이나 감상해도 별문제가 없을 만큼 모든 게 깊은 물밑처럼 잔잔하기만 할 따름이었다.

"역시나! 역시나! 아, 신윤복은 신윤복이거마는. 그 맹성이 헛것이 아인 기라."

그러다 문득, 배봉 마음이 조금 켕기었다. 그것은 약간의 두려움과 함께 다가왔다.

김생강 가문의 명성 그리고 호한.

'썩어도 준치라꼬, 마즈막 발광은 하것제. 흐응! 그래봤자다, 이누움!'

그때 뱀탕 약장수는 저리 가라 할 만치 닳아먹을 대로 닳아먹은 능출의 목소리가 배봉 귀를 잡아끌었다.

"더 필요한 거 있으모 하명下命만 하이소. 히히히."

"에이, 고 웃음."

배봉 귀에 사내 웃음소리가 크게 거슬렸다.

"그거는 마 그렇고, 아까 번에 말하던 그 무 머신가 그거나 풀이를 해 주쇼."

배봉은 무식을 벗어나기 위해서는 무엇이든 알아야 한다고 맹신했다. 돼지가 주는 대로 꿀꿀거리면서 전부 받아먹듯, 나도 배울 기회가 닿으면 무조건 텅 빈 머릿속에 집어넣으리라 작정했다.

"그 무 머신가가 아이고 무산도 말씀이지예?"

"아, 자꾸 토는 달지 말고."

"나라 있고 백성 있다고 하신 그 훌륭한 말씀, 나라님이 들으시모 나리를 대궐로 불러들이시것지예."

"내는 대궐보담도 요 그림책 속에 나오는 곳……."

강물은 흘러도 돌은 구르지 않는다고 했는데, 배봉은 양반인체하면서도 함부로 동動했다. 그는 방정맞아 보일 정도로 상체를 좌우로 흔들어 가면서 능출이 해주는 이야기들을 모조리 기억해 놓으려고 애쓰는 모습이었다.

'내가 잘몬 본 거 겉다.'

처음에는 배봉을 그저 천박한 졸부로만 여겼던 능출도 이제 조금씩 배봉이 보통 인간이 아니라는 인식을 갖게 되었다. 그에게는 남들이 쉽게 가질 수 없는 무엇인가가 있는 것 같았다. 그게 무엇인지는 잘 모르겠지만 어쨌거나 그랬다.

한편, 배봉은 춘화에 미쳐 있는 그 와중에도 굳게 다짐했다. 나도 저 사내처럼 뛰어난 장삿술을 더 많이 익혀야겠다고. 그래야 장차 조선팔도를 거침없이 누빌 수 있다. 배포 큰 이 배봉에게 여기 고을은 너무 비좁아 터졌다.

'그라고 복수를 할라모 뿌리를 싹 뽑아야제.'

잡초 뿌리를 떠올렸다. 그게 얼마나 모질고 치열한 생명력을 지니고 있는지 안다. 그는 두 발로 질끈질끈 밟아버리는 심정으로 독기를 내뿜었다.

'그래야 눈깔만 붙은 비화 고 가시나도 몬 일어나제. 안 그라모 도로 당할 수가 있는 기라.'

능출이 한 손으로는 꽁지 수염을 배배 꼬고 한 손으로는 책장을 넘기면서 무슨 주문 외듯 했다.

"자아, 나옵니더, 나옵니더. 머가 나오느냐?"

세상 무엇이든 나오려고 하다가 도로 들어가 버릴 분위기였다.

"이, 이거는?"

배봉은 말끝을 잇지 못했다. 아편 맞은 사람 모양새였다.

"나리, 우떻심니꺼? 인자 이 그림책값을 말씀드리보까예?"

그의 장사 수완에는 귀신도 십 리나 달아날 성싶었다.

"그, 그거는 좀 있다 하고, 우, 우선에 이 그림부텀 좀 보고……."

"그리하시소. 나리 말씀맹커로 그림이 오데 새겉이 훵 날라가것심니꺼."

능출은 지그시 눈을 감아버렸다. 닳아먹을 대로 닳아먹은 그도 날아가는 새를 맨손으로 잡을 재주는 없을 것이다.

'새 잡아 잔치할 거를 닭 잡아 잔치한다꼬 그랬제.'

배봉은 조그마한 주의를 게을리하여 큰 손해를 보는 잘못은 저지르지 말아야 한다고 또 스스로를 타일렀다. 그러면서도 그림에 고개를 처박았다.

"허, 고거 참."

배봉은 연방 그 소리만 연발했다. 무엇을 예고하기 위함일까, 또다시 그의 머릿속에 언네 모습이 잠깐 자리 잡았다가 스러졌다.

"자아, 인자 말을 해보쇼. 이 책값이 올마요?"

춘화를 집어 들어 가슴에 꼭 품으며 배봉이 물었다.

"그야 나리께서 더 잘 아실 낀데예."

능출은 남의 사랑방이 자기 안방인 양 아예 뒤로 벌렁 드러누워 버릴 태도였다. 배봉은 짧고 굵은 고개를 휘휘 내둘렀다.

"하기사! 내가 모리는 거는 없제."

"헤헤헤."

능출의 간사한 웃음소리는 사랑채를 흔들고, 지금 지붕에 올라앉아 있는 까치는 꽁지를 까딱까딱 흔들기 시작했다. 흰 매는 어디에 있는 것일까?

-백성1부 2권에 계속

백성 1

초판 1쇄 인쇄일 • 2023년 10월 25일
초판 1쇄 발행일 • 2023년 10월 30일

지은이 • 김동민
펴낸이 • 임성규
펴낸곳 • 문이당

등록 • 1988. 11. 5. 제 1-832호
주소 • 서울시 성북구 동소문로 65-2 삼송빌딩 5층
전화 • 928-8741~3(영) 927-4990~2(편)
팩스 • 925-5406

전자우편 munidang88@naver.com

ISBN 978-89-7456-553-4 03810

값은 뒤표지에 표시되어 있습니다.